SV

Nicola Barker
Weit offen

Roman

Aus dem Englischen
von Brigitte Heinrich

Suhrkamp Verlag

Die Originalausgabe erschien unter dem Titel
Wide Open 1998 bei Faber and Faber, London

Erste Auflage 1999

Druck: Clausen & Bosse, Leck
Printed in Germany
1 2 3 4 5 6 – 04 03 02 01 00 99

Ich habe geträumt, ich hätte dich tot
an einem Ort am Wasser gesehen.
Einem verwüsteten Ort.
Ganz flach und leer und weit offen.

1

Jeden Tag sah Ronny denselben Mann winken. Der Mann stand mitten auf einer Brücke, genau an ihrem zentralen Punkt, aber sah immer stadtauswärts, weg von London, niemals stadteinwärts. Ronny fuhr in einem geliehenen Wagen, einem Volvo (die dicken Stoßstangen beruhigten ihn), drei Wochen hintereinander unter dieser Brücke hindurch auf der A2 nach London hinein. Jeden Tag, egal zu welcher Uhrzeit – er arbeitete im Schichtdienst und hatte deshalb keinen regelmäßigen Rhythmus – stand der Mann auf der Brücke und winkte.

Er winkte nicht wahllos. Er suchte sich ein Auto aus, einen Punkt am Horizont, und konzentrierte sich dann allein auf dieses Auto, bis es außer Sichtweite war, bis es unter ihm hindurchgefahren war. Bis es verschwunden war. Dann wählte er ein neues Auto, und das Ganze ging von vorne los.

Ronny fiel auf, daß der Mann weiße und gelbe Autos bevorzugte, daß er nie roten Autos zuwinkte. Ronnys Auto war grün. Ihm wurde manchmal zugewinkt, aber nicht oft. Er winkte nicht zurück.

An manchen Tagen regnete es. Es waren die letzten Sommertage. Es war der Anfang des Winters. Genaugenommen war es Herbst, doch Ronny haßte Abstufungen. Es war nicht Sommer. Der Sommer war vorbei. Es war nicht Winter. Im Winter fror es normalerweise, und bis jetzt war es noch nirgends kalt genug für Frost. Es war einfach eine nasse Zeit. Die ganze Erde war durchgeweicht und schwer und klumpig und furchtbar. Es regnete. Regnete ununterbrochen. Doch der Mann stand auf der Brücke und winkte, trotz allem.

Am letzten Tag, dem Abschlußtag seines Drei-Wochen-Jobs, hielt Ronny nach dem Mann Ausschau, sah jedoch, daß er nicht winkte. Er war da, tatsächlich, aber er war zusammengekauert, beugte sich, wie es schien, über das Brückenge-

länder. Woran dachte er? Was tat er? Ronny runzelte die Stirn und versuchte, sich auf die Straße zu konzentrieren.
Er wollte nicht hinstarren, doch sein Blick wanderte immer wieder von der Straße zur Brücke, von der Straße zur Brücke. Er blinkte und schwenkte dann auf die innere Spur. Er verlangsamte das Tempo, ohne es zu wollen. Ein Lastwagen hupte und riß ihn aus seiner blicktrunkenen Träumerei.
Er fuhr unter die Brücke und dann auf der anderen Seite wieder hervor. Er schaute prüfend in den Rückspiegel. Er konnte nichts sehen. Warum sollte er? Er war jetzt auf der falschen Seite. Er fuhr sogar noch langsamer. Drei Wagen überholten ihn. Sein Fuß berührte die Bremse.
Was tat er da? Er wollte nicht anhalten, aber konnte nicht anders. Er fuhr auf den Seitenstreifen. Er stellte den Motor ab, löste den Sicherheitsgurt, stieg aus dem Auto, knallte die Tür hinter sich zu, aber hielt nicht inne, um abzuschließen. Statt dessen ging er mit schnellen Schritten auf die Brücke zu. Die Schlüssel in seiner Tasche schlugen und klapperten gegen seinen Oberschenkel.
Er erreichte den Damm, holte kurz Luft und fing an hochzuklettern. Es war steil. Der Boden war feucht. Seine Schuhe – weiße Schuhe – waren schlammverschmiert. Er fluchte.
Schließlich kam er oben an. Er kletterte über den Zaun, überquerte die Straße, und dann gelang es ihm, den Winkenden aus der Nähe zu sehen. Er verspürte eine unerwartete Welle der Dankbarkeit, als wäre diese visuelle Intimität etwas, wonach es ihn verlangt hatte, ohne daß ihm das ganz bewußt gewesen wäre.
Auf den ersten Blick schien der Winkende kaum ungewöhnlich zu sein. Er hatte einen Bart und längeres, wirres braunes Haar. Er war blaß. Seine Kleider waren schäbig. Er hatte geweint.
Ronny ging näher auf ihn zu. Er stampfte den Matsch von seinen Schuhen. »Ist etwas passiert?«
Der Mann stand vornübergebeugt, war aufgerollt wie eine schmutzige Bandage, doch als Ronny ihn ansprach, wuchs er

und wuchs wie Jacks Bohnenranke. Er schien sich aufzufalten, zu seiner vollen Länge aufzurollen, die beträchtlich war. Groß, dachte Ronny, und dünn. Ronny war ebenfalls dünn, aber er fühlte sich viel kleiner.
»Ist etwas passiert?«
Der Mann stand jetzt aufrecht, und Ronny sah, daß er zuvor nicht zusammengekauert gewesen, sondern gesessen war, auf einem kleinen, mitgenommen aussehenden Pappkarton. Seine rechte Hand war gewölbt, und in der gewölbten Handfläche hielt er etwas.
»Was ist das?«
Der Mann antwortete, und seine Stimme wurde vom Dröhnen des Verkehrs unter ihnen beinahe ausgelöscht. »Kommen Sie her und sehen Sie.«
Ronny ging noch näher heran. Er starrte in die Hand des Mannes. Er sog scharf die Luft ein. Die Finger des Mannes glänzten vor Narbengewebe, aber nur an den Spitzen, wo sie glatt schimmerten wie Wachs, blaß wie Schweineschmalz. Eingebettet zwischen diesen seltsamen Fingern war eine schmutzige Handfläche. Auf der Handfläche lag eine Wespe.
»Eine Wespe«, sagte Ronny leise. »Was fehlt ihr?«
»Sie lag in einer Pfütze. Ich hätte sie liegenlassen sollen, aber dann habe ich gesehen, daß sie sich noch bewegte, deshalb habe ich sie aufgelesen. Ich dachte, ich könnte sie retten.«
Ronny betrachtete die Wespe genauer. Sie lebte noch. Sie bewegte sich, aber nur wenig. Sie schien sich zu einem Bogen zu strecken, die schmale Taille zwischen dem schwarzen Brustkorb und dem gestreiften Körper schien tatsächlich in zwei Teile zu brechen.
»Sie hat sich gekrümmt«, sagte der Mann, und seine Stimme – fand Ronny – klang lächerlich gefühlvoll.
»Sie hat solche *Schmerzen.*«
Ronny rückte seine blaue Wollmütze zurecht. Er zog sie tief über die Augenbrauen. Er räusperte sich vorsichtig. »Ich glaube nicht, daß Wespen Schmerzen spüren«, sagte er und erwartete eine heftige Reaktion.

Der Mann sah auf, eindeutig verärgert, und Ronny stellte fest, daß seine Augen von einem wilden Jauchegruben-Grün waren, seine Wangen abgespannt und hohl. »Wie können Sie das *wissen*?«

»Ich weiß es nicht. Ich vermute es nur.«

»Nun, Sie irren sich. Sehen Sie eine Sekunde lang genau hin, und versuchen Sie mir dann zu sagen, daß sie nichts fühlt.«

Ronny tat sein Bestes, richtig hinzusehen. Die Wespe bewegte sich, ganz leicht nur, aber sie schien zu erschauern. Ihre Bewegungen waren winzig, aber dennoch abgehackt und lose und schrecklich anzusehen.

»Sie wird gleich sterben«, murmelte Ronny, vage beunruhigt, und zog sich wieder zurück und wünschte, er könnte den Mann fragen, warum er winkte, doch er tat es nicht, weil er vermutete – ganz zu Recht – der Zeitpunkt könnte schlecht gewählt sein. Der Mann konzentrierte sich weiter auf die Wespe. Ronny sah auf seine Uhr. Es wurde langsam spät.

»Ich gehe dann.«

Der Mann war sehr still, schien kaum zu atmen, so aufmerksam war er bei seiner Wache. Schließlich sagte er: »Ich glaube, sie stirbt jetzt.«

Ronny nickte und wandte sich zum Gehen. Dies war ein intimer Moment. Er wollte sich nicht aufdrängen. Er ging einige Schritte und dann ...

»Mein *Gott*!«

Er drehte sich rasch um, sein Herz raste. »Was?«

»Die Wespe!«

Ronny lächelte schwach über seine eigene Schreckhaftigkeit, aber ging ohne sichtbares Zeichen von Unmut wieder zurück.

»Sehen Sie?«

Der Mann zeigte Ronny seine Hand. Ronny schaute. Die Wespe war ruhig. Sie war tot.

»Sie ist tot.«

Der Mann brummte etwas, nicht beeindruckt. »Ich weiß, daß sie tot ist. Aber haben Sie den Stachel gesehen?«

»Den Stachel?«
Der Mann deutete auf ihn. »Als sie gestorben ist, hat sie sich unglaublich eng zusammengerollt, und dann kam der Stachel hier hinten herausgeschossen, in diesem letzten Moment war der ganze Stachel zu sehen.«
Ronny kam sich absurd vor, beugte sich aber dennoch vor. Und tatsächlich, er sah den Stachel.
»Ich sehe ihn.«
»Es hat eine wunderbare Logik, daß er so herausrutscht«, sagte der Mann und lächelte fast. Ronny neigte den Kopf. »Was meinen Sie damit?«
»Sie ruht in Frieden. Sie hat sich ergeben. Sie hat ihre Waffe schließlich aufgegeben.«
Ronny dachte eine Weile darüber nach und sagte dann: »Nein. Ich sehe das überhaupt nicht so.«
Der Mann sah auf. »Nein? Wie sehen Sie es dann?«
»Nun ...« Ronny kratzte sich am Hals. »Sie ist eine Kriegerin. Sie zieht ihre Waffe sogar im Tod. *Vor allem* im Tod. Das ist der Punkt bei einer Wespe. Sie ist der Kamikaze-Flieger der Insektenwelt.«
Der Mann lächelte darüber; er starrte Ronny aufmerksam an, seine klaren Umrisse, seine offensichtliche Sauberkeit, sein helles, blasses Gesicht. Schließlich sagte er: »Das ist sehr komisch.«
Ronny rieb sich bescheiden die Nase.
»Aber trotzdem ...«, fuhr der Mann fort, »stimmt das nicht ganz. Nur Bienen sterben, wenn sie stechen. Wespen funktionieren anders. Sie sind stärker. Sie hat ihre Waffe aufgegeben. So ist es einfach.«
Ronny war anderer Meinung, doch er zuckte nur die Schultern. Er fand es schwierig, sich auf Auseinandersetzungen einzulassen.
Der Mann schwieg eine Weile. Ronny beobachtete ihn. Er schien sehr jung zu sein, doch er hatte kein sehr junges Gesicht. Es war von senkrechten Linien durchzogen, allerdings nicht an den Stellen, wo normale Gesichter Runzeln und

Falten bekamen. Es war, als wäre er gerade aus einem tiefen Schlaf aufgewacht, den sein Gesicht noch nicht abgestreift hatte; es hatte noch nicht die Laken und Decken zurückgeschoben, um mit dem Leben weiterzumachen.
Er schien lächerlich nachgiebig und fügsam, dennoch einzigartig. Er wirkte ... Ronny schauderte bei dem Gedanken ... er wirkte weit, weit offen. Aber so konnte man nicht überleben. Nicht auf dieser Welt. Nicht lange. Ronny wußte das.
Tatsächlich war er stolz darauf, richtig verschlossen zu sein. Wie eine Auster. Wie ein Grab. Wie eine Strandhütte im Winter; vollständig verriegelt, vollständig vernagelt. Wie die hellen Ränder einer alten Wunde. Entschlossen versiegelt.
»Gut, ich glaube, ich gehe dann«, sagte er schließlich und schluckte sein Unbehagen hinunter, fühlte es aber wieder in seine Kehle zurückschnellen wie ein Schwimmerventil.
Der Mann warf Ronny einen Blick zu, jedoch nur kurz, als könne er es kaum aushalten, seinen Blick von der toten Wespe zu lösen. »Heute hat es sich schließlich doch gelohnt«, murmelte er. »Wissen Sie? Die Wespe und den Stachel und das alles zu sehen zu bekommen.«
Ronny dachte, der Mann müsse gestört sein, nickte aber trotzdem.
»Müssen Sie sie noch einmal ansehen, bevor ich sie beerdige?«
»Müssen?« Ronny lächelte. »Nein, ich glaube nicht.«
Der Mann seufzte. »Sie fühlt sich jetzt so hohl und leicht an, nachdem das Leben dahingegangen ist. Davor hatte sie so etwas wie ein Gewicht. Eine gewisse Schwerkraft. Aber jetzt nicht mehr.«
Ronny wandte sich zum Gehen.
Der Mann sprach wieder, zum Abschied, wie es schien, denn er drehte sich beim Reden um. »Ich heiße Ronny.«
Ronny erstarrte.
»Ronny?«

Der andere Ronny hielt in der Bewegung inne.
»Was?«
Ronny deutete auf sich.
»*Ich heiße* ebenfalls Ronny.«
Sie schwiegen beide.
»Hm ... also«, sagte Ronny, »ich heiße Ronald. Und du?«
Der andere Ronny zuckte die Schultern. »Ich weiß es nicht.«
»Wir sind *Die beiden Ronnies*.«
Der andere Ronny kapierte das nicht. »Was?«
»Wie in der Komödie.«
»Welcher Komödie?«
»Kennst du nicht *Die beiden Ronnies*? Der Kleine mit der Brille und der Größere, Dickere?«
Der andere Ronny schüttelte den Kopf. »Nein.«
»Oh. Ich dachte, jeder würde sie kennen.«
Der andere Ronny deutete auf die Wespe und sagte: »Ich glaube, ich sollte sie besser begraben.« Er ging auf den Rand der Brücke zu. Er hatte einen seltsamen Gang. Ronny dachte zuerst, daß etwas mit seinen Beinen nicht in Ordnung war, doch dann stellte er fest, daß seine Schuhe mehrere Größen zu groß waren. Es waren weiße Schuhe.
»Entschuldigung ...«
Der andere Ronny blieb stehen. »Was?«
»Wir tragen die gleichen Schuhe.«
Der andere Ronny äugte auf seine Schuhe hinunter. »Das sind nicht meine Schuhe.«
»Nicht deine? Wem gehören sie dann?«
»Ich weiß es nicht. Ich muß sie irgendwo aufgelesen haben.«
Ronny trat näher auf den anderen Ronny zu. »Weißt du, es ist selten, jemand in weißen Schuhen zu sehen. Und diese Schuhe sind etwas Besonderes. Ich trage sie bei der Arbeit.«
Der andere Ronny runzelte die Stirn und sah ein zweites Mal auf seine Schuhe hinunter. »Vielleicht sind es deine Schuhe.«
Ronny blinzelte verblüfft. »Wie bitte?«
»Ich habe sie im Fundbüro bekommen. Vielleicht hast du sie

verloren, und ich habe sie abgeholt. Ich heiße Ronny. Wie du. Vielleicht hat man uns am Schalter verwechselt.«
»Fundbüro?«
»In der Untergrundbahn. Der U-Bahn. Baker Street.«
Ronny ließ dies ein paar Sekunden auf sich einwirken und sagte dann leise: »Mein Bruder arbeitet dort.«
Der andere Ronny war sichtlich beeindruckt. »Wirklich? Im Büro?«
»Ja.«
»Wie sieht er aus?«
»Mmh ... rötliche Haare. Blaue Augen. Ziemlich klein.«
Der andere Ronny grinste. »Den kenne ich.«
»Mach keine Witze!«
»Nee. Das ist Nathan. Ich kenne ihn. Ich gehe ständig dorthin. Schon als Kind bin ich immer dorthin gegangen.«
»Wozu?«
»Ich verliere dauernd etwas.«
»Wann hast du ihn zum letzten Mal gesehen?«
Der andere Ronny biß sich auf die Lippen. »Nathan? Hm ... vor einem Monat.«
»Wie sah er aus?«
»Ich fand, er sah gut aus.«
Ronny war offensichtlich erfreut, aber er sagte mit einer gewissen Zurückhaltung: »Nun, dann ist es ja gut.«
»Also ...« Der andere Ronny schien wirklich interessiert zu sein. »Wann hast du ihn zum letzten Mal gesehen?«
»Vor zehn Jahren.«
Der andere Ronny grübelte eine Weile und sagte dann: »Ich habe irgendwo eine ganze Familie, die ich nicht einmal kenne. Brüder und Schwestern. Alle verloren.«
Ronny wollte nicht mit ihm konkurrieren und rückte bei dem Versuch, sich zu distanzieren, umständlich seinen Kragen zurecht. »Das ist sehr bedauerlich«, sagte er schließlich, »glücklicherweise habe ich keine Schwestern.«
Der andere Ronny sah ernst aus. »Ja, das ist gut so.«
»Wirklich?«

Ronny war in Gedanken versunken. Der andere Ronny sah zum Himmel hinauf. Es hatte erneut angefangen zu regnen. Er wandte seine Aufmerksamkeit wieder Ronny zu. »Es gibt diese berühmte Geschichte von einem Mann, der ganz zufällig jemanden trifft, und je mehr sie übereinander herausfinden, desto stärker fällt ihnen auf, daß sie viele Gemeinsamkeiten haben. Schließlich stellen sie fest, daß sie dieselbe Person sind. Ich weiß nicht, wer diese Geschichte geschrieben hat.«

Ronny holte tief Luft. »Das war keine Geschichte, das war ein Theaterstück. Von Ionesco. Und was passiert, ist folgendes: Die beiden Männer stellen fest, daß sie dasselbe Leben haben, aber tatsächlich verschiedene Personen sind.«

»Oh. Stimmt.«

Der andere Ronny unterdrückte eine Grimasse. Er war eindeutig nicht zufrieden mit dieser Klarstellung.

»Was die ganze Sache nur noch absurder macht«, fügte Ronny als Nachgedanken hinzu. »Jedenfalls ...«, er nahm seine Mütze ab, »sehen wir einander nicht ähnlich.«

Ohne seine Mütze glich Ronny einer geputzten Riesengarnele; beinlos, schalenlos, servierfertig, weich und rosa und blaß und glatt. Sauber und schmucklos.

Sein Gesicht war freundlich, eine komplexe Mischung aus Leere und Fülle. Er war schlicht wie ein durchsichtiges Lutschbonbon, doch seine Augen waren tief, vielschichtig und von dunklen Ringen umgeben, und seine wimpernlosen Lider waren geschwollen. Seine Iris hatte das schmelzende goldene Braun von Rohrzucker.

»Du hast keine Haare.«

»Nein.«

»Bist du krank?«

»Alopezie.«

Es fing an, stärker zu regnen. Ronny setzte seine Mütze wieder auf. Der andere Ronny zog die Schultern hoch, um zu verhindern, daß ihm der Regen in den Nacken tropfte. »Bist du mit dem Auto hergekommen?«

Ronny nickte. »Grüner Volvo. Ich habe ihn auf dem Seitenstreifen geparkt.«
»Das ist verboten.«
»Ja.«
»Außer du hast eine Panne.«
»Nein. Das Auto ist in Ordnung. Ich habe angehalten, weil ich dachte, du wolltest vielleicht springen.«
»Ich?« Der andere Ronny war völlig verblüfft. »Von der Brücke?«
Ronny fand das peinlich. Um es zu verbergen, sagte er schnell: »Ich bin unterwegs zur Arbeit. Ich bin für eine Weile in Tottenham.«
Der andere Ronny schien das nicht zu hören.
»Also ...« Ronny kämpfte. »Was ist denn in diesem Karton?«
»Dem Karton?« Der andere Ronny sah hinunter. »Diesem Karton?«
»Ja.«
Der Karton hatte eine Kantenlänge von ungefähr fünfzig Zentimetern und war mit dickem braunen Klebeband fest versiegelt.
Der andere Ronny machte eine Pause und lächelte dann: »Meine Seele.«
»Deine Seele?« Ronny konnte solches Gerede nicht leiden. Er konnte es nicht leiden, wenn man über die Seele redete.
Ronny lächelte sogar noch breiter. »Ich mache Spaß.«
Dann fügte er leise, unaufgefordert und ausdruckslos hinzu: »Ich habe früher in der Claremont Road gewohnt. In einem leerstehenden Haus. Jetzt ist es verschwunden. Sie haben eine Verbindungsstraße darüber gebaut. Deshalb habe ich mich entschlossen, mich der Straße zu überlassen. Vielen Straßen. Und jetzt bin ich auf der Autobahn. Ich versuche herauszufinden, was sie mir geben kann. Ich habe seit drei Wochen von hier aus gewinkt.«
Ronny freute sich, endlich eine Antwort auf seine erste Frage zu bekommen. Als Gegenleistung sagte er: »Ich wohne auf

der Insel Sheppey. Am Meer. Nicht wirklich am Meer, am Kanal.«
Der andere Ronny nickte. »Ja, Sheppey.«
»Kennst du es?« Ronny suchte angestrengt nach Gründen, warum jemand nach Sheppey gehen könnte.
»Bist du auf dem Weg zur Fähre durchgefahren?«
»Nein.«
»Bist du Vogelkundler?«
»Nein.«
Er schwieg einen Moment. »Warst du dort im Gefängnis?«
Der andere Ronny lächelte und sagte: »Ich kenne jemand, der dort wohnt.«
Ronny sah prüfend auf seine Uhr. »Ich sollte besser gehen.«
Er hielt dem anderen Ronny die Hand hin. Er wollte dieses Zwischenspiel formell besiegeln. Es hatte ihn gefreut, doch er wollte es in Grenzen halten.
Der andere Ronny konnte ihm nicht die Hand schütteln.
»Ich kann dir nicht die Hand schütteln«, sagte er sanft. »Ich halte noch immer die Wespe.«
»Dann bist du Linkshänder«, sagte Ronny. »Wie ich.«
»Nein. Ich bin Rechtshänder, es ist nur so, daß ich alles mit der linken Hand mache.«
»Warum?«
»Das ist eines von meinen Projekten.«
Ronny war perplex. Er verwandelte seinen Versuch, Hände zu schütteln, in ein kleines Winken. »Nun, es war schön, dich kennenzulernen.«
»Ja.«
Er ging los in Richtung Damm. Er drehte sich nicht mehr um. Hätte er das getan, hätte er gesehen, wie der andere Ronny seine Wespe in der Erde am Rand der Brücke begrub und anschließend mit einer Hand und unter beträchtlichen Schwierigkeiten aus einem Lutscherstengel und einem Stückchen trockenem Gras eine Markierung konstruierte. Dann hätte er gesehen, wie er zur Mitte der Brücke zurückging und sich in einer Pfütze die Hände wusch.

Als er damit fertig war, ging der andere Ronny jedoch, statt zu seinem ursprünglichen Posten zurückzukehren, zur entgegengesetzten Seite der Brücke, der Seite, die nach London zeigte, und stand dort und starrte auf den Seitenstreifen hinunter. Er sah Ronny in seinen grünen Volvo steigen, blinken, davonfahren.

Er spürte einen Impuls zu winken, unterdrückte ihn aber. Statt dessen berührte er mit der linken Hand sein rechtes Handgelenk, als erwarte er, dort etwas zu finden, doch das Handgelenk war nackt. Er lächelte sanft, äugte über die Schulter auf den Pappkarton, räusperte sich und schob seine nassen, kalten Finger tief in die Taschen.

2

Während der ersten drei Jahre ihres Fünf-Jahres-Vertrags beim Fundbüro hatte Laura sich eingebildet, sie sei in Nathan verliebt. Richtig verliebt. Eine schwindlige, alberne, verwirrende, verflixte Liebe. Liebe wie eine Welle (schaumgekrönt), eine Mauer (wohl gebaut, solide, stark), wie ein Rad (ohne Anfang und Ende), wie ein Wal.

Mit anderen Worten, eine gigantische Liebe. Ein großer, dikker Brummer von Liebe. Liebe. Geheimnisvoll und kuschelig und mit Zimtgeschmack. Eine beißende, bitzelnde Brause-Liebe. Eine wollüstige, innige, süffige Liebe.

Doch die Liebe war unerwidert geblieben, und jetzt konnte sie nicht mehr verstehen, wie es zu ihrem Gefühl hatte kommen können oder woraus es bestanden hatte, wie es ausgesehen oder geschmeckt oder gerochen hatte.

Sie war vergebens gewesen, ihre Liebe, war in eine Akte geschoben worden, in eine Schublade, unter einen Tisch, in einen alten Koffer. Sie war zwischen die Falten eines schlecht geschlossenen Regenschirms gefallen. Ihre Liebe war eine weitere Fundsache geworden, die im Büro umherirrte, niemand sah sie oder kümmerte sich darum, niemand wollte sie haben.

Sie gingen zweimal nach der Arbeit etwas trinken. Nathan mochte sie, das war offensichtlich, aber nicht auf diese Weise. Nicht genug. Dann fand sie heraus, daß er sich mit jemand anderem traf. Einer Sozialarbeiterin namens Margery. Sie fand, Margery sei ein so antiquierter Name. Sie dachte, Margery müsse sechzig Jahre alt sein, mit blauem Haar und einem Bart. Doch in Wirklichkeit glich Margery Glenda Jackson. Gutaussehend, kurzhaarig und mit Zähnen, die im Zaum gehalten werden mußten, die eine Klammer brauchten.

Bei der Arbeit erwähnte Nathan Margery nie. Gott sei Dank. Und deshalb mußte sich Laura, die abgewiesene Laura, die dumme Laura, die blonde, grünäugige, stupsnasige Laura, dazu zwingen, nett zu ihm zu sein. Und in der feuchten Dumpfheit dieser Nettigkeit entpuppte sich allmählich ein Wurm des Hasses. Er kroch herum. Er schnüffelte blind in Nathans Richtung. Er war weich und ekelhaft und ein bißchen, ein kleines bißchen, ein ganz, ganz kleines bißchen daneben.

Der Wurm wendete sich. Die Liebe welkte. Und an ihrer Stelle blieben nur schmutziges Wasser und Gekröse und Abfall und ein fieser, schmutziger Rand in der Badewanne, der sich um Lauras Herz legte und alle ihre früheren tiefsten, süßesten Empfindungen als etwas Leeres und Häßliches und Erbärmliches erscheinen ließ.

Ihre Liebe war ein Klumpen Auswurf auf der Hauptstraße des Lebens. Sie war schlüpfrig und schleimig und nicht besonders nützlich. Ihre Liebe war abgesagt. Sie war völlig ins Wasser gefallen. Es war vorbei. Vorbei. Vorbei.

Laura wollte Nathan verachten, ihn zurückweisen und abblitzen lassen, doch sie war eine vernünftige Frau, und sie wußte, daß er von all ihren Gefühlen keinen Schimmer gehabt hatte. Wozu also?

Statt dessen gab sie sich Mühe, nett zu sein. Große Mühe. Wenn sie anbot, für ihre Kollegen Tee zu kochen, fragte sie Nathan zuerst, ob er eine Tasse wolle. Sie schrieb seinen

Namen immer zuerst auf die Postkarten, die sie von Auslandsurlauben ins Büro schickte. Sie dachte immer an seinen Geburtstag. 12. November. Skorpion. Sie sammelte immer Geld. Sie hob immer die Haselnußpralinen für ihn auf, wenn jemand Schokolade mit ins Büro brachte. Das war seine Lieblingsschokolade. Tatsächlich machte sie all die albernen, doofen Gesten, die sie vorher nie gemacht hatte, als sie ihn wirklich, ehrlich geliebt hatte.
Und Nathan machte immer gute Miene zu den Haselnußpralinen. Es war die Schokolade, die er am wenigsten mochte, doch es schien Laura Freude zu machen, sie ihm zu geben. Also nahm er sie.
Wußte er, wie sehr sie ihn geliebt hatte? Er dachte nicht darüber nach. Seine Gedanken waren woanders. Manchmal fühlte er ein leises Unbehagen, wenn sie in seiner Nähe war, wenn sie ihn anlächelte – zu freundlich – oder wenn sie eigens vorbeikam, nur um gute Nacht zu sagen.
Dann hatte er das Gefühl, sie überkompensiere – was sie auch tat –, und auch wenn er nicht wußte, warum sie überkompensierte, stellte er sich vor, daß der Grund geheim war und traurig und unglücklich.
Er hatte recht. So war es einfach. Drei Jahre Träume. Drei Jahre des Beobachtens und Wartens, des Wahrnehmens und Falschwahrnehmens. All diese vergeudete Zeit. All diese Zeit.

Er war ein Softie. Manchmal weinte er wegen vergessener Dinge. Besonderen Dingen, die er an besonderen Orten aufbewahrte. Die Armreifen mit den liebevollen Inschriften, die Haarsträhnen in goldenen Medaillons, die kleinen Mahlzeiten, in Plastik eingeschweißt. Mahlzeiten für eine Person, und die hatte sie vergessen.
Manchmal kam er früh zur Arbeit, um herumzugehen und die vergessenen Gegenstände zu befühlen, zu versuchen, sich an sie zu erinnern. Nachts machte er in seinen Träumen Listen vergessener Dinge. Er verweilte liebevoll bei den achthundertsiebenundvierzig schwarzen Schirmen, den fünf-

zehnhundertzweiundsechzig einzelnen Handschuhen, den Büchern, den Brillen, den Kleinigkeiten, den Schals, den Hüten. Nicht abgeholt. Alles. Alles vergessen.
Laura ertappte ihn einmal spät im Lagerraum, in eine Ecke gekauert und über etwas brütend. Sie trat näher und sagte leise seinen Namen.
»Nathan?«
Er sprang auf, warf Bilder auf den Boden, einen Stapel Photographien – hauptsächlich Polaroids, aber auch einige andere, Schwarzweißphotos. Sie kniete nieder, um ihm beim Aufsammeln zu helfen.
»Ist es nicht seltsam«, fragte sie sanft, »was für Dinge die Leute zurücklassen?«
Und in ihrer Hand sah sie die Photographien eines kleinen Jungen mit braunen Augen und einem Haarbusch, nackt. Und irgend etwas stimmte nicht mit diesen Photos.
»Es ist seltsam«, murmelte Nathan und errötete. »Ja.«
Und so war es.

»Hallo?«
Laura schaute auf, versuchte, mit dem nächsten Kunden in der langen Schlange in Blickkontakt zu treten. Es war Freitag, gewöhnlich ein Tag, an dem viel los war. Sie konzentrierte sich auf einen großen Mann mit Bart und dunklem Haar. Er hielt einen großen Pappkarton und ein weißes Formular, das er gerade ausgefüllt hatte.
»Wer ist der nächste?«
Sie winkte ihm. Der Mann zögerte und kam dann herüber. Er stellte den Karton neben sich auf den Boden. »Die Sache ist die«, sagte er, »ich hatte gehofft ...«
Er deutete auf Nathan, der in der hintersten Kabine saß und die Gebühren entgegennahm und Quittungen ausstellte.
»Sie müssen sich zuerst mit mir unterhalten.«
Laura streckte die Hand aus, um dem Mann das Formular abzunehmen. Er hatte eine fürchterliche Handschrift. Sie starrte eine Weile darauf.

»Sie haben eine Uhr verloren?«
Er nickte.
»Wann haben Sie sie verloren?«
Der Mann berührte mit der linken Hand sein rechtes Handgelenk. »Uhh ... vor kurzem.«
»In Ordnung. Gut. Warten Sie eine Sekunde.«
Laura stand auf und ging an den Computer. Sie gab die relevanten Details ein. »Es tut mir leid. Im Moment steht nichts in den Akten. Aber verlieren Sie nicht den Mut. Es kann ein paar Tage dauern, bis sie abgegeben wird. Können Sie mir noch ein paar zusätzliche Einzelheiten zu der Uhr nennen?«
Der Mann schüttelte den Kopf.
»Fabrikat?«
Er schüttelte den Kopf.
»Wie alt war sie?«
»Alt.«
»War sie wertvoll?«
»Ich glaube nicht.«
»Vielleicht können Sie vom Zifferblatt eine Skizze machen. Wenn sie dann abgegeben wird, hätten wir etwas, woran wir sie erkennen könnten.«
Der Mann versuchte, ihrem Wunsch nachzukommen. Mit der linken Hand zeichnete er ein traditionelles Zifferblatt mit sämtlichen Zahlen. Laura konnte ein Lächeln nicht unterdrücken.
»Sie haben ein hübsches Lächeln«, sagte der Mann.
Sie war verunsichert. Er sah ihr gerade in die Augen. »Es gefällt mir, wie sie vorhin gesagt haben, ich solle den Mut nicht verlieren. Das hat mir gefallen.«
Dann schwieg er einen Moment. »Es tut mir leid«, er kratzte sich an der Wange. »Ich wollte Sie nicht in Verlegenheit bringen.«
»Sie haben mich nicht in Verlegenheit gebracht.«
Doch das hatte er. Etwas an diesen salatgrünen Augen stieß sie ab. Etwas stimmte nicht. Eine Leere. Er war wie ein altes

Sandwich mit aufgebogenen Rändern, das bei einer witzlosen Abschiedsparty, zu der niemand hatte hingehen wollen, auf einem Teller liegengeblieben war.
Sie gab ihm sein Formular zurück und sagte ziemlich abrupt: »Die Gebühren betragen zwei Pfund. Sie bezahlen an der Theke.«
»Danke.« Der Mann nickte, nahm das Formular, bückte sich, um seinen Karton aufzuheben, und stolperte dann in Richtung Nathans Kabine. Laura fiel auf, daß er einen seltsamen Gang hatte. Ihr nächster Kunde kam und gab ihr seinen Abschnitt. Sie nahm ihn, doch ihr Blick war ziemlich beunruhigt auf Nathan und den Mann geheftet.
Nathan hatte an sein Mittagessen gedacht. Sein Magen hatte geknurrt. Er sah prüfend auf seine Uhr. Jemand reichte ihm einen Abschnitt.
»Das macht zwei Pfund, bitte.«
Er sah auf. Sein Unterkiefer klappte nach unten.
»Ich bin's«, sagte der andere Ronny, »wie eine falsche Münze. Wieder da.«
Nathan klappte seinen Kiefer zu und bemühte sich, seine Überraschung zu verbergen. »Du hättest nicht zurückkommen sollen«, sagte er leise, »nicht so bald. Die Dinge sind zu kompliziert.«
»Warum?« Der andere Ronny sah verwirrt aus. »Warum sind die Dinge kompliziert?«
Nathan räusperte sich. »Ich werde es Margery erzählen müssen.«
»Margery wer?«
Nathan legte die Hand vor die Augen. »Hör auf, mich zu verarschen, James.«
»Nein. Nicht James. Ich bin Ronny. Erinnerst du dich? Nenn mich Ronny.«
Nathan verlagerte auf dem Stuhl sein Gewicht. »Sei nicht albern ...« Er flüsterte jetzt wirklich. »Diese Unterhaltung hatten wir schon.«
Der andere Ronny lächelte. Seine Zähne waren makellos.

»Ich bin Ronny«, sagte er leise. »Du hast mir seine Schuhe gegeben.«
»Was?« Nathan sah entsetzt aus.
»Seine Schuhe. Du hast sie mir gegeben. Vor drei Wochen.«
Nathan legte die Hand ans Gesicht. Seine Wangen glühten. Er blickte sich leicht panisch um. Er fing Lauras Blick auf. Seine Röte vertiefte sich.
»Das waren nicht seine Schuhe. Du hast keinen Grund zu der Annahme, daß es seine waren. Wie dem auch sei, als du das letzte Mal hierherkamst, habe ich dir ganz klar gesagt, daß ich Margery anrufen müßte, falls du wieder auftauchtest. Ich habe ein Versprechen gegeben.«
Der andere Ronny nickte. Er erinnerte sich offensichtlich.
»Das hast du mir letztes Mal gesagt, aber dann hast du mir einfach seine Schuhe gegeben. Seine weißen Schuhe.«
In der Stimme des anderen Ronny war keine Spur von Bosheit. Nathan ballte die Hände auf seinem Schoß zu Fäusten. Er wußte, daß da nie Bosheit war. Niemals. Er holte tief Luft.
»Ich habe dich schon früher gedeckt. Nicht noch einmal. Und es waren nicht seine Schuhe. Es sind deine Schuhe.«
»Er hat mir gesagt, es seien seine Schuhe. Er sagte, er trage sie bei der Arbeit. Er ist kleiner als ich, aber seine Füße sind größer als meine. Ich habe sehr kleine Füße.«
Nathan betrachtete prüfend das Formular des anderen Ronny.
»Du möchtest eine Uhr?«
»Ja. Ich glaube, ich habe eine verloren.«
»Hier...«
Nathan fing an, das Armband seiner eigenen Uhr zu lösen. Der andere Ronny starrte ihn an, ohne zu blinzeln. »Er sagte, er habe dich über zehn Jahre nicht gesehen. Er hat Alopezie.«
Nathan nahm die Uhr ab und hielt sie in seiner Handfläche. Es war eine goldene Uhr, eine alte Uhr.
»Er fuhr einen grünen Volvo.«
»Nimm die Uhr.«
Nathan hielt ihm die Uhr hin. Der andere Ronny nahm sie.

»Sie ist aus Gold.«
»Ja.«
»Sie muß eine Menge wert sein.«
»Sie gehört mir. Ich möchte, daß du sie nimmst.«
Nathan sah zu Laura hin. Sie war gerade beschäftigt.
»Du gehst jetzt besser.«
»Du glaubst mir nicht, oder?« Der andere Ronny runzelte die Stirn. »Du glaubst mir nicht, daß ich ihn tatsächlich getroffen habe.«
Nathan schüttelte den Kopf. »Nein.«
»Vielleicht habe ich es geträumt.«
Nathan zuckte die Schultern. »Vielleicht.«
»Danke für die Uhr.«
Der andere Ronny lächelte wieder. Er trat ein paar Schritte zurück. Er hatte seinen Karton auf Nathans Theke abgestellt. Nathan musterte den Karton.
»Was ist das?«
»Nichts. Paß für mich darauf auf. Versuche, ihn nicht zu öffnen.«
Nathan stand auf und berührte den Karton. »Was ist drin?«
»Alles.«
Nathan sah finster drein. »Sei nicht blöd.«
Der andere Ronny wandte sich zum Gehen. Nathan konnte sich nicht zurückhalten.
»Wohin gehst du?« fragte er.
Der andere Ronny kratzte sich an der Nase. »Manchester.«
»Warum Manchester?«
Er zuckte die Schultern.
Nathan holte tief Luft und stieß sie nervös wieder aus. Er wünschte sich, er hätte nicht gefragt. Nun wäre er verpflichtet, Margery zu erzählen, wo der andere Ronny steckte, wenn er ehrlich sein wollte. Und das wollte er.
»Danke.«
Der andere Ronny hinkte hinaus. Nathan schnappte sein Formular, zerknüllte es zu einem Ball und stopfte es in seine

Jackentasche. Dann hob er den Karton auf – er war schwer –, verließ seinen Posten, ging in die Herrentoilette, ließ ihn neben die Urinale fallen, ging ein paar Schritte, legte beide Hände auf das Waschbecken, starrte sein Spiegelbild an und würgte. Er würgte noch einmal, aber nichts kam. Nur Luft. Nur Gas.

Würgen, dachte er, ist wie ein trockener Fick.

O Gott. O *Gott*. Wo kam das her?

3

»Das Wasser ist flach und braun. Der Sand besteht aus Muscheln. Geplündert von diesen Schnecken-Farmern. Das Meer, meine ich. Geplündert von diesen verdammten Meeresfrüchte-Fischern.«

Lily deutete auf das Meer. Der Mann, mit dem sie sprach, war fett und roch nach Fisch, aber er hatte eine schöne Bräune und einen großen Schwanz. Er war unterwegs zum Strand.

Lily saß rittlings auf ihrem Mountainbike. Sie war siebzehn. Sie führte ihren eigenen kleinen Krieg, doch sie wußte nicht, wofür sie kämpfte, noch nicht, wenigstens. Sie hatte weit auseinanderstehende Augen. In der Schule nannte man sie Miss Piggy, wegen der seltsamen Augen und weil ihre Eltern eine Farm hatten. Sie hielten Wildschweine. Obwohl, wie Lily oft beobachtet hatte, Wildschweine tatsächlich ausgesprochen eng beieinanderliegende Augen hatten.

Lily hatte große Augen und eine flache Nase und eine Lücke zwischen den Vorderzähnen. Es wirkte so, als hätte sich ihr Gesicht wenig darum gekümmert, ob alles zusammenpaßte. Doch die Haut war beharrlich gewesen. Sie hatte sich gestreckt und gestreckt, bis sie schließlich alles verband, bis sie in der Mitte zusammenkam. Sie hatte die Verbindung hergestellt. Es war eines von diesen Gesichtern.

Lily zeigte auf etwas. »Das ist das Swale. Ein Naturschutzgebiet.«

»Ich weiß.«
Der Mann fühlte sich unbehaglich. Er machte immer wieder verstohlen den Versuch, mit den Händen seine Genitalien zu bedecken. Lily bemerkte es. »Sie haben nichts, was ich nicht schon unzählige Male gesehen hätte.«
Er schnitt eine Grimasse.
Sie rieb sich die Arme. »Verdammt, es ist kalt. Sie müssen frieren.«
»Ich will nur mal schnell untertauchen.«
»Wie ich sagte«, fuhr Lily fort und ignorierte seine Antwort, »das ist das Swale, und das da ist das Blockhaus. Genau dort drüben, wo Sie es nicht mehr sehen können, ist der Ferry Inn und die Kirche. Die Kirche von Harty.«
»Ich weiß.«
Lilys Gesichtsausdruck verfinsterte sich. »Könnten Sie aufhören, die ganze Zeit ›Ich weiß‹ zu sagen?«
»Aber ich weiß es. Ich bin Mieter eines dieser Fertighäuser. Ich wohne jetzt in Sheppey.«
»Ja, gut, was Sie aber offensichtlich nicht wissen«, sagte Lily mit einem Lächeln, »ist, daß ich Sie bei der Polizei anzeigen kann, weil Sie nackt über die Straße gehen.«
Der Mann versuchte unter beträchtlicher Anstrengung, an sich zu halten. »Das ist mein Fertighaus«, sagte er stur, »das heißt, ich habe es gemietet. Ich bin hier also vor meinem Haus. Und das ...«, er deutete darauf, »ist der Nacktstrand.«
»Aber das«, Lily machte eine ausladende Geste, »ist ein Zeichen, das besagt, daß Sie sich anziehen müssen, ehe Sie diesen Punkt überschreiten. Sehen Sie?«
»Aber hier ist kein Mensch unterwegs.«
»Ich bin unterwegs. Und jemand wohnt in diesem Haus. Ihr Nachbar. Er ist klein und kahl, und er ist immer wohlbedeckt. Er fände es wahrscheinlich auch abstoßend, wenn er Sie so sehen würde.«
»Ich bin nicht abstoßend, ich bin nur nackt. Und dies ist ein Nacktstrand.«

»*Das* ist der Nacktstrand. *Dies* ist eine öffentliche Straße.«
Der Mann sagte nichts. Lily betrachtete ihn kühl und abschätzig. »Ich wohne schon lange hier. Sehen Sie dort?«
Sie deutete auf eine Ansammlung von Häusern; kleine, zweckmäßig gebaute Chalets. Er nickte. »Dort gehen Leute wie Sie hin.«
»Wie bitte?«
»Der Weiler. Er ist eingezäunt, sehen Sie? Dort wohnen all die Leute, die nur zeitweise hier sind. Niemand, der immer hier wohnt, hat was mit ihnen zu tun. Wir finden sie komisch.«
Er sah zu den Chalets hinüber, als hätte er sie vorher gar nicht richtig bemerkt. »Vielleicht finden sie euch komisch.«
»Was?«
Lily kreuzte die Arme.
»Ich gehe jetzt an den Strand. Es ist zu kalt, um herumzustehen und zu schwätzen.«
»Gut.«
Der Mann – er hieß Luke Hamsun, war siebenundvierzig und von Beruf Photograph – ging an Lily vorbei und betrat den Strand. Lily sah seinem kleiner werdenden Körper nach, dann warf sie ihr Rad hin, um einen Blick in sein Fertighaus zu werfen.

Luke hatte die Vorstellung eines Muschelstrandes ursprünglich gefallen. Er weckte Gedanken an das Bild der Venus, die ihrer Muschel entsteigt. Dieser ganze Ort ist praktisch verlassen, dachte er bitter, aber trotzdem bringt mich das Schicksal, peng! mit Miss Zimperliches Mondgesicht zusammen.
Er fragte sich, wie Lily hieß. Er fragte sich, ob sie photogen wäre.
Keine Menschen. Er wiederholte dies wie ein Mantra. Keine Menschen. Deshalb bin ich hier. Kein Alkohol. Keine Zigaretten. Keine Menschen. Kein Sex. Kein Streß. Keine Menschen. Nur Leere. Das ist alles.

Das Meer war braun. Es war nicht einmal wirklich das Meer. Es war der Kanal. Hier ist zweifellos das Ende der Welt, dachte Luke blasiert. Es war grau und düster und sehr flach. Tatsächlich war es wie auf dem Mond. Aber gab es auf dem Mond Meere? Er erinnerte sich, in einer weit zurückliegenden Geographiestunde etwas Ähnliches gehört zu haben, aber er konnte sich nicht entscheiden, ob die in Frage kommenden Meere trocken oder naß waren.

Wie konnte es trockene Meere geben? Und falls das Meer auf dem Mond naß war, würde dann das Wasser nicht abfließen, weil es auf dem Mond keine Schwerkraft gab, die die Dinge festhielt?

Er ging den Strand entlang. Die Muscheln waren in Wirklichkeit ziemlich hart unter den Füßen. Seine Fußsohlen waren zart, und so war er selbst auch. Er zog seinen Bauch ein. Nichts bewegte sich. Er vermutete, daß seine Bauchmuskeln aufgehört hatten zu arbeiten. Er atmete aus. Nein, schließlich hatten sie doch funktioniert. Er hustete. Sein Bauch schmerzte.

Das braune Wasser leckte an seinen Füßen. Es war eisig. Uuuhhhh! Viel kälter, als er es sich vorgestellt hatte. Er war so naiv. Dieses Beispiel war vollkommen typisch. Er trat einen Schritt zurück. Der Himmel war massiv. Flaches Land, flaches Meer und ein großer, weiter, schmutziger Pfützen-Himmel.

Es sah aus, als würde es gleich regnen. Ihn fror. Er linste über die Schulter, um zu sehen, ob das Mädchen weg war. Es schien so.

Während Luke zu seinem Fertighaus zurückschlenderte, umging er zuversichtlich jeden Gedanken an seine körperliche Schwäche (Sollte sich das Meer bei kaltem Wetter nicht wärmer anfühlen? Er hatte das auf jeden Fall immer geglaubt. Er war eindeutig irregeführt worden.) und polsterte sich statt dessen damit, daß er sich den Kosmos vorstellte; schwarz, enorm, unterbrochen von Tupfern aus Sternen wie Diamantsplitter, und außerdem einem schwebenden Meer.

Ein gigantisches Meer mit Wellen und Schaum und allem. Nur irgendwie schwebend.
Er stellte sich sich selbst, Luke Hamsun, auf dem Mond vor, um das Meer wieder einzufangen, es zu befestigen, es hochzuwinden. Es mit einer Winde herzuziehen.
Über seinen Schultern stellte sich Luke dicke Seile vor, die schwerelos waren, weil auf dem Mond nichts ein Gewicht hatte, und in seinen Händen ein Dutzend riesige Zeltheringe. Er war mit übernatürlichen Kräften ausgestattet. Er war Flash Gordon. Er hatte keine Rückenprobleme. Keine Schmerzen in den Eingeweiden. Sein Ischias gehörte der Phantasie an. Er würde nie umkippen und sterben. Er war nicht mehr länger siebenundvierzig.
Und in mancher Hinsicht traf das sogar zu. Wenigstens in einer anderen Welt hätte es zutreffen können. Doch es war nun einmal so, daß Luke Hamsun ein Erdling war und als solcher dazu verurteilt, das Ziehen der Schwerkraft zu ertragen. Er saß fest.
Doch er ertrug es phlegmatisch, beinahe fröhlich. Er beklagte sich nicht. Er sparte seinen Atem. Hortete ihn sogar. Er hielt ihn an.

Lily hatte es sich in der Zwischenzeit auf Lukes Sofa bequem gemacht und inspizierte eine seiner Photomappen.
»Oh, gut«, sagte sie ruhig, als er wieder hereinschlenderte, und drehte ein Photo um, so daß er es richtig sehen konnte, »da Sie jetzt wieder da sind, können Sie mich aufklären. Ist das eine Kreuzhacke in ihrem Arsch oder ...«
»Wie bist du hier reingekommen?«
Lily hielt das Photo hoch und betrachtete es aufs neue. »Ohne Hosen keine Taschen. Und ohne Taschen keine Schlüssel.«
Luke war wütend, fühlte sich vergewaltigt, beschmutzt, doch als er schließlich etwas sagte, tat er es sehr sanft. »Leg das hin, und mach, daß du rauskommst.«
Lily reagierte auf diese Sanftheit, was ziemlich überraschend war. Sie klappte die Mappe zu.

»Sind Sie demnach klammheimlich ein wenig pervers?«
»Du bist eine alberne kleine Schnüfflerin.«
»Eine was?«
Lily stand auf und grinste. Luke war seine Nacktheit peinlich, und er nahm einen Mantel von einem Stuhl neben der Tür. Er zog ihn an. So sah er lächerlich aus, nackt, nur mit einem Mantel bekleidet. Der Mantel war belastend.
»Der Grund, warum Sie hierhergekommen sind«, sagte sie und zog eine zierliche Schnute, »ist also, um solche schmutzigen Bilder zu machen?«
»Das sind keine schmutzigen Bilder.«
Sie hatte einen Nerv getroffen. Sie wußte es. Sie wußte es immer. Sie lachte. »Was ist das dann?«
An der Wand, noch nicht aufgehängt, stand das Bild einer nackten Frau, die ihre Brüste umfaßte, als wären es zwei schöne Äpfel, doch die Brüste waren so weit hochgeschoben, als wolle sie ihr Kinn darauf stützen. Es sah unbequem aus.
»Das ist ein Akt.«
»Ein *Akt*. Oh. Ich verstehe.«
Lily fuhr fort, das Bild zu betrachten.
»Autsch!« sagte sie.
»Raus.«
»Aber sicher.«
Sie schlenderte in Richtung Tür.
»Wenn du noch einmal in mein Haus einbrichst, rufe ich die Polizei.«
Lily kicherte nur. »Ich bin nirgends eingebrochen. Es war weit offen.«
»Raus.«
»Ich bin unterwegs.«
Das Meer schwappte kalt vor der Tür des Fertighauses. Drei Riesenschritte, und sie war drin. Voll angezogen. Füße, Knie, Hüften, Brüste. Sie winkte mit den Armen in seine Richtung.
»Freiiii!« schrie sie.
In diesem Moment haßte er sie. Sie war frei.

Eigentlich hatte sie *Eis!* geschrien, doch eine kleine Welle hatte sie getroffen.
Sie hatte keinen großen Plan. Noch nicht. Nichts dergleichen.

4

Niemand sonst wollte diese Arbeiten erledigen. Es war, als wäre man ein Astronaut, allerdings mit all den Unbequemlichkeiten und ohne jeden Ruhm. Im Gewerbe nannte man sie die *Häute*. Es gab eine theatralische Seite. Ronny spielte manchmal damit, aber er war ungern in der Nähe von Kindern.
Dann gab es die industrielle Seite. Stadtverwaltungen heuerten ihn an, um Unkrautvertilger zu sprühen, Reinigungsarbeiten zu erledigen, mit schädlichen Chemikalien umzugehen. Jemand mußte es tun. Also war Ronny gefällig. Er war derjenige. Von vollendeter Professionalität.
Andere fanden die Schutzkleidung lästig und klaustrophobisch. Mehrere hatten geklagt, nachdem sie sich durch das Hantieren mit gefährlichen Substanzen Atembeschwerden und Hautentzündungen zugezogen hatten. Ronny wußte, daß das daran lag, daß sie ihre Helme abnahmen, wenn es zu heiß wurde. Sie beachteten die Vorsichtsmaßnahmen nicht. Ronny tat das immer. Das war sein Markenzeichen, sein Stempel. Sein Qualitätsmerkmal.
Außerdem war es Teil des Kicks. Keine Luft. Eingeschlossen zu sein. Das Scheuern, das Schwitzen. Die chronische Unbequemlichkeit. Das gehörte alles dazu.
Er trug weiße Schuhe. Spezialschuhe. Tatsächlich war die ganze Ausrüstung weiß, sogar der Helm. Ronny blickte auf seine Schuhe hinunter. Er dachte über den Mann auf der Brücke nach, weit offen, und im selben Moment dachte er an Monica.
Monica.

Sie war seine Vertraute gewesen. Seine Briefpartnerin. Seine beste Freundin. Seine *einzige* Freundin. Er hatte es so gemocht.
Monica hatte zu allem eine Meinung. Sie interessierte sich für Biologie. Für physikalische Dinge. Sie war eine Abenteuerin. Sie haßte es, eingeschlossen zu sein; das war der Grund, warum sie schließlich in Sumatra landete, in den Regenwäldern. Sie arbeitete dort draußen mit einem Journalisten zusammen. Sie interessierten sich für die DNS; all das komplexe genetische Zeug, das Ronny, ehrlich gesagt, herzlich wenig bedeutete.
Monica konnte die Art ihrer Arbeit in einer Unterhaltung nie vereinfachend darstellen, ohne schelmisch und kokett zu werden. Wenn Ronny nicht verstehen konnte, was sie machte, faßte sie es zusammen, indem sie sagte: »Ich interessiere mich dafür, was den Menschen zum Menschen macht, Ronny. Ich interessiere mich für *Affen.*«
Sie suchten also in den Wäldern von Sumatra nach einem fehlenden Affen. Dem Missing Link. Einem großen Affen. Einem phantastischen Affen. Einem blassen Riesen. Er ging auf den Hinterbeinen und ähnelte in jeder Hinsicht dem Menschen, außer daß er die Füße nach innen setzte. Und im Gegensatz zu seinen menschlichen Verwandten keine großen Zehen hatte.
Monica hatte ihn nie gesehen. Doch sie hatte Ronny gesehen, wenn auch nur flüchtig und vor langer Zeit. Er hatte sie sehr beeindruckt. Der konnte nicht mehr gelöscht werden. Er hatte im Schlamm von Monicas Gehirn seinen Fußabdruck hinterlassen. Sie konnte ihn nicht abschütteln.
Oranpendic. Das war der Name des Affen. Mr Unaussprechlich. In seinem Wörterbuch sah Ronny, daß *Orang* – oder etwas ganz Ähnliches – auf malaiisch Mensch hieß. Wie in Orang-Utan, was sich grob gesprochen als ›Mann des Waldes‹ übersetzen ließ.
Oranpendic stand nicht in seinem Wörterbuch. Er existierte nicht. Bis jetzt jedenfalls nicht. Wenn Monica ihn fände,

würde er existieren, vorher nicht. Wenn Monica ihn fände, würde auch Ronny ihn sehen; nicht körperlich – bei weitem nichts so Dramatisches –, aber eingeschoben zwischen all seine anderen Wörter und Definitionen. Auf Papier. Gedruckt. Fett.

Doch so lange war der Oranpendic ihr eigenes, spezielles Geschöpf. Keine Tatsache oder Definition. Nichts Absolutes. Lediglich ein Fragment.

Ronny schlug zu Übungszwecken Pendic nach, fand aber nur pend, was in der Schwebe lassen/hängen bedeutete (wie in ›Pendant‹). Er vermutete, daß das Wort etwas mit Per-pendikular zu tun hatte. Aufrecht. Vertikal. Aber offen gesagt fand er sowohl die Beschreibung als auch den eigentlichen Namen unbefriedigend.

Oranpendic.

Monica kümmerte das einen Dreck. Es war ihr egal. Sie interessierte sich mehr für die Jagd. Sie war schon der Falschmeldung bezichtigt worden. Nun, weniger Monica als der Journalist, Louis, der die wahrhaft niederträchtige Hälfte des Duos war.

Sie hatte ihn im Radio gehört und hatte danach ihr ganzes Geld, das sie als Laborassistentin in einer Schule in Swindon verdiente, zusammengekratzt, um zu ihm zu fliegen und sich ihm anzuschließen. Sie war so impulsiv. Manche nannten es gutgläubig. Wie auch immer, sie hatte nie Angst. Nichts schreckte sie ab.

Zuerst war dem Journalisten Monicas Anwesenheit unangenehm gewesen. Er hatte sich in seiner Privatsphäre verletzt gefühlt. Monica konnte manchmal diese Wirkung haben. Doch dann gewöhnte er sich an sie, und sie begannen mit der eigentlichen Jagd.

Ronny hatte mehrere Artikel über die Falschmeldung gelesen. Natürlich bezweifelten die Menschen die Existenz des Oranpendic. Doch der Journalist behauptete, ihn gesehen zu haben, kurz, und sein Bericht über diese phantastische Entdeckung war ziemlich überzeugend.

Monica hatte eine Theorie über Gesichter. Sie sagte, Ehrlichkeit sei etwas, was man im Gesicht eines Menschen sehen könne. Die Aufrichtigkeit eines Menschen, seine Integrität, war für Monica beim ersten Treffen ebenso offensichtlich wie seine Haarfarbe oder die Form seiner Nase. Das war ihre Hauptbeschäftigung. Ihr Instinkt.
Tatsächlich hatte sie zwei hervorragende Instinkte. Der erste war für Ehrlichkeit, und der zweite sagte ihr, daß der Oranpendic lebte, aber Angst hatte. Die drohende Entdeckung erschreckte ihn. Deshalb hielt er sich versteckt.
Sie schrieb an Ronny.

Er hat Angst, Ronny. Soviel weiß ich. Er geht und steht voller Furcht. An manchen Tagen, wenn ich früh aufwache, gehe ich kurz nach der Dämmerung alleine hinaus. Alles ist blankpoliert. Die Luft ist voller Feuchtigkeit. Sie ist so dick, so dicht wie ein Wollschal, der sich auf meine Lippen preßt und auf meine Nasenlöcher.
In diesen Momenten träume ich, daß ich ihn sehen werde. Aber er ist so blaß wie der Nebel, und er hat so viel Angst, daß es mir vorkommt, als sei er nur ein Geist. Ich habe immer die Kamera bei mir – nicht das große, professionelle Ding von Louis, ich habe meine eigene, nur für alle Fälle, eine billige, die ich noch nie benutzt habe –, aber manchmal stelle ich mir vor, wenn ich versuchen würde, ihn zu photographieren, daß die Angst, die Einstellung, die Technik ihn auslöschen würden. Und alles, was übrigbleiben würde – in der Kamera, in der Welt – wäre Dampf. Ein Nebel und ein Geruch.
Die Angst hat ihr eigenes, besonderes Aroma. Wie Erde. Wie Apfelessig. Habe ich dich schon verloren, Ronny? Habe ich das? Könnte ich das?
Hier ist die Wahrheit. Wenn ich ihn sähe, würde ich ihn nicht photographieren. Es wäre so ungehörig, findest du nicht? Ich habe Louis nie gesagt, daß ich so denke. Er würde mich auslachen. Schließlich ist das der Grund, warum er hier ist.

Er hat mehr zu verlieren als ich. Er ist überall und in aller Öffentlichkeit belächelt und fertig gemacht worden, deshalb ist es nur fair.
Doch wenn ich den Oranpendic sähe, würde ich ihn nicht photographieren. Ich würde niederknien und die Hand ausstrecken. Ich würde ihn nicht anstarren. Ich würde zur Seite schauen wie eine freundliche Katze. Das würde ich tun. Ich würde eine unterwürfige Haltung einnehmen.
O Gott, Ronny, ich wünschte, du wärst hier. Es tut mir leid, daß du dein Haar verloren hast. Wirklich. Habe ich das je gesagt? Ich kann mich nicht erinnern. Vermißt du mich? Meine Haare sind inzwischen lang. Ich binde sie zurück. Sonst verfangen sie sich an Zweigen und Ästen. Es ist dumm und unpraktisch, aber ich lasse sie wachsen als meinen Tribut. Ich lasse sie für dich wachsen.
Ich habe gerade das Gefühl, du seist sehr nah. Ist das dumm? Bist du in meiner Nähe? Bist du da draußen, versteckst dich im Dschungel, beobachtest und wartest, aber ich kann dich einfach nicht sehen? Bin ich es, die dicht ist, oder ist es der Wald? Bin ich es?
Mach die Augen zu, Ronny, und stell dir vor, ich sei hier. Mach die Augen zu. Mach sie zu. Siehst du mich? Mein Haar ist länger. Meine Nägel sind schmutzig. Siehst du mich? Ich bin auf den Knien. Ich strecke die Hand aus.
Nimm sie.
M.

Ronny starrte weiter auf seine Schuhe. Weiße Schuhe. Dann bewegte er sich und hob die Flasche mit dem Unkrautvertilger auf. An diesem Tag war er fünf Meilen gegangen. Er hatte jede Spalte auf jedem Gehweg besprüht. Kein Unkraut würde gedeihen, wo er gewesen war. Es würde kein Grün geben, nachdem er da gewesen war. Keine üppige Abwechslung in der Eintönigkeit des Gehwegs. Dafür hatte er gesorgt.
Es war heiß unter seinem Helm. Doch Ronny ging weiter und sprühte. Wie ein Kater hinterließ er auf all den gezähmten

Meilen seine Duftmarke, den Gestank nach Gift. Er dachte jedoch nicht an das Gift, nur an Monica. Sein eigener Atem näßte sein Gesicht. Die Wälder waren heiß und luftlos. So wie das hier, vermutete er. Er war ihr nahe. Sie hatte recht. Er war sehr nahe. Und sie war mit Sicherheit ein seltsamer Vogel.

5

Er fuhr später nach Hause, als er erwartet hatte, und kam mitten in den Berufsverkehr. Weil er ihn umgehen wollte, hatte er sich nicht umgezogen und trug noch seinen weißen Haut-Anzug, komplett, wenn auch ohne den Helm. Vom Hals abwärts ähnelte er einem Außerirdischen. Oder einem Astronauten. Er trug sogar seine Plastikhandschuhe, die auf dem Lenkrad eine seltsame Reibung verursachten, wenn er um eine Ecke fuhr.

Als er in Lee Green auf einen Kreisverkehr zusteuerte, fiel Ronny etwas Außergewöhnliches auf. Ein Mann stand auf der Insel inmitten des Kreisverkehrs. Er war groß, mit Bart, einen Arm hatte er ausgestreckt, den linken, und in der Hand hielt er etwas, das im Licht der Scheinwerfer schimmerte. Etwas Goldenes.

Der Verkehr war dicht. Ronny wartete, bis er sich in den Verkehrsfluß einreihen konnte. Er starrte den Mann an. Jemand hinter ihm ließ seine Scheinwerfer aufblitzen. Er nahm seine Chance wahr. Er fädelte sich in den Verkehr ein. Er fuhr einmal herum. Er fuhr zweimal herum. Bei der dritten Runde setzte er den linken Blinker und glitt auf einen Parkplatz vor dem Ausstellungsraum der Welt in Leder. Dort saß er eine Weile und schaute durch die Windschutzscheibe auf den Ausstellungsraum. Dann stieg er aus dem Auto und ging zu Fuß zurück zur Straße. Er blieb am Bordstein stehen, hob die Hände an die Lippen und brüllte.

»RONNY!«

Nichts deutete darauf hin, daß der andere Ronny ihn gehört hatte, deshalb pfiff und rief er noch einmal.

»RONNY!«

Der andere Ronny drehte sich um, legte den Kopf schief, blieb aber stehen. Ronny wartete, bis sich im Verkehr eine Lücke auftat, und joggte dann zu ihm hinüber. Der andere Ronny hielt weiter den glitzernden Gegenstand in der ausgestreckten Hand. Es war eine Uhr.

Ronny hob seine Stimme über den Verkehrslärm. »Was machst du hier?«

Der andere Ronny zeigte ihm die Uhr.

»Ich halte diese Uhr in meiner ausgestreckten Hand.«

»Weshalb?«

»Ich biete mich selbst an. Ich biete meine Zeit an. Dieser Insel.« Nach einer Pause fügte er hinzu: »Ich mag deinen Anzug. Du siehst aus wie der Michelin-Mann.«

»Das ist Schutzkleidung.«

Ronny starrte auf die Uhr. Sie war ihm vertraut. Der andere Ronny ertappte ihn, als er darauf starrte.

»Erkennst du sie?«

Ronny schluckte, plötzlich aus der Fassung gebracht. »Sollte ich das?«

»Ich weiß es nicht. Es ist nur so, daß ich glaube, sie könnte dir gehören.«

Ronny trat einen Schritt zurück. »Ich besitze keine Uhr.«

»Doch, tust du. Du trägst eine.«

Ronny blinzelte. »Ich meine, nicht diese Uhr.«

»Sie hat auf der Rückseite eine Inschrift ...«

Der andere Ronny drehte die Uhr um. In Gold graviert waren die Worte: »Dem großen Ron, in Liebe, Deine Elaine.«

Ronny fing an zu zittern. Sein Anzug fing zu beben an und machte ein seltsames, synthetisches Geräusch, ein Geräusch wie ein Windstoß, der auf den Segeltuchklüver eines kleinen Segelboots trifft, ein Klang wie der Flügelschlag eines fliegenden Schwans. Es war deutlich zu hören, doch der andere Ronny schien es nicht zu bemerken.

»Ich wollte, ich könnte pfeifen wie du«, sagte der andere Ronny, »aber ich kann überhaupt nicht pfeifen. Ich habe es nie gelernt.«
»Pfeifen?« Ronny runzelte die Stirn, erinnerte sich dann. »Oh ...« Als eine Art verkürzte Nachbemerkung setzte er hinzu: »In Wirklichkeit gehört die Uhr meinem Vater«, und dann, mit bestürzender Gleichzeitigkeit, fing seine Nase an zu laufen.
Er rieb mit dem Rücken seines Handschuhs darüber, doch der Handschuh war aus Plastik und saugte nichts auf. Statt dessen verschmierte er die Feuchtigkeit über seine Wange, über die die kalte Abendluft strich.
Der andere Ronny inspizierte weiter die Uhr. »Sie sieht teuer aus. Wird er sie zurückwollen?«
»Nein.« Ronny schüttelte den Kopf und schniefte heftig. Der andere Ronny sah auf. »Ist irgend etwas nicht in Ordnung?«
»Nein.«
Er richtete seinen Blick auf Ronnys Gesicht. Sein Blick glich der reinen Ausdehnung eines Kricketrasens; er war flach, und er war schlicht, und er ging weiter und weiter. Ronny war beunruhigt. Er fing an, schnell zu blinzeln. Ein nervöser Tick.
Der andere Ronny wirkte bestürzt. »Ich habe unangenehme Gefühle geweckt. Es tut mir leid.«
Er schloß seine Hand um die Uhr, so daß Ronny nicht länger gezwungen war, sie anzusehen. Ronny sagte nichts, blinzelte aber immer noch. Wenn er aufhörte zu blinzeln, würde er anfangen zu weinen, und das ginge nicht. Er hatte nie geweint.
Doch er erinnerte sich an die Uhr. Sehr deutlich. Und verwoben damit war die Erinnerung an das Kratzen von grobem Juteleinen und den stechenden Geruch von Apfelessig. Etwas Beißendes.
»Ist er tot?«
»Wer?«

»Der große Ron.«
»Ja.« Ronny nickte.
»Wie du es vorhin sagtest, hat es sich angehört, als würde er noch leben.«
»Er lebt noch.« Ronny strengte sich an. »Ich meine, in meinem Kopf.«
Wieder legte er seine behandschuhte Hand an sein Gesicht.
Der andere Ronny schritt ein. »Du hast einen Ausschlag auf der Wange. Du solltest ihn nicht ständig berühren.«
Ronny nahm die Hand von der Wange und fluchte leise. »An meinen Handschuhen sind vielleicht Chemikalien.«
»Dann solltest du sie ausziehen.«
»Sie sind an diesem Anzug befestigt. Ich hatte es eilig, das Auto zurückzugeben. Es gehört nicht mir.«
Der andere Ronny reckte den Hals, um einen Blick auf das Auto zu werfen.
»Ein grüner Volvo«, sagte er nachdenklich, wenig hilfreich.
»Ja.« Ronny drehte sich um und joggte an den Rand der Insel. Seine Nase lief immer noch. Seine Augen begannen zu brennen. Er war ungeschickt gewesen. Dafür haßte er sich.
Der andere Ronny beobachtete teilnahmslos, wie er geschickt dem Verkehr auswich.
Wieder im Auto, zog Ronny den Reißverschluß seines Anzuges auf und rollte die obere Hälfte bis zur Taille herunter. Dies war ein komplexes Manöver, das mehrere Minuten dauerte, während der Schmerz in seiner Wange sich verstärkte.
Er suchte im Seitenfach der Fahrertür herum und fand eine Flasche Wasser. Er schraubte sie auf, roch daran und goß sich etwas davon auf die Hand und tupfte es auf seine Wange. Er wiederholte diesen Vorgang mehrere Male und überprüfte dann sein Gesicht im Seitenspiegel. Wange, Nase und das linke Auge waren leicht zusammengezogen und angeschwollen. Er tupfte noch mehr Wasser darauf.
»Möchtest du die Uhr zurückhaben?«

Der andere Ronny hatte seine Insel verlassen und stand jetzt hinter ihm und hielt ihm die Uhr hin.
Ronnys Haut prickelte, als wäre er voller Statik. »Ganz und gar nicht. Du sollst sie haben.«
»Wie geht es deiner Wange?«
»Es wird gleich vorbei sein.«
»Du mußt frieren. Hier...«
Der andere Ronny zog die alte braune Strickjacke aus, die er trug, und bot sie ihm an.
»Ich habe eigentlich etwas zum Umziehen im Kofferraum.«
Während er das sagte, fielen Ronny die Unterarme des anderen Ronny auf. Sie glichen denen eines Skeletts. Er legte die Hand auf den Mund. Er verspürte eine unerwartete Mischung aus tiefer Sorge und schlingernder Übelkeit.
»Was ist?«
Der andere Ronny betrachtete mit einer gewissen Verwirrung seine Strickjacke, als wäre sie der Auslöser für Ronnys Besorgnis und nicht er.
»Deine Arme«, brachte Ronny durch seine Finger heraus.
Der andere Ronny sah auf seine Arme hinunter, schnitt eine Grimasse und zog seine Strickjacke wieder an.
»Ich kann die Uhr nicht behalten«, sagte er ruhig, »ich würde mich verpflichtet fühlen.«
Ronny zitterte. Er ging und zerrte seine Kleider aus dem Kofferraum und fing an, sie anzuziehen. Ihm war übel. Sein Mund ertrank in süßem Speichel. War es das Gift, oder war es Mitleid? Er konnte es nicht sagen.
»Verpfände die Uhr«, sagte er undeutlich, »und besorg dir etwas Anständiges zu essen.«
Dem anderen Ronny gefiel dieser Vorschlag nicht. »Ich würde nie daran denken, sie zu verkaufen«, sagte er und wandte sich zum Gehen, offensichtlich verletzt.
Ronny war in Panik, er wußte nicht, warum. »Wo gehst du hin?«
»Auf meine Insel.«

»Wie lange wirst du dort bleiben?«
»Ich habe keine Ahnung.«
Er ließ ihn zurück.
Ronny packte seinen weißen Anzug hinten in den Volvo und setzte sich dann auf den Fahrersitz. Er stellte den Rückspiegel ein, zunächst, um seine Wange zu überprüfen, und dann, um zu versuchen, den anderen Ronny zu sehen.
Der andere Ronny war wieder auf seiner Insel. Ronny saß eine Weile da und beobachtete ihn. Er wollte gehen. Aber irgend etwas hinderte ihn daran. Eine ihm unvertraute Regung. Er war spät dran. Er wollte gehen, er wollte es wirklich, doch er konnte nicht.
Er betupfte sein Auge mit der Manschette. Er fühlte sich schrecklich. Er hatte ein Gefühl im Magen wie auf einer Achterbahn.
»*Jim!*«
Wie eine Stimme in seinem Kopf. Ronny zuckte zusammen und sah erschrocken auf. Wie durch Hexerei stand der andere Ronny wieder leibhaftig neben ihm.
»Wie bitte?«
»Ein Geschenk. Von mir. Im Tausch für die Uhr.«
»Ich verstehe nicht.«
»Ein neuer Name. Jim. Der ist mir gerade blitzartig eingefallen.«
Ronny lachte nervös. »Ich brauche keinen neuen Namen.«
Der andere Ronny war sichtlich verärgert. »Der große Ron ist tot«, sagte er sachlich, »warum ihn also nicht begraben?«
Ronny war überrascht. Er war verwirrt. Aber über all dem hatte er das starke Gefühl, daß es ungezogen wäre, ein so großzügig gegebenes Geschenk zurückzuweisen.
»Jim ist ein netter Name«, sagte er sanft, »aber ich verstecke mich nie vor etwas.«
»Es gibt nichts, vor dem du dich verstecken müßtest«, beharrte der andere Ronny, als verstünde er wirklich alles. »Du hast ein ehrliches Gesicht. Ich habe einen Instinkt für Ehrlichkeit. In Gesichtern.«

Ronny war überrumpelt. Er schwieg eine Weile. Der andere Ronny interpretierte sein Schweigen falsch. Er entschied, daß es am besten wäre, wenn er auf seine Insel zurückkehrte. Er trat einige Schritte zurück. Er forcierte nie etwas. Er war ein Stück Spreu. Ein Löwenzahnsamen. Er schwebte und landete, schwebte und landete.

Er ging ein paar Schritte. Der Wind kam von hinten. Ein Windstoß traf ihn und verdeutlichte seinen Umriß vor den Straßenlaternen und den Scheinwerfern.

Ronny nahm das alles in sich auf und spürte, wie es ihm die Kehle zerriß. Der Mann war ein Rinnsal Pisse, ein Zweig, ein kleines Fohlen. Er war ein kleiner Knoten in einem endlosen Faden.

»Falls du mir einen Gefallen tun willst ...«, sagte sein Mund – an seinen Augen konnte man den Schrecken darüber lesen –, »ich meine, falls du mir für die Uhr etwas geben möchtest, dann könntest du mich nach Hause fahren. Meine Augen brennen, und mir ist übel. Ich muß schleunigst den Wagen zurückgeben. Du sagtest, du würdest jemanden in Sheppey kennen ...«

»Dich.«

Ronny runzelte die Stirn. »Was?«

»Du bist die Person, die ich in Sheppey kenne.«

»Aber wir haben uns gerade erst kennengelernt.«

Der andere Ronny räusperte sich. »Dieselben Menschen«, sagte er, »aber verschiedene Leben.«

Ronny lächelte, aber es war ein dünnes Lächeln. »Ich hoffe sehr, daß das nicht zutrifft.«

Er meinte es so. Er glaubte, jeder könne nur ein Leben leben. Er hatte das Gefühl, nichts in ihm könnte anders sein, als es war. Er war ein geschlossenes Buch. Seine Seiten waren für immer ineinander verzahnt.

»Ich wohne in einem Strandhaus«, sagte er schließlich. »Ich habe ein paar zusätzliche Decken.«

Der andere Ronny stand da und überlegte sich das Angebot.

»Ich habe keinen Führerschein«, sagte er endlich.
»Ich auch nicht.« Ronny versuchte, gleichgültig zu wirken, aber plötzlich bedeutete es ihm *sehr* viel.
»Es ist ein Volvo«, sagte er fröhlich, »und die haben dicke Stoßstangen.«
Der andere Ronny schien immer noch unsicher zu sein.
»Es gibt einen Strand«, sagte Ronny auf der Suche nach Anreizen, »und ein Naturschutzgebiet mit Eulen und Jagdvögeln ...«
Der andere Ronny zögerte immer noch.
»Und Kaninchen ... ich meine, außergewöhnliche Kaninchen. Rabenschwarz. Wild. Es ist ein seltsamer Ort, flach und leer wie die Mondoberfläche.«
»Und das Meer ...?« fragte der andere Ronny, schwankend.
»Ja.«
Der andere Ronny kratzte sich mit der linken Hand am rechten Arm. »Gut«, verkündete er, »aber es gibt eine Schwierigkeit ...«
Ronny nickte, zu allem bereit.
»Du mußt die Gänge einlegen. Ich benutze meine rechte Hand nicht.«
»In Ordnung.«
Ronny sehnte sich nie nach etwas. Nicht mehr. Obwohl er in einem bestimmten Stadium seines Lebens ein besorgniserregendes Talent an sich entdeckt hatte, andere zu überzeugen. Zu überzeugen war seine Schwäche geworden. Eine Krankheit. Wenn er einmal ein Auge auf etwas geworfen hatte, schien er sich mit einer beinahe obszönen Inbrunst danach zu sehnen. Oftmals nach Dingen, von denen er nicht einmal gewußt hatte, daß er sie sich gewünscht hatte. Das waren die schlimmsten.
Er hatte sich selbst davon überzeugt, daß er diese Zeiten weitgehend hinter sich gelassen hatte. Dies hier war ein Ausrutscher.
»Und zweitens ...«, der andere Ronny verfügte über eine

unheimliche Empathie, »du bist Jim, oder ich komme nicht mit.«
»Jim.«
»Das ist mein Geschenk.«
»Du nennst mich Jim.«
»Nein, du nennst dich Jim und meinst es auch so.«
»Jim.«
Ronny spürte eine Welle der Euphorie, als säße er in einem kleinen Boot und hätte sich gerade selbst vom Ufer abgestoßen. Er trieb dahin. Er konnte die Dinge hinter sich lassen. Dann riß sie ab. Die Euphorie. Einfach so. Er kletterte hinüber auf die Beifahrerseite.
Der andere Ronny stieg ein. Er schlug die Tür zu, er suchte die Pedale und dann den Knopf, um seinen Sitz zu verstellen. Er fand ihn. Er schob den Sitz zurück, aber nur wenig. Er betätigte den Anlasser. Der Motor heulte auf und brummte.
»Leg den Gang ein, Jim.«
Er stellte sorgfältig den Rückspiegel ein.
Jim sagte nichts. Er rieb sein Auge, schniefte einmal und legte dann ruhig den Rückwärtsgang ein.

6

Nathan erzählte es Margery, ehe sie Gelegenheit hatte, sich hinzusetzen.
»Heute morgen habe ich James gesehen.«
Margery hatte keinen leichten Tag gehabt. Einer ihrer Klienten stand vor Gericht und plädierte schuldig in einer Anklage wegen Brudermordes. Ein anderer Klient, ein Kind, war in Pflege gegeben worden, nachdem es versucht hatte, das Haus seiner Großmutter anzuzünden. Und dann hatte sie den Rest ihres Nachmittags mit dem erfolglosen Versuch zugebracht, mit einem jungen Mädchen zu kommunizieren, das aufgehört hatte zu sprechen, nachdem es bei einem Verkehrsunfall

den Tod seiner Schwester mitangesehen hatte. Es war bitter.

»James wer?«

»Jim. Jimmy.«

Sie waren in Nathans Wohnung in Stamford Hill. Über einer Bäckerei. Margery wohnte in Bethnal Green. Neben Tesco's.

»Jim?« Sie drehte sich um und sah ihn an. »Warum hast du mich dann nicht angerufen?«

Nathan kratzte sich am Kopf. »Als ich ihm das angedroht habe, ist er weggelaufen. Nachdem er weg war, hatte es keinen Sinn mehr.«

Margery hatte sich eine Zigarette angezündet. Nathan rauchte nicht. Sie inhalierte und zupfte sich dann eine lose Tabakfussel von der Zungenspitze.

»Dann hast du einfachheitshalber überhaupt nicht angerufen.«

»Es tut mir leid.«

Margery schnitt eine Grimasse. »Zum Teufel mit dem ›es tut mir leid‹, Nathan. Hat er gesagt, wo er hingehen wollte? Hat er gesagt, wo er gewesen ist?«

»Nein.«

»Was wollte er dann?«

»Er wollte eine Uhr.«

Margery betrachtete Nathans Handgelenk.

»Und du hast ihm deine gegeben.«

»Ja.«

»Und er hat nicht gesagt, wo er wohnt?«

Nathan zögerte. »Als ich ihn fragte, sagte er, er ginge nach Manchester.«

»Manchester?« Margery war verwirrt. »Warum Manchester?«

»Ich weiß es nicht. Vielleicht war es nur eine Laune.«

Margery warf sich neben Nathan auf das Sofa. »Ich wünschte bei Gott, daß du ihm nicht deine Uhr gegeben hättest, Nathan.«

»Ich weiß. Ich *weiß.*«

Nathan schämte sich, wollte jedoch keine Lektion hören.

»Ich will nicht gemein sein«, fuhr Margery fort, »aber das ist eine wirkliche *Schwäche* von dir.«

»Das ist mir inzwischen klar. Und es tut mir leid. Er tat mir einfach ... er tat mir leid. Er war sehr dünn. Ich dachte, vielleicht könnte er sie für Essen oder so etwas verkaufen.«

»*Bitte.*«

Margery drückte mit einem wütenden Stoß ihre Zigarette aus. Sie fühlte sich durch die Zigarette in keiner Weise besser. Aus irgendeinem Grund brannten ihre Lippen.

Ganz unerwartet fing Nathan an zu weinen. Er schluchzte nicht, und er schniefte nicht, doch die Tränen flossen ihm lautlos über beide Wangen. Margery machte ein finsteres Gesicht. Tränen ließen sie ungerührt. Sie hatte über die Jahre zu viele gesehen. Tränen gehörten schließlich zu ihrem Beruf, waren Teil ihres Lebens. Tränen waren eine Ausrede. Eine Verzögerungstaktik. Sie suchte in ihren Taschen nach einem Papiertaschentuch. Sie hatte keins. Sie suchte in Nathans Tasche. Sie zog einen Papierball heraus. Sie strich ihn glatt. Sie faltete das Papier auseinander.

»Du wolltest mir das zeigen, nehme ich an?«

»Was?« Nathan drehte sich um und sah das Blatt Papier. Er wischte sich die Augen. »Was ist das?«

»Er hat seinen Antrag mit *Ronny* unterschrieben. Hast du das gesehen?«

Nathan schüttelte den Kopf. »Ich habe es nicht gesehen. Ich habe ihn nicht gelesen.«

»Und bei der Adresse hat er geschrieben ...«

Die Handschrift war so schlecht, daß sie es nicht entziffern konnte.

»Shelby ... Shel ... Nun, auf jeden Fall nicht Manchester.«

Nathan fühlte sich wund und armselig und in der Defensive.

»Mir hat er gesagt, Manchester. Es gibt keinen Grund, weshalb ich lügen sollte.«

Margery rieb sich mit der Hand über die Augen. Auf ihrer

Stirn über der linken Augenbraue blieb ein Mascarafleck hängen. Nathan starrte darauf.
»Weißt du ...«
Sie war erschöpft und demoralisiert. »In Momenten wie diesen fange ich an, mich zu fragen ... Ich will damit sagen, daß ich von Rechts wegen verpflichtet bin, die Behörden zu verständigen.«
Nathan nahm das Stück Papier. Er konnte sehen, daß das Wort unter Adresse ›Sheppey‹ lautete. Margery beobachtete ihn. »Kannst du es lesen?«
»Hm ...«, er schluckte, »hm ... nein.«
Sie seufzte. »Ich wünschte nur, du hättest ihm deine Uhr nicht gegeben. Wenn ihm etwas passiert, und sie finden deine Uhr ...«
Nathan betastete sein Handgelenk. »Ich habe diese Uhr gehaßt«, sagte er.
Margery legte den Kopf entspannt auf die Sofalehne. »Ich bin zu müde dafür«, murmelte sie.
Nathan nickte. »Ich bin auch müde, aber ich dachte, daß ich es dir erzählen sollte.«
Margery ignorierte ihn.
»Und er sagte wirklich Manchester«, wiederholte Nathan und bedauerte jetzt, daß er sich ihr anvertraut hatte, und ließ alle früheren Gedanken fahren, wonach Aufrichtigkeit die beste Politik sei. Er stand auf. »Ich fange mit dem Abendessen an.«
Er ging in die Küche.
Margery zog ihre schmerzenden Beine auf das Sofa. Sie schloß die Augen. Ihr Körper entspannte sich, doch ihre Gedanken rasten mit Hochdruck weiter. Sie war in diese Sache verwickelt. Sie haßte dieses Gefühl. Es war ein Kompromiß, und sie haßte Kompromisse. Sie war hart geworden. Sie wußte es. Und es war unangenehm, das von sich selbst zu wissen.
Ihr Vater war Arzt gewesen. Ihre Mutter Hebamme. Zwei starke Dienstleistungstraditionen. Sich um andere zu sorgen

war nur ein weiterer mechanischer Zug, den sie ungefähr zur gleichen Zeit gelernt hatte, wie ihre Schnürsenkel zu binden. Manchmal brachte das Unannehmlichkeiten mit sich. Wenn ihr Daddy am Weihnachtstag einen Hausbesuch machen mußte. Wenn sein Abendessen kalt wurde. Und wahrscheinlich war es nur eine dumme alte Frau, die auf sich selbst gestellt war und niemanden hatte, mit dem sie reden konnte. Aber er nahm es hin. Sie alle taten das.

Margery verabscheute Schwäche, aber ebensosehr verabscheute sie ihren eigenen Abscheu. Sie war verheiratet gewesen, mit einem Mann, den sie an der Universität kennengelernt hatte. Er hatte Ingenieurswesen studiert. Er war ehrgeizig. Es hatte nicht gehalten. Irgend etwas hatte gefehlt. Mitgefühl? Sollte eine Ehe mitfühlend sein? Scheidung. Dann hatte sie sich abgestrampelt. Und schließlich hatte sie Nathan kennengelernt.

Das war bei der Arbeit gewesen. Eine Routineuntersuchung aufgrund einer Anzeige wegen eines Vergehens in einem Kinderheim im Londoner Bezirk Brent. Dort lernte sie James kennen, alias Jimmy, alias Ronny. Er war ein verlorener Junge. Wie in *Peter Pan*. Ein verlorener kleiner Junge. Niemand liebte ihn. Niemand wollte ihn. Doch er suchte nach Liebe, und das an all den falschen Orten. Er war verletzbar.

Er hatte diese Gewohnheit gehabt, Dinge zu verlieren. Er hatte nicht viel, aber was er hatte, verlor er. Auf dem Weg zur Schule ließ er seine Bücher fallen. Sein Mittagessen ließ er in der U-Bahn liegen. Er zog seinen Mantel aus und ließ ihn liegen. Als wäre er eine Schlange, die einfach ihre Häute wechselt.

Dann hatte er angefangen, Anträge zu stellen. Er ging hin und stellte einen Antrag und hoffte, etwas zu bekommen, das ihm nicht gehörte. Etwas Interessantes mit einem eigenen Leben, einer anderen Bedeutung. Etwas Besonderes. Etwas Ganzes.

Und an diesem Ort hatte er Nathan getroffen. Und Nathan hatte einmal einen Bruder gehabt, den er im Stich gelassen

hatte, der ungefähr im gleichen Alter war wie James, wie Jimmy. Deshalb gab er ihm Sachen. Die Sachen des Bruders. Das war ein privater Handel zwischen den beiden. Aber es war falsch. Es war falsch.
Margery hatte sich vorgestellt, daß James auf den Strich ging. Was hätte sie sonst denken sollen? Seine stetige Anhäufung von Besitztümern mußte irgend etwas zu bedeuten haben. Deshalb war es eine Erleichterung, als sie schließlich Nathan kennenlernte. Er war harmlos wie ein frisch geschlüpftes Küken. Und sie mochte ihn. Er war zuverlässig und sanft und kümmerte sich um Kleinigkeiten. Er war liebenswert.
Sie gingen zusammen aus, etwas trinken. Das war unprofessionell, zugegeben, doch sie bereute es nicht. Sie sagte Nathan lediglich, daß er James nicht wiedersehen solle. Er solle ihm nichts geben. Das war alles. Darin lag kein Geheimnis. Er hatte gesagt: »Ich habe nicht gesehen ... ich meine, ich habe nicht gesehen, daß daran etwas ... hm ... Schlechtes war ... bestimmt nicht. Gott. Das habe ich keine Sekunde gedacht.«
»Es ist wirklich eine Schande«, versuchte Margery ihn freundlich zu beruhigen, »aber die Welt ist ein schlimmer Ort. Man tut in aller Unschuld etwas, und es gelingt der Welt, es irgendwie billig wirken zu lassen. Ich fürchte, das ist einfach so.«
Dann wurde James vermißt. Anfangs zeigte die Polizei ein leidlich tolerables Maß an Interesse. Eine Namensliste wurde in den Computer eingefüttert. Sie statteten Margery einen Besuch ab. *Flacher Hut, blauer Anzug, große Stiefel.* Wußte sie von Nathan? Kannte sie Nathans Geschichte? Genauer gesagt, wußte sie Bescheid über Nathans Vater? Er war ein verurteilter Pädophiler. Verstand sie, was das bedeutete? Nathans Vater war sexuell nicht normal. Er hatte Sex mit kleinen Kindern. Die ganze Zeit. Der große Ron. Der große, böse Ron. Er schnaufte und schnaubte und blies ihre heile kleine Welt um. Und seine eigenen Kleinen? Er deckte sie nachts fest zu, so fest, daß sie ihre kleinen Ärmchen nicht

mehr bewegen konnten, und dann lechzte und ächzte er und prustete durch die dünnen Strohwände. Man hatte alles entziffert. Jeden Buchstaben. Und jeder einzelne Buchstabe ergab ein einziges Wort. Das Wort war schrecklich. Schrecklich. Schrecklich. *Schrecklich*.
Sie wollte sich zurückziehen. Aber nein. Nathan hatte rotes Haar und blaue Augen und eine Haut, so blaß, daß sie beinahe durchsichtig war. Er war beinahe durchsichtig. So weich und so sanft. Er war durchschaubar.
Und zu diesem Zeitpunkt steckte sie zu tief drin, verdammt.

Nathan hatte ein Hühnchen-im-Schlauch vorbereitet, das zehn Minuten gekocht werden mußte. Es schmeckte nach Kreide, aber faserig. Sie erzählte ihm nie, daß sie es wußte. Sie wartete einfach auf Anzeichen. Sie beobachtete ihn, wie man eine Tomatenstaude in einem Gewächshaus beobachtet. Bekam sie genug Wasser? Hatte sie Blattläuse? Hatte sic Mehltau? Sie wartete darauf, daß etwas schiefging. Als wäre er eine Bombe, die vor sich hin tickte.
Nathan beobachtete Margery beim Essen. Sie beschwerte sich nicht. Sie kaute pflichtschuldig.
»Es tut mir leid«, sagte er, »es schmeckt entsetzlich.«
Er war weich wie Erdbeersahne.
»Es schmeckt wirklich entsetzlich«, sagte sie ruhig und aß trotzdem weiter, nahm dann das Ketchup von einem Tablett, das auf einem braunen Pappkarton stand, der, ohne daß sie es bemerkt hätte, neben dem Sofa abgestellt worden war. Der Karton. Ganz nah und geschlossen und fest verschnürt. Nathan streifte ihn immer wieder mit flüchtigsten Blicken. Einige Dinge, entschied er, nein, viele Dinge, viele, viele Dinge, beließ man oft besser einfach so, wie sie waren.

7

»Die Sache ist die«, sagte Ronny, während er Luke taxierte und einen kräftigen Fischgeruch an ihm feststellte, »er hat seinen Namen geändert und nennt sich jetzt Jim.«
Luke wandte sich an Jim, überrascht und sichtbar entschlossen, der Aussage eines völlig Fremden keinen Glauben zu schenken. »Du hast seit heute morgen deinen Namen geändert?«
Jim nickte. Er schien sich mit dieser oberflächlichen Veränderung bereits angefreundet zu haben. Der neue Name hatte sich während der letzten Stunde so sanft und so vollständig an ihm festgesetzt wie eine dünne Rußschicht am Rand eines Kamins.
Luke runzelte die Stirn, irgendwie verärgert. »Aber was war falsch an Ronny?«
Ronny unterbrach: »Das war der Name seines Dads, und er mochte seinen Dad nicht.«
»Wie dem auch sei«, sagte Jim und steuerte die Unterhaltung behutsam von seinem Vater weg, »mein Freund hier heißt Ronny, und wenn wir beide Ronny sind, macht das die Dinge zu kompliziert.«
Luke fand das komisch. Auf seinem breiten Gesicht zeigte sich ein Grinsen. »In Wirklichkeit«, kicherte er, » seid ihr also *Die Zwei Ronnies*.«
Ronny schüttelte den Kopf. »Nein. Wir sind nicht die zwei Irgendwas. Das ist genau der Punkt. Er ist Jim.«
Luke hörte auf zu lächeln. Jim nutzte die Gelegenheit und reichte ihm die Autoschlüssel. »Ich weiß es wirklich zu schätzen, daß du mir dein Auto geliehen hast. Es hat tatsächlich Leben gerettet.«
Während er sprach, sah Luke auf Jims Wange. »Du hast einen leichten Ausschlag ...« Er deutete darauf. »Genau hier.«
»Er weiß es«, sagte Ronny. Jim nickte. »Ich glaube, er geht jetzt sogar ein bißchen zurück.«

»Übrigens«, Luke blickte versonnen über Ronnys Schulter, obwohl dahinter nur die Dunkelheit lag und das Rauschen der Flut, »habe ich heute jemanden aus unserer Nachbarschaft kennengelernt. Ein Mädchen mit einem flachen Gesicht. Sie sah leicht ...«
»Schmutzig aus«, vervollständigte Jim.
Luke lachte, obwohl ihm das vorher nicht aufgefallen war. »Das stimmt. Sie war schmutzig. Besonders am Hals. Kennst du sie?«
Jim schüttelte den Kopf. »Ich habe sie hier gesehen, aber wir haben nie miteinander gesprochen.«
»Nun, sie hat in meinem Haus rumgeschnüffelt, und dann ist sie ins Meer gesprungen. Vollständig angezogen und so. Verrückt, wirklich. Ich konnte mich ganz und gar nicht für sie erwärmen.« Luke machte eine Pause. »Sie hatte tatsächlich etwas daran auszusetzen, daß ich ohne etwas am Leib das kurze Stück von hier bis zum Nacktstrand gehen wollte. Dabei ist nicht einmal jemand in der Nähe gewesen ...«
»Sie war in der Nähe«, sagte Ronny, aber nicht provozierend. Er rieb sich das Ohr und wirkte distanziert, nun, da das Namensproblem gelöst war. Luke brummte nur etwas.
»Egal ...«, sagte Jim, und seine Stimme wurde vom Geräusch der Wellen verschluckt.
»Ja ...«, entgegnete Luke fröhlich und klapperte mit den Schlüsseln in seiner Hand, »wann auch immer.«
»Großartig.«
Jim ging davon und erwartete, daß Ronny hinter ihm herkommen würde. Doch Ronny kam nicht hinter ihm her.
»Hast du schon die schwarzen Kaninchen gesehen?« fragte er.
»Schwarze Kaninchen?«
Luke war einen Moment verwirrt.
»Jim sagte, hier gäbe es schwarze Kaninchen. Wilde.«
»Oh ...« Luke dachte einen Augenblick nach. »Ich habe noch nie ...«, sagte er mit gerunzelter Stirn, »obwohl, jetzt, wo du es sagst ...«

Er verschwand in seinem Fertighaus, um etwas zu suchen. Ronny hielt die Tür mit dem Fuß angelehnt. Er sah das Bild der Frau mit den kinnhohen Brüsten, das Luke jetzt offen, ohne Entschuldigung, über sein Sofa gehängt hatte. Ronny berührte mit der linken Hand eine seiner Brustwarzen. Er hatte phantastische empathische Fähigkeiten.
»*Au.*«
»Bitte?« Luke tauchte wieder auf und sah gereizt aus.
»Nichts. Es ist nur ...« Ronny deutete. »Ihre Brüste sind sehr hoch. Das ist nicht natürlich, oder?«
»Natürlich?«
Luke verstand die Implikation dieses Wortes nicht. Er hielt einen Prospekt in der Hand. Es handelte sich um eine kostenlose Informationsschrift des Naturschutzbundes über das Naturschutzgebiet Swale. Er räusperte sich. »Brüste bestehen aus Fettgewebe. Gerade dieses Modell hat sehr große, was auch bedeutet, daß da einiges ist an ...«, er suchte nach dem richtigen Wort. »Schlaffheit«, sagte er schließlich, obwohl er den Gedanken nicht verhindern konnte, daß das ungalant klang. Sogar unelegant. Und es war ein so *wirkliches*, nein, nicht wirkliches ... es war außerdem ein so sprechendes Bild. Ronny las bereits den Prospekt.
»Nimm ihn mit«, sagte Luke, »ich glaube, darin steht etwas von Kaninchen, aber beschwören kann ich es nicht.«
»Danke.«
Ronny nahm den Prospekt und wandte sich zum Gehen. Luke machte die Tür halb zu und sagte dann schnell: »Es hat nicht weh getan, mußt du wissen.«
»Was?«
Luke wies mit dem Daumen über seine Schulter. »Die Brüste. Das ist meine Ex-Frau. Es hat ihr nicht weh getan. Eigentlich war es in erster Linie ihre Idee.«
»Ah«, nickte Ronny und hielt immer noch den Prospekt fest.
»Das ist gut.«
»Ja.«
Luke machte die Tür zu. Er beschloß, Ronny seine Mappe

nicht zu zeigen. Er war allein in dieser Wildnis. Dieser Mondlandschaft. Obwohl wenigstens Jim relativ aufgeschlossen zu sein schien. Oder war das einfach ... hm ... er suchte nach dem richtigen Wort. Dann fand er es. Schweigsamkeit. Vielleicht war Jim einfach schweigsam.
Jim. Sein Nachbar. *Jim.* Ein bißchen undurchsichtig, wenn man's genau betrachtete.

Jims Fertighaus war kahl und funktional. Ein Schlafzimmer. Klein. Eine Dusche, eine Toilette, ein Waschbecken. Das Wohnzimmer und eine winzige Küche. Weiße Wände. Überall Linoleumfußboden. Von roter Farbe. Ein tragbarer Fernseher. Schrecklicher Empfang. Keine Lampenschirme. Kahle Glühbirnen. Kühl. Ronny war beeindruckt. Es war bereits dunkel, als sie ankamen, aber das Wesentliche hatte er schnell erfaßt.
Sie hatten zehn Minuten warten müssen, ehe sie übersetzen konnten. Die Kingferry-Brücke war wegen eines durchfahrenden Tankers hochgezogen. Ronny war aus dem Auto gestiegen und ans Flußufer gegangen, um das zu beobachten. Die Brücke war ein großes, mehrgeschossiges Parkhaus aus Beton, jedoch ohne Dach. Eine Monstrosität. Ein Riese. Als er wieder ins Auto stieg, leuchtete sein Gesicht. Er hatte nicht damit gerechnet, daß es wirklich eine Insel sein würde.
»Du könntest leicht hinüberschwimmen«, sagte Jim, als sie den Fluß überquerten, »aber in der Mitte ist es ganz schön tief.«
Und jetzt waren sie am Meer. Jim zog die Vorhänge weit auf. Draußen sah Ronny Schwärze, unterbrochen von schaumgekrönten Wellen. Es war phantastisch.
Er zeigte darauf. »Du bist fast auf dem Strand.«
»Ja. In Wirklichkeit sind wir auf dem Strand.«
»Nur eineinhalb Meter davon und dahinter das Meer.«
»Das ist richtig.«
Jim machte etwas zu essen, erhitzte eine Dose Bohnen mit Mini-Würstchen.

»Hast du Hunger?«
»Immer.«
Jim kippte die Hälfte aus der Pfanne in eine Schale. Die andere Hälfte schüttete er für sich selbst auf einen Teller. Er schnitt Brot auf. Er reichte Ronny ein Stück.
»Kein Brot«, sagte Ronny und setzte sich an den Küchentisch. »Ich esse immer nur gerade genug ...«, er hielt inne und wählte seine Worte sorgfältig, »um aktiv zu bleiben.«
Jim reichte Ronny eine Gabel. »Das ist eine merkwürdige Angewohnheit.«
»Ja«, stimmte Ronny zu, »aber es sind diese kleinen Dinge, die mich am Laufen halten. Diese Gewohnheiten.«
Er aß mit der linken Hand. Er hielt die Gabel ohne Finesse in der Faust.
»Und du benutzt immer nur die linke Hand«, sagte Jim und beobachtete Ronny sorgfältig, als wäre er eine Art wissenschaftliches Experiment.
»Ja. Dadurch werde ich langsamer.«
»Hast du das Gefühl, du müßtest langsamer werden?«
»Ich hatte es.« Ronny dachte einen Augenblick nach. »Was ich damit sagen will, es hilft mir, mich zu konzentrieren. Ich hatte früher eine sehr kurze Aufmerksamkeitsspanne. Dann habe ich mit diesen kleinen Herausforderungen angefangen. Das ist mir einfach so eingefallen. Von Natur aus habe ich instinktiv immer alles mit der rechten Hand gemacht, aber ich habe angefangen, mir das abzugewöhnen. Ich habe diesen Instinkt unter Kontrolle gebracht. Ich habe ihn gezügelt.«
Er lächelte. »Zuerst macht es einen gereizt, denn Körper und Geist tun ungern etwas auf die schwierige Art. Doch das Problem ist lediglich, diese anfängliche Abneigung zu überwinden, und wenn du sie einmal überwunden hast, freust du dich intensiv. Wirklich intensiv.«
Jim brach ein Stück Brot in zwei Teile. Nach einer Weile sagte er: »Dir muß es irgendwann extrem schlecht gegangen sein. Ich meine, vor all dem.«
»Das stimmt«, grinste Ronny, »aber jetzt nicht mehr.«

Er aß vier Bissen von seinem Essen und schob dann den Teller zurück.
Jim schaute konzentriert auf den Teller. »Es ist sehr ...«, er dachte kurz nach, »nun, frustrierend. Es ist frustrierend zu sehen, wie du deinen Teller zur Seite schiebst, obwohl du offensichtlich noch hungrig bist.«
Ronny schüttelte den Kopf. »Ich bin nicht hungrig.« Er stützte die Ellbogen auf den Tisch. »Du bist viel dominanter, als du denkst, Jim«, setzte er fröhlich hinzu.
Jim war überrascht. Er hatte über Ronny und sein Unglücklichsein nachgedacht. Er hatte sich nicht als Teil einer Gleichung gesehen. »Ich? Dominant?«
Er sah in einer greifbaren Gleichgültigkeit einen Fixstern in seinem Leben. Einer überragenden, großartigen, spektakulären Gleichgültigkeit. Ronny zuckte die Schultern. »Wenn du weniger essen würdest, würdest du dich vielleicht besser fühlen. Ich sehe es so – je weniger du ißt, desto weniger Energie hast du für unnötige Dinge übrig. Wenn du Hunger hättest, würdest du dich wahrscheinlich nicht im geringsten dafür interessieren, was ich getan oder nicht getan habe.«
Jim war von Ronnys Argumentation nicht beeindruckt, aber um der Diskussion willen schob er einen Moment lang seinen eigenen Teller zurück und sagte: »Jeder hat ein paar dumme Angewohnheiten. Ich bin sicher, ich habe eine Menge, aber ich versuche, nicht darüber nachzudenken, und ich möchte mit Sicherheit nicht, daß sie mein Leben noch mehr beherrschen, als sie das ohnehin schon tun.«
»Was sind denn deine?«
Ronny lächelte, als wären Jims Angewohnheiten in seiner Vorstellung nichts Besonderes.
»Nun ...«, Jim sprach nicht gerne über sich selbst, entschied sich jedoch, es zu tun, nur dieses eine Mal, um sein Argument anzubringen, »als ich ein Kind war, hatte mein Dad die Gewohnheit, Dinge zu zerbrechen, wenn sie mir etwas bedeuteten. Um mir beizubringen, was Abhängigkeit ist. Und in gewisser Weise befreite mich das, obwohl ich ihn damals

wirklich dafür gehaßt habe. Aber heute ...«, Jim drehte die Gabel in seiner Hand, »wenn mir heute eine Sache etwas bedeutet, irgendein Ding, dann habe ich das Bedürfnis, es selbst zu zerbrechen.«
Ronny war sichtlich beeindruckt. Er sah sich um, betrachtete die Möbel, die Wände.
»Was für Dinge?«
»Alle möglichen Dinge. Tassen. Kleider. Uhren.«
»Und das ist immer noch so?«
Jim nickte. »Manchmal.«
»Warum?«
»Ich weiß es nicht. Ich mache mir nicht die Mühe, es zu analysieren.«
»Aber das solltest du.«
Jim schüttelte den Kopf.
»Nein, wirklich, das solltest du. Es ist interessant.« Ronny runzelte einen Moment die Stirn und fuhr dann fort. »Wenn es mit rechten Dingen zugegangen wäre, hättest du so aufwachsen sollen, daß dir manche Dinge wirklich etwas bedeuten. Tatsächlich hättest du, wenn es mit rechten Dingen zugegangen wäre, eigentlich ein richtiger Sammler werden sollen. Meinst du nicht?«
Jim nahm diese Theorie dankbar an, wollte aber nicht darüber nachdenken.
»Schau mal ...«, Ronny holte etwas aus seiner Tasche und faltete es auseinander, »das habe ich von deinem Nachbarn bekommen.«
»Was ist das?«
»Ein Prospekt. Darin werden schwarze Kaninchen erwähnt.«
Jim begann weiterzuessen. »Und?«
»Einen Augenblick lang dachte ich, du hättest es einfach erfunden.«
Jim hörte auf zu kauen. »Warum hätte ich das tun sollen?«
»Um mich hierher zu locken.«
Jims Magen krampfte sich zusammen. »Aber warum?«

Ronny schüttelte den Kopf. »Ich weiß es nicht. Ich fühlte mich unwohl. Nur für den Bruchteil einer Sekunde, was dumm war.«
»Du sagtest, ich hätte ein ehrliches Gesicht.« Jim klang in seinen eigenen Ohren mitleiderregend. »Du hast gesagt, das sei ein Instinkt.«
»Es ist ein Instinkt. Das meine ich gerade. Ich hatte recht mit deinem Gesicht. Das bestätigt es einfach.«
Ronny warf den Prospekt auf den Tisch, dann stand er auf und stellte sich unter die Tür, um aufs Meer hinauszuschauen. »Sieh mal, ein Tanker!« rief er. »Siehst du die Lichter?«
Jim gab keine Antwort. Er legte die Gabel hin. Ihm war der Appetit vergangen. Er fühlte sich plötzlich ganz komisch, als wäre das alles ein Traum, den er durchlebte, als wäre das alles ein müder alter Traum, und es gefiel ihm nicht, wie sich das *anfühlte*. Kein bißchen.
Eine Sekunde lang wünschte er sich, leblos zu sein. Das war ein alter Trick von ihm; die Fähigkeit, sich von jeder Situation zu distanzieren, seinen Körper zu räumen und anderswo hinzugehen. Und für den Bruchteil einer Sekunde verspürte er diesen Wunsch. Er war nicht mehr länger im Innern, sondern außen, und von außen sah er zwei Männer in einem kahlen Fertighaus an einem braunen Meer. Es hätte ein einfaches Bild sein sollen, zutiefst eindeutig. Aber es veränderte sich plötzlich; es wurde geschält wie eine Banane, und während das Äußere in Ordnung gewesen war, fest, war das Innere weich und braun und fleckig. Das Innere war verdorben und vernarbt und besudelt. Jim verspürte ein tiefes, mißtönendes Unbehagen. Alles war gezügelt und kompliziert und verdreht und blockiert. Konnte das stimmen? Sogar von draußen, vom kalten, kalten Draußen, schien alles so *freudlos*.
Er blinzelte und sah sich dann verwirrt um. Er war zurück, er war zurück, aber wer war dieser Mann? Was war dies für ein Ort? Er faßte sich mit einer Hand an die Wange, die Nase. Er spürte sein eigenes Gesicht. Was tat er da?

Einen kurzen Augenblick lang hinterfragte Jim seine Beweggründe, und dann, ebenso abrupt, hörte er damit auf.
»Ronny«, sagte er ruhig, »was ist aus deinen Sachen geworden?«
»Meinen Sachen?«
»Dem Karton. Dem Karton, den du dabeihattest.«
»Ah!« murmelte Ronny. »Ich habe ihn weggegeben. Ich habe ihn verloren.«
Jim schauderte. Er wußte nicht, warum. Doch plötzlich war er hellwach. Seine Nase kribbelte. Es wurde kalt. Kalt draußen. *Kalt*. Kalt drinnen.

8

Soweit Lily wußte, war ihr Vater, Ian, seit acht Wochen in Southampton, um sich um ihre Großmutter zu kümmern, die vor drei Monaten einen leichten Schlaganfall erlitten hatte. Sie war gerade erst aus dem Krankenhaus entlassen worden und mußte sich zu Hause wieder eingewöhnen.
Lilys Mutter, Sara, kümmerte sich in seiner Abwesenheit um die Farm. Glücklicherweise kümmerte sich die Farm mehr oder weniger um sich selbst, denn Sara befand sich in einem Zustand des Wandels. Sie war zweiundvierzig und hatte während des letzten Jahres über fünfundzwanzig Kilo verloren. Eine Hefeallergie. Als sie Brot und Brötchen und all den anderen Hefe-Versuchungen aus dem Weg gegangen war – den Pizzen, den Doughnuts, dem gelegentlichen Halben Stout –, fiel das Gewicht ganz im wörtlichen Sinne von ihr ab. Sie hatte früher immer wieder unter ausgedehnten Soor-Attacken zu leiden gehabt, und nun hatte sich auch das geklärt, eindeutig ein zusätzlicher Bonus.
Sie war eine neue Frau.
Sie hatten insgesamt vierzig Wildschweine. Was in Wirklichkeit nicht viel war. Doch der Markt war während der letzten Jahre immer lukrativer geworden. Sie waren öko-

logisch aufgezogen. Sie wurden am Trog erschossen. Die eine Minute schlangen sie gierig in sich hinein, in der anderen waren sie tot. Im Handumdrehen. Die anderen Wildschweine nahmen die Erschießungen gleichmütig hin, jedes nur darauf bedacht, sich dazwischenzudrängen und den Platz eines anderen einzunehmen.

Und in dieser Hinsicht, so empfand es Lily, waren sie genau wie Menschen.

Lily gefielen die Wildschweine. Sie waren ihr lieber als Schweine. Sie waren haariger und weniger vornehm. Sie waren verdammt riesig. Es waren enorme Biester. Doch sie konnten anspruchsvoll sein. Sie konnten charmant sein und zwinkern, wenn sie in Laune dazu waren.

Schweine allerdings, hatte sie beobachtet, und das mit einigem Vergnügen, hatten sehr menschliche Ärsche. Wie bestimmte Affenarten. Dicke, runde Hinterteile. Und sie staksten auf Zehenspitzen wie Supermodels in Plateau-Schuhen von Vivienne Westwood. Aber o so natürlich. Wildschweine waren weniger menschlich, und sie waren weniger mitfühlend, doch sie waren so sehr viel mehr von allem anderen. Sie dröhnten und waren grob und *wild*.

Sara mochte Lily nicht. Lily war nicht liebenswert. Das war ein schwieriges Eingeständnis für einen Elternteil, doch Lily war mies. Sie war grob und ohne weiche Kanten. Sie hatte ein beschütztes Leben geführt. Sie war zu früh zur Welt gekommen und hatte viele Monate hilflos und blökend in einem Brutkasten gelegen, ehe sie auch nur anfangen konnten, daran zu denken, sie mit nach Hause zu nehmen.

Und es hatte verschiedene andere Komplikationen gegeben; mit ihren Nieren, Teilen ihres Magens und ihrem Unterleib. Die Dinge hatten sich nicht vollständig ausgeformt. Nichts war richtig. Sie war nicht komplett. So *zerbrechlich*.

Und das Bluten. Ihr Blut wollte nicht gerinnen. Nicht ordentlich. Sogar jetzt konnte mitten in einer Unterhaltung ihre Nase anfangen zu laufen, ihre Zähne versehentlich ihre Unterlippe ritzen, ein Nagel ihre Wange, ihren Arm zerkratzen.

Dann tröpfelte Blut und tropfte, dann strömte es und floß. Es hörte nicht auf. Mit Lily gab es keine Grenzen. Es gab kein Gefühl von Zurückhaltung oder Zartgefühl.
Sie war ein alter Zapfhahn, ein quietschender Wasserhahn, sie war eine Überlaufleitung, die beständig überlief. Aus ihr sickerte es immerzu. Sie schien es beinahe zu genießen. Sie war ein Atomunfall-Baby. Sie war unvollständig versiegelt. Sie war im Innern ganz lose. Sie war schlaff. Dünn. Blaß. Bläulich angelaufen. Sie war kümmerlich.
Zuerst hatten sie gedacht, sie würden sie verlieren. Sie hatten sich darauf vorbereitet. Sie hatten fast damit gerechnet. Sie saßen Jahr für Jahr auf glühenden Kohlen und warteten darauf, daß ihr Leben von einem Blitz oder einem Krampf oder einer Blutung ausgelöscht würde.
Doch Lily starb nicht. Ihre ureigene, besondere Kümmerlichkeit war von der Sorte, die ganz aus Ellbogen bestand. Von grenzenloser Kraft. Sie knospte. Sie schrie und wieherte. Sie forderte und strampelte. Im Grunde lief sie Amok.
Ihr Körper blieb schwach, doch ihr Geist verhärtete sich. Sie wurde stärker und stärker, mürrischer und mürrischer, wilder und wilder. Sie brauchte niemanden. Und doch hatten sie so viele Kompromisse gemacht! Sie hatten von Ackerbau auf Schweinezucht umgestellt und schließlich auf Wildschweine. Wildschweine machten weniger Arbeit. Sie hatten sich für einen schrecklichen Schlag gerüstet, doch der Schlag kam nie. Und so begannen die Dinge aus dem Ruder zu laufen. Langsam, unmerklich. Unten auf der Farm.
Sara, die starrte, aber nie sah, schaute, aber nicht erkannte, versuchte, mögliche Rechtfertigungen für Lilys Unbeliebtheit ausfindig zu machen, doch sie fand keine. Sie forschte in ihrem eigenen Herzen. Sie wünschte sich, Lily würde das gleiche tun. Aber Lily wollte nicht. Sie tat es nicht. Niemals. Und dennoch hatte Lily ihr eigenes moralisches Gerüst, ihre eigenen Ängste und Glaubenssätze, die komplex waren, üppig, umfassend. Sie waren einfach wohlverborgen. Wie Kartoffeln. Mehrere Meter tief verborgen.

Sie betete eine Gottheit an. Das war ihr Geheimnis. Die Gottheit hatte einen besonderen Namen. Sie wurde Der Kopf genannt. Sie war in einer langen, stillen Nacht im Jahr 1982 geboren worden und gestorben, doch im Geist hatte sie überlebt. Einer Augustnacht. Deshalb hatte es seinen Sinn, daß Lily den August als den Monat wählte, um Den Kopf mit einigen besonderen, von ihr selbst erfundenen Ritualen zu feiern. Gewöhnlich war sie nicht über die Maßen kreativ, doch im August machte sie eine Ausnahme. Im August machte sie sich mit einem Stück Draht vom Wildschweingehege einen sauberen Schnitt in den Arm. Spezialdraht. Dann tötete sie eines der Hühner und schob die Schuld auf einen Fuchs.

Ein Fuchs muß es getan haben.

Mit dem Hühnerblut und ihrem eigenen Blut tränkte sie die Erde hinter der Eibe, wo Der Kopf in ihrer Phantasie begraben war. Aber Der Kopf war nicht dort begraben. Ihr Vater hatte ihn aller Wahrscheinlichkeit nach verbrannt. Obwohl sie nie darüber gesprochen hatten.

Der Kopf. Eine Mißgeburt. Lily war fünf und bei der Geburt dabeigewesen. Eine verläßliche Sau aus der alten Herde war mit einem wilden Eber gepaart worden. Dem ersten wilden Eber auf der Farm. Nur für ihn hatten sie einen besonderen Verschlag gebaut. Es war ein Experiment gewesen. Ihr Vater hatte von beiden Seiten das Beste gewollt. Er hatte es »das Wasser prüfen« genannt. Und tatsächlich hatte die Sau acht gesunde Ferkel geworfen, doch dann war Der Kopf gekommen, als letzter, und hatte die Mutter mit sich genommen. Wie Schiwa. Gott der Zerstörung.

Lily hatte zunächst keinen genauen Blick darauf werfen können. Ihr Vater hatte versucht, ihn zu verstecken. Er hatte ihn zur Seite geworfen und mit den Füßen Stroh darüber gescharrt, wie er das mit allen Totgeburten machte, wenn Lily dabei war. Doch dann hatte er ins Haus laufen müssen, um den Tierarzt anzurufen, als die Mutter zu kämpfen begann, und Lily hatte die Chance ergriffen und sich die Miß-

geburt angesehen, die verkrustet und erstickt in ihrem muffigen Grab aus Heu und Gras lag.
Als sie die Abdeckung zur Seite räumte, so vorsichtig, was hatte sie gesehen? Sie hatte einen Kopf gesehen – gestreckt, in die Länge gezogen – und die Reste eines Körpers, wie ein winziger, feuchter Fäustling. Der Körper einer jungen Ratte. Oder einer Springmaus. Jedoch ohne Schwanz. Und er hatte gelebt! Sie wußte, daß er lebte. Sein Mund bewegte sich. Seine Augen waren so rund und vertrauensvoll wie die eines jungen Hundes. Seine Haut war blaß und weich und glänzte wie Pudding. Sie wollte ihn berühren, doch ihr Vater kam zurück, schrie sie an und schickte sie ins Haus.
Am nächsten Tag fand sie nirgends mehr eine Spur. Der Kopf war verschwunden. Und sie wußte in ihrem Inneren, daß er es getan hatte. Ihr eigener Vater. Doch Der Kopf verschwand nicht endgültig, denn er schlich sich in Lilys Träume. Er färbte ihre Gedanken wie die Tinte eines Tintenfischs. Und es war merkwürdigerweise ein Gefühl, als wäre dort Raum gewesen, eine besondere Lücke in ihrer Phantasie, gerade eben groß genug, um von diesem besonderen Geschöpf eingenommen zu werden. Als hätte das Geschöpf gewußt, daß ihr etwas fehlte. Als hätte es *gewußt*, daß sie das Gefühl brauchte, vollständig zu sein. Es sättigte sie. Es wurde zu einer Gottheit. Und deshalb feierte Lily es, und indem sie es feierte, feierte sie, wie schief auch immer, ihr eigenes süßes Ich.
Naturgemäß gab sie sich auch selbst die Schuld. Und ihrem Vater. Sie hätte ihn retten können. Den Kopf. Wenn sie ihn nur hätte berühren können. Wenn nur, wenn nur. Er hätte Verständnis gebraucht, hatte aber keines bekommen. Während die Muttersau im Sterben lag, hatte Lily kalt zugesehen, wie die Babys alle darum kämpften, zu saugen. Sie waren weder Schweine noch Wildschweine. Sie waren kleine, haarige Hybriden. Gestreift. Anders. Niedlich, gewiß, aber weder das eine noch das andere. Lily verachtete sie. Der Kopf dachte nicht daran, zu saugen. Er suchte Verständnis, nicht

Nahrung. Er war anders. Für ihn hatte die Welt andere Maßstäbe. Für ihn waren die Dinge viel komplexer. Wie für Lily.

Die Natur war ein harter Lehrmeister, stellte Lily fest. In jener Nacht erfuhr sie die Natur, Nahrung und dann – der letzte Schlag – nichts. Lily allein trauerte um Den Kopf. Sie hatte gelernt, daß Mißgeburten von niemandem geliebt wurden. Nicht von Dad, nicht von Mum. Niemand liebte Mißgeburten. Nur sie liebte sie. Das war ihre Rolle. Und als Der Kopf ihr in einem Traum sagte, auch sie sei im Innern eine Mißgeburt und der einzige Grund, warum Dad sie nicht getötet habe, sei gewesen, daß ihm noch nicht aufgefallen sei, was für eine Mißgeburt sie war, und daß auch Mummy das nicht mitgekriegt habe, sah Lily keinen Grund, ihm nicht zu glauben.

Aber was würde passieren, wenn sie es sähen? Wie sie davon abhalten, sie mit Stroh zuzudecken? Sie loszuwerden? Und hinterher so zu tun, als wäre nichts geschehen? Wie sie aufhalten?

Lily zog sich immer mehr in ihre eigene, geheime Welt zurück.

Sie hatte Jim gesehen. Sie hatte bemerkt, daß er keine Augenbrauen hatte, keine Wimpern. Er trug immer einen Hut. Versteckte etwas, vermutete sie. Keine Haare. Sie stellte sich vor, daß er krank war, Leukämie hatte. Er sah krank aus. Zu blaß. Immer allein. Gebückt wie ein alter Mann, sein Körper verwelkt. Sie beobachtete ihn. Nichts entging ihr. Sie sammelte Informationen, eines Tages könnten sie nützlich sein. Man konnte nie wissen.

Sara war in der Küche, an den Aga gelehnt, und trank heißen Erkältungstee, als Lily patschnaß nach Hause kam. Sie wollte wissen, was passiert war. Ihre Tochter hätte den ganzen Nachmittag im College verbringen, nicht am Strand herumlümmeln sollen. Lily konnte keine Auseinandersetzung ertragen.

»Das ist passiert«, sagte sie und leckte sich das Salz von den Fingern, »ich habe unten beim Dörfchen Shellness diesen Mann getroffen. Total nackt. Er ist Mieter von einem dieser Fertighäuser.«

»Meinst du den Glatzköpfigen?«

»Nein. Der Glatzköpfige geht nicht an den Strand. Er bleibt für sich. Dieser Kerl war fett und stank nach Fisch. Wie auch immer, ich habe ihm gesagt, daß es nicht erlaubt ist, splitterfasernackt auf einer öffentlichen Landstraße herumzulaufen.«

Sara runzelte die Stirn. »Was hat er gesagt?«

»Nichts. Er hat mich nicht verstanden. Er war unterwegs zum Meer, zu einem schnellen Bad. Aber dann habe ich gemerkt, daß er verschwunden war und die Tür zu seinem Fertighaus weit offenstand. Ich bin daran vorbeigefahren und konnte nicht umhin zu sehen, daß überall auf dem Fußboden Bilder von nackten Frauen herumlagen. Und damit meine ich nicht einfach nackt, ich meine merkwürdig. Sachen im Hintern und so. *Tiere.*«

»Mein Gott.«

»Genau. Deshalb habe ich ihn darauf angesprochen, und er sagte, das ginge mich nichts an. Mir gefiel nicht, wie er aussah. Ich meine, er war nackt. Ich dachte, er könnte böse werden, und deshalb bin ich ins Wasser gesprungen, um ihm zu entkommen.«

Sogar Sara fand diesen letzten Teil schwer zu verstehen.

»Du bist ins Wasser gesprungen? Warum bist du nicht einfach nach Hause gefahren?«

»Weiß nicht. Ich war wütend, glaube ich. Er ist krank. Das hier ist eine kleine Welt. Da ist der Nacktstrand, der sowieso schon die merkwürdigsten Leute anzieht. Und jetzt ist da dieser Mann. Angezogen von der Nacktheit. Verstehst du? Als wäre das eine Kloake. Unser Zuhause.«

Sara schüttelte den Kopf. »Das ist nicht gut, mit Sicherheit nicht.«

»Es ist schrecklich.«

»Ich möchte nicht, daß du noch einmal dorthin gehst.«
»O nein«, lächelte Lily mit eisigem Blick, »niemand hindert mich daran, hinzugehen, wo ich will, und zu tun, was ich will. Auf jeden Fall nicht so ein verdammter Perverser.«
Sara war irritiert von Lilys moralischer Gewißheit. »Geh und zieh dich um. Du wirst dir den Tod holen.«
Lily hatte auf den Küchenfliesen eine Pfütze hinterlassen. Sie hob ihre Hände. Ihre Knöchel waren blau vor Kälte.
»Ich sage nicht, daß der menschliche Körper in seinem natürlichen Zustand nicht in Ordnung wäre«, sagte sie fromm, »das sage ich keinen Augenblick. Aber was ich sage, ist, daß eins schließlich zum andern führt.«
Sie klang genau wie ihr Vater.

»Ich sage nicht, daß der menschliche Körper in seinem natürlichen Zustand nicht in Ordnung wäre«, sagte Sara fest, »aber ich sage, was genug ist, ist genug. Meine Tochter ist siebzehn. Sie hat das Recht, sich auf einer öffentlichen Landstraße zu bewegen, ohne mit so etwas konfrontiert zu werden.«
Luke war vollständig angezogen. Es war schwer zu glauben, daß er auch nur daran denken könnte, splitternackt über eine öffentliche Straße zu spazieren.
»Vielleicht sollten Sie kurz hereinkommen.«
Er hielt die Tür zu seinem Fertighaus weit auf. Sara sah das Bild von der Frau mit den hohen Brüsten. Die Frau, stellte sie fest, war nicht besonders attraktiv, was irgendwie gut war. Nichtsdestotrotz behauptete sie ihren Standpunkt. »Nein, ich kann nicht bleiben.«
Lily hatte recht. Er roch nach Fisch.
Luke kratzte sich am Kopf. Was sollte er tun? Ärger war das letzte, was er hier erwartet hatte. Er war wegen der Leere gekommen. Er war gekommen, um den Menschen und den mit ihnen verbundenen Lasten und Bedrängnissen ein Ende zu setzen.
»Lily ist patschnaß nach Hause gekommen«, fuhr Sara fort.

Luke nickte. »Sie ist ins Wasser gesprungen. Das hat mich sehr überrascht.«
Sara trat von einem Fuß auf den anderen. Luke machte einen harmlosen Eindruck. Aber es waren die Harmlosen, sagte sie sich, von denen die wirkliche Gefahr ausging. War das logisch?
»Die Sache ist die ...«, sie räusperte sich, »die meisten Menschen, die hier leben, haben sich sehr über den Nacktstrand aufgeregt. Es war eine Konzession an das Dorf.« Sara deutete, nutzloserweise, denn es war mittlerweile stockdunkel. »Ich meine, die eingezäunten Chalets. Und im allgemeinen haben wir anderen wenig mit ihnen zu tun. Die meisten kommen und gehen. Hauptsächlich an den Sommerwochenenden. Ich würde sie nicht als die eigentliche Gemeinde bezeichnen.«
»Und die Fertighäuser?«
»Wie bitte?«
»Diese Handvoll Fertighäuser. Sind wir die eigentliche Gemeinde?«
Sara runzelte die Stirn. Luke fand sie wunderbar. Hätte Sara das vermutet, hätte eine Feder sie fällen können.
»Ich weiß es nicht«, sagte sie langsam, »aus irgendeinem Grund sehen wir in ihnen etwas anderes.«
Sie dachte einen Augenblick nach. »Ich nehme an, das ist eigentlich unlogisch.«
»Es ist unlogisch.«
»Da ist der Bootsbauer am Ende. Zwei Häuser weiter. Er wohnt ständig da. Und dann sind da die Künstler links unten. Aber die überwintern auf Ibiza.«
Sara hatte ein Gefühl, als müsse sie niesen. Kräftig. Doch ihre Nase war klar.
»Und neben mir«, fügte Luke hinzu, »wohnt Jim.«
Jim.
»Sie meinen den Kranken?«
»Er ist nicht krank. Er hat Alopezie. Das ist ein Leiden, bei dem man sein ganzes Haar verliert.«

»Oh.«
»Er ist ein netter Kerl. Er bewahrt meine Zigaretten für mich auf.«
»Wie bitte?«
»Ich habe das Rauchen aufgegeben, aber ich habe ihm ein Päckchen anvertraut, für alle Fälle. Ich entgifte gerade. Deshalb bin ich hier. Ich entlade.«
Entgiften? Entladen?
Sara starrte wieder auf das Bild. Luke lächelte. »Meine Ex-Frau.«
»Wirklich?«
Sie wurde rot. Luke fiel es auf. Er fand es ganz rührend.
»Das einzige, was ich nicht verstehe«, sagte Sara nach kurzer Pause, »ist, warum ihre Sandalen offen sind.«
Luke sah Sara mit wirklicher Verwunderung an. Und dann sagte er flüsternd, so leise, daß sie ihn kaum verstehen konnte: »Sind Sie es?«
Sara blinzelte schnell. »Bin ich wer?«
Er fuhr fort, sie mit einem Blick anzusehen, als wäre sein Gesicht von innen von einer starken Glühbirne beleuchtet. Das Leuchten ließ sie ein paar Schritte zurückweichen, obwohl sie sich in keiner Weise eingeschüchtert fühlte.
»Wir haben uns nie zuvor gesehen«, murmelte sie. »Ich bin ich. Ich bin Sara.«
Und dann, wie um all dem zu widersprechen, entflog ihr ein Lachen, so schnell, so unerwartet, daß es bereits jeden einzelnen Winkel des Zimmers ausgefüllt hatte, ehe ihre eigene langsame Hand sich bewegen und ihre Lippen verbergen konnte.

9

Jim fand Ronny am Strand. Ronny war umgeben von mehreren großen Muschelhaufen. Es war sechs Uhr abends.
»Was machst du?«
Ronny war vertieft. Er sprach langsam. »Weißt du, zuerst saß

ich einfach da, habe das Meer beobachtet, und plötzlich war ich damit beschäftigt, diese Muscheln zu sortieren.«
»Sie zu sortieren? Wozu?«
»In Gruppen. Nach Farben.«
Jim setzte sich. Er nahm eine Muschel von einem Haufen und eine von einem anderen. Er hielt sie nebeneinander. »Ich sehe keinen Unterschied.«
Ronny sah sich Jims Muscheln genau an. »Dann schaust du nicht hin.«
Jim legte die Muscheln wieder zurück. »Was willst du mit ihnen machen, wenn sie alle sortiert sind?«
»Ich weiß es nicht.«
»Vielleicht könntest du etwas schaffen.«
»Zum Beispiel?«
»Manche Leute bedecken Weinflaschen damit. Oder machen Muschelfrösche oder Muschelpuppen mit Muschelkleidern.«
Jim sah zu, wie Ronny die beiden Muscheln aufhob, die er gerade hingelegt hatte.
Ronny zeigte sie ihm. »Du hast sie auf die falschen Haufen gelegt. Hast du das nicht gesehen?«
Jim konzentrierte sich wieder auf die Muscheln. Ronny hielt sie in der linken Handfläche. Jim stellte noch einmal fest, daß Ronnys Fingerspitzen seltsam wächsern waren und daß auch sein Handgelenk Schnitte aufwies. Narben, dick wie blasse Maden, lange Narben lugten aus dem dunklen Schutz seiner Strickjacke hervor.
»Vielleicht gibt es einen Unterschied«, sagte er friedfertig, obwohl dieser Unterschied, falls es ihn denn gab, so gering war, daß er ihn kaum ausmachen konnte. Ronny nickte dankbar.
Das Kreischen der Möwen machte Jim auf eine Frau und einen Mann aufmerksam, die in der Ferne den Strand betraten. Sie zogen sich aus. Jim beobachtete sie unauffällig aus den Augenwinkeln. Ronny sortierte weiter Muscheln, beachtete sie nicht. Das Paar zog sich vollständig aus und rannte

dann ins Meer. Die Kälte ließ die Frau aufschreien und den Mann lachen. Ronny sah auf.
»Sind sie nackt?«
»Das ist der Nacktstrand. Da drüben ist ein Schild, das besagt, wo genau der Nacktstrand anfängt und wo er aufhört.«
»Ah«, Ronny sah hinüber. »Ich habe mich schon gefragt, was draufsteht.«
»Weshalb?« Jim nahm irgendeine Muschel und legte sie sachte auf einen von Ronnys Haufen. »Kannst du nicht lesen?«
»Ich kann lesen«, sagte Ronny und nahm die Muschel behutsam und legte sie auf einen anderen Haufen. »Ich ziehe es allerdings vor, nur bestimmte Schriften zu lesen.«
»Bestimmte Schriften?«
»Ich habe einmal eine Frau kennengelernt, die in einer Druckerei als Graphikerin gearbeitet hat. Sie hat mir erzählt, daß es bestimmte Buchstaben gibt, die einen glücklich machen.« Er sah Jim ins Gesicht. »Findest du das einleuchtend?«
»Ich weiß es nicht. Ich bin kein Schriftexperte.«
»Nun, es gibt eine ganz bestimmte Schrift, die offensichtlich sehr freundlich wirkt. Die Form der Buchstaben – ihre Rundheit, ihr ganzes Design – macht dich ganz einfach fröhlich, wenn du sie liest. Sie wird häufig in der Werbung verwendet, damit die Menschen ein positives Gefühl für bestimmte Produkte entwickeln.«
»Das wußte ich nicht.«
Jim strich mit der Hand über den Sand, schob die Muscheln zur Seite und legte den darunterliegenden Sand frei.
»Wie wäre es«, sagte Ronny, »wenn du ein Stück frei machen würdest, so groß wie ein Tisch, und ich würde dann meine Muscheln darauf legen?«
»Wie ein Bild?«
»Nein«, Ronny sprach freundlich, aber sehr ernst, »nicht wie ein Bild, wie ein Tisch.«
Jim spürte, wie sich etwas zusammenzog. Sein Gesicht. Sein Mund. Seine Brust. Er fühlte einen Panikpfeil. War das eine

Krankheit? Dann stellte er fest, daß er keine Schmerzen hatte. Es war nicht unangenehm. Es war einfach ein Lächeln. Ein Lächeln. Er lächelte. Nichts, worum man sich Sorgen zu machen brauchte.

Es war ein richtiges Lächeln, und es hatte irgendwo tief in seinem Innern angefangen, an einer erstarrten Stelle neben seinem Brustknochen. Während er sich ungeschickt nach vorne beugte, um einen Flecken Sand frei zu räumen, berührte er mit dem Zeigefinger vorsichtig die Stelle, wo das Lächeln herkam. Das geschah alles sehr plötzlich und war ziemlich seltsam. Er sah sich blinzelnd um, als triebe er völlig ratlos auf vertrautem Terrain.

10

Nathan hatte drei Briefe bekommen, und er hatte keinen davon beantwortet. Der erste kam von einer Behörde, der zweite von einem Anwalt und der dritte von einer jungen Frau, deren Name ihm nichts sagte. Connie. Ein altmodischer Name. Er ließ ihn an Lavendel und Stärke und Fingerhüte denken. Doch ihre Handschrift war kühn, und ihre Forderungen – die sie eindeutig für vernünftig hielt – kamen Nathan vollkommen unrealistisch vor. Das war also das.

Jedesmal, wenn Nathan einen dieser Briefe erhielt, nahm er ihn mit zur Arbeit und verbarg ihn in einer speziellen Ablage, einer privaten Ablage, zu der niemand sonst Zugang hatte. Er hielt nicht inne, um darüber nachzudenken, warum er das tat. Warum nahm er etwas so Persönliches aus seinem privaten Bereich und trug es so unverfroren in einen so öffentlichen?

Möglicherweise tat er es, um eine Auseinandersetzung mit Margery zu vermeiden. In mancher Hinsicht, wo es um Informationen ging, wo es um seine Vergangenheit ging, war sie seine Feindin, sein Inquisitorin, sein Gewissen. Er hatte ihr erlaubt, in sein Zuhause zu treten, in sein Leben, in sein

Bett. Doch er öffnete ihr kein Fenster in seine Vergangenheit. Seine Vergangenheit war ein Friedhof, den er nicht besuchte. Seine Vergangenheit war eine Grabstätte voller Schmutz. Nichts lebte dort.

Die Briefe fanden ein Zuhause in Nathans Königreich verlorener Gegenstände. In seiner stillen Ablage fanden sie einen angemessenen, freundlichen und unauffälligen Ort der Ruhe. Sie kuschelten sich bequem an Bilder und Papierschnipsel und andere Bruchstücke. Sie waren geöffnet worden, verdaut und wieder verschlossen. Sie hatten ihre Information dargeboten. Sie hatten Ansprüche gestellt – unerfüllte –, doch das lag nicht in ihrer Verantwortlichkeit. Wie Schmetterlinge hatten sie ihre Flügel ausgebreitet – ganz glänzendes Talmi – und sie dann sachte wieder zusammengefaltet. Das mußte genügen.

Die Briefe bezogen sich auf einen verlorenen Freund, eine verlorene Seele. Sie betrafen einen Fremden, den Nathan einmal gekannt hatte. Doch sie hatten jetzt keinen Einfluß, auf nichts. Dieser Teil seines Lebens war vorbei, verloren. Er war so persönlich, daß er inzwischen nicht einmal mehr das war. Und dabei hätte es sein Bewenden haben sollen. Aber wie ein Kind mit einer verschorften Wunde fühlte Nathan den Drang zu zupfen, zu bohren, zu grübeln. Er stupste gegen den Schorf, weigerte sich aber, über die darunterliegende Wunde nachzudenken. Er kehrte zu der Ablage zurück; einmal, zweimal, viele Male. Er konnte es nicht lassen.

Und dann ließ er es. Er wurde eines Abends entdeckt, nach Dienstschluß, als er dieses private Dokument durchblätterte. Es war ihm aus der Hand gerutscht, es war ihm hinuntergefallen. Sein Inhalt wurde exhumiert. In dem hellen Licht sah es merkwürdig aus. Die Briefe, die Photographien; hauptsächlich Polaroids.

»Ist es nicht komisch«, hatte Laura gesagt und sich gebückt, um Nathan beim Einsammeln seiner Vergangenheit zu helfen, seine Geheimnisse aufzuheben, sein Leben, »was die Leute zurücklassen?«

Nathan hatte genickt. Er hatte etwas gemurmelt. Doch er war aufgeregt gewesen. Er hatte sich verraten. Er spürte es. Und danach hatte er sich mit Laura einfach nicht mehr wohl gefühlt. Fühlte sich in Wirklichkeit weit offen. Eine Motte mit festgesteckten Flügeln unter dem Mikroskop. Ein Mädchen mit gespreizten Beinen ohne Slip.

Und Margery hätte gesagt: »Bist du je auf die Idee gekommen, daß du vielleicht entdeckt werden *wolltest*? Hast du je an diese Möglichkeit gedacht, Nathan?«

Das hätte Margery gesagt. Also erwähnte er es Margery gegenüber nicht. Er erwähnte die Briefe nicht. Und als das Mädchen ankam, aus heiterem Himmel, erwähnte er auch sie nicht. Sie nannte sich Connie.

»Sie wissen, wovon Connie die Abkürzung ist?« hatte sie gefragt und war ihm die Treppe hinauf gefolgt und hatte seine Antwort nicht abgewartet. »Es ist die Abkürzung von Constance. Aber von Natur aus bin ich kein bißchen konstant.«

»Außer in dieser Angelegenheit, wie es scheint«, sagte Nathan, bebend vor Groll.

»Ja.« Sie holte tief Luft und sah sich dann in Nathans Wohnzimmer um. »Aber ich hatte keine Wahl.«

Nathan war erleichtert, daß Margery nach dem Frühstück gegangen war. Manchmal verbrachten sie den Samstagmorgen zusammen im Bett.

»Setzen Sie sich.«

Er wies auf das Sofa.

»Danke.«

Sie setzte sich. Er sah, wie ihre Augen jedes Detail aufnahmen. Sie sah tatsächlich aus wie ein Engel, mit kurzem, rotblondem, wildem Haar und dem Gesicht eines Kindes. Eine Haut wie eine Makrone. Sie war winzig. Kaum einsfünfzig. Kleine Hände, kleine Füße. Brüste, die in einen Eierbecher gepaßt hätten.

Doch Nathan interessierte sich nicht für Engel. Und er mißtraute kleinen Menschen. Besonders Frauen. Sie waren normalerweise aggressiv wie Terrier, japsten nach Aufmerksamkeit. Doch als Connie sprach, japste sie nicht. Sie beugte sich vor und legte die Hände zwischen die Knie. »Demnach haben Sie meinen Brief bekommen?«

»Ja.«

»Aber Sie haben ihn nicht beantwortet.«

»Ich bin niemandem Rechenschaft schuldig.«

Connie runzelte die Stirn. »Rechenschaft? Warum sagen Sie das?«

Nathan setzte sich steif hin.

»Sehen Sie«, sagte er nach einer angespannten Pause, »Ronny war mein Bruder. Aber ich habe ihn schon lange nicht mehr gesprochen. Zehn Jahre oder länger. Ich kann Ihnen einfach nicht helfen.«

Connie zuckte nicht mit der Wimper. Sofort sagte sie: »Nun, ich nehme an, wenn Sie wüßten, wo er ist, würden Sie sich strafbar machen. Sie würden eine Straftat decken.«

»Genau.«

Nathan machte eine Pause. »Und ich habe nur aus dem einen Grund davon erfahren, daß er aus dem Gefängnis weggelaufen ist, weil die Polizei mit mir Kontakt aufgenommen hat. Kurz danach. Aber ich könnte ihn gar nicht decken. Für mich ist er tot. Es ist, als wäre er tot«, lächelte Nathan grimmig, »und wie könnte ich einen Toten decken?«

Connie schüttelte den Kopf. »Manchen ist es gelungen. In der Vergangenheit.«

Nathan fand diesen Kommentar überflüssig – was er auch war –, aber außerdem morbid und unangemessen. Er verzog das Gesicht. Connie las seinen Gesichtsausdruck. Sie weidete sich an ihm, das merkte er. Er haßte dieses Gefühl. Er nahm es bitter übel. Ohne darüber nachzudenken, bedeckte er den Mund mit den Fingern, so daß sie ihn nicht sehen konnte. Dann merkte er, was er da machte, und nahm die Finger wieder weg. Er hatte nichts zu verbergen.

Connie wollte sich mit Nathan auseinandersetzen. Sie brauchte einen Hebel. Er hatte etwas Zartes an sich, etwas

Sanftes, und dennoch verhielt er sich so abweisend. Schließlich sagte sie: »Ich weiß nicht, was Ronny getan hat. Ich habe nur seine Briefe.«
Nathan räusperte sich. »Ich habe kein Interesse an irgendwelchen Briefen. Ich habe kein Interesse an Ronny. Oder an dieser Sache.«
Connie seufzte und sagte dann leise: »Er muß etwas so Schreckliches getan haben ...«
Nathan kratzte sich am Hals. Connie bemerkte einen Hitzeausschlag neben seinem Kragen.
»Seither ist viel Wasser die Themse hinuntergeflossen«, sagte er.
Nach einer Pause sagte Connie fröhlich: »Ich bin übrigens Optikerin.«
Nathan hörte auf, sich zu kratzen. »Wie war das?«
»Ich sagte, ich sei Optikerin.«
Nathan lächelte dünn. »Was hat das damit zu tun?«
Sie war ein verrückter Engel. Ein verrückter Optiker-Engel.
Connie lachte. »Sie wissen nichts über mich. Warum zum Teufel sollten Sie einer völlig Fremden helfen wollen?«
Nathan starrte sie aufmerksam an. Er hatte nicht erwartet, daß sie fluchen würde. Sie hatte ihn überrascht.
»Aber Sie glauben, ich könnte vielleicht einer Optikerin helfen wollen?«
Plötzlich fing er an zu flirten. Das war untypisch.
»Ich weiß es nicht. Vielleicht. Für mich war es ebenfalls die Hölle«, sagte sie, einfach so, nicht mehr lächelnd, sondern plötzlich tragisch. Nathan war bestürzt. Tragik war an diesem Punkt das letzte, was er erwartet hatte. Sein Rückgrat versteifte sich. Sie war raffiniert.
Und weil sie raffiniert war, erkannte sie, wie sehr ihr veränderter Tonfall ihn berührt hatte. Nathan zog sich wieder in sich selbst zurück. Sie war tief frustriert. Sie wollte ihn nicht manipulieren. Sie wollte nur etwas klarstellen. »Wie ich es sehe, Nathan«, sagte sie kurz angebunden, »sind wir in einer

ziemlich ähnlichen Lage. Sie möchten Ihrem Bruder nicht mehr begegnen, und ich habe keine große Lust, ihn zu sehen. Ich habe lediglich eine Pflicht zu erfüllen.«

Nathan nickte, doch seine Stimme klang angespannt. »Sie sagten in Ihrem Brief, daß Ihr Vater gestorben sei.«

Connie zuckte zusammen. Es schmerzte immer noch.

»Vor fünf Monaten.«

»Und er hatte irgendeine Beziehung zu meinem Bruder?«

»Er arbeitete in einem Komitee mit, einem Regierungskomitee, das einen Bericht für eine Gefängnisreform erarbeitete. Er war ursprünglich Anwalt. Er engagierte sich für all diese wohltätigen Zwecke, nachdem er im Ruhestand war. Wie dem auch sei, er begegnete während seinen Nachforschungen einer Vielzahl von Gefangenen, und irgendwann muß er Ihren Bruder getroffen haben, denn sie lernten sich kennen. Sie wurden Freunde.«

»Warum hat er das getan?«

Nathan sprach zu sich selbst. Connie verstand ihn nicht.

»Warum hat er was getan?«

»Warum hat er sich mit Ronny angefreundet? Ronny versteht nicht ...« Nathan verbesserte sich: »Ich meine, er hat nicht verstanden. Was Freundschaft bedeutet. Ich bekomme immer noch Haß-Briefe. Von völlig Fremden. Ich habe ihn seit fast zehn Jahren nicht mehr gesehen. Ich bin zweimal umgezogen. Aber sie finden mich immer noch.«

»Das ist beängstigend.«

»Ja, das ist es.«

Connie hatte aufgehört zu strahlen. Als sie hereingekommen war, hatte sie gestrahlt. Aber jetzt nicht mehr. Sie sah müde aus. Grau.

»Die Sache ist die«, sagte sie, »mein Vater hielt es für angebracht, Ronny in seinem Testament etwas zu hinterlassen. Geld hauptsächlich. Eine hübsche Summe.«

»Eine *hübsche* Summe«, wiederholte Nathan ziellos.

Connies Augen verengten sich. »Möchten Sie wissen, wie er gestorben ist?«

Sie war plötzlich rachsüchtig, als müßte sie etwas beweisen. Ihr tragisches Erbe, ihre Rechtschaffenheit. Nathan sagte nichts.

»Er hat am Bahnsteig in Gravesend auf meine Mutter gewartet. Sie war für einen Tag mit ihrem Liebhaber bei den Rennen in Cheltenham. Er stand zu dicht an der Bahnsteigkante. Jemand öffnete die Wagentür, bevor der Zug langsamer wurde. Er wurde wie von einem Hammer getroffen. Er starb daran.«

»Das tut mir leid.«

»Wir standen uns sehr nahe.«

Connie rieb die Hände aneinander, als wären ihre Finger kalt und die Knöchel steif.

»Aber nicht nahe genug...« Sie brach ab. »Ich war ihm nicht nahe genug, um etwas über Ronny zu wissen. Übrigens auch meine Mutter nicht. Und das war wirklich ein unheimliches Gefühl. Vor allem, als wir herausfanden, daß er im Gefängnis war, und dann, kurz danach, daß er geflüchtet ist. Das war irgendwie ...«

Ihre Augen wanderten über den Teppich zu ihren Füßen, als könnte sie dort in die Fasern eingewebt das Wort finden. Stattdessen sah sie nur ein leeres Weinglas, einen Aschenbecher, einen Teefleck und ein Stück Papier, das unter dem Sofa hervorlugte. Sie konzentrierte sich darauf, als sie ihren Satz vervollständigte. »Das war irgendwie bedrohlich.«

Zum ersten Mal im Verlauf des Gesprächs empfand Nathan Mitleid mit dem Mädchen. Er stellte sich vor, daß ihr Leben vor diesem Ärger glatt und glänzend gewesen war wie neue Tupperware. Kein Wunder, daß sie durcheinander war. Er räusperte sich. »An Ihrer Stelle würde ich die Sache mit dem Geld vergessen. Ronny war nie besonders materialistisch.«

Connie ließ sich nicht beschwichtigen. »Unglücklicherweise ist das eine rechtliche Angelegenheit, keine private. Der größte Teil des Geldes, das Dad hinterlassen hat, steckt in meiner Praxis. Deshalb bin ich jetzt in einer ziemlich unangenehmen Lage ...«

Das sah Nathan ein. »Als Kind hat Ronny immer Sachen zerbrochen«, sagte er und schien sich in der Erinnerung daran darüber zu wundern. »Damit will ich sagen, daß er nie sein Herz an etwas hängte. Er interessierte sich nicht für Geld.«

»Er hat Sachen zerbrochen?« Connies Stimme klang wie ein Echo, sie hörte nicht zu, sondern versuchte herauszufinden, was auf dem Stück Papier stand. Sie sah ein R und ein O, ein N und ein N.

Nathan war ein wenig ängstlich. »Nicht aus Aggression. Es war nie aggressiv. Nichts dergleichen.«

»Eigentlich möchte ich, daß Sie sich etwas ansehen.«

Connie griff mit der Hand in einen Lederbeutel, den sie bei sich trug, und zog ein Bündel Briefe heraus. Sie hielt sie Nathan hin.

»Was ist das?« Er starrte furchtsam darauf, als könnten sie spucken oder beißen oder explodieren. Als würden sie stinken.

»Ronnys Briefe.«

»Ich sagte bereits, daß mich Ronnys Briefe nicht interessieren.«

Dennoch hatte es einen Moment lang den Anschein, als verstünde Connie ihn nicht, sie beugte sich weiter vor und hielt ihm die Briefe hin, bis, das schien unausweichlich, sie ihr aus der Hand rutschten und auf den Teppich fielen, eine kleine Papierlache zu ihren Füßen. Sie fluchte und kniete nieder, um sie aufzuheben.

Nathan hatte ein eigentümliches Gefühl von *déjà-vu*. Er rührte sich nicht. Er blieb sitzen. Er wollte nichts mit diesen Papieren zu tun haben. Sie enthielten noch mehr Geheimnisse, noch mehr Tatsachen, und er hatte in der Vergangenheit schon genug gehabt von Geheimnissen und Tatsachen. Genug bis obenhin. Connie las die Briefe auf und legte heimlich das aufreizende Stück Papier dazwischen. Sie sah zu ihm hinüber, als sie das tat. Nathan wirkte, als sei er in einer anderen Welt. Sein Blick verlor sich in der Ferne. Er schien es nicht zu bemerken. Sie stopfte die Briefe wieder in ihre Tasche und lächelte dann, ein Bild wahrhaft engelhafter Unschuld.

»Das war nicht Ronnys Handschrift«, sagte Nathan schließlich.

»Wie bitte?« Ihr Lächeln gefror.

»Ich sagte, das war nicht Ronnys Schrift auf diesen Briefen.«

»Oh«, sie atmete erleichtert auf, »ich weiß.«

»Aber Sie sagten, sie seien von ihm.«

»Ich wollte sagen, sie waren an ihn adressiert.«

»Von Ihrem Vater?«

»Nein. Ich verstehe eigentlich nicht, weshalb sie bei meinem Vater landeten. Die Briefe stammen eigentlich von Ronnys Freundin Monica.«

Connie forschte in Nathans Gesicht nach irgendeinem Zeichen des Erkennens, als sie Monicas Namen nannte. Sie fand keines. Sein Gesicht war weich und freundlich, schnurrbärtig und rötlich. Sie griff in ihre Jackentasche und zog eine Visitenkarte heraus. Darauf stand: CONSTANCE SUMACH, OPTIKERIN. Darunter eine Adresse in Gravesend.

»Hier.«

Sie stand auf und hielt Nathan die Karte hin, aber er streckte nicht die Hand aus, um sie entgegenzunehmen; deshalb legte sie sie auf die nächste ebene Fläche, einen Pappkarton, der wie ein behelfsmäßiger Beistelltisch neben das Sofa gerückt war. Dann griff sie nach ihrer Tasche.

Nathan stand ebenfalls auf. Er war kein großer Mann, doch im Vergleich schien Connie winzig. Eine Porzellanfigurine. Eine kleine Dresdner Schäferin. Und dennoch war sie mutig, stellte er fest. Er respektierte diese Eigenschaft. Er begleitete sie, ohne etwas zu sagen, die Treppe hinunter und aus seiner Wohnung.

»Arbeiten Sie?« fragte sie, kurz bevor sie sich von ihm verabschiedete. »Letzte Woche bin ich nämlich tagsüber vorbeigekommen, und Sie waren nicht da.«

Nathan nickte. »Ich arbeite bei der Londoner U-Bahn.«
»Wirklich?« Sie schien das interessant zu finden.
»Ich arbeite im Fundbüro.«
Connie grinste. »Das paßt.«
Nathan war nebenbei aufgefallen, daß Connie wieder strahlte. Sie war hell bemalt. Sie glänzte.
»Paßt?« sagte er. »Inwiefern?«
»Ich weiß es nicht. Ich glaube, es ist ein bißchen ... hm ...«
Sie wußte, was sie sagen wollte, behielt es aber für sich. Sie ging auf Distanz. Sie winkte, plötzlich unbeschwert. Nathan sah ihr nach, wie sie die Straße hinunterging, nach ihren Schlüsseln suchte, sie aus der Tasche zog und die Tür ihres Renault Clio öffnete. Metallicblau. Sie hatte auf einem durchgezogenen gelben Strich geparkt und trotzdem keinen Strafzettel bekommen.
Sie hatte eine Menge Glück. Nicht nur ein hübsches Gesicht, sagte Nathan zu sich selbst. Sie hatte die scharfen Augen einer Optikerin. Sie hatte Augen wie eine Elster. So wie er, dachte Nathan, auch wenn das keine große Bedeutung hatte, und grinste säuerlich.
Und darin *lag* Ironie.

11

Lily konnte nicht widerstehen.
»ACHTUNG!«
Ronny sah auf. Er starrte sie an. Sie hatte ein Kürbis-Gesicht. Mit ihr hatte dieser gottverlassene Ort ein wahrhaft entzückendes Kind hervorgebracht. Sie hatte ihr Fahrrad gerade schlitternd zum Halt gebracht und einen feinen Sandregen über ihn verteilt. Sie hatte die Ecke seiner Muschelanordnung getroffen. Er war nicht wütend.
»Was machst du da?« fragte sie grinsend.
»Ich lege diese Muscheln aus.«
»Weshalb?«

»Weil ich es tue.«
»Was ist das für eine Antwort?«
Ronny hockte sich auf die Fersen.
»Du bist das Mädchen, das ins Meer gesprungen ist«, sagte er lächelnd. Dieses sanfte Geplänkel überraschte Lily.
»Woher weißt du das?«
»Ich habe es erraten.«
»Wie konntest du das erraten?«
Ronny lächelte noch mehr.
»Warum lächelst du?«
»Weil du einen schmutzigen Hals hast.«
»Was?« Lily war beleidigt. Sie faßte sich an den Hals. Ronny beobachtete sie fröhlich und schien sich nicht bewußt, daß er sie beleidigt hatte. Er sagte: »Ich habe mich mit dem dicken Mann unterhalten, der nach Fisch riecht. Er hat erzählt, du seist ins Meer gesprungen. Er wußte nicht, wieso. Jim sagte, du seist schmutzig. Er hatte recht.«
Lily war noch mehr beleidigt. Sie glühte. Sie verlor einen Moment lang den Nerv. Ronny kratzte seinen Bart. »Ich dachte, du hättest dich vielleicht abgewaschen.«
»*Ab*gewaschen? Du Idiot! Wer zum Teufel *bist* du überhaupt?«
»Ronny.«
Lily hörte nicht zu. Schmutzig. Wie konnte er es wagen! Sie faßte sich noch einmal an den Hals.
»Das ist meine verdammte Bräune«, sagte sie wütend. »Ich habe ein schmutziges Braun!«
Ronny zuckte die Schultern.
»Du glaubst mir nicht?!«
Lily tobte. Auf ihren Unterlidern sammelten sich Tränen wie zwei durchscheinende Soufflés. Sie atmete mehrere Male tief durch. Schließlich bemerkte Ronny ihren Kummer, wenn auch für ihr Dafürhalten nicht schnell genug.
»Was ist los?«
»Was ist los? Irgend so ein blöder, vollkommen Fremder erzählt mir, ich sei schmutzig, und fragt mich dann, was los ist?«

Ronny zerrte an seinem Bart. »Habe ich gesagt, du seist schmutzig? Wenn ich mich recht erinnere, war es Jim, der sagte, du seist schmutzig, und der Fisch-Mann, Luke, hat ihm zugestimmt. Ich glaube nicht, daß ich gesagt habe, du seist schmutzig. Aber wenn ich es getan habe, war das grob von mir, und es tut mir leid.«
»Jim wer? Ich kenne keinen Jim.«
»Wow!« Ronny lächelte.
»Wow *was*?«
»Es ist nur ...« Ronny schüttelte den Kopf. »Es überrascht mich, daß du es für so schlimm hältst, schmutzig zu sein. Ich finde es nicht schlimm. Es gibt mit Sicherheit Schlimmeres.«
Lilys Augen wurden zu Schlitzen. »Meine Eltern züchten Schweine«, sagte sie. »Ich weiß, was *Schmutz* ist.«
»Ich habe gehört, Schweine seien sehr saubere Tiere«, widersprach Ronny in bestem Glauben.
»Nun, ich weiß nicht, wie es dir geht«, spie Lily, »aber ich würde die Gewohnheit, die eigene Scheiße zu fressen, nicht sauber nennen.«
»Manche Menschen trinken ihren eigenen Urin«, trug Ronny ungerührt zur Unterhaltung bei, »weil sie glauben, das sei gut für ihre Haut.«
»Verpiß dich«, blaffte Lily und machte den Versuch, in einem Gestöber aus Sand und Kies davonzuradeln. Doch ihr Reifen verlor den Halt, und sie kam keineswegs so schnell voran, wie sie es beabsichtigt hatte.
»Schönes Rad«, sagte Ronny. »Es gefällt mir. Sehr schick.«
Sie hörte seine Komplimente, während sie sich mit dem Sand abmühte. Sie trafen wie Pfeile. Er hatte genau ins Schwarze getroffen. Er war der interessanteste Mann, den sie je getroffen hatte. Und sah lächerlich gut aus. O verdammt, verdammt, verdammt, wie sie ihn haßte.

Luke hatte Jim mit Beschlag belegt.
»Ich brauche eine Kippe«, sagte er. »Nur eine. Nur einen kleinen Zug.«

»Warum?«
Jim nahm es ihm übel, daß er überhaupt fragte. Ihm war es *egal*. Trotzdem hatte er eine lose Verpflichtung. »Ist dir das nie passiert?« Luke klopfte auf seinen dicken Bauch, als er das fragte, denn der Bauch tat immer noch weh. Waren das Blähungen? War es Aufregung?
»Ist mir was nie passiert?«
»Dieses Gefühl, richtig eine reinzukriegen? Aus Liebe?«
Jim schüttelte den Kopf. »Nie.«
»Es ist dir wirklich noch nie passiert? Peng in den Bauch?«
»Ich glaube nicht.«
Luke war offensichtlich enttäuscht. »Warum nicht?«
»Äh ...« Jim war gerade dabei, für Ronny eine Flasche Tee und ein Eier-Sandwich zuzubereiten. Luke beäugte es begehrlich. Jim hielt ein Küchenmesser in der Hand. Er wollte das Sandwich in zwei Hälften schneiden, aber Luke forderte eindeutig seine ganze Aufmerksamkeit. »Ich reagiere nicht so unmittelbar auf andere«, sagte er leise, »nicht im großen und ganzen.«
»Wie ein richtiger Schlag in die Eier«, sagte Luke genüßlich.
Jim zuckte die Schultern und räusperte sich, verwirrt und leicht verlegen.
Luke war zu Jim hinübergegangen, nicht nur, um nach einer Zigarette zu fragen, sondern auch wegen einiger Worte männlicher Bestätigung, ein wenig freundlicher Ermutigung. Durch Jims Zurückhaltung fühlte er sich wie ein Dummkopf. Zu machohaft. Zu aggressiv.
»Es freut mich aber sehr für dich«, sagte Jim schließlich und errötete leicht. Gequält.
»Ich will damit sagen, daß da körperliche Anziehung war«, sagte Luke, ein wenig auf Distanz gehend, »aber hauptsächlich war es auf intellektueller Ebene. Sie sah einfach das Bild an und sagte dann: ›Weshalb trägt sie ihre Sandalen so?‹ Es war so seltsam.«
Jim nickte. Er hatte diesen Teil bereits gehört. Er verstand nicht, welcher Beitrag dazu von ihm erwartet wurde, falls

überhaupt. Luke wurde allmählich so etwas wie lästig. Jim wollte nicht sein Freund sein. Er schloß keine Freundschaften. Falls er sich je die Mühe gemacht hätte, einen Spielplan für sein Leben aufzustellen, dann hätte Freundschaft darin niemals eine Rolle gespielt.

Luke wartete jedoch, das Gesicht gespannt in Falten gelegt.

»Ja, nun, das ist schon seltsam«, brachte Jim schließlich hervor, tastend, stammelnd, im dunkeln tappend.

»Denn das hat noch nie jemand gesagt«, fuhr Luke fort und erwärmte sich wieder für sein Thema, »aber als ich zuerst die Idee zu diesem Photo hatte und als ich es wirklich gemacht habe, dachte ich an *Schuhe*. Ich weiß nicht, warum. Ich dachte an *Sandalen*. Und dann brachte ich Beverly – meine Ex-Frau, sie ist das Modell – dazu, ihre Sandalen aufzumachen. Und deshalb denke ich, wann immer ich das Bild betrachte, an *Sandalen*, aber wann immer jemand anderes das Bild ansieht, denkt er an *Brüste*. Hohe Brüste.«

Jim nickte.

»Hast du das auch gedacht?«

»Ja.«

»Aber Sara dachte an *Sandalen*. Das war ... kinetisch. Ist das das Wort?«

Jim berührte sein Kinn, das weich war wie Wildleder. »Ich glaube schon. Vielleicht habt ihr beide eine ähnliche Art, Dinge zu betrachten.«

»Genau das dachte ich auch«, strahlte Luke. »Du hast den Nagel auf den Kopf getroffen.«

Jim freute sich, daß er etwas getroffen hatte, aber nun wünschte er sich, Luke würde gehen. Luke spürte das. »Ich hätte nicht hereinschneien sollen. Ich war nur so ...«

»Verständlicherweise.«

»Ja. Aufgeregt. Und du hast recht. Ich brauche keinen Zug. Das ist alles natürliche Energie. Positive Energie. Es ist nur so ...«, er runzelte die Stirn, »als Photograph ist das Grundsätzlichste, wie du die Welt siehst. Und du sehnst dich danach, daß andere die Dinge genauso sehen wie du.«

Jim nickte dumpf, als unangekündigt Lily hereinplatzte wie ein verirrter Feuerwerkskörper. »Gut«, sagte sie schnaufend, Haare, Hände, alles wirr, »wer ist nun Jim?«
»Sie klopft nie an«, sagte Luke zu Jim gewandt, das Gesicht plötzlich mißbilligend verzerrt, »und ich bin in erster Linie an diesen gottverlassenen Ort gekommen, um solchen Dingen zu entkommen.«
Jim sagte nichts. Er wollte Lily nicht in seinem Zuhause. Er wollte nichts mit ihr zu tun haben. Sogar seine Bekanntschaft mit Luke war schon zu weit gegangen, auch wenn sich Lukes Auto als unschätzbar erwiesen hatte.
»Tatsache ist«, verkündete Lily, vollkommen unbeeindruckt von diesem Mangel an Reaktion, »du bist ein fetter, nach Fisch stinkender Macker.« Sie deutete auf Luke. »Und du«, sie deutete auf Jim, »bist ein dürrer, glatzköpfiger Zwerg von einem Mann. Und es ist mir völlig egal, ob du irgendeine tödliche Krankheit hast. Völlig schnuppe. Verpiß dich!«
Sie stürmte hinaus.
»Ist das zu glauben?«
Luke schüttelte verwundert den Kopf. Jim hielt immer noch das Brotmesser in der Hand.
»Nein.«
Er drehte sich um und schnitt in das Sandwich. Das Eigelb war kalt geworden, und die Klinge war wesentlich schärfer, als er angenommen hatte.

12

Erinnerst du dich an den großen Ron?
Er wollte sich nicht erinnern, er wollte es nicht.
Erinnerst du dich an den großen Ron?
Der von seiner langen Reise nach Hause kam, als Nathan gerade acht Jahre alt war.
Erinnerst du dich?
Die Hölle war doch nicht schwarz. Sie war von endloser,

dumpfer, grauer Farbe und fühlte sich schlüpfrig an. Nathan fand keine Grifflöcher. Obwohl seine Hände noch klein waren. Er war acht Jahre alt, und es gab nichts, um sich daran festzuhalten.
Nur den großen Ron.
Erinnerst du dich an ihn?
Dann wurde der kleine Ronny geboren.
Was für eine *Erleichterung*.

Der große Ron und alle seine Freunde. Das Gefühl einer Ziegelmauer. Halbes Lächeln. Kampfergeruch. Nasses Laken.

Es ist Schimmel, hieß es in dem Brief, Schimmel. Du wischst ihn von der Wand ab, doch er kommt wieder, weil die Wand feucht ist. Er kommt wieder. Du bleichst die Wand, du schrubbst sie. Aber der Schimmel kommt wieder. Und der Schimmel ist in dir. Du Fotze. Du verdammte blöde Fotze. Und dein Bruder. Weißt du, was du getan hast? Weißt du es? Erinnerst du dich an den großen Ron?
Leer. Verdreht. Wind. Grab. Einsam. Scharf. Steif. Verdorben. Atem, Kein-Atem. Zerstört. Leer. Dumpf, dumpf, dumpf, dumpf.
O Gott sei Dank, daß der kleine Ronny kam. O Gott sei Dank, Gott sei Dank.
Aber er ist noch so klein.
Noch.
Klein.
Und nicht einmal das hat ihn abgehalten.
Nathans Gedanken waren ein enormes, wütendes Klopf-Klopf-Klopfen des Meeres gegen eine niedrige Deichwand. Er versuchte, das Meer in Schach zu halten.
Er versuchte, ihm davonzulaufen. Manchmal rannte er; durch den Park, die Straße entlang, am Kanal hinunter. Er schliff seine Zähne an Bussen. Er kaute seine Nägel ab. Er hielt den Atem an. Er versuchte, ein sanfter Mann zu sein.

Doch das Meer klopfte immer noch an.
Nach Connies Besuch platzte ein Blutgefäß in seinem Auge. Er betrachtete es im Spiegel. Es ähnelte einem Fluß. Ein winziger, blutiger Amazonas.
Niemand sah etwas. Niemand sah jemals etwas. Denn Nathan war inzwischen erwachsen. Die Vergangenheit war so lange her. Und der große Ron war tot tot tot. Er war *tot*.

13

»Dein Badezimmerschrank hat mich sehr überrascht«, sagte Ronny und wischte sich mit dem Handrücken das Eigelb vom Mund.
»Was hattest du in meinem Badezimmerschrank zu suchen?« fragte Jim, Gereiztheit in der Stimme.
»Ich habe nach einem Rasierer gesucht«, sagte Ronny, »und deine Stimme klingt gereizt.«
»Ich habe keinen Rasierer.«
Jim räumte den Herd aus. Er war voller Asche.
»Aber bist du gereizt?«
Jim hörte mit dem Ausräumen auf und lächelte beinahe. »Gereizt? Ist das nicht jeder? Bist du nicht gereizt?«
Ronny grinste. »Manchmal.«
»Ich bin gereizt«, bekannte Jim, »aber was ich nicht habe, ist schlechte Laune.«
Ronny setzte sich aufs Sofa. Er hielt eine kleine Nagelschere in der Hand.
»Ich werde meinen Bart abschneiden.«
Jim sagte nichts. Ronny begann zu schnipseln. »Wie du das gesagt hast!« gluckste er, *sotto voce*.
»Was gesagt?«
»Ich habe keine schlechte Laune. *Habe*. Als wäre schlechte Laune etwas, wonach du eigentlich auf der Suche bist.«
Jim richtete sich auf. Ronny fuhr fort. »Wie in einer Kindergeschichte. Er suchte nach seiner schlechten Laune. Er suchte

im Kamin. Er suchte im Brotkasten. Er suchte im Badezimmerschrank ...«
»Nein. *Du* suchtest im Badezimmerschrank.«
Ronny schnaubte, fuhr dann aber reuelos in derselben Manier fort: »Also suchte Ronny nach Jims schlechter Laune. Er dachte, er hätte sie im Badezimmerschrank gefunden, doch in Wirklichkeit fand er nur Gereiztheit«, er sah auf, »und Ladungen von Tabletten. Wozu sind sie?«
»Verdauungsprobleme«, sagte Jim.
»Wirklich?«
»Nein.« Jim lächelte.
»Haar ist extrem leicht entzündlich«, murmelte Ronny und schnitt mit Nachdruck.
»Wir brauchen Zündmaterial und Treibholz, wenn du später ein Feuer möchtest«, sagte Jim und stand auf, den Ascheneimer in der einen und eine Bürste in der anderen Hand. »Hast du Lust, mit hinauszugehen und welches zu sammeln?«
»Klar.«
Ronny warf eine Handvoll seiner Haare in den leeren Kamin und folgte Jim dann mit der lässigen Selbstverständlichkeit und Vertrautheit eines alten Bassets nach draußen.
Sie gingen den Strand entlang. Es war mitten am Nachmittag.
»Warum hast du dein Haar verloren?« fragte Ronny.
»Ich hatte die Angewohnheit«, sagte Jim und bückte sich über einen Stock, »mir einzelne Büschel auszureißen.«
»Warum?«
»Eine nervöse Angewohnheit. Eine schlechte Angewohnheit. Ich war mir nicht einmal bewußt, daß ich es tat. Nach einer Weile hatte ich eine kleine kahle Stelle.«
»Wo?«
»Hinten, unter den anderen Haaren. Man konnte sie nicht sehen. Doch eines Tages fing es an, einfach auszufallen. Morgens fand ich es büschelweise auf dem Kopfkissen. Dann bekam ich bestimmte Medikamente verschrieben,

Hormone, die die Sache noch verschlimmerten. Mit der Zeit fiel es ganz aus. Sogar meine Wimpern.«
Ronny trat gegen einen großen Klotz. »Wie wäre es damit?«
»Nicht, wenn er feucht ist.«
Ronny hob den Klotz auf. Er grinste. »Ich dachte, ich könnte darunter vielleicht deine schlechte Laune finden.«
Jim kratzte sich an der Nase. »Ich glaube nicht, daß ich meine Laune unter einem Klotz aufbewahre.«
Er ging weiter.
»Wie kommt es, daß diese Chalets alle eingezäunt sind?« fragte Ronny, als er ihn einholte, den Klotz unter seinem rechten Arm zurechtrückte und dann in Richtung der Häuser nickte.
»Das ist eine Privatgemeinde. Sie halten die Ortsansässigen alle für verrückt. Für asozial. Inzüchtig. Deshalb haben sie den Zaun errichtet, um sich abzugrenzen. Und wir wiederum halten sie für seltsam, weil sie den Zaun errichtet haben und weil sie hauptsächlich an den Sommerwochenenden kommen, um an den Nacktstrand zu gehen.«
»Könnte ich eins besetzen?«
»Von den Chalets? Ich glaube nicht. Aber ein paar von den Fertighäusern neben meinem stehen leer.«
Sie waren weit genug den Strand entlanggegangen, um zu Ronnys Muschelausstellung zu kommen, die seit ihrer Komplettierung am Morgen unberührt geblieben war. Jim blieb davor stehen, Ronny ebenfalls.
»Wie findest du es?« fragte er lächelnd.
»Sehr ... hm ... hübsch«, sagte Jim schließlich, nachdem er vergeblich nach einem besseren Wort gesucht hatte.
»Weißt du«, Ronny betrachtete ruhig sein Werk, »ich glaube, ich könnte mich immer mit Muscheln beschäftigen. Es ist sehr beruhigend. Vielleicht vergrößere ich diese Anordnung. Ich könnte den ganzen Strand damit ausfüllen.«
Jim starrte auf die Muschelausstellung. »Was ist mit dem Meer?«

»Was soll damit sein?«
»Und den Badenden?«
»Die wären mir egal.«
»Und wie würdest du dich ernähren?«
»Ich würde fischen, und ich würde klauen.«
Ronny kicherte über Jims ernsten Gesichtsausdruck, denn er hatte nicht ein Wort von dem gemeint, was er gesagt hatte. Doch Jim lächelte nicht. Er fand es schwierig, sich vorzustellen, daß jemand bereit sein könnte, sich mit so wenig zufriedenzugeben. Er sagte das.
»Würdest du dich nicht langweilen?«
»Ich langweile mich nicht. Das ist eine meiner Tugenden. Ich langweile mich nie. Ich habe eine großartige Konzentrationsfähigkeit.«
Jim kratzte sich am Hals. »Ich bin mir nicht sicher, ob die mangelnde Fähigkeit, sich zu langweilen, unbedingt gut ist.«
»Natürlich ist sie das.«
»Okay.« Jim willigte so schnell ein, daß es beinahe komisch wirkte. Ronny zuckte die Schultern, nicht wirklich interessiert. Er deutete auf seine Muschelausstellung. »Kannst du es lesen?«
»Es lesen? Nein.«
»Ehrlich?«
»Nein.«
Ronny hatte eine kleine, romantische Geste gemacht. Wie ein Mädchen, das mühselig die Initialen eines Jungen in die Schulbank ritzt. Jim starrte verständnislos auf seinen eigenen Namen, buchstabiert in süßen Pastellfarben.
»Und es gab einen Rasierer«, sagte Ronny, sich auf die Muscheln konzentrierend, »im Badezimmerschrank. Hinten.«
Jims Gesichtsausdruck blieb starr.

Als sich der Nachmittag mit extravaganten Rosa- und Violettönen für den Abend schmückte, war sie tatsächlich zu Luke zurückgegangen. Luke gehörte zu den Männern, denen

solche Dinge ständig passierten. Sein Leben war voller Frauen gewesen, die anriefen, hereinschneiten, das Feld räumten. Die Aussicht auf ein weiteres Treffen mit Sara gab ihm deshalb das Gefühl, wunderbar kühn, angenehm draufgängerisch und, nun, er mußte es zugeben, eine Kleinigkeit, eine verschwindend winzige Spur *schuldig* zu sein.
In Wahrheit hatte er voll und ganz die Absicht gehabt, aufzuräumen: seinen Körper und seinen Geist. Er wollte sein Leben von Leuten befreien. Seine letzte Frau (seine zweite Frau) hatte das Bedürfnis gehabt, sein Leben mit ihnen vollzustopfen, in erster Linie mit sich selbst: ihren Wünschen, Bedürfnissen, Begehrlichkeiten. Doch in Wirklichkeit hatte Luke sich bereits verstopft genug gefühlt. Eingepfercht in einen zu kleinen Raum mit seinem Alkohol, seinen Kippen, seinem Bauch und all seinen zahllosen anderen Sünden.
Er hatte ein gehaltvolles Leben genossen, eine gehaltvolle Karriere, gehaltvolle Arbeit, doch echte Substanz, wahre Substanz, glaubte er plötzlich, hing von einer Art Reinheit ab. Einer Gemeinheit, einer Dünnheit, einer Vitalität. Er wollte diese Dinge. Er hatte Geld verdient. Er war protzig und schmierig und kommerziell gewesen. Und es hatte ihn erfüllt, gewiß. Doch jetzt empfand er das Bedürfnis, sich angesichts einer Welt, die karg war und leer und elementar, neu zu erschaffen. Ob man den Zenit erreichte, sagte er sich, hing nicht davon ab, daß man mehr tat, sondern weniger.
Luke war nach seinem Geplauder mit Jim tatsächlich so wenig aufgeregt, so gelassen, so entspannt, daß er, statt in Erwartung von Saras wahrscheinlicher Ankunft direkt nach Hause zurückzukehren, auf der Suche nach Ronnys schwer faßbaren schwarzen Kaninchen den Strand entlangschlenderte. Er nahm sogar seine Kamera mit. Vielleicht war dies der Anfang von etwas Neuem? Er könnte kein Mann für Landschaften sein, nicht direkt, das war zuviel verlangt, doch er könnte ein Mann für das Detail in der Landschaft sein. Jedes Detail wäre gut genug. Ein Kaninchen, ein Vogel, sogar eine Ratte.

Sara ihrerseits war völlig verängstigt und aufgeregt. Es war für sie in keiner Weise ungewöhnlich, impulsiv zu handeln, doch ihre Impulse waren stets gleichbleibend, langweilig und vorhersehbar. Freitags Fisch. Käsegebäck. Magermilch. Desinfektionsmittel. Sie hatte lange und angestrengt überlegt, was sie anziehen sollte. Aus dem Spiegel starrte ihr ihr eigenes Gesicht entgegen, wettergegerbt. Ein Gesicht, das Kämpfe durchgestanden hatte. Braun, doch keine schicke Ferienbräune, sondern eine äußerliche Bräune, wie Arbeiter sie haben und Müllmänner. Sie hatte hellblaue Augen und schwarzes Haar. Doch das Haar war drahtig und *legte* sich nicht, überhaupt nicht, es stand ihr ums Gesicht, störrisch. Es stand in die Höhe.
In ihrem Schrank gab es äußerst wenig, aus dem sie wählen konnte. Nach einiger Zeit entschied sie sich für etwas Frivoles. Alles Winterliche war zu ernst, zu gewichtig und absichtsvoll. Also warf sie sich in ihr bestes langes Sommerkleid – obwohl der Sommer vorbei war – und trug darunter den speziellen Büstenhalter und den Slip, die sie für ärztliche Untersuchungen aufsparte. Vollkommen neu. Vollkommen leuchtend weiß. Ganz und gar unanfechtbar.
Sie schlich sich durch die Hintertür aus dem Haus. Lily war zu Hause. Sie war oben im Badezimmer. Sie hatte sich beklagt, daß es nie heißes Wasser gab, wenn sie welches wollte, deshalb hatte Sara, ohne etwas zu sagen, den Heizkessel angestellt. Lily hatte zweimal vor ihr gestanden, beide Male in ein großes braunes Handtuch gewickelt.
»Findest du mich schmutzig?«
»Natürlich nicht.«
»Gehöre ich zu den Mädchen, deren Freunde ihretwegen an Zeitschriften schreiben?«
»Wie bitte?«
»Warum trägst du dein bestes Sommerkleid?«
»Tue ich nicht. Und hör auf, dich am Hals zu kratzen. Das ist nur Bräune.«
»Ich weiß! Ich habe ihm gesagt, es ist nur die verdammte Bräune!«

»Wem hast du das gesagt?«

Lily rannte nach oben, um wieder im Spiegel nachzuschauen.

Später kam sie zurück und lungerte in Saras Schlafzimmer herum.

»Ist das Lippenstift?«

Saras Augen weiteten sich. »Lippenbalsam. Sie fühlten sich rauh an.«

»Was ich wissen möchte, ist folgendes«, schmollte Lily, die nicht zugehört hatte, »wie kommt es, daß der Kahle wußte, daß ich schmutzig bin, wenn ich noch nicht einmal mit ihm gesprochen habe? Der Fischige muß es zuerst gesagt haben.«

»Du bist nicht schmutzig.«

Sara ließ Parfüm und Puder in ihre Handtasche gleiten. »Hast du noch nicht gebadet?«

»Nein.«

»Ist das Wasser nicht heiß genug?«

»Natürlich ist es heiß genug ...«

Lilys Augen verengten sich, und ihr Kinn ragte aus den glatten Umrissen ihres Gesichts. »Gütiger Gott. Ist es ein Wunder, daß ich kein Selbstwertgefühl habe?«

»Ich habe nicht ...«

Doch Lily walzte einfach hinaus wie ein hübscher Faltenrock bei einem ländlichen Tanz.

14

Connie drückte ihre Nase gegen die Papierbögen. Sie rochen nach Tabak und nach Fußbodenpolitur. Keine wirklich exotischen Aromen, doch hier, in diesem besonderen Zusammenhang, fand sie sie bezaubernd. Sie saß am Schreibtisch des Gästezimmers im Haus ihrer Mutter. Das Zimmer war vergißmeinnichtblau, auf halber Höhe der Wände marineblau abgesetzt, und darüber leuchtend weiß. Kiefernschreibtisch, Kiefernbett, auf Hochglanz polierter Kiefernboden. Alles makellos. Sie trug eine Lesebrille, die tief auf ihrer kleinen Nase saß und rutschte, wenn sie blinzelte.

Nachts hat mich etwas gestochen, und jetzt bin ich krank. Ich habe ein Netz über meiner Schlafstelle und diese verkrüppelten ockerfarbenen Kerzen, die ich anzünde, wenn ich schlafe, um die Moskitos in Schach zu halten. Doch ich habe Stiche auf dem Bauch, zwei davon, auf beiden Seiten meines Nabels, wie rostige kleine Ameisenhaufen. Der Eingeborenenmann – er ist kein Arzt, und er spricht kein Englisch – interessierte sich nicht für die Knoten. Statt dessen gab er dem Regen die Schuld. Es ist Regenzeit, sagte er und machte das Zeichen fallenden Regens.
Doch Louis meint, sie könnten etwas Schlimmeres sein. Also liege ich im Bett, um ihm eine Freude zu machen, und obwohl es draußen idiotisch feucht ist, ist es drinnen immer noch unbarmherzig heiß, heiß, heiß. Der Geruch der Kerzen durchdringt alles. Ihr Geruch ähnelt Kardamom, ist aber schärfer. Ihr Geruch hängt in meinen Kleidern und meinen Laken und meinen Haaren. Ich schmecke ihn unter meinen Nägeln. Ich finde braunen Staub in meinen Nasenlöchern. Ich habe einen erbärmlichen Husten.
Du solltest mich hören, Ronny, mit meinem erbärmlichen Husten.
Der Geruch gelangt hinter die Augen und fühlt sich so intensiv an wie eine Biene, die hinter dem Nasenrücken summt, doch hinten auf der Zunge schmeckt er auch bitter. Ich versuche ständig, ihn mit Gläsern voll abgekochtem Wasser hinunterzuspülen, doch der essigartige Geschmack klebt einfach fest und verstopft alles. Was haben meine zahllosen Vorsichtsmaßnahmen nun letztendlich genützt? Ich habe mir trotzdem diese ermüdende Krankheit eingefangen, und sie ist nicht einmal das, was Louis eine ›Anständige Erkrankung‹ nennen würde. Sie hat keine Würde. Sie ist nicht großartig tropisch, wie ich gehofft hatte. Es ist kein Fieber,

keine erhöhte Temperatur, nichts dergleichen. Es ist einfach Schwere.

Ich spüre jeden Knochen. Sogar die einzelnen Rippen, die beim Atmen wie harte Eisenreifen um meine Brust liegen. Meine Knie fühlen sich schrecklich an. Es ist wahr! Wie die schweren Fingerknöchel eines Gorillas, sie ziehen, ziehen. Anfangs versuchte ich, sie mit den Händen zu massieren, doch meine Fingerknöchel wurden schnell taub und schwer und nutzlos.

Bedaure mich, Ronny!

Natürlich weigerte sich Louis bei all seiner offensichtlichen Besorgnis rundheraus, den richtigen Arzt noch einmal hier heraus zu rufen. Noch einmal? Er ist einmal gekommen, vor einem Monat, als eine Blase an meinem Fuß sich entzündete und der ganze Fuß eine bläulich-weiße Färbung angenommen hatte. Das passiert hier häufig. Die Eingeborenen verwenden Waldkräuter, um Entzündungen vorzubeugen, sogar die Schimpansen tun das, sagt Louis, doch weder er noch ich sind Botaniker.

Wie dem auch sei, ich verband den Fuß. Ich ignorierte ihn. Er tat nicht weh. Und dann löste sich eines Tages die Haut. Die Schichten hatten sich voneinander gelöst und ähnelten einem flockigen, blättrigen Teig. Doch unter dieser zerbrechlichen Kruste wanden sich Hunderte orangefarbene Würmer. Von einer hellen, lebhaften, leuchtenden Tangerinenfarbe. Eine verrückte, synthetische Farbe. Orangefarbene Körper mit jetschwarzen Nadelköpfen.

Ich wurde verrückt. Als der Arzt kam, brannte er sie aus. Er war entsetzt, weil weder Louis noch ich zu Hause irgendeine Art von Erste-Hilfe-Kurs gemacht hatten. Er war ein mürrischer, grauhaariger, in einen Safarianzug gewandeter Neuseeländer. Der uns beide für offensichtliche Dummköpfe hielt. Und seine Rechnung war enorm. Louis spie richtig. Er war fuchsteufelswild.

Deshalb freute ich mich über den Eingeborenen, der in meine Hütte kam, meine Hände, meinen Hals, meine Knöchel un-

tersuchte und dann mit einem ebenso spekulativen Schulterzucken die Zunge tief in die Backe schob. Einer der Trapper – wir nennen ihn Monty, der Himmel weiß, warum – erzählte Louis später, die schweren Knochen seien ein Zeichen dafür, daß die Seele leicht sei und davonfliegen möchte. Wie ein Schmetterling, sagte er, oder wie ein wilder Dschungelpapagei in einem Netz.

Doch mich hält niemand, Ronny.

Ich habe ein Fenster. Ohne Glas. Und durch dieses Fenster sehe ich den Wald und den Himmel, wenn ich mich auf meiner Schlafstelle zurücklehne. Den dichten Wald und den hohen grauen Himmel. Die Luft schwirrt vor unterschiedlichen Geräuschen. Während ich hier liege, schwerknochig und hoffnungslos, kann ich die Rufe von zwölf verschiedenen Vögeln ausmachen. Die Affen schäkern und kreischen ohne Unterlaß. Ich höre das Glucksen und Brausen eines Bachs. Die Bäume, die Blätter, den warmen Wind. Ich höre sie.

Und vor allem höre ich den Regen. Die weiche Erde saugt die plötzlichen Tränen so bereitwillig auf mit ihren brennenden, rot-harten Lippen. Ich höre, wie die Natur Liebe macht – das stete Tröpfeln und die ganze Erregung –, von meinem Krankenbett. Doch wo passe ich hin? Versteckt in meiner Hütte. Eine Nuß in der Schale? Vielleicht, sage ich mir, bin ich die fahle Zunge der Erde. Oder eine kleine, langweilige Knospe. Oder eine schwere Chrysalis. Ein Insekt? Eine sich windende, fordernde, ausgebleichte, ausgewaschene, milchweiße Blattlaus.

Ich liege und liege und frage mich, was ich bin.

Ronny?

M.

Connie warf den Brief hin, riß ihre Brille herunter und warf sie auf den Schreibtisch, schob den Stuhl zurück und stand auf. Auf dem hochglanzpolierten Fußboden lag links ein kleiner, flauschiger puderblauer Teppich. Sie sprang darauf,

fing ihr Gewicht ab und spurtete los. Sie hatte das schon früher getan, unzählige Male.
Sie flog vom Tisch zur gegenüberliegenden Wand, von der Wand zum Bett und wieder zurück. Sie hielt ihr Gleichgewicht außerordentlich gut, und dann, genauso plötzlich, verlor sie es vollkommen. Der Teppich rutschte und legte sich in Falten. Er verdrehte sich. Sie spürte, wie die Holzdielen ihre Handflächen und Knie aufschürften und verbrannten. »Au!« flüsterte sie der Form halber und legte sich flach auf den Bauch und drückte die Wange fest gegen die kalten hölzernen Bodendielen. Sie lauschte auf ihr Knacken, während ihr das Blut in den Ohren pochte. Sie schloß die Augen.
In dieser seltsamen Lage fand sie ihre Mutter.

In letzter Zeit hatte Lily angefangen, sich an Dinge zu erinnern, von denen sie mit Sicherheit wußte, daß sie sie selbst getan hatte, und zwar so, als hätte jemand anders sie getan. Kleine Grausamkeiten. Unentschuldbare Lügen. Winzige Verletzungen. Streitereien. Simple Beobachtungen. Launen. Ihr Gehirn – gierig nach Unfug, nach Abwechslung – hatte angefangen, mit Begriffen von Kontext und Bedeutung und Verantwortung zu experimentieren. Lily stellte fest, daß sie gewisse intime, alltägliche Geschehnisse wie aus zweiter Hand erlebte. Sie konnte sich an tatsächlich stattgefundene Ereignisse erinnern, doch nur vom Hörensagen, als Geschichten oder interessante Bruchstücke der Unterhaltung anderer.
Hätte sie je ihr eigenes Urteilsvermögen in Zweifel gezogen, ihre eigenen Beweggründe in Frage gestellt oder gegen ihre schlimmeren Neigungen angekämpft, hätte diese Entwicklung Lily eine Pause verschafft. Doch sie zog sich selbst nie in Zweifel. Sie war kühn und wild und sicher. So überlebte sie.
Wie dem auch sei, sie empfand, daß die Erfahrung dieser tiefen Kluft, die sich plötzlich zwischen Erinnerung und Tat aufzutun schien, quälend sein konnte, manchmal auch be-

freiend. Wie eine Droge. Beängstigend. Süchtig machend. Und, ja, gelegentlich gab es auch einen schlechten Trip. Das war unvermeidlich.

»Es muß der Fischige gewesen sein, der mich schmutzig genannt hat«, murmelte Lily schmollend und zog das braune Badelaken enger um ihre magere Taille, während sie leise zitternd in Saras Hühnerstall starrte. »Mit dem Kahlen habe ich noch nicht einmal gesprochen. Ich bin noch nicht einmal in seiner Nähe gewesen.«

In der Hand hielt Lily eine scharfe Klinge. Ihre Finger waren kalt und ungeschickt. Die Hühner gluckten, plötzlich nervös, und drängten sich im hinteren Teil des Stalls zusammen.

15

Sara ging aus Gründen persönlicher Vorsicht den längstmöglichen Weg und landete im Naturschutzgebiet, wo man entweder vor oder zurück, doch kaum auf mäandernden Wegen gehen konnte. Doch sie wollte auf mäandernden Wegen gehen. Sie hatte den Nerv verloren. Zur Rechten des erhöhten Damms und des Fußpfads, auf dem sie zickig-bockig in ihren Sommersandalen entlangtrippelte, lagen die Salzmarschen und das Meer; zur Linken der Süßwasserfluß und dahinter einfach Felder.

»Ich bin mit einem Bauern verheiratet«, sang sie sich immer wieder vor, »und ich züchte Wildschweine.«

Es war beinahe so, als könnte die ständige Wiederholung ihre Sehnsucht übertönen.

»Ich züchte Wildschweine.«

Das Sommerkleid war ein Fehler gewesen. Natürlich. Sie war keine elegante Frau, und es nieselte.

»Regen für Dummköpfe«, sagte sie sich, denn auch wenn er harmlos erschien, würde nur ein Dummkopf daran denken, sich ungeschützt in ihn hinauszuwagen.

»Ich bin mit einem Bauern verheiratet.«

Es regnete stärker. Es wurde dunkler.

»Ich mache mich lächerlich.«

Links vor ihr war ein Unterstand zur Vogelbeobachtung; unangenehm und käfigartig auf seinen hohen Stelzen. Sie wischte sich den Regen von den Wangen und rannte darauf zu. Das Holz war hart und splitterig unter ihrer nassen Hand. Als sie anfing hinaufzuklettern, blähte kalte Meeresluft ihren Rock und hob ihr Kleid hinten hoch – ein Gefühl wie feine Nadelstiche. Sie kletterte mühsam die Sprossen hinauf, ihr Kleid klebte, ihre Sandalen klickten.

Sie war noch nie zuvor in einem Unterstand gewesen. Sie hatte sich vorgestellt, daß es im Innern schwarz sein würde und nach dunklen Dingen röche, nach Sirup und Pech. Sie ging davon aus, daß all die Gucklöcher und Luken geschlossen wären, und war deshalb auf den Schock der Dunkelheit vorbereitet. Der Türknauf war naß und ließ sich leicht drehen. Sie drückte mit dem Knie gegen die Tür, kletterte hinein. Der Regen folgte ihr. Sie schloß die Tür und lehnte sich mit dem Rücken dagegen und blies in der plötzlichen, dumpfen Stille mit einem Gefühl echter Erleichterung die Backen auf.

Es roch nicht süß und sirupartig, wie sie es sich vorgestellt hatte. Es roch nach Fisch. Eine Luke war leicht angelehnt. Die Haken hatten sich gelöst, und der Riegel hatte sich ein paar Zentimeter verschoben. Ihre Augen fixierten gierig die helle Lücke, die perlenden Regentropfen, die durch sie hindurch in den Unterstand sprangen, als würden sie draußen vor einer unendlichen, brütend weißen Hitze fliehen.

Doch hier war es schwarz und warm. Sara streckte vorsichtig einen Fuß zur Seite, um zu sehen, ob sie eine Bank ausmachen konnte. Ihr Bein berührte etwas Hölzernes. Sie beugte sich vor und tastete danach, blind. Ihre Finger packten etwas. Sie fand die Kante und atmete scharf aus, als sie mit dem Mittelfinger in einen Splitter griff.

Sie fluchte und setzte sich, verrechnete sich zuerst und hätte die Bank beinahe verfehlt. Sie war schmal und ohne Rük-

kenlehne, deshalb setzte sie sich rittlings darauf wie auf ein Schaukelpferd. Sie saugte an ihrem Finger. Ihre Zunge erkundete eifrig den Fingernagel und die Fingerkuppe, bis sie den kratzigen Holzsplitter gefunden hatte. Der Splitter schnitt ihr in die Zunge und erregte sie irgendwie.
Ihre Augen waren geschlossen. Oder? Sie waren geschlossen. Doch das machte keinen Unterschied. Sie stellte sich vor, sie wäre in einem Eichensarg. Sie war hingegangen und hatte sich verstaut. Sie war naß, und der Regen auf ihren Lippen schmeckte salzig. Sie leckte ihn ab. Die fischige Luft. Es war niedrig und schlüpfrig. Es roch nach Sex. Katzenfutter. Sardinen. In Öl, in Öl.
O ja.
Unter ihrem linken Bein lag ein kleiner Bolzen, der die Sitzfläche der Bank mit dem Bein verband. Er fühlte sich lose an. Sie schaukelte. Der Bolzen wackelte. Sie verlagerte ihr Gewicht ein wenig und setzte sich anders. Es kratzte und scheuerte so angenehm. Es fand keine Mitte. Es war von unbeholfener Genauigkeit. Die beste Art, dachte sie, und zog ihren nassen Rock hoch und fühlte ihre nassen Schenkel, ihre feuchten Knie. Die Bank schaukelte. Ein wenig ein wenig ein wenig.
Sie spürte ihre Kniescheibe, die fragilen Teile an der Seite, die Kniekehle hinten. Sie bog sich nach hinten und berührte ihre Waden, ihre Knöchel, die klirrenden Schnallen ihrer Sandalen; sie öffnete sie, zerrte sie herunter und warf sie zur Seite. Wasser tropfte von ihren Haaren auf ihre Arme, den Hals hinab, hinab. Sie war sich völlig hingegeben. Sie stellte sich Luke vor. Wie hieß er? Er war ein Pferd, ein Gruben-Pony, mit gewölbter Brust, rund und solide, hart und moschusduftend. Starke Hufe. Breiter Rücken. Glänzend.
Sie griff mit den Händen nach hinten, klammerte sich mit den Fingern an der Bank fest. Und sie schaukelte, und sie ritt, die Zehen nach hinten gestreckt, das Haar in Auflösung, mit schmerzenden Knöcheln. Der fleischgewordene Buchstabe D. Brüste und Bauch die Rundung, ihre steifen Arme dieses

Buchstabens liebliches Rückgrat. Die Zeichensetzung geschah ganz und gar durch diesen wunderbaren Bolzen. Doch dies war nur ein winziger Teil eines langen, langen Satzes. Einer Unterhaltung. Die nicht aufhörte. Nicht aufhören konnte. Nicht dort und nicht hier und nicht jetzt. Oh ...

Und wohin würde es gehen? Und *au*! Uh ... wie?

Meerjungfrau, keuchte sie, und zog alles in Betracht auf diesem wunderbaren Bummel in eine Balgerei von Wörtern und Geräuschen und Schwingungen und Konsonanten ... Espe ... Kedgeree ... die Wölbung eines Wildschweinhauers ... o ja, o ja ... Salz, Stroh, Honig ... Taschen, Speckrinde, eine kleine Wunde ... ein riesiger Ozean, Grapefruit, Schnurrbart ... uh ... Tinte, Schaum, Lehm, Lakritze, Wippe, wund, Wasser ...

Sie wollte mehr. Sie wollte, daß diese Bank zerbrach. Sie wollte ihr den Rücken brechen, ehe sie ihren eigenen brach. Deshalb schaukelte sie damit, machte einen Ausfall, sie schob und sie wand sich. Ihre Arme kugelten aus den Ellbogengelenken, ihre Füße waren verdreht, ihr Brustkorb ganz zerrissen und rauh. Nacken und Kopf ruckten und neigten sich.

Es kam, es war im Kommen! Sie spürte, wie sich der Bolzen löste, ein Verschieben, ein Verrutschen.

Einer! sagte sie, und ihre eigene Stimme überraschte sie wie das Brennen eines nassen Seils, zwei und drei und vier! Sie zählte und zählte. Manchmal verlor sie den Faden, doch dann kamen ihr die Zahlen wieder wie Flüche.

O verdammt! Bei sechsunddreißig wurden ihre Hüften taub. Bei achtunddreißig bockte diese Bank einfach mit dem süßesthärtestlautesten Knirschen. Krach! Sie ging damit zu Boden. Das war heißester und nässester Vandalismus. Sie schnappte lachend nach Luft. Beschämt und glänzend.

Der Boden war staubig. Ihr Gesicht rosigfarben. Sie rollte sich zur Seite. Ihre Glieder zitterten. Ihr Kleid hatte sich verheddert. Sie zog den Rock ein bißchen unter sich hervor. Sie legte eine Hand auf ihre medizinische Unterwäsche. Sie befühlte sich, hielt den Atem an, plötzlich vorsichtig, als würde sie die Reife einer Avocado prüfen. O Scheiße, wisperte sie, Alles zerrissen! Sie stolperte zur Tür. Sie riß sie auf.

»Entschuldigung ...«

Eine Stimme tief aus der Dunkelheit hinter ihr, so gedämpft, so gedämpft, daß sie etwas wild Unerbetenes, in ihrem eigenen Kopf Verstecktes hätte sein können.

»Ich glaube«, stotterte Luke und preßte ihre beiseite geworfenen Sandalen an seine breite Brust, das Gesicht weiß und geisterhaft, während er aus der Dunkelheit des Unterstands auftauchte in das wenige, was von dem düsteren Nachmittagslicht geblieben war, »ich glaube, Sara, ich glaube wirklich, du hast es geschafft und mich *umgebracht.*«

Ihr Gesicht war schwarz vor Wimperntusche, als sie zusah, wie seine Knie nachgaben.

16

Der Arzt war natürlich ein Freund der Familie. Und Connie wußte, und Kitty, ihre Mutter, wußte, daß Connie es wußte, daß Kitty mit ihm gevögelt hatte, in den letzten zehn Jahren immer mal wieder. Kitty war jenseits der Menopause, prächtig, mit großen weißen Locken, lustvollen Lippen und Augen, die wie Kaninchenohren waren, so weich, grau und glänzend. Und sie war groß. Beinahe einssiebzig. Im Vergleich zu ihr war Connie ein Zwerg.

Ihre Mutter schwebte dekorativ am Rand des blauen Zimmers, nach White Linen und einer schweren französischen Handcreme duftend, die sie vor kurzem aufgetragen hatte. Sie war gerade mit dem Abwasch vom Abendessen fertig gewesen, als sie das Krachen gehört hatte. Connie wollte nicht glauben, daß sie sich das Handgelenk verstaucht hatte. Sie berührte es immer wieder, um zu prüfen, ob es weh tat. Es tat weh, aber nur ein wenig.

»Du könntest durchaus eine Gehirnerschütterung haben«, sagte der Arzt.
»Aber ich habe mir den Kopf nicht angeschlagen, als ich gestolpert bin ...«, sagte sie automatisch, »nur die Knie und die Handflächen.«
»Aber du hast eine Prellung, Liebling«, bemerkte ihre Mutter, »an der Backe.«
Die Vorstellung verwirrte Connie. Sie hatte lediglich ihre Wange gegen den Boden gepreßt und dem Pochen ihres eigenen Blutes zugehört. Sie hatte geglaubt, ihre eigene Kraft zu verstehen, ihre Albernheit. Doch dem war offensichtlich nicht so. Der Arzt hatte bereits ihr Handgelenk bandagiert, eine Schlinge angefertigt und zum Halt irgendwelches elastisches Material darüber befestigt.
»Es war ein winziger Sturz«, wiederholte sie und fühlte sich wie ein Scharlatan. Sie hatte ihrer Mutter nur deshalb erzählt, sie sei gestolpert, um Getue zu vermeiden, nicht, um welches zu verursachen.
»Als ich sie fand«, sagte Kitty ängstlich und drehte ihren Ehering am Finger, »und sie einfach flach so da lag, konnte ich mich nicht rühren vor Schreck.«
»Wie wäre es«, sagte der Arzt leise, »wenn ich hier mit Connie ein ruhiges Wort reden würde, während du ihr etwas Warmes, Süßes zu trinken holst?«
Kitty schürzte die Lippen und schlang die Finger ineinander, leistete leisen Widerstand, doch dann nickte sie und ging ruhig aus dem Zimmer.
Connie ärgerte sich darüber, daß sie mit ihm allein gelassen wurde. Als Kind hatte sie ihn Doktor Donald genannt. Jetzt nannte sie ihn Donald. Er hatte metallisches Haar und ein Grübchen im Kinn, in das jedes Mädchen hineinfallen konnte. Er war ein großer Mann und immer topfit, hatte sie das Gefühl; ständig in Höchstform. Er war rotbackig und benutzte Frisiercreme und roch nach Wildleder und sauberem Tweed. Sie konnte nicht umhin festzustellen, daß er beträchtlich jünger war als ihr Vater.

Er war so höflich. Die Situation, die Angelegenheit war so höflich abgelaufen. Niemandem ein Haar gekrümmt, soweit sie sich erinnern konnte. Nur ihr.

»Deine Mutter macht sich Sorgen«, sagte er sanft, »wegen des Testaments und dieser besonderen Hinterlassenschaft.«

»Das ist ihre Sache«, sagte Connie abrupt und streckte unter der Decke die Beine aus, »und meine Sache. Niemandes sonst.«

Sie stellte sich vor, ihre Knie wären zwei Vulkane. In Sumatra gab es über hundert Vulkane. So hatte wenigstens Monica geschrieben. Über hundert Vulkane. Achtzehn aktiv.

»Die simple Tatsache ist die, daß es niemanden wirklich interessiert«, sagte Donald ausgesprochen logisch und sah sie aufmerksam an, »es gibt also wirklich keinen Grund für all das.«

Sie stellte abwehrend die Beine auf. »Für was?«

»Für diesen ... Aufruhr.«

»In Wahrheit ...«, Connie überlegte einen Augenblick, was sie sagen wollte, »ist es nicht einmal die Sache meiner Mutter, streng genommen. Es ist meine. Meine Sache. Mein Darlehen.«

»Hast du geschlafen?«

»Wieso?« Er hatte sie überrumpelt.

»Hast du die Tabletten genommen, die ich dir verschrieben habe?«

Sie nickte. »Ja. Ich habe sie genommen.«

Sie hatte nicht geschlafen. Sie hatte auch die Tabletten nicht genommen. Es waren fünf lange Monate gewesen. Wachen und Träumen gingen jetzt so wunderbar ineinander über. Und was konnte daran schlecht sein?

»Du bist also immer noch entschlossen zu verkaufen?«

Connie nickte. »Sicher. Das Geld für das Gebäude, die Wohnung oben, die Ware und alles andere sollte gerade den benötigten Betrag erbringen.«

Donald balancierte unsicher auf dem kleinen Kiefernstuhl

vor dem Schreibtisch. Er verlagerte ein wenig sein Gewicht, und der Stuhl quietschte. Es war ein Mädchenstuhl, dachte sie, und er war kein Mädchen.

»Was mich traurig macht, ist, daß dein Vater wirklich wollte, daß du aus dem Geschäft etwas machst. Er wollte Sicherheit für dich.«

»Nein«, Connie schüttelte den Kopf, »er wollte keine Sicherheit für mich. Er wollte, daß ich Verantwortung übernehme. Das ist etwas ganz anderes.«

»Das sehe ich nicht so.«

Sie verärgerte ihn. Er sah sie immer noch als kleines Kind. Sie war nur ein Kleinkind. Ihre Knie waren wackelig, ihre Füße gaben nach. In seinen Augen war sie nicht mehr als ein Tautropfen am Ufer des Lebensflusses. Sie könnte nie ein Platschen verursachen, das Höchste, worauf sie hoffen durfte, wäre, ein wenig zu schimmern und dann zu verdunsten. So hatte er es immer gewollt.

Doch Connie sah es anders. Sie verfolgte eine andere Linie, und sie hatte das Gefühl, das sei auch die Linie ihres Vaters. Diese Linie war ererbt, sie war legitim, fand sie, und als solches mußte sie angenommen werden, sie mußte ergriffen und hochgeschätzt und gehätschelt werden. Als sie sich Nathan gegenüber an diesem Morgen als unstet bezeichnet hatte, hatte sie das nicht leichtfertig gemeint. Es traf absolut zu.

Sie war ein kleiner blonder Floh, und sie hüpfte von Ort zu Ort, von Mann zu Mann, von Arbeitsstelle zu Arbeitsstelle. Und, ja, manchmal hatte sie Boden unter den Füßen gespürt, doch nur kurz, und bei einer solchen Gelegenheit war sie lange genug ortsfest geblieben, um sich als Optikerin zu qualifizieren. Erwarb die Urkunde. Erwarb die Gestelle und die Linsen und die Lokalität. Tat das alles. Und Daddy gab ihr ein Darlehen. Keine Bedingungen. Doch als er ihr den Scheck ausgestellt hatte, hatte er gesagt: »Ich habe den schweren Verdacht, daß du es mir zurückzahlen wirst.«

Was genau hatte er damit gemeint? Schon damals hatte sie

sich das gefragt. Und dennoch *zahlte* sie es ihm jetzt zurück. Doch sie wußte wirklich nicht, wie oder warum. Zuerst hatte sie gedacht, es wäre anders herum, daß er es *ihr* zurückzahlte. Inzwischen hatte sie allerdings das Gefühl, die Zweifel an sich seien seine Hinterlassenschaft. Sein Geschenk.

Donald starrte sie an. »Woran um alles in der Welt mag dein Vater dabei gedacht haben?«

Sie zuckte die Schultern. »An mich. Wahrscheinlich.«

»Und deine Mutter? Wie steht es mit ihren Gefühlen?«

Connie verspürte nicht das geringste Bedürfnis, irgend etwas davon mit Doktor Donald zu diskutieren. Warum sollte sie? Sie seufzte melancholisch. »Meine Knie fühlen sich so *schwer* an«, sagte sie.

Der Kopf hatte Lily angewiesen, sich nicht zu waschen. Während des Monats August. Der August würde, was das Wetter betraf, wunderbar mild ausfallen, sie würde also weniger schwitzen, sagte er. Niemand würde es auch nur bemerken. Und bis jetzt hatte sie immer getan, was er gefordert hatte. Bis jetzt.

Lily betrachtete das Badewasser. Ihr war leicht schwindelig, doch sie hatte keine Ahnung, weshalb. Sie fragte sich träge, was passieren würde, wenn sie die Wünsche Des Kopfes mißachtete. In ihrem Magen rumorte es. Es war ein Gefühl ähnlich wie Hunger. Eine zwickende, kneifende Angst. Sie nagte an ihrer Zunge. Dann überwand sie ihre Zurückhaltung, kreischte und hüpfte hinein.

Sobald sie untergetaucht war, vergaß sie Den Kopf vollkommen. Statt dessen beobachtete sie ihre kleinen Brüste, die im Wasser wippten. Sie versuchte, ihre Brustwarzen und ihre Zehen in eine Linie zu bringen. Sie schloß die Augen und plierte genau, wie ein Kampfpilot, der durch das Visier blinzelt. Ein wenig nach links. Ein wenig nach rechts. Puff!

Aus dem Augenwinkel nahm sie eine Bewegung wahr. Sie blinzelte. Sie setzte sich auf und sah sich um. Heißes Wasser klatschte gegen ihre Rippen. Sie sah zwischen ihren Knien auf

den Grund und erkannte auf dem Email der Badewanne eine winzige Sandspur. Sie war ein bißchen verwirrt. Doch dann schniefte sie wie nebenbei und nahm ein Stück Seife.
Fünf Minuten, und das Wasser war spürbar abgekühlt. Sie spülte sich ab und kletterte heraus. Sie sah sich nach ihrem Handtuch um. Das braune Handtuch. Es lag nicht auf dem Boden. Sie drehte sich im Kreis und suchte immer noch. Sie inspizierte den Handtuchhalter. Dort hing ein rosafarbenes Handtuch für die Hände, sonst nichts. Sie griff danach und versuchte, sich zu bedecken.
Sie wollte das braune Handtuch. Noch immer auf der Suche, ging sie zur Tür. Sie stieß sie weit auf und sah zu, wie der Dampf in den gekrümmten Flur entwich. Sie ging über den Flur. Auf dem Absatz oben an der Treppe dachte sie, sie sähe das braune Handtuch, ein Haufen. Achtlos liegengelassen. Lily starrte eine Weile darauf. Konnte sie sich daran erinnern, es an dieser Stelle fallengelassen zu haben? Es war ein so geringfügiges Detail, doch sie runzelte die Stirn, denn es paßte nicht. Sie wollte, daß es paßte.
Sie bückte sich trotzdem, um es aufzuheben. Ihre Hand berührte das Handtuch, und es fühlte sich leicht an wie Distelwolle. Sie versuchte, es aufzuheben. Es ließ sich aufheben, doch nur ein ganz klein wenig, dann zerbrach es in ihrer Hand und unter seinem eigenen Gewicht. Es war wie Staub und Asche. Es war Spinnweben, ein Atemzug und weiches Fell.
Sie stieß einen kleinen Schrei aus. Sie sprang zurück und trat dann mit dem Fuß danach. Das Handtuch flog oben an der Treppe in die Luft wie ein mageres, lebendiges, flaches braunes Lebewesen. Ein fliegendes Eichhörnchen, ein fedriger, gesprenkelter Flughund. Dann löste es sich auf. Doch Lily sah nicht, wie das geschah. Sie war zurückgesprungen und jaulte, denn ihr Fuß schmerzte. Sie hüpfte und wimmerte, hielt mit den Händen ihre verletzten Zehen. An ihrem Fuß war Blut und ein Abdruck, ein Kratzer oder von Nesseln oder, ekliger, ein Biß.

17

Ronny war in einem Zustand, der der Hysterie ziemlich nahekam, gut über eine Stunde im offenen Türrahmen des Fertighauses hin und her gerannt. Er zeigte eine absurde Heiterkeit, fand Jim, und das aus dem albernsten Grund. »Der Regen, der aufs Meer trifft!« rief er immer wieder, »Ping! Ping! *Ping*!« Von hinten glich er einer kleinen Holzpuppe, einer Marionette, was Jim irgendwie sehr bedeutungsvoll fand. Er holte tief Luft und tat sein Äußerstes, sich darauf zu konzentrieren, das Feuerholz im Kamin aufeinanderzuschichten.

Er fand, daß das Puppen-Bild in der Tat überraschenden Nachhall hatte, vielleicht, weil er zum ersten Mal seit langer Zeit das Gefühl hatte, daß an seinen eigenen Fäden geruckt wurde – doch nicht auf schreckliche, nicht auf berechnende Art –, und er war verblüfft, erschüttert, sogar *aus den Fugen* durch die Vielfalt der Empfindungen, dic ihm das bescherte. Gewöhnlich lebte er auf einem Level. Er bevorzugte es so. Seine Farben waren eine Farbe, seine Musik monoton. So mochte er es. Dennoch konnte er Ronnys offensichtliche Fixierung, alle Unebenheiten zu beseitigen, nicht wirklich begreifen. Das Leben zu vereinfachen, gewiß, doch dieses Ziel lediglich durch kleinliche Entzugsmaßnahmen zu erreichen? Er sagte sich, daß Ronny zu viel Zeit zur Verfügung hatte. Was stimmte. Doch Ronny schien von Zeit und was sie wirklich bedeutete keinen eigentlichen Begriff zu haben.

»Was?«

Ronny hatte aufgehört herumzusausen und schaute zur Seite, aus der Tür hinaus, und gestikulierte wild in den Regen. Wieder.

»Was?« sagte er, und dann: »Wer, ich?«

Er stürzte schnell wie ein Blitz hinaus.

Jim hielt inne, warf das Feuerholz zur Seite und trat selbst an den Türrahmen. In kurzer Entfernung am Strand schloß sich Ronny einem Mann und einer Frau an. Die Frau schien den

Mann zu stützen, obwohl er beinahe nur halb so groß war wie sie. Ronny zögerte, nur einen Moment, dann nahm er den anderen Arm des Mannes und half stolpernd, ihn in Richtung des Fertighauses zu tragen.
Als sie näher kamen, sah Jim, daß es sich bei dem Mann um Luke handelte.
»Was ist passiert?«
Im Haus half ihnen Jim. Luke sah schrecklich aus. Die Frau sah kaum besser aus. Ronny war außer Atem. »Er glaubt, er hatte einen Herzinfarkt«, erklärte er keuchend.
Sie legten Luke auf das Sofa. Er schien ruhig, doch er war blaß und unfähig zu sprechen.
»Haben Sie ein Telephon?« fragte die Frau Ronny. Ronny schüttelte den Kopf. Er wandte sich an Jim. »Du solltest ihn ins Krankenhaus fahren. Das wäre schneller als mit dem Krankenwagen. Sein Volvo steht direkt vor der Tür.«
»Ja«, nickte die Frau. Sie war barfuß und trug ein leichtes Sommerkleid, das naß war und praktisch durchsichtig, mit zerrissenem Rock und zwei Flecken, die aussahen, als stammten sie von Schlamm oder Moos.
Jim hatte nicht die Absicht, Luke ins Krankenhaus zu fahren. Er hatte seine eigenen Gründe dafür, die er nicht öffentlich diskutieren wollte. Statt dessen sagte er zu Ronny: »Nein. Du solltest fahren.«
»Ich kann nicht.« Ronnys Gesicht glänzte vom Regen. »Ich meine, ich würde es tun, wenn es ein Automatik wäre, aber es ist keiner.«
Jim wandte sich an die Frau. »Könnten Sie fahren?«
»Nein. Ich habe keinen Führerschein. Ich kann nicht einmal Traktor fahren.« Sie sah an sich hinab. »Und überhaupt, sehen Sie mich an, was würden die Leute denken?«
»Spielt das eine Rolle?«
Ihre Augen waren rund. Sie konnte es nicht glauben. »Wie lange leben Sie schon hier? Natürlich spielt es eine Rolle.«
Ronny sprach wieder, eindringlicher diesmal. »Du solltest ihn fahren, Jim. Ich wüßte nicht einmal den Weg.«

Luke grunzte auf dem Sofa. Seine Lippen bewegten sich. »Was sagt er?« Ronny kniete sich neben ihn und griff nach seinem Handgelenk. Mit großer Mühe hob Luke den Kopf und brachte zwei vollständige Wörter zustande: »Stabile Seitenlage.«

Ronny sah mit gerunzelter Stirn auf. »Stabile Seitenlage?«

Jim war verwirrt. »Ich kenne mich nicht aus mit Erster Hilfe. Bedeutet das, ihn auf die Seite zu legen oder so etwas?«

Er sah Sara an, die hilflos die Schultern zuckte. Ronny wandte sich wieder an Luke. »Was ist die stabile Seitenlage, Luke?«

Luke wedelte mit den Händen, schwach, als würde er ein kleines Mäuseorchester dirigieren. Er hatte eindeutig keine Ahnung.

Ronny lächelte, amüsierte sich über etwas. »Woran wir alle denken sollten«, sagte er sanft, »Luke besonders, ist, daß das Sterben nichts so Außergewöhnliches ist. In Wirklichkeit«, er wandte sich direkt an Luke, »ist es sogar sehr gewöhnlich.«

Luke reagierte unwirsch auf diese Information. Er fand seine Stimme wieder, irgendwo tief in seinem Innern, obwohl sie dünn klang wie eine Rohrpfeife. »Es ist ... schlimm«, keuchte er, »du blödes Arschloch.«

»Drehen Sie ihn auf die Seite«, sagte Jim zu Sara, die allmählich die Fassung zu verlieren schien, »auf die linke Seite, und während Sie das tun, gehen wir nach nebenan und suchen die Autoschlüssel.«

Sara tat genau, wie ihr geheißen. Sie war es gewohnt, ohne zu murren, auf kurzangebundene Anweisungen zu reagieren. Jim ging in den Regen hinaus, und Ronny ging hinterher. »Wirst du ihn nun doch fahren?«

Jim gab keine Antwort. Statt dessen drückte er die Tür zu Lukes Fertighaus auf und fing an herumzusuchen.

»Du wirkst sehr ruhig«, sagte Ronny.

Jim schichtete einige Papiere und Photos auf Lukes Schreibtisch um. Seltsame Bildmontagen von einer Frau, die die

Zwiebel einer blühenden Hyazinthe in ihre Vagina einführte, nahmen eine Sekunde lang seine Aufmerksamkeit in Anspruch. Die Bilder waren so belanglos, so unangemessen, daß er beinahe laut gelacht hätte, als er sie sah, doch statt zu lachen, schob er sie grob zur Seite. Mehrere fielen zu Boden. Ronny hob sie auf und betrachtete sie genau.

»Ich hoffe wirklich, daß Luke den Schmutz von den Zwiebeln gewischt hat«, sagte er, »bevor er diese Bilder aufgenommen hat.«

Jim fand die Schlüssel in einer Tasse auf dem Tisch. Er holte tief Luft. »Ich habe die Schlüssel, Ronny«, sagte er ruhig, »aber ich möchte ihn lieber nicht ins Krankenhaus fahren.«

»Warum nicht?« Ronny legte die Photos hin.

»Sie könnten mich dort erkennen.«

»Weshalb?«

»Ich habe vor einer Weile ein paar Medikamente gestohlen. Ich habe kein gutes Gefühl dabei, wieder zurückzukehren.«

Ronny war überrascht. »Du hast Medikamente gestohlen?«

»Ich brauchte sie. Ich hatte ein Rezept, aber es war schwer zu verlängern. Ich komme in Schwierigkeiten, wenn ich wieder hingehe.«

»Ich glaube nicht, daß sie dich erkennen würden«, sagte Ronny schnell, »nicht bei einem Notfall.«

»Sie würden mich erkennen. Dies ist eine kleine Gemeinde, und ich bin nicht gerade unauffällig.«

Ronny sah elend aus. »Es ist nur, daß ich vorhin schon meinen rechten Arm benutzen mußte, um Luke ins Haus zu tragen, und danach fühlte ich mich merkwürdig, innerlich irgendwie krank und zittrig. Ich habe mich ganz schlecht gefühlt.«

Jim kämpfte mit seinem Mitgefühl. Er kämpfte. »Nur dieses eine Mal, Ronny. Er stirbt vielleicht.«

Ronny kaute an seinem Daumennagel. »Aber was ist mit ihr? Warum kann sie es nicht machen?«

»Sie sagte, sie könne nicht fahren.«

»Ich glaube ihr nicht. Jeder kann fahren.«
Jim runzelte die Stirn. »Wenn wir deswegen jetzt einen riesigen Streit anfangen, wird sie Verdacht schöpfen.«
»Warum sollte sie das?«
Jims Gesichtsausdruck war leer.
»Verdacht schöpfen weswegen?« insistierte Ronny.
»Ich bitte dich«, sagte Jim, und seine Stimme war so dumpf und drängend, daß sie ziemlich gespenstisch klang, »bitte. *Bitte.*«
Ronny verzog das Gesicht, schnappte sich die Schlüssel und ging hinaus in den Regen.

18

Je länger Sara nicht nach Hause kam, desto wütender wurde Lily. Wo war sie überhaupt? Sie hatte ihr nicht gesagt, daß sie weggehen wollte. Allmählich wurde es dunkel. Lily fror. Sie war noch immer nicht angezogen. Das rosafarbene Handtuch war kalt und feucht. Ihre Beine und ihre Taille juckten und waren ganz steif. Ihr Zeh pochte. Sie veränderte ihre Position. Auf ihren Armen hatte sich das Muster der Rauhfasertapete eingedrückt. An ihrem Hintern klebten kleine Staubflusen und Haarbällchen, die der Staubsauger nicht ganz erreicht hatte, doch ihre weiche Haut hatte sie erreicht.
Sie kauerte mit hochgezogenen Knien in einer Ecke des Treppenabsatzes. Nach dem Zwischenfall ... Dem Zwischenfall. Nach Dem Zwischenfall hatte sie sich dort hingekauert, mehr aus Gründen der Wirkung als aus irgendeinem anderen Grund. Was hatte es schließlich für einen Sinn, eine Szene zu machen, wenn keiner da war, der sie miterlebte? Die ersten zwanzig Minuten hatten ihr nichts ausgemacht. Das Ganze war ziemlich aufregend gewesen. Doch inzwischen wartete sie seit beinahe zwei Stunden, und sie war gelangweilt und wütend. Tatsächlich hatte sie beinahe vergessen, warum sie sich überhaupt dort unten verkrochen hatte.

Das einzige, was sie in ihrer Ecke festhielt – zusammengekauert, schüchtern und gereizt –, war die ärgerliche Vorstellung, daß ihr ganzes Leiden umsonst gewesen wäre, wenn sie wegginge. Und Sara mußte bestraft werden. Dafür, daß sie nicht da war. Dafür, daß sie ihre Geheimnisse nicht verstand. Dafür, daß sie alt war und unbeholfen und für sich. Ja.
Endlich hörte sie einen Schlüssel im Schloß. Stimmen. Sie horchte mit angehaltenem Atem. Zwei Stimmen, eine davon männlich. Sie sprang auf und rannte in ihr Schlafzimmer – ein aufgescheuchtes Huhn –, warf sich vorsichtshalber einen Morgenmantel über und kam dann kampfesbereit heraus.
Sie waren im Flur.
»Ich hätte beinahe den Verstand verloren!« hielt sie ihnen mit großem Auftritt oben auf der Treppe vor und hinkte übertrieben. »Und irgend etwas Fürchterliches hat mich in den Zeh gebissen. Wo warst du?«
Sie blieb wie angewurzelt stehen. Auf der untersten Treppenstufe lag nahe der Wand eine scharfe Klinge mit blutiger Spitze. Sie bückte sich, griff danach und hielt sie hinter ihrem Rücken. Am Fuß der Treppe standen Sara und Ronny. Sara sah erledigt aus. Zerrissen und kaputt. »Paß auf«, sagte sie heiser, Lilys Protest ignorierend, »das ist Ronny. Er muß wieder in eines der Fertighäuser am Strand. Bringst du ihn hin? Ich weiß, es ist dunkel, aber du könntest dein Fahrrad auf dem Hinweg schieben und dann damit zurückfahren.«
Das traf sie alles vollkommen unerwartet. Lily war aus dem Konzept gebracht. »Willst du damit sagen, jetzt gleich?«
»Ja. Er kennt den Weg nicht.«
Sie war verärgert. Sie wollte gerade anfangen, sich zu beschweren, zu meckern, die Hufe in den Boden zu stemmen wie ein widerspenstiger Esel, als sie bemerkte, daß ihre Mutter etwas festhielt. »Was ist das?« fragte sie nervös. Sara sah darauf hinunter. »Ein Handtuch. Es lag in der Auffahrt. Es muß von der Leine geweht worden sein.«
»Oh.«
Lily starrte auf das braune Handtuch.

»Wirst du ihn begleiten?«
Doch Lily hörte nicht zu. Sie starrte auf die Wand und auf das Geländer.
»Was ist los?« Sara folgte Lilys Blick. Sie trat ein paar Schritte vor und blinzelte. »Was ist das? Was ist hier passiert?«
Lily wich zurück. »Ich weiß es nicht.«
Sara ging ein paar Stufen hinauf. »Mein Gott«, sie trat wieder zurück, »das ist ekelhaft.«
Die Wand war blutverschmiert. Dickes Blut. Leberfarben. Es hatte eine rotbraune Farbe und war beinahe trocken. Das Geländer war damit gesprenkelt, die Fußleisten. Es war überall.
»Was ist das? Was hast du getan?«
»Ich?« Lily war ganz gekränkte Selbstgerechtigkeit. »Ich habe nichts getan.«
Doch Sara wurde plötzlich abgelenkt. Sie blickte auf ihre eigenen Hände hinunter; sie waren rot, und die Vorderseite ihres Kleides: ebenfalls rot. Sie ließ das Handtuch fallen. »Ich dachte, es wäre naß von einer Pfütze, nicht ...«, murmelte sie verblüfft.
Ronny blieb, ohne sich zu rühren, am Fuß der Treppe stehen. Er hatte bis jetzt nichts gesagt, doch er rieb seinen Magen. Er sah aus, als wäre ihm übel.
»O Gott!« schrie Lily, als sie seinen Gesichtsausdruck sah, und ihre mädchenhafte Würde war plötzlich zerschmettert. »Diese ganze Schweinerei! Es ist so peinlich. Warum zum Teufel mußtest du ihn hierherbringen?«
»Oh ...«, unterbrach Ronny, »mir war sowieso schlecht. Das hat ganz und gar nichts mit eurer Tapete zu tun.«
Sara hob schwungvoll das Handtuch an den Zipfeln auf. Sie hielt es hoch. An dem klebrigen, feuchten Stoff hafteten mehrere flaumige Federn. Lily trat vorsichtig einen Schritt zurück.
»Es ist vollkommen durchgeweicht«, sagte Sara leise, »schwer. Hast du irgendeine Idee, wie das passiert sein könnte?«

Lily sah finster drein. »Nein.«
»Du hast nicht geblutet oder so was?«
»Nein!«
Lilys Blick war starr vor Schreck.
»Auch nicht ... du weißt schon?«
»O mein Gott, ich hasse dich!« schrie Lily und rannte in den Schutz ihres Schlafzimmers. »Du willst nur, daß jeder glaubt, ich sei irgend so eine verrückte Hexe oder eine Perverse oder eine blöde Idiotin!«
Die Tür knallte zu. Ronny setzte sich auf die unterste Treppenstufe. Sara drängte sich an ihm vorbei. »Ich wasche besser meine Hände und weiche dies ein.«
Lily warf das Messer in eine Schublade und lauschte dann verstohlen. Ihre Stimmen waren gedämpft, aber hörbar. Und während sie lauschte, preßte sie ihre Hände an die Wangen, um zu fühlen, wie heiß sie waren, dann versuchte sie, sie zu kühlen – zunächst mit den Fäusten, dann mit dem Rücken einer Plastikhaarbürste und schließlich mit dem kühlen Innern ihres Oberstufen-Wirtschaftsbuchs. Sie war eine magere Statue. Sie war ein Bücher-Kopf.
»Es tut mir wirklich leid«, sagte Sara, »das Ganze ist nur so seltsam. Wenn du im Wohnzimmer wartest, bis Lily sich beruhigt hat, versuche ich schnell, das Schlimmste aufzuwischen.«
»Mir geht es gut hier«, sagte Ronny und sah zu, wie sie in der Küche verschwand. Er blieb sitzen, zupfte zwei Federn vom Ärmel seiner Strickjacke und hob dann seine Stimme über das Geräusch des laufenden Wassers. »Es riecht ein bißchen wie Eisen, findest du nicht? Das Blut? Wie Metall.«
»Ja.« Saras Stimme klang entfernt, dann wieder nah. »Der Gedanke, du könntest meinen, so etwas käme bei uns häufiger vor, ist mir unangenehm.«
Ronny schwieg einen Augenblick und sagte dann nachdenklich: »Deine Tochter scheint über irgend etwas sehr wütend zu sein.«
»Lily? Glaubst du?«

»Lily. Das ist hübsch.«
»Ja. Ich mochte den Namen immer.«
Lily knurrte in ihr Buch. Sie haßte ihren blöden Namen.
Sara trug einen Eimer und einen Lappen. »Es ist hauptsächlich ihr Alter. Weißt du? Die Hormone.«
Lily knurrte wieder. Oh, wie sie Sara dafür leiden lassen würde! Sie war siebzehn, um Himmels willen. *Siebzehn!*«
»Ich erinnere mich«, sagte Ronny, »daß ich mit dreizehn die Dinge sehr verwirrend fand.« Er fügte nicht hinzu, daß das immer noch so war.
»In Wirklichkeit ist sie siebzehn«, sagte Sara, wrang den Lappen aus und machte sich damit am Geländer zu schaffen.
»Wirklich?«
»Ja«, Sara grunzte leicht, während sie schrubbte. »Lily ist ein Spätentwickler. Sie war immer ein bißchen größer als der Durchschnitt, aber sehr dünn. Es hat eine Weile gedauert, bis sie körperlich reifer geworden ist ... ich meine, sie war nicht so schnell wie andere Mädchen ihres Alters.«
Lily kreischte. Sie warf ihr Buch hin, zog ein T-Shirt an, ein Paar Jeans, zerrte sich die Turnschuhe über und zuckte leicht zusammen, als ihr wunder Zeh innen gegen das Material stieß, und rannte dann auf den Flur hinaus. »Gehen wir! Gehen wir!« schrie sie und stellte sich Kopf voran ihrer Demütigung, schob sie zur Seite, zwei Stufen auf einmal nehmend, drängte an Sara und ihrem Seifenwasser vorbei, packte Ronny am Arm und *zerrte*, zerrte ihn in Richtung Haustür.
»Komm *schon*!«

Das Feuer loderte. Jim bereitete eine Fray Benton-Hühnerpastete zu. Die Küche war voller Dampf. Er saß auf dem Sofa, einen Stift in der Hand, einen Block Papier auf dem Schoß. Er trug keinen Hut. Das Licht der Glühbirne spiegelte sich auf seiner glänzenden Glatze. Er war fleischig wie eine Seeanemone. Er war entblößt.

Jim wechselte den Stift in die linke Hand. *Lieber Nathan*, schrieb er in zittrigen Druckbuchstaben, dann starrte er lange, lange Zeit auf diese Worte. Schließlich sah er auf und schaute ins Feuer.

Rote Flammen. Rotes Haar. Heiß. Heiß. *Heiß*. Das führte ihn direkt zurück. Er erinnerte sich an seinen Bruder und an das letzte Mal, als er ihn im Haus seines Vaters gesehen hatte. Nathan. Sehr stark und bullig und vierundzwanzig, mit einem richtigen Job und einem Ein-Zimmer-Apartment und allem. »Du kannst auf dem Sofa schlafen«, hatte er gesagt, mit eindringlichem, vor Ernsthaftigkeit glänzendem Blick, »und du kannst so lange bleiben, wie du willst. Das verspreche ich dir.«

Der kleine Ronny, der jetzt Jim war, saß auf seinem Bett, die Arme um die Knie geschlungen, eigentlich kaum da. Schließlich flüsterte er: »Es ist zu spät.«

»Es ist nie zu spät«, lächelte Nathan, »nie. Du bist fünfzehn. Du kannst mit deinem Leben machen, was du willst.«

»Ich traue mich nicht, daran zu denken«, murmelte der kleine Ronny, »da ist einfach zu viel ...«

Er sah sich um, sah sein dumpfes graues Zimmer, seine wenigen Bücher, seine Poster, seinen Chemiebaukasten, sein Bett, die Dellen in der Wand von den Bettpfosten und die Kratzer, die er selbst mit einem Kompaß in den Putz geritzt hatte. Das war alles, oder nicht? Dies waren seine ganzen Möglichkeiten.

»Ich habe das Auto. Es wären zwei Fuhren, das ist alles. Zwei blöde Fuhren.«

»Aber da sind all diese *Vereinbarungen*, Nathan. Sachen, aus denen ich nicht herauskomme.«

»Ich möchte, daß du mit mir kommst.« Nathan war hartnäkkig.

»Ich kann nicht.«

»Ich bitte dich zu kommen. Ich *bitte* dich.«

Der kleine Ronny sah auf in die freundlichen Augen seines Bruders. »Zwing mich doch.«

»Nein.« Nathan ließ sich nicht aus der Reserve locken. Er war besser als das, er war stärker als sein Vater, er war anständig. »Ich kann dich nicht zwingen. Es ist deine eigene Entscheidung. Du bist kein Kind mehr.«

»Es ist nur ...«

Der kleine Ronny zupfte an seinen Haaren. Seinen dünnen Haaren, die zerschlissen und fleckig waren wie ein altes Fell.

»Hab keine Angst vor ihm«, rief Nathan, »er ist nur ein dummer, stinkender alter Mann.«

»Ich habe keine Angst.«

O Gott, doch, er hatte Angst.

»Was ist es dann?«

»Ich kann mich nicht entscheiden.«

Hilf mir, hilf mir, hilf mir, dachte der kleine Ronny. Hilf mir.

Nathan wurde ungeduldig. Er bot ihm die Welt an.

»Liegt dein Koffer immer noch gepackt unter deinem Bett?«

Er sprach plötzlich wie ein Verbündeter. Denn dies war ihre Vergangenheit, ihr Bündnis, ihr süßes Geheimnis, das er wiederbelebte.

»Nein.« Der kleine Ronny schüttelte den Kopf.

Nathan ging in die Hocke und spähte darunter. »Ich sehe ihn.«

Er streckte die Hand aus und wollte danach greifen.

»Nicht den Koffer!«

Der kleine Ronny versuchte, seinen Bruder davon abzuhalten, doch Nathan zog den Koffer trotzdem hervor, und Ronny beugte sich unter seinem Willen wie eine Weizenähre, ein Strohhalm.

»Immer gepackt«, sagte Nathan, »wie als wir Kinder waren, erinnerst du dich? Und ich dir versprochen habe, dich beim allerersten Mal mitzunehmen?«

Er war erst acht, als der große Ronny von seiner langen Reise zurückgekehrt war. Doch sogar damals schon hatte er sich danach gesehnt, zu entkommen. Er hatte es geplant.

Nathan öffnete den Koffer und erwartete, kleine Hemden

und Schühchen zu finden, die Babykleidung, die er selbst gepackt hatte, als der kleine Jim noch ein Baby gewesen war und es ihn so danach verlangt hatte, ihn zu retten. Doch er schrak zurück vor dem, was er statt dessen sah, dann wurde sein Gesichtsausdruck stumpf, und seine Augen wurden glasig wie die eines Fischs, der zu lange aus dem Wasser heraus war.

In dem Koffer lagen eine Sammlung Polaroid-Photos, einige selbstverfaßte Berichte, eine Kamera, ein Messer, eine Wärmflasche, eine Rolle dickes braunes Klebeband, andere Dinge. Er schlug den Koffer zu. Etwas Geweihtes war entweiht worden.

»Was geht hier vor?« fragte er. Die Vokale in seiner Stimme klangen dick. Seine Kehle war zugeklebt. Der kleine Ronny kratzte wie ein schlaffer, langgliedriger Babyaffe an seinen Wangen. Er sagte nichts. Nathan machte die Schlösser des Koffers zu und hob ihn auf. Er würde ihn nicht zurücklassen. Unter keinen Umständen.

»Kommst du?«

Er war jetzt grob. Der kleine Ronny schüttelte den Kopf. Es war zu spät. Es war immer zu spät gewesen. Sogar das Atmen schloß ihn mit ein. Sogar das Blinzeln.

»Dies ist das allerletzte Mal«, sagte Nathan mit brechender Stimme, »daß ich frage.«

Der kleine Ronny kauerte sich zusammen.

Nathan spürte, wie sein Herz in seinem steinernen Brustkorb hüpfte wie ein Kiesel auf der dicken Oberfläche eines vereisten Teichs. Er würde nicht zusammenbrechen. Er konnte nicht. Er atmete tief ein. Tief, tief. Er atmete aus. Er drehte sich um. Er ging. Und das war das Ende der Geschichte. Denn als Nathan das Haus seines Vaters verließ, ging sämtlicher Anstand mit ihm.

19

Er übergab sich viermal. Das erste Mal gegen das Hinterrad des grünen Volvos.

»Igitt.«

Lily schaute ihm zu.

»Hast du eine Lebensmittelvergiftung?«

»Nein.«

»Was dann?«

»Elend.«

»*Scheiiiiße!*«

Ronny richtete sich auf und begann die lange Auffahrt der Farm hinunterzugehen. Es war dunkel, und der Mond stand hoch am Himmel.

»Warum nimmst du nicht das Auto?« Sie humpelte neben ihm her.

»Ich will nicht.«

»Warum nicht, zum Teufel?«

Er sah sie verwirrt an. Sie war so *wütend*. Nach einer Weile sagte er sanft: »Wir haben den Witz inzwischen alle zur Kenntnis genommen, Lily.«

»Welchen Witz?«

Sie sah ihn finster an.

»Daß ich ein bißchen seltsam gehe.«

Lily blieb wie angewurzelt stehen. »Ich habe es nicht einmal bemerkt«, sagte sie, stur und verärgert, »und wenn du es wirklich wissen willst, ich habe mich am Fuß verletzt.«

Während sie sprach, übergab sich Ronny noch einmal, gegen den Drahtzaun. »Es tut mir leid.« Er wischte sich den Mund ab.

»Das vermischt sich mit allem anderen. Das hier ist eine Farm. Auf dem Land vermischt sich verdammt noch mal alles miteinander.«

»Erbrochenes vermischt sich nicht«, brummte Ronny heiser, »es sieht immer synthetisch aus, findest du nicht?«

»Synthetisch? Wie?«

Lily spähte in der Dunkelheit nach seinem Erbrochenen. Sie war eine Bauerntochter und hatte einen eisernen Magen. Sie sah nichts Verkehrtes.
»Die Farbe«, sagte er, »die *Beschaffenheit.*«
Dann ging er weiter, von sich selbst angeekelt. »Wie ist es dann mit Eiern?« fragte Lily, als sie ihn einholte, »und mit Quallen?«
»Wie bitte?«
»Die ganze verdammte Welt ist synthetisch.«
Ronny ging nicht mehr weiter. »Warte einen Augenblick«, sagte er und hieß Lily stehenbleiben. Sie dachte, er würde sich erneut übergeben, doch er tat es nicht. Das Problem war diesmal ein äußerliches. Sein Rücken und sein Nacken kribbelten.
»Was ist los?«
»Ich weiß es nicht.«
Er rieb seinen Nacken und blickte sich um. Rechts von ihm lag ein gepflügtes Feld. Links befand sich ein hoher Drahtzaun. Doch er war groß, und hier war alles flach. Er versuchte, seine Sichthöhe anzugleichen. Er blickte tief und dann tiefer. Er erstarrte. Lily kicherte. »Das ist wegen der Rüben. Ein paar sind außerhalb des Zauns hingefallen. Es möchte eine.«
Es war eine behaarte Bestie; bucklig und bärengleich und riesig und hauerbewehrt. Ihre Augen schimmerten bräunlich. Wilde, wilde Augen. Sie war prähistorisch. Ronny trat einen Schritt zurück. Lily hob eine Rübe auf und warf sie über den Zaun. Das Wildschwein trabte darauf zu.
»Mach, daß du wieder ins Bett kommst, du dummer Kerl«, rief sie und fügte dann hinzu: »Siehst du all die anderen?«
Was Ronny für Büsche und kleine Hügel gehalten hatte, identifizierte er nun als Tiere, stachelrückig und von bronzezeitlicher Rauheit. Beobachtend, abwartend. Hufig, zahnig.
»Ich mache dich mit dem Harem bekannt«, sagte Lily, »sie kommen nachts nicht oft heraus, doch es ist ziemlich mild, und sie wurden heute nicht gefüttert.«
Ronny trat einen Schritt vor und streckte die Hand aus. Lily

sagte nichts, bis er seine Hand durch den Drahtzaun gestreckt hatte, dann sagte sie ruhig: »Nun, *ich* würde das sicherlich nicht tun.«
Er zuckte schnell zurück, und seine Faust verfing sich im Draht. Er zerrte sie grob zurück.
»Sind sie nicht zahm?«
Lily schnaubte und ging weiter. Ronny folgte ihr schließlich. Am Tor holte er sie ein. Sie hielt es für ihn auf und schloß es dann hinter ihnen.
»Siehst du die Fledermäuse?« Sie deutete.
Er schaute in den Himmel. Er stolperte beinahe. Es war eine holperige Straße.
»Wie hast du meine Mum getroffen?«
Sie mußte es wissen.
»Hm ...«, er dachte einen Augenblick nach, »stimmt es, daß sie wirklich nicht Auto fährt?«
»Ja.«
Lily fragte sich, warum die Leute ihren Fragen unweigerlich auswichen. Sie war immer davon ausgegangen, daß Fragen zu stellen für eine gute Unterhaltung sehr, sehr wichtig sei. Ronny betrachtete sie prüfend. »Wie hast du dir deinen Fuß verletzt?« fragte er. Lily sagte einen Augenblick nichts. Es war eine so schöne dunkle Nacht. Sie sehnte sich nach irgendeiner Würze. Nach Bedeutung.
»Ein Biß«, sagte sie, und ihre Stimme vibrierte, ihr Mund kaute richtig auf der dicken Nachtluft herum, als wäre es Zuckerwatte.
»Ein Biß?«
»Ja.«
»Was hat dich gebissen?«
»Ein Ding.«
Ronny lächelte. »Ein böses Ding?«
Lily zuckte die Schultern. Sie gingen an einer Gruppe dunkler Wohnwagen und einigen großen, leeren Scheunen vorbei. »Ein Freak«, sagte sie schließlich, und dann, im Falle daß er sie nicht verstanden hatte, »ein Dämon.«

Ronny drehte scharf zum Straßenrand hin ab und setzte sich auf die Grasnarbe. »So etwas gibt es nicht«, sagte er ruhig.
»Warum gehst du nicht weiter?« Lily wollte gehen.
»Ich fühle mich nicht gut. Ich muß mich vielleicht wieder übergeben.«
Sie stand vor ihm und schlang die Füße umeinander. Ronny ließ sich langsam auf den Rücken fallen und sah in den Himmel hinauf. »Dämonen sind einfach etwas, was die Menschen erfunden haben, um ihre Gefühle wie Wut und Schmerz zu kanalisieren. Schlechte Gefühle. Sie sind eine Art Entschuldigung, mehr nicht.«
»Was?«
»Zum Beispiel Poltergeister...«
»Poltergeister?«
Doch Ronny entschied, nicht weiter darauf einzugehen. Statt dessen sagte er ruhig: »Ich war in Shepherd's Bush«, er verschränkte die Finger über der Brust, »und bin einfach herumgelaufen; da habe ich vor einem Antiquitätengeschäft eine kleine Menschenmenge gesehen.«
Lily blickte ebenfalls in den Himmel hinauf, doch sah dort nichts, was sie beeindruckt hätte. Statt dessen sah sie auf Ronny hinunter. Er war zu dünn. Sie sah ihn düster an. Etwas sagte ihr, daß dies ihr großer Moment hätte sein können, doch sie hatte ihn verpaßt. Wieder einmal.
»Wie dem auch sei«, fuhr Ronny fort, »ich fragte mich, was wohl diese ganze Aufregung verursacht hat ...«
»Und?« Sie rollte die Augen, offensichtlich ermüdet.
»Ein Freak«, sagte Ronny, jeden Buchstaben sichtlich genießend.
Lily hörte auf, mit den Augen zu rollen. »Was meinst du damit?«
»In dem Fenster. In einem kleinen Glaskasten. Ausgestellt.«
Lily setzte sich schnell neben ihn. Er stützte sich seinerseits auf die Ellbogen. »Ein kleines Tier«, fügte er hinzu.
»Was?«

Ronnys Atem roch sauer. Seine Zähne waren weiß, weiß. Lily stützte sich ab, bereitete sich auf irgendeinen Schluß vor.
»Eine kleine Bestie in einem Glaskasten. Zum Verkauf.«
»Eine Bestie?« Lily liebte dieses Wort.
Ronny legte sich wieder hin.
»Und dann?« soufflierte sie.
Ronny seufzte. »Auf einer Postkarte vorne auf dem Kasten hieß es: Cobham-Bestie. So hieß sie. So hatten sie sie genannt. Ich denke mir, daß sie aus einem Ort namens Cobham gekommen sein muß, aber ich habe noch nie von diesem Ort gehört.«
»Ich habe von ihm gehört.« Lily verschluckte sich beinahe vor Aufregung.
»Wirklich?« Er drehte sich um und sah sie an.
»Ja. Eine Tante von mir wohnt dort. Es ist nicht weit von hier.«
Sie war aufgeregt, nun ein Teil der Geschichte.
»Und wie sah diese Bestie aus?« fragte sie, einigermaßen erregt.
»Anders als alles, was ich je gesehen habe.«
»Wie groß?«
»Klein. Wie ein Kaninchen, aber aufrecht.«
»Und es war keine Fälschung?«
»Nein. Absolut nicht. Und es hatte das hübscheste, netteste Gesicht, das ich je gesehen habe. Ein vertrauensvolles Gesicht, voller Sanftmut.«
»Pelzig?«
»Kurzes Fell.«
»Schwarz?«
»Nein. Braun. Und es stand auf seinen Hinterbeinen wie ein kleiner Mensch, ein Baby, nur daß es vier Beine und zwei kleine Arme hatte.«
»Eine Bestie!«
Lily lag flach auf dem Rücken und betrachtete die Sterne. Ihr Herz war außen rot und im Innern ganz vollgestopft wie eine reife Edamerkugel.

»Und was glaubst du, was es letztlich war?« fragte sie endlich.
Ronny zuckte die Schultern. »Ich weiß es nicht. Es selbst.«
Die Antwort gefiel ihr.
»Aber ich hatte kein Geld, um es zu kaufen ...« Ronny seufzte.
»Wieviel?«
»Das stand nicht da. Viel, denke ich. Deshalb habe ich es gestohlen.«
Sie setzte sich auf. »Du machst Witze!«
Ronny setzte sich ebenfalls auf.
»Nein. Ich mache keine Witze.«
»Wie?«
»Nachts bin ich mit einem Ziegelstein zurückgekommen. Habe zugeschlagen und es dann eingepackt und bin weggelaufen.«
In diesem Moment liebte ihn Lily. Es war, als wäre ein herrlicher Schmetterling auf ihrem Brustbein gelandet, dessen zerbrechliche Fühler heftig bebten.
»Und was hast du dann damit gemacht?«
Ronny rieb sich mit der linken Hand den Magen. »Nun, zu der Zeit wohnte ich nirgends, deshalb habe ich meinen Namen seitlich in das Holz des Schaukastens geritzt, ihn in einen Karton gepackt und bei einem Mann gelassen, den ich im Fundbüro in der Baker Street kenne. Ich dachte, dort wäre er in Sicherheit. Und, was wichtiger ist, die Bestie würde nicht ausgestellt.«
»Du wolltest nicht, daß die Leute sie sehen?«
»Nein. Nie wieder.«
»Warum nicht?«
Ronny stand auf. »Weil«, sagte er und hielt ihr seine linke Hand hin, »sie Verständnis gebraucht hätte und keines bekommen hatte. Ich wollte sie beschützen. Ich sah mich selbst in ihr.«
Lily lächelte und nahm Ronnys Hand. Er zog sie hoch und ließ sie dann los. Sie hatte erwartet, daß seine Berührung eine

echte Freude sein würde, doch statt dessen war sie kalt. Eisig, wirklich. Wie die Hand eines Toten.

Als er nach Hause kam, wurde der Karton einfach sofort zu einem weiteren Teil des Mobiliars. Er stellte seine Bierflaschen darauf ab, wenn er auf dem Sofa lag und fernsah. Zeitweise balancierte das Telephon darauf. Eine Zeitschrift, eine Zeitung, ein Veranstaltungskalender. Dinge. Doch er verbarg nichts. Gar nicht. Da stand er einfach, oder nicht? Margery war mehrere Male dagegen gestoßen und hatte sich sogar an einer hervorstehenden Heftklammer eine Laufmasche geholt. Ja. Sie war sich seines plötzlichen Auftauchens doch gewiß voll bewußt gewesen?

Gewiß. Doch Margery dachte nicht daran, sich nach dem Karton zu erkundigen. Sie ließ die Sache einfach auf sich beruhen. Hier gibt es keine Geheimnisse, dachte Nathan selbstgerecht. Keine Geheimnisse. Er *paßte* einfach. Der Karton.

Und darin? Darin?

Nathan hatte Connies Karte von der Kiste aufgehoben. Dann hatte er einen Moment innegehalten, die Karte in seine Tasche gesteckt und war niedergekniet, um den Karton zu berühren, hatte sorgfältig das Material des glatten braunen Klebebands untersucht, das ihn so gut versiegelte und seine Ecken schützte. Glatt. Er betastete es mit dem Finger. Dem Zeigefinger.

Dann ertappte er sich dabei, daß er etwas noch Seltsameres tat. Er beugte sich vor und berührte mit der Zunge, seiner *Zunge*, das Klebeband. Er leckte daran. Er wich zurück. Salzig. Synthetisch. Seifig. Er stellte fest – da gab es nichts zu leugnen –, daß er eine mächtige Erektion hatte. Eine. Mächtige. Erektion. *Was?* Er blinzelte. Er merkte, wie er dachte – konnte nicht aufhören, konnte nicht –, wie schön dieses verschlossene, feste Ding war. Dieses versiegelte Ding. Dieses Geheimnis. Dieses Versteckte. Dieses klebrige Band. Wie schön dieses verschlossene, feste Ding. War.

Nein. Er schnappte nach Luft. O nein. Er trank vier steife Schnäpse. Einen, zwei, drei, vier. Hintereinander. Dann beruhigte er sich und schenkte dem Karton keinen Blick mehr.

20

Connie schlief. Doch nicht richtig. Mit Unterbrechungen. Und sie träumte. Sie träumte von einer Reise, von einer Insel, von einem Ort am Rande von allem. Kitty, ihre Mutter, stopfte die saubere blaue Daunendecke unter Connies Kinn. Sie nahm die leere Teetasse vom Nachttisch, rückte den Teppich gerade, schob den Stuhl des Doktors wieder in seine Nische unter dem Schreibtisch zurück. Auf dem Schreibtisch lagen einige Papiere und Briefe.

Ronny,
alles ist fruchtig. Fruchtig und edel und blühend. Mir geht es gut. Ich feiere. Das ist passiert: Louis und ich sind mit Monty und zwei seiner Freunde auf eine Reise gegangen, um die größte Blume der Welt zu sehen, die Rafflesia arnoldii. Sie ist so etwas wie eine botanische Berühmtheit in diesen Breiten, und Louis hat seine Kamera mitgenommen, um ein paar Aufnahmen von ihr zu machen, während sie in Blüte steht. Sie blüht im August. Im Juli reift sie und rankt und glänzt. Im August brüllt sie wie eine Trompete.
Und ich sollte mich daneben stellen, sagte Louis, um seinen Aufnahmen ein Gefühl für die Proportionen zu verleihen. Ich hatte keine Wahl in dieser Angelegenheit. Wir brauchen das Geld dringend, das er mit diesen kleinen Arbeiten verdient, um das ganze Nachforschungs-Ding zusammenzuhalten. Wie dem auch sei, Louis hatte sich in den Kopf gesetzt, daß ich mitkommen sollte. Ich habe mich in dieser Fledermaushöhle herumgetrieben – mehr davon später – und war leicht verstimmt ob dieser Notwendigkeit, meine Routine zu

unterbrechen. ›Reicht Monty nicht aus?‹ fragte ich ihn. ›Ich meine, wenn es dir nur um die Proportionen geht?‹
Doch nein. Louis war nicht zu erweichen. Er hat sogar darauf bestanden, daß ich eine Haarbürste und einen Lippenstift auf die Reise mitnehme. Wir wären zwei leuchtende Blüten, lachte er. Doch es würde keine Konkurrenz geben. Ich wäre die geringere Blüte. Ich wäre die unreife Blüte, die blasse Imitation, das Stiefmütterchen, das Mauerblümchen, das Unkraut. Nun, du kennst mich, Ronny.
Zuerst reisten wir per Bus. Er war anfangs überfüllt, doch dann leerte er sich, bis zuletzt nur noch wir vier und der Fahrer an Bord waren. Ganze Straßenabschnitte waren von den Fluten weggespült worden. Wir rumpelten und schlingerten. Wir wurden durchgeschüttelt und hin und her geworfen. Mir war zu heiß. Es war die Hölle. Ich machte meinen Rucksack auf, um nach einem Aspirin zu suchen, und zog meine Hand verschmiert wieder heraus. Der Lippenstift war geschmolzen. Das Innere meiner Tasche sah aus wie der aufgerissene, von einem wilden Tier halb ausgeweidete Bauch eines Kalbs. Und mein Arm war ein Geier, der tropf, tropf, tropfte. In den rubinroten Eingeweiden herumpickte und -schmierte.
Die Straße war mit Schlaglöchern übersät, einige davon so groß, daß der Bus sie wohl kaum ausgefüllt hätte. Vor einem besonders riesigen fuhr unser Fahrer langsamer und kam dann zum Stehen.
›Was ist los?‹
Ich kletterte nach vorne. Es war kein bloßes Loch, es war ein Krater, und viel zu tief, um hindurchzufahren. Wir mußten ihn umfahren. Doch auf dem mickrigen Straßenstreifen, der noch übrigblieb, lag eine Schlange. Eine kleine Python. Und sie schlängelte sich, doch nicht auf natürliche Weise.
›O Gott, haben wir sie überfahren?‹
Louis, der bereits vorne saß, zuckte bloß die Schultern. Er dachte an die Blume und daß das Licht nicht bis in alle Ewigkeit reichen würde. Die Schlange wölbte sich auf und

fiel, wölbte sich auf und fiel. Ihr Hals war verdreht, ihr Kiefer schlaff.
›Haben wir sie überfahren?‹ fragte ich den Fahrer. Er runzelte nur die Stirn. Louis räusperte sich und schlug ziemlich ruhig vor, daß wir weiter- und sie überfahren sollten.
›Wir kämen leicht über sie hinweg‹, sagte er, ›wenn wir vorsichtig steuern. Die Räder stehen weit auseinander.‹
Ich konnte mich mit dieser Idee nicht anfreunden. Ich konnte nicht die leiseste Möglichkeit ertragen, sie noch weiter zu verletzen. ›Können wir nicht statt dessen die Schlange wegbringen?‹ fragte ich. ›Weg von der Straße mit einem Stock oder so etwas?‹
Monty lachte.
Die Schlange tanzte weiter ihren grausigen Tanz. Ich sprach noch einmal mit Louis. ›Wir sollten sie erschießen. Monty hat ein Gewehr. Sag ihm, er soll sie töten.‹
›Nein. Sie ist geschützt.‹
›Aber er hat schon früher geschützte Tiere getötet, oder nicht?‹
Louis warf mir einen bösen Blick zu. Er wandte sich an Monty. ›Sag dem Fahrer, er soll darüber fahren.‹
Er faßte mit der Hand in seine Brieftasche und klimperte damit. Geld.
›Nein‹, sagte ich, ›laß mich wenigstens den Versuch machen, sie zu bewegen.‹
Louis packte mich am Arm. Er hatte den Griff dieser Schlange. Er würde mich erdrücken und verschlingen. Und das nur für ein Photo. Der Fahrer ließ den Motor an. Die Münzen in seiner Tasche klimperten. Ich schloß fest die Augen und spürte jeden Schlag und jedes Erzittern. Und als wir darüber hinweg waren, rannte ich im Bus nach hinten.
Louis zuckte nicht mit der Wimper. Er hatte seinen Lichtmesser herausgeholt. ›Das Licht ist vollkommen beschissen‹, sagte er immer wieder. Und durch die staubige Rückscheibe sah ich die Schlange auf der Straße, aber sie tanzte nicht; ihr Schwanz war jetzt zerquetscht, doch sie lebte noch. Nur die Mitte bewegte sich, wie ein Springseil. Eine Art Sichel. Beid-

endig. Ein schrecklicher, schlammverschmierter, reifengezeichneter, u-förmiger Bogen. Und meine Hände waren rot wie Blut, als hätte ich sie in diese Verletzung eingetaucht, Ronny. Als hätte ich sie in ihr gewaschen.

Wir kamen zu der Stelle. Die Blume war ein einziges, großes Love-Happening. Ihr weißes Horn, ihre riesige Kehle, der Mittelpunkt tausender Insekten, die krabbelten und summten und hüpften und protzten. Ich stand neben der Blüte. Sie machte mich zum Zwerg. Ich war die häßliche kleine Schwester. Eine miese kleine Ratte neben dieser Sexbombe. Meine Kehle war noch immer zugeschnürt, als wäre die Python darum herumgeschlungen. Ich würde meine Rache bekommen. Das würde ich, das würde ich. Ich gab mir im dunklen Schatten der Blume ein boshaftes kleines Versprechen.

Louis war plötzlich sehr zuvorkommend. Fühlte ich mich schlecht? Monty und seine Kumpel waren für eine Weile verschwunden. Sie hatten Wichtigeres vor. Er bat mich, meine roten Hände hinter dem Kopf zu verschränken. Er machte ein Photo. Er machte mehrere. Eins aus jedem Blickwinkel. ›Weißt du was?‹ sagte ich schließlich zum richtigen Zeitpunkt, nachdem ich mir Zeit gelassen hatte, ›es wäre vielleicht nett, wenn du einen Schnappschuß oder zwei von dir selbst machen würdest. Du könntest sie an deine Frau und an Lucy (seine Tochter) schicken.‹

Er wollte es mir recht machen. Ich sagte: ›Soll ich das Photo machen?‹ (Meine eigene Kamera war noch immer feucht und rot, ich würde seine nehmen müssen). Ich wußte, daß er das ablehnen würde. ›Nein‹, sagte er, ›da ist das Stativ und der Selbstauslöser. Ich werde es selbst machen.‹

Er baute es unter dem riesigen Schirm eines Durio-Baums auf. Jede winzige Justierung an seiner Kamera und dem Stativ so etwas wie ein stiller Tribut an mich. Eine Entschuldigung. Ich sprach ein kleines Gebet. Wohin richtete ich es? Ich weiß es nicht.

›Bist du dir sicher‹, fragte Louis, ›daß das wirklich der beste Winkel ist?‹

Ich nickte. Er unterdrückte blinzelnd seinen Chauvinismus. Denn es war nicht der beste Winkel, unter keinen Umständen. Und er kam neben der Blume zu stehen. Er streckte den Arm nach mir aus. Er wollte uns Schulter an Schulter. Wie Kameraden. Ich tat ihm den Gefallen.
Wir starrten beide in die Linse. Louis zählte halblaut. Zehn, neun, acht, sagte er, sieben, sechs, fünf. Wir hatten uns noch nicht einmal aufgebaut und gespreizt und ruhig hingestellt, als die Frucht herunterfiel. Die Durio-Frucht. Sie fällt ab im Juli und Anfang August. Eine riesige, stachelige Bombe von einer Frucht. Eine Bedrohung. Platsch!
Sie machte seine Kamera kaputt. Ja! Sie machte sie vollkommen kaputt. Und das, sagte ich mir, ist das Gesetz dieses verdammten Dschungels.
M.

21

»Ronny hat sich viermal übergeben«, rief Lily, als wäre sie stolz auf seine Leistung. Jim antwortete nicht. Er schmollte in seinem Schlafzimmer, versteckte sich. Er konnte ihr nicht gegenübertreten. Sie machte sich im Haus zu schaffen. Sie rettete die Pastete aus dem Topf in der Küche, dessen Wasser demnächst verkocht wäre, und versuchte dann, sich zum Abendessen einzuladen. Sie hatte Heißhunger nach einer Scheibe Fleisch.
Jim hörte zu, wie Ronny sie los wurde. Er machte das so liebenswürdig. Er sagte, ihre Mutter würde sich Sorgen machen. Er sagte, es würde allmählich spät. Er sagte, er müsse sich eine Weile ausruhen. Er verabreichte jeden Schlag mit so viel Anmut und Grazie. Jim beneidete ihn. Und Lily ihrerseits wollte ihn überall anknabbern. Sogar ihr Fuß brannte nicht mehr. Dies war eine neue Realität, sagte sie sich. Dies war eine brandneue Welt. Sie konnte direkt eintreten. Sie konnte ihre alte Haut abstreifen.

Ronny machte schließlich die Tür hinter ihr zu. Er fand Jim auf dem Bett sitzend. Irgend etwas hatte ihn durcheinandergebracht. Ronny sah es. Seine Augen waren rot. Er trug keinen Hut. Er war rundschultrig, geschrumpft, bloßschädelig. »Rate mal.« Ronny war vergnügt.
»Was?«
»Nierensteine!«
»Wirklich?« Jims Miene hellte sich nicht auf.
»Nierensteine. Das kann sehr schmerzhaft sein. Er hatte schon ewig so ein böses Rumpeln, war aber zu ängstlich, deswegen jemanden aufzusuchen. Er dachte, er würde sterben. Deshalb kam er hierher.«
Jim schüttelte den Kopf ob Lukes offensichtlicher Schwäche.
»Sara hat mir Anweisungen gegeben, hat sich aber im Wagen versteckt. Ich habe ihn hineingebracht. Es ging schließlich alles gut. Ich habe den Volvo auf der Farm stehenlassen. Du kannst ihn morgen abholen. Luke kann mit dem Taxi nach Hause fahren, wenn er soweit ist.«
»Und wie geht es dir jetzt?« sagte Jim.
»Mir?« Ronny war fröhlich. Entschlossen. »Vollkommen wunderbar.«
»Wirklich?«
»Ja.«
Er schaute über die Schulter. »Ich sehe, du hast ein Feuer angezündet.«
Jim bemerkte, daß Ronnys Hände zitterten. Er stand schnell auf. »Möchtest du etwas zu essen?«
»Mmh ...« Ronny nickte.
Jim ging in die Küche. Er servierte die Pastete. Im anderen Zimmer hörte er das Feuer knistern. Er nahm die Teller und ging hinüber. Er stand vor Ronny und bot ihm einen Teller an. Ronny streckte die eine Hand aus, um den Teller entgegenzunehmen, dann die andere. Beide Hände. In seinem Innern fand ein Kampf statt, auf seinem Gesicht. Doch er konnte den Teller nicht entgegennehmen. Er wurde plötzlich steif. Er

versteinerte. Es war, als würde er etwas Enormes in sich zurückhalten. Eine Unsicherheit. Eine monströse Unentschlossenheit. Eine Leere. Er war gelähmt.
Jim stellte die Teller ab.
»O Gott«, sagte er, »ich hätte dich nicht zwingen sollen zu fahren. Ich wußte, daß es falsch war. Ich habe einen mächtigen Überlebensinstinkt. Das ist alles. Das ist mein Niedergang. Es ist schrecklich.«
Ronny versuchte zu sprechen. Er flüsterte etwas. Jim konnte es nicht verstehen. Er ging näher zu ihm hin. Er hielt sein Ohr dicht an Ronnys Lippen, dann noch dichter, bis er ihn endlich verstand. Eine so kleine Stimme.
»Ich bin verloren. Ich bin verloren. Ich bin verloren.«
Jim war übel. »Nein. Du bist nicht verloren.«
»Ich bin verloren. Ich bin verloren.«
Jim griff nach Ronnys Hand. Er hatte noch nie zuvor einem Menschen die Hand gehalten. Die seiner Mutter vielleicht, als er sehr klein gewesen war. Er war selbst gehalten worden, unter Zwang, doch er hatte nie jemanden gehalten.
»Hilf mir, Jimmy«, sagte Ronny.
Jim sah in Ronnys Augen, daß er sich verabschiedete. Er ging davon. Seine Pupillen waren anfangs groß, doch dann wurden sie kleiner und kleiner, bis sie beinahe nur noch Stecknadelköpfe waren. Kleine schwarze Kaulquappen, die in dichtem, sumpfigem Grün ertranken. Er war weit weg. Er war weiter weg. Als würde seine ganze Seele davongehen.
Jim wollte sprechen, doch was sollte er sagen? Was hatte er zu sagen? Nichts. Nichts. Er versuchte, in sich selbst etwas Konkretes zu finden, doch alles, was er finden konnte, waren Monica und ihre Worte. Monica und ihre Welt. Denn Monica hatte eine Kraft, eine Farbe, eine wirkliche Festigkeit, wenn auch versteckt in einer beinahe unendlichen Unsicherheit.
Jim fing an zu reden. Willkürlich. Redete drauflos.
»Komm zurück«, sagte er. »Ich muß dir etwas erzählen. Ich habe eine Freundin«, sagte er, »sie heißt Monica. Sie ist

ebenfalls weit weg. Sehr weit. Und sie versucht, den fehlenden Affen zu finden. Sie nennt ihn den Oranpendic. Er lebt in Sumatra. In den Regenwäldern. Dort gibt es Vulkane. Und die größte Blume der Welt. Sie sagt, im Sommer rieche dort alles so stark nach Pfeffer, daß einem die Nasenlöcher brennen.«

»Pfeffer?« Ronnys Stimme, betäubt, tot, ein Echo.

»Pfeffer. Von den Plantagen ... aber es gibt auch Tee und Holz und Kaffee. Es ist eine Art Paradies. Fruchtbar und schwül und üppig und verschwenderisch. Das genaue Gegenteil von diesem leeren Ort.«

»Oran ...?«

»Pendic. Das bedeutet aufrecht. Er ist mit hellem Haar bedeckt. Ihm fehlen die großen Zehen. Sie sagt, daß er durch die Wälder streift, doch er ist so allein. Er ist mißtrauisch. Er ist voller Furcht. Und sie hat keinen wirklichen Beweis, daß es ihn gibt, er wurde nur einmal kurz gesehen. Sie selbst hat ihn nie gesehen, aber sie liebt ihn. Sie glaubt an ihn, und das reicht. Bei Monica ist alles instinktiv. Sie ist so ...« Ihm fehlten die Worte. Ronny schloß die Augen und sah einen Abgrund. Er schnappte nach Luft.

»Intensiv«, sagte Jim, »das ist es. Sie ist so intensiv. Da ist diese Geschichte, die sie mir erzählt hat«, Jim machte eine Pause und fuhr dann fort, zog sich auf wie eine mechanische Maus, eine Uhr, eine Musikbox, »von dem Tag, als sie losgingen, um ein Photo von der größten Blume der Welt zu machen. *Rafflesia arnoldii.* Sie hatte ihre ganze Zeit in dieser Fledermaushöhle zugebracht und wollte deshalb zuerst nicht gehen ...«

»Fledermaushöhle?«

Auf Ronnys Gesicht lag ein Schimmer des Erkennens.

»Ja, ja ... Fledermaushöhle ...« Jim griff zu wie eine Spinne. Die Höhle. Die Dunkelheit. Er fing an zu reden. Und bevor er es wußte, spann er eine Geschichte. Er webte sie und flocht sie und drehte sie. Und Ronny war gefunden und gebunden und eingefangen. Langsam, sicher, unbeschadet, fest.

Er war gefangen.

22

Lily war unbesiegbar. Sie setzte einen Fuß vor den anderen, und das allein bewies es. Beine sind seltsam, dachte sie. Rosa und steckenartig und oben verbunden, doch die Art und Weise, wie sie funktionieren, ist wirklich beeindruckend. Sie liebte sich selbst. Sie starrte die dunkle Straße hinunter.
Diese blassen Stecken, sagte sie sich, werden mich in kürzester Zeit von hier nach dort tragen. Sie fragte sich, woraus Entfernung bestand und ob man sie mißbrauchen konnte. Dann plante sie ihre Route an Ronnys klebrigen Auswürfen entlang. Sie suchte den weiten Himmel nach Meteoren ab. Sie pfiff.
Kurz vor zu Hause, ziemlich bald, suchte sie auf der langen Auffahrt zum Haus in der Nähe des Zauns, der an den Wildschweingehegen entlanglief, nach Ronnys zweitem Ausstoß. Sie zählte einen Countdown. Sie ging von Punkt zu Punkt. Sie hatte nichts Besseres zu tun.
Sie inspizierte drei verschiedene Stellen, und an keiner fand sie, wonach sie suchte. Vor sich sah sie einen Schatten auf dem Weg, wie eine Pfütze. Das wird es sein, sagte sie sich, und ging näher heran. Doch dann hielt sie inne. Es war nicht flüssig, sondern fest. Ein kleines Ding. Vornübergebeugt. Vertieft. Sie hielt den Atem an. Sie ging darum herum, zitternd.
Doch sie wußte, daß es gute Ohren hatte. Es war wild. Und es ging auf kleinen Stummeln, doch nicht schnell. Es veränderte seine Position. Es fürchtete sich nicht vor Lily, obwohl die Vorsicht tief in seinen Genen saß. Sein riesiger Kopf war gewölbt. Und seine Mundwerkzeuge – sie bewegten sich. Es leckte. Es schlang etwas in sich hinein.
Lily ging darum herum, sie entfernte sich, soweit es ging, doch irgendwie war sie mit diesem Ding verbunden. Etwas zog sie in seine Nähe. Es bestimmte ihren Radius. Nadelzahnig. Es kaute. Es knurrte unabsichtlich, während es aß, und atmete schwer durch seine flache, mißgebildete Nase. Und was aß es?

O Gott, wisperte sie, Du ißt Ronny! Was tust du da?
Doch das Geschöpf reagierte nicht. Es blieb geduckt.
Es schaufelte weiter. Und Lily drückte sich weiter, bis sie an ihm vorbei war. Und sie ging und ging im Zeitlupentempo und mit dem Gefühl von etwas Garstigem im Rücken.

Sara hatte gebadet. Ihr Haar war in ein Handtuch gewickelt. Ihr Kopf brummte vor Bedauern. Eine Art bitter-süß-bitterer-Süße.
Lily kam herein und wischte sich den Mund ab. Als hätte sie jemanden geküßt. Sie hatte Schmutz auf der Nase, und ihre Augen waren wild. Sie roch nach Erbrochenem. Sara versuchte zu lächeln, doch zwischen ihnen lagen Meilen. Es war einfacher, nichts zu sagen. Und so viel sauberer.

23

Ronny, Liebling,
wir reden immer noch nicht miteinander. Louis und ich. Er verzeiht nur langsam. Er braucht eine Weile. Jede neue Situation bringt ihn durcheinander. Er muß die Hacken fest, fest in die Erde graben, tief Luft holen und darum kämpfen, sich zu akklimatisieren.
Ich bin also wieder in der Höhle. Der Fledermaushöhle. Du verstehst etwas von solchen Orten, nicht wahr, Ronny? Diesen dunklen Orten mit festen, rauhen Wänden. Wo jeder Vorsprung, jede felsige Einbuchtung so standhaft und zuverlässig ist? Und jeder einzelne, individuelle Atemzug und jedes Rascheln und Wispern und jeder Schritt, den ich mache, von der harschen, ledrigen Stimme des Dunkeln beantwortet wird. Die Dunkelheit paßt auf. Sie übersieht nie etwas. Mit ihren schwarzen Augen und ihrem weichen Zugriff bittet sie um nichts, gibt nichts.
Und hier finde ich ein Gleichgewicht. Denn wenn ich eine Waage wäre, würde ich kippen, Ronny. Ich wäre völlig schief.

Ich wäre in Schräglage. Ich möchte nicht schräg liegen. Doch ich war am Verzweifeln; marschierte durch den Wald, umgeben von Helligkeit, doch ohne zu sehen. Erkannte, wie jedes einzelne natürliche Ding hier seinen besonderen, eigenen Platz hat, nur ich nicht. (Und Louis natürlich, doch ihm ist es egal, ob er irgendwo hinpaßt).
Ich möchte nicht die Ausnahme sein. Ich möchte so gerne in etwas aufgehen. Es hat mich aufgezehrt. Ich habe mich als Auswuchs gesehen auf den lebendigen Wegen des Waldes. Ich war rosig und kahl inmitten des Grüns. Es schmerzte. Ich blinzelte und suchte nach Schatten. Doch dann fand ich die Höhle. Die Fledermaushöhle. Sie ist riesig. Ihre Decke ist voller Fledermäuse, wie Wildleder. Kopfüberhängend. Diese Fledermäuse, sie schwatzen. Sie scheißen. Sie attackieren. Ihr Radar prallt zurück. Ich habe in meinem Kiefer ein Gefühl dafür bekommen. Ich weiß, das hört sich verrückt an. In den weichen Teilen meines Mundes. Das Radar wird zeitweise eingefangen und blitzt von Wange zu Wange wie Statik.
Warum die Höhle? Ich weiß nicht, warum. Vielleicht, weil ich hierher laufen würde, wenn man mich jagen würde. Und das tut vielleicht auch er. Der Oranpendic. Er könnte hier sein. Er könnte nahe sein. Greife ich nach Strohhalmen? Louis findet das. Natürlich. Er ist so methodisch. Er ist so unversöhnlich. Er ist so nebensächlich. Weißt du, was ich meine?
In der Dunkelheit kann ich träumen, ich sähe ihn. Diesen blassen Affen. Diesen zehenlosen Mann. Und wie ich drückt er sich flach an die Wand. Nicht in der Haupthöhle, sondern in einem Vorraum. Einer Spalte. Wir tasten beide blind umher wie Tiefseefische. Berühren, flüstern, rempeln an, ziehen uns zurück.
Eines Tages dachte ich, ich hätte eine Schlange berührt. Die auf einem Felsvorsprung überwinterte. Auf Hüfthöhe. Und der Schock! Doch dann merkte ich, daß es eine Wurzel war. Eine uralte Wurzel eines riesigen Baumes, der einmal weit, weit darüber gewachsen ist.

Manchmal kommen Besucher. Mit ihren Taschenlampen, ihren unerträglichen Stimmen und ihren scharfäugigen Führern. Ich beobachte sie von meinen Spalten aus. Sie finden mich nicht in diesem Labyrinth.
Und er ist hier irgendwo und beobachtet mich. Ich spüre es. Ich bin Jägerin und Gejagte. Ich bin Vermeiderin, vermieden. Ich bin ausgefüllt. Voll bis zum Bersten.
Jeden Tag kommen Männer und schaufeln die Fledermausscheiße zusammen. Louis erzählt mir, daß sie Medizin daraus machen. Sie verwenden sie als Dünger.
Eines Tages kam Louis selbst und versuchte, mich zu finden. Er rief meinen Namen, und mein Name wurde als Echo zurückgeworfen. Ich war eine Spinne. Ich war ganz Augen. Er sah nicht, wo er hintrat. Er hat sich nicht akklimatisiert. Er grummelte und stolperte, und seine Hände an den Wänden waren hungrig. Ich stand dicht neben ihm, doch er merkte es nicht. Ich lächelte ihm sogar zu, doch meine Zähne waren schwarz wie die Dunkelheit.
Zwei Wochen in der Höhle. Vor Tagesanbruch hinein, nach Einbruch der Nacht heraus. Dies ist eine dunkle Welt. Louis wirft mir bittere Blicke zu, wenn ich zurückkomme. Er zeigt mir die kälteste kalte Schulter, doch er sagt nichts. Er glaubt, ich wisse etwas, was er nicht weiß. Er wird mißtrauisch. Letzte Nacht hörte ich, wie er den Film aus meiner Kamera nahm und ihn durch einen anderen ersetzte.
Meine Ohren sind so hellhörig geworden, daß ich meine Haare und meine Nägel wachsen höre. Meine Haut ist von einem weichen Teig-Weiß, und ich absorbiere alles. Ich lausche, ich höre ab. Und wie ein exotischer Specht auf einer himmelhohen Leitung sende ich, tap, tap, tap.
Hör mein Klopfen, Ronny.
M.

24

Nathan war mit Laura und Lauras dummer Freundin Karen für die Sonntagsschicht eingeteilt. Das Büro war nicht geöffnet. Sie ordneten nur; brachten Dinge in kleinen Fächern unter, etikettierten sie und tippten sie in den Computer. Arbeiteten auf und versuchten, Herr der Lage zu bleiben.
Mitte des Vormittags fragte Laura Nathan wegen einiger Kunstbücher um Rat. Sie waren in einer Plastiktüte. Sie kamen aus einer Kunstbuchhandlung im West End. Einige waren auf englisch, andere in Fremdsprachen; Spanisch, Italienisch. Laura steckte noch in diesem verzweifelt hilfsbereiten Stadium. Den Schritt von der Privatdetektivin zur Bürokraft mußte sie noch machen. »Vielleicht sollten wir in der Buchhandlung anrufen«, schlug sie vor, »auf der Quittung steht, daß mit Kreditkarte bezahlt wurde. Über hundertdreißig Eier sogar.«
»Sie werden sie hier finden, wenn sie wollen.«
Nathan, steifnackig und abweisend, wartete an der Tastatur. Er wollte einige Details, damit er sie eingeben und die Datei dann schließen konnte.
Doch Laura hatte eines der Bücher aus der Tüte gezogen und blätterte in den Seiten. Hier war schließlich eine ganze Welt von Kunst und Glanz und wunderbarem Papier, das roch wie gute Möbelpolitur. Spanien. Der Prado. El Grecos blutleere Knorpel. Seine blassen Pigmente und gewölbten heiligen Ligamente. Dann blau. Dann rot. Goya. All dieses Ertrinken. Dieser satte Augenschmaus. Das Gegeifer.
»Schau, ein Hund«, lächelte Laura, »er schwimmt.«
Die italienische Renaissance. »Riech nur mal an dem Papier, Nathan.« Karen hatte bereits geschnuppert. Laura hielt ihm das offene Buch hin. Er schluckte schwer und nahm es. Er schnupperte daran. Es war auf einer ganz speziellen Seite aufgeschlagen. Er sah hin und sah dann noch einmal hin.
»Was ist los?«
Laura kam näher heran und spähte ihm über die Schulter. Sie

liebte seinen moschusartigen Geruch. Mann. Seife. Haaröl. Und obwohl Nathan es wollte, konnte er einfach nicht aufhören, darauf zu starren. Laura betrachtete das Bild und dann die dazugehörige Beschreibung. »Antonello da Messina«, sagte sie. »Es heißt *Pietà*. 1477.«
Dann las sie: »Das Bild ist besonders interessant wegen der hervortretenden psychologischen Diagonale, die von Christus' Gesicht zu seiner rechten Hand verläuft ...«
Sie betrachtete das Bild genauer. Es zeigte Christus mit einem Engel. Der gekreuzigte Christus, vom Kreuz abgenommen, vielleicht noch atmend, mit einer stark blutenden Wunde unter der rechten Brustwarze. Den Kopf zurückgeworfen, die Augen geschlossen, der Mund offen. Ein kleiner Engel an seiner rechten Schulter stützte ihn. Auf seinem Gesicht schimmerten Tränen. Und sie waren vollkommen allein. Nur diese beiden.
»Wie erstaunlich!« verkündete sie. Sie fühlte sich unwohl. Denn an diesem Bild stimmte etwas nicht ganz. Irgend etwas fehlte. Christus hatte ein winziges Tuch auf dem Schoß, das ihn kaum bedeckte, und seine Hand, nicht die psychologische Hand (die nach hinten gedreht war, völlig verkrampft), sondern die linke, die auf seinem Schenkel ruhte und deren Finger auf besondere Weise gekrümmt waren ... es grenzte ans Unanständige. Da waren Sex und Tod und andere Dinge, über die Laura keine Lust hatte nachzudenken.
»Gefällt es dir?« Sie redete.
»Nein.«
Nathan machte das Buch zu.

Er ging nach Hause. Er nahm die U-Bahn. Sie kannte seine Route. Sie verließ das Büro nur kurz nach ihm. Sie fand ihn auf dem Bahnsteig. Weit unter der Erde. Die U-Bahn kam. Sie stieg mit ihm ein. Es war so gut wie leer. Sie setzten sich nicht.
»Du hast das Buch mitgenommen.«
Sie klagte nicht an. Er atmete schwerer, hielt sich etwas zurück.

»Warum hast du es mitgenommen?«
Er schüttelte den Kopf. Sie sagten nichts mehr. Doch sie fuhr den ganzen Weg mit zu ihm nach Hause.
Im Wohnzimmer stellte er seine Aktentasche ab. »Wirst du mich deswegen anzeigen?«
Laura schüttelte den Kopf, war beinahe schockiert über diese Idee. »Ich bin davon ausgegangen, daß du vorhast, es zurückzugeben«, sagte sie ruhig. Als wüßte sie etwas! Sie glaubte so sehr an ihn. Er nickte.
»Ich möchte nur, daß du mich vögelst«, fügte sie hinzu und überraschte sich selbst beinahe ebenso sehr wie Nathan, »denn ich fange ehrlich an, dich nicht leiden zu können, und ich möchte es ein für allemal aus meinem System haben.«
Nathan war entsetzt. Gegen die Tür gelehnt, voll bekleidet, keuchend, tat er genau, worum sie gebeten hatte.

Später, viel später, verbrachte er Stunden damit, nur zu schauen. Er starrte voller Verwunderung auf den Christus-Masturbator aus dem fünfzehnten Jahrhundert. Und den Engel. Ein kleiner Optiker-Engel. Winzig, in Tränen, der auf seiner Schulter auf und ab hüpfte. Eine träge Müdigkeit erfüllte ihn. Von den Zähnen bis zu den Zehenspitzen. Zum ersten Mal in seinem langen Leben war er wahrhaftig, unaussprechlich, unvermeidlich *durchdrungen.*

25

Das Auto war das einzige, was Connie nicht verkaufte. Es gehörte vollständig ihr. Sie fuhr mit einer Hand, blinzelte gegen die Müdigkeit an und aß ein fettiges Croissant von einer Tankstelle. Ihre Mutter hatte sie gebeten, nicht zu fahren. Sonntag morgen. Ihr Arm lag noch immer in der Schlinge, doch fühlte sich normal an. Sie zerrte die Schlinge herunter und benutzte den Arm, ohne auch nur darüber

nachzudenken. In Wirklichkeit war sie so gut wie davon überzeugt, daß das ganze Theater nur eine Verschwörung gewesen war, um sie am Weggehen zu hindern.
Von Gravesend nach Sheppey war es keine Entfernung. Doch *en route* machte sie einen Umweg über Cobham, wo ihre Tante lebte. Die Schwester ihres Vaters. Sie hatte einen Koffer gepackt. Genügend Kleider für eine Woche. Die Briefe in ihrem hellen Band. Und außerdem ein Scheck über den Betrag von fünfundzwanzigtausend Pfund. Ihre Mutter hatte ihn *in lieu* unterschrieben.
Es war alles so träumerisch. Die Autobahn. Krümel auf ihrem Schoß. Zuerst hatte es geregnet, und dann schnitt ein Lichtstreifen durch die Wolken und blendete sie fast. Sie fuhr weiter darauf zu, blinzelte.
Ihre Tante war fragil und zittrig, und Connie fand, es war, wie es sein sollte. Sie trank ein bißchen Tee. Sie trödelte herum.
»Du siehst so müde aus.«
»Ja?«
»Schläfst du ordentlich?«
»Ja.«
»Und wohin wirst du jetzt gehen?«
»Nach Sheppey.«
»Und wo wirst du bleiben?«
»Ich weiß es nicht. In einem Hotel.«
»Aber du hast einen Onkel ...« Ihre Tante ging ihr Adreßbuch holen. »Er hat eine Farm.«
Connie runzelte die Stirn. »Aber ich habe ihn nie kennengelernt.«
»Dann rufe ich dort an.«
Sie rief an. Jemand war gestorben. Eine Leere. Sie brauchte das Gefühl, nützlich zu sein, um sie zu füllen.
Connie nahm die Unterhaltung kaum wahr. Sie trödelte im Leerlauf vor sich hin. Ich bin frei von allen Bindungen, dachte sie, und ich habe einen Scheck über fünfundzwanzigtausend Pfund. Ich könnte mein schickes kleines Auto nehmen und

mich nach Sheerness aufmachen, es auf die Fähre steuern und dann auf der anderen Seite wieder herunter, einfach so, ziellos.

Es war keine Flucht. Nein. Sie hatte sich nach dem Schock des Entschlusses gesehnt, der Macht des Willens, dem Gefühl des Opfers, der Hingabe, um ihre Verpflichtungen gegenüber ihrem Vater zu erfüllen. Vor diesem Augenblick war alles nur ein Verschieben gewesen. Ein Sehnen. Ein Warten. Und doch war sie jetzt, seit sie unterwegs war, seit sie diesen Scheck bei sich hatte, seit ihre Willenskraft endlich gefunden war, klar und konzentriert, und sie spürte einen überwältigenden Drang, etwas Neues damit anzufangen. Sie irgendwo anders hinzulenken.

Was war falsch? Sie hätte das Mädchen aus der Autowerbung sein können, das einfach fuhr und fuhr. Oder sie hätte wie Monica sein können und nach etwas suchen, das fehlte. Irgend etwas Fehlendes. Doch sie war zu klein, um das Mädchen aus der Werbung zu sein, und ihr Haar war zu lockig, und von den vielen Dingen, von denen sie noch entdecken mußte, daß sie in ihrem Leben fehlten, war das wichtigste immer noch ihr eigenes Selbst. Beständigkeit.

Als ihre Tante ihr ein Stück Papier mit der Adresse und Wegbeschreibungen gab, steckte Connie es mit der vollen Absicht in ihre Tasche, es nicht zu beachten. Doch ihre Hand entdeckte dort etwas, von dem sie sich nicht erinnerte es eingepackt zu haben. Ihren Paß.

In diesem Moment war sie sich sicher, daß, wenn sie sich die Mühe gemacht hätte, ihren Paß aufzuschlagen und ihr eigenes blasses Gesicht auf dem kleinen grauen Porträt im Innern zu betrachten, sie ihn kühner Schrift über ihren süßen runden Wangen zwei harsche Worte gefunden hätte: SCHMUTZIGE BETRÜGERIN.

Und wie der Zufall es wollte, erschien ihr das als eine vollkommen faire Einschätzung.

Als Jim aufwachte – mit schmerzendem Nacken und rauhem Hals –, stellte er fest, daß er noch immer auf dem Sofa lag. Ronny saß ganz in der Nähe auf dem Fußboden, hellwach, und spielte mit einigen Scheiten im Kamin herum. Er hielt einen verkohlten Rest mit einer roten Spitze in der Hand. Er blies darauf und beobachtete, wie das heiße Ende heller wurde.

Jim sah ihn genau an, mit trübem Blick, gewann langsam wieder seine Sinne zurück. Er sah, wie Ronny das Scheit auf verschiedene Oberflächen drückte. Zuerst auf ein anderes Stück Holz. Dann auf die Sohle seines weißen Schuhs. Schließlich hielt er es sich unter die Nase und schaute und schaute. Dann bewegte er sich ein winziges bißchen und versengte seine Stirnfransen.

Er war so langsam. Jim erwartete, daß er allermindestens zusammenzucken und dann schleunigst aufspringen würde, um die Flammen zu ersticken. Doch Ronny rührte sich nicht. Er blieb, wo er war, sah nur zu, als wäre er nicht im mindesten betroffen, als hätte er das in Wirklichkeit so gewollt.

Jim dachte, er müsse träumen. Doch er träumte nicht. Deshalb setzte er sich auf, sprang vom Sofa auf, rief etwas ... Er packte ein Kissen und schlug es Ronny um den Kopf. Er schlug ihn und schlug, bis die Flammen ganz gelöscht waren. Dann hob er das Scheit vom Teppich auf, wo es, inzwischen zerbrochen, brannte, und warf es ins Feuer zurück.

Ronny lag kraftlos da, lächelte nur, ein schwarzes Loch in den Stirnfransen und vom Gestank nach Verbranntem umhüllt. Jim hielt das Kissen gepackt. Er untersuchte es. Es war verrußt, schien im übrigen jedoch unversehrt. Keiner von ihnen sagte etwas. Schließlich setzte Ronny sich auf. Er suchte mit der linken Hand in seinen Taschen. Er zog eine Nagelschere heraus. Er hielt sie Jim hin. Jim warf das Kissen zur Seite und nahm sie.

»Hast du dich verbrannt?«

»Ich glaube nicht.«

»Bei dem Gestank nach versengtem Haar wird einem schlecht.«
»Dann schneid es ab. Alles.«
Jim betrachtete Ronnys Kopf.
»Das Haar ist geschmolzen wie Plastik.«
»Schneid es kurz und rasiere es dann ab.«
Doch Jim hatte Zweifel. »Ohne Haare und mit Bart siehst du aus wie Lenin.«
»Dann mach den Bart auch weg.«
Jim zögerte. »Wenn ich das tue, sehen wir beide am Ende aus wie Mitglieder irgendeiner verrückten halbgaren Sekte.«
»Stimmt.«
Ronny kicherte in sich hinein. Ihm gefiel der Gedanke offensichtlich. Jim zuckte die Schultern und begann zu schnipseln.
»Ich habe nie verstanden«, sagte Ronny schließlich und sah zu, wie sein Haar in Klumpen auf den Linoleum fiel, »warum du diesen Rasierer hattest. Mußtest du dich je rasieren?«
»Nein.« Jim war auf der Hut.
»Warum dann?«
Jim schnitt weiter. Als er sprach, war es emotionslos. »Es war der Rasierer meines Vaters. Ich hatte die Absicht, mich damit umzubringen.«
»Aber du hast es nicht getan.«
»Nein.«
»Warum nicht?«
Jim holte tief Luft. »Es wäre zu einfach gewesen«, sagte er leise.
Ronny lächelte. »Deine Art, die Dinge zu erklären«, er kratzte sich am Kinn, »ist so«, er hielt inne, »ist so *süß*.«

26

Das Gefängnis sah aus wie ein schmutziges Gebiß, und das Gelände darum herum wie ein ungepflegter Mund, und der Himmel darüber wie das graue Gesicht eines Menschen, zu dem die Zähne und der Mund zwar gehörten, der aber an beiden nicht das geringste Interesse hatte. Im Innern jedoch war man überraschend hilfsbereit. Connie benutzte den Namen ihres Vaters – als wäre er ein Abzeichen, eine Medaille –, und das schien wenigstens etwas zu gelten.
Schließlich traf sie auf einen Mann, der eine vage – wenn auch nicht näher benannte – bedeutende Stellung für sich in Anspruch nahm, und deshalb fragte sie ihn nach Ronny. Doch er war neu, sagte er, und obzwar er eine Akte hatte (die er vorzeigte), behauptete er, es gebe gewisse Dinge, die er ihr guten Gewissens nicht erzählen könne.
Sie fragte, ob Ronny seine Zelle mit jemandem geteilt habe, ob er irgendwelche Habseligkeiten zurückgelassen habe und ob sie – zumindest – einen Blick auf die Zelle werfen dürfe. Ja, sagte der Mann, doch er sei sich nicht sicher, er glaube, daß Ronny die Zelle kurze Zeit mit jemandem geteilt habe, und ja, ein Treffen mit seinem alten Zellengenossen wäre nicht unvorstellbar – falls der zustimme –, doch unglücklicherweise sei der fragliche Mann anderswo, habe ein krankes Kind im Krankenhaus und sei deshalb vorübergehend verlegt. Doch irgendwann würde er zurück sein. Vielleicht bald. Connie kritzelte die Adresse in Sheppey, wo man sie erreichen konnte, und die unvertrauten Zahlen ihrer neuen Telephonnummer hin. Sie klammerte sich an Strohhalme. Sie wußte es.
Im Einverständnis darüber, daß es ihr nicht im geringsten helfen würde, führte man sie zu der Zelle. Sie war kahl und roch nach frischer Farbe. Sie spürte Ronny nicht darin. Auf dem Weg nach draußen erwähnten sie Nathan. Sie sagten: »Ronnys Bruder hat alles. Die Bücher, die Kleider, die anderen Sachen. Alles, was übriggeblieben ist.«
Doch schließlich, als sie beinahe die Hoffnung aufgegeben

hatte, warfen sie ihr einen Knochen hin. Einen Schnipsel. Ein Abschiedsgeschenk. »Ich finde Ihr Interesse merkwürdig«, sagte der Mann, »wenn man bedenkt, daß die Daten nicht übereinstimmen.«
»Die Daten?« Connie verstand nicht. »Welche Daten?«
»Ronny war schon lange weg, als Ihr Vater uns besuchte.«
»Dann ...«, sie hielt inne, »wollen Sie damit sagen, daß sie einander nicht einmal begegnet sind?«
»Nein. Ich will damit sagen, daß sie sich nicht hier begegnet sind. Vielleicht sind sie sich später begegnet. Oder vielleicht sogar früher.«
Der Mann sah sie direkt an. Und das war das.
Connie saß danach lange in ihrem Wagen. Man hatte ihr einen Strich durch die Rechnung gemacht. Sie war verdutzt. Sie war ratlos. Sie steckte bereits in einer Sackgasse. Sie langte auf den Rücksitz nach Monicas Briefen. Sie betrachtete sie. Sie spürte ihr Gewicht. Sie roch daran. Frische Farbe. Bodenpolitur. Dann stellte sie sich eine Frage. Ist es in Wirklichkeit Monica, die ich finden will, oder ist es Ronny? Denn Monica war hier. Sie war Tinte und Theater und Wut und Lust. Sie war Leben. Und Ronny? Wer war er? Was war er?
Die Wahrheit an der Sache war, daß sie nie großes Interesse an der Gegenwart gehabt hatte. Das war ihre größte Schwäche. Sie verachtete die Gegenwart. Wonach es sie jetzt verlangte – wonach es sie immer verlangt hatte –, war nicht die Gegenwart, nicht die Vergangenheit, sondern das Abwesende. Nicht das Mögliche, sondern das Unmögliche. Es grenzte ans Perverse, dieses Verlangen. Es war beinahe pathologisch.
Und deshalb, aus diesem Grund, war es nicht Monica, die sie faszinierte, sondern Ronny. Es war Ronny. Es war nicht die Stimme, die sprach, sondern das Ohr, das aufnahm. Es war Ronny. Und es war ihr Vater. Und es war ihr eigenes süßes, doofes, dummes Selbst. Alles abwesend. Alles leer. Alles weg.
Connie lehnte die Stirn gegen das Lenkrad und heulte. Heiße

Tränen, trockene Lippen, rote Wangen. Das Geschäft. Sie gönnte sich volle drei Minuten. Das war alles. Dann wischte sie sich mit der Hand ziemlich brutal über das Gesicht und ließ den Motor an.

Lily schlich um den grünen Volvo herum, während Sara die Wildschweine fütterte. Sie hatte einen Eimer mit Rüben, den sie immer wieder auffüllte. Unter einer Plane hatten sie eine Tonne davon. Immer wieder sah sie zu Lily hinüber.
»Wenn du nur fahren könntest«, nörgelte Lily, »dann könnten wir das Auto zu den Fertighäusern zurückbringen.«
»Aber ich kann nicht fahren.«
»Ich weiß, Dummerchen.«
Sara zuckte zusammen. »Du könntest mir helfen, falls dir der Sinn danach steht.«
Lily trat gegen den Vorderreifen des Volvos.
»Nein.«
Sie schaute hinüber. Die Wildschweine reihten sich dicht an dicht am Elektrozaun auf. Die größeren Eber schubsten jede Sau zur Seite, die zu nahe herankam. Die Säue – breite zottelige Pakete mit aufgestellten Ohren – quietschten zwanglos. In einem ordentlichen Quietschen, dachte Lily, steckt eine ganze Menge Gefühl.
»Ich glaube, ein Fuchs treibt sich in der Gegend herum«, sagte Sara.
»Wirklich?« Lily betrachtete ihre Turnschuhe.
»Ich habe heute morgen eine von meinen besten Hennen tot gefunden.«
»Wirklich?« wiederholte Lily und lächelte in sich hinein.
»Ja.«
Sara strich sich ein paar Haare hinters Ohr. Lily schniefte.
»Du solltest dich glücklich schätzen, daß er nur eine gerissen hat.«
»Nur eine, aber eine gute Legehenne.« Sara wandte sich wieder den Wildschweinen zu. »Und diese Meute hat gebuddelt ...«

»Wo?«
»Weiter hinten. In der Nähe des Tors war ein Teil des Zauns heruntergerissen. Ich weiß immer noch nicht, wie sie das fertiggebracht haben.«
»Instinkt ...« Lily kniff die Augen zusammen und fügte dann hinzu: »Da kommt ein Auto.«
Sara stellte ihren Eimer ab und blickte in die Ferne. Ein blaues Auto. Sie verspürte eine intensive Welle der Freude bei der Aussicht auf eine Ablenkung. Nicht für sich, sondern für Lily. Ihre eigenen, besonderen Zerstreuungen hatte sie bereits genauestens geplant.

27

Jim beabsichtigte, seine Lebensgewohnheiten subtil zu verändern. Ihm war klar – und nur wenige Dinge waren ihm jemals klar –, daß Ronny einen Sinn brauchte. Denn er existierte kaum. Er war nicht geerdet. Nirgendwo im besonderen. Er war allen alles. Er war formbar. Und das war, wie er überlebt hatte, und das war die Krankheit, die ihn verzehrte.
Jim war willens, sich zu geben, wenn Ronny es wollte. Sich selbst für Ronny aufzugeben. Denn was hatte er zu verlieren? Es war sicher kein Opfer. Sein Name, seine goldene Uhr, seine Schuhe, sein Bruder, sein Zuhause? Keines von diesen Dingen hatte etwas zu bedeuten. Sie hatten keinen echten Wert. Außer für Ronny.
Und wem konnte es schaden? Vorübergehend?
Jim beobachtete Ronny vom Rand des Strands aus. Er bewachte ihn. Er hatte nicht gefrühstückt, um Ronny zu unterstützen, und er hatte Ronnys Haar mit der rechten Hand geschnitten. Er hatte Ronnys Aufmerksamkeit darauf gelenkt. Es hatte ihn Stunden gekostet.
Später, als sie vor dem Spiegel ihre beiden Spiegelbilder angestarrt hatten, hatte Ronny gesagt: »Weißt du, Jim, wir sind beinahe dieselbe Person.«

Jim hatte gelacht. Dann öffnete Ronny den Badezimmerschrank. »Wenn du es auf meine Art machst«, sagte er, während er die Tablettenfläschchen, die Pillenschachteln inspizierte, »wirst du diese nicht mehr brauchen.«
»Gut.« Jim nickte.
»Aber das meine ich so.«
»Und ich auch.«
Obwohl er es in Wahrheit nicht so meinte. Noch nicht.
»Dann laß sie uns loswerden.«
Ronny holte eine Plastiktüte und kippte die Fläschchen und Schachteln direkt hinein. Er band die Henkel zusammen – mit der linken Hand und mit den Zähnen –, dann nahm er die Tüte mit. Später, ohne ein Mittagessen – Ronnys Idee –, machte Jim den Vorschlag, an den Strand zu gehen und Muscheln zu sortieren. Ronny willigte ein. »Doch dieses Mal«, sagte Jim, »könntest du die Rückwand des Fertighauses schmücken. Du könntest etwas Dauerhaftes machen.«
Ronny runzelte die Stirn und sagte, er würde darüber nachdenken.
So stand Jim wie ein Reiher am verschilften Rand des Strandes und beobachtete einfach. Ronny – mit einer Baseballmütze, das dünne Gesicht gemeißelt und sauber wie ein Marmorsplitter – fing an, die Muscheln zu sortieren, dann sie zu arrangieren, dann sie in so etwas wie einem persönlichen Ordnungsschema auszulegen.
Er benutzte nur die linke Hand. Er schien fröhlich, hatte sein Gleichgewicht offenbar völlig wiedergewonnen. Und Jim beobachtete ihn. Er wachte über ihn, als wäre er ein Pudel mit einem besonderen Stammbaum, ein exotischer Kanarienvogel – mit sorgfältig gestutzten Flügeln – oder die schönste und kostbarste kleine Perle.
Er war hungrig.

Während Connie in der Küche saß und einen Becher Tee genoß, lümmelte Lily vor dem Aga und legte gelegentlich die Hand auf die Abdeckplatte, um zu sehen, wie lange sie sie darauf liegen lassen konnte. Connie war ehrlich erleichtert, daß sie mit diesem mageren, unbrauchbaren, rundgesichtigen Geschöpf nicht blutsverwandt war. Währenddessen versuchte Sara mit bewundernswerter Beharrlichkeit, die Art von Connies Familienzugehörigkeit herauszufinden.

»Dein Vater«, sagte sie, »ist also der Bruder des Mannes von Lilys Großtante?«

»Ja, er war es. Aber er ist tot.«

»Dann bist du irgendwie entfernt verwandt.«

Connie lächelte darüber. Sie fühlte sich irgendwie entfernt.

Lily löste sich vom Aga und setzte sich neben sie. »Du fährst also Auto?«

Sie sah Connie gespannt an, als könnte diese Fahrer-Eigenschaft sich sehr wohl als ihre interessanteste Seite herausstellen.

»Ja.« Connie nickte.

Sara unterbrach. »Wir züchten übrigens Wildschweine«, sagte sie.

»Wirklich? Ich glaube nicht, daß ich je in meinem Leben ein Wildschwein gesehen habe. Haben sie Klauer?«

»Hauer.«

Lily schnaubte.

»Die männlichen, ja.« Sara nickte.

»Sind sie aggressiv?«

»Scheißen Bären in den Wald?« Lily zeigte ihre Grübchen.

»Sie sind wild«, Sara sah finster drein, »doch sehr ...«

»Heimelig«, warf Lily dazwischen, »obwohl man es nicht glauben würde bei all dem Ärger, den wir bekommen.«

Sara räusperte sich. »Die Leute können mißtrauisch sein. Besonders die anderen Bauern. Wir halten jetzt schon seit einigen Jahren Wildschweine, doch der Mythos, daß sie ausbrechen und Verwüstungen anrichten ...«

»Und wenn schon!« wies Lily sie zurecht. »Es ist unser Land. Wir können darauf tun und lassen, was uns gefällt, zum Teufel!«

Connies Neugier war geweckt. Sara und Lily redeten über sie

hinweg, als wäre sie unsichtbar. Trotzdem hatte sie das Gefühl, daß dies nicht die Art Unterhaltung war, die sie normalerweise führten. Es war, als wirke sie als eine Art Katalysator. »Kann ich sie sehen?« fragte sie.
Sie drehten sich beide um und sahen sie an. Sara stellte die Teekanne ab. »Wie bitte?«
»Die Wildschweine. Kann ich sie sehen?«
»Nach dem Tee«, sagte Lily, »kann ich dir unsere Gegend zeigen. Es gibt ein Naturschutzgebiet und einen Strand ...«
Connie nahm ihren Becher, trank einen Schluck, setzte ihn wieder ab. Sie war unerklärlich freundlich gestimmt. »Ja«, sagte sie ruhig, »ich glaube, das würde mir wirklich gefallen.«

Als Nathan ankam, war die Galerie gerade kurz davor zu schließen. Er habe höchstens fünfzehn Minuten, warnte ihn der Aufseher. Nathan rannte die Treppe hinauf in den neuen Sainsbury-Flügel. Er schien riesig, die Decke so hoch. Alles war gedämpft und leer und ehrfurchtgebietend. Er ging schnell hindurch, von Gemälde zu Gemälde. Gierig. Das Blattgold, die flachen Gesichter, die schöne Farbe. Er verschlang die Engel, die Teufel, das andere Zeug. Er bewunderte jedes Bild. Er blieb stehen, er ging weiter.
Ist es Christus? Er murmelte etwas. Doch er sah nichts, was ihn bewegte. Nichts, was eine Verbindung herstellte. Da war Christus am Kreuz. Die Tränen, die Qual, das Leid. Da war Christus, vom Kreuz heruntergenommen, von Trauernden umringt. Er sagt nichts, er spürt nichts. Da war der predigende Christus. Offenes Gesicht, offene Hände. Der goldenste Heiligenschein. Doch nichts.
Ist es der Künstler? Er fand mehrere Gemälde von Antonello. Jedes einzelne so erhaben und schön. Eines, ein Selbstporträt des Künstlers – mit schwarzem Haar, dichten Bartstoppeln, blauen Augen und einer roten Filzmütze. Das war alles. Und ein anderer Christus von Antonello, doch diesmal am Kreuz und winzig und beschädigt und überhaupt nicht spektakulär.

Ein Bild des heiligen Hieronymus in seinem Studierzimmer. Eine Studie in Perspektive und wunderbar...
Er sah auf seine Armbanduhr. Die Zeit war abgelaufen. Sein Herz schlug heftig.

Sara war verschwunden, um auf einer nahe gelegenen Farm Drahtzaun auszuleihen. Die Gehege mußten gesichert werden. Das erklärte sie zumindest. Sobald sie gegangen war, durchwühlte Lily das Haus auf der Suche nach Lukes Schlüsseln, konnte sie aber nicht finden. Sie stellte alles auf den Kopf, sie kippte um, sie riß auf, sie fluchte, sie klagte, doch sie weigerte sich, *weigerte sich* zu glauben, daß Sara sie versteckt hatte, um ihr einen Strich durch die Rechnung zu machen. Sie wollte es nicht glauben.
Connie wanderte um die Wildschweingehege herum, in höchstem Maße blind für Lilys Frustration. Es gab fünf verschiedene eingezäunte Bereiche, und in jedem waren acht oder zehn Wildschweine. Ein einzelnes Männchen und seine Gefährtinnen. In einem der Abteile waren einige kleinere Wildschweine von unterschiedlicher Größe, die sie für Heranwachsende hielt. Sie waren braun und dreckig und ziemlich sympathisch. Die Großen jedoch waren sehr groß, auf eine borkige, altersgraue Weise furchterregend und ausgesprochen einschüchternd.
Irgendwann schloß Lily sich ihr an. Sie wirkte verärgert.
»Hast du gefunden, wonach du gesucht hast?« fragte Connie.
»Nein.« Lily schüttelte den Kopf.
»Sollen wir jetzt unseren Spaziergang machen?«
»Ich denke schon.«
Lily marschierte los. Connie folgte ihr.
»Und wie unterscheiden sich Wildschweine von Schweinen?«
»Das Fleisch ist weniger fett.«
»Sie wirken ziemlich leicht erregbar.«
Lily machte mit der rechten Hand ein kleines Gewehr nach.
»Klick, klick, peng! Sie werden am Trog erschossen.«

»Wirklich?« Connie fand diese Vorstellung vage eindrucksvoll.
»Aber sie sind so verdammt kräftig, daß sie sogar dann noch wie eine Maschine, wie ein Motor laufen und laufen, wenn sie direkt in die Brust geschossen werden. Sie sind so stark wie ... hm ...« Sie suchte nach einem angemessenen Vergleich. »Scheiße«, sagte sie schließlich.
»Auf alle Fälle sehen sie glücklich aus.«
Connie merkte, daß sie lächelte. Die Wildheit der Wildschweine gab ihr ein Gefühl von Elan. Wie die Lilys.
»Sie sind glücklich. Völlig unabhängig. Völlig selbstgenügsam. Was ich damit sagen will, wir füttern sie immer wieder, aber nicht jeden Tag, denn dann würden sie träge. Sie sind wild. Trägheit ist für wilde Kreaturen wie eine Krankheit.«
»Findest du?«
»Ich weiß es.«
Lily marschierte weiter. Connie bemühte sich, mit ihr Schritt zu halten.
»Man hat mir erzählt, daß ihr Schweine züchtet.«
»Das haben wir auch, vor Jahren, doch dann haben wir von den Wildschweinen erfahren, und Dad hat angefangen, sie miteinander zu kreuzen.«
»Schweine und Wildschweine, meinst du?«
»Ja. Dieselbe Chromosomenzahl. Sechsunddreißig. Seltsam, hm? Das bedeutet, daß du Schweine und Wildschweine ohne größere Schwierigkeiten miteinander kreuzen kannst. Du bekommst eine Art merkwürdige, behaarte Hybride ...« Sie schauderte und fuhr dann fort: »Doch nach kurzer Zeit hat er gemerkt, daß es nicht ganz richtig war. Wildschweine haben Größe, Reinheit. Und damit sollte man nicht herumspielen. Man sollte sie hochschätzen.«
Sie hatten die Gehege inzwischen weit hinter sich gelassen.
»Und sie sind viel leichter zu halten als Schweine. Sie werfen sogar ohne Schwierigkeiten. Die Schweine waren nicht so unkompliziert ...« Lily runzelte bei der Erinnerung die Stirn.
Connie nickte. »Gehen wir dann zum Strand?«

Lily achtete nicht auf sie. »Und sie bekamen schrecklichen Sonnenbrand«, sagte sie, »die Schweine. Die traditionellen englischen Züchtungen waren ursprünglich dicht behaart, doch die Leute mögen kein Schweinefleisch mit Haaren in der Kruste, deshalb hat man sie speziell dem angepaßt. Sie haben einen wesentlich längeren Rücken, der mehr gute Stücke liefert, doch das ist unnatürlich und verursacht Probleme. Und ihre Haarlosigkeit hat zur Folge, daß sie Sonnenbrand bekommen.«
»Das wußte ich nicht.«
Lily zuckte die Schultern. »Wildschweine machen weniger Arbeit, doch man muß vorsichtig sein und sie sicher halten.«
»Reißen sie manchmal aus?«
»Alle hundert Jahre einmal. Das ist keine große Sache.«
Lily blieb stehen. »In dieser Richtung liegt das Naturschutzgebiet, aber wenn wir geradeaus weitergehen, kommen wir zum Strand.«
»Was für ein Strand?«
»Muscheln. Er ist okay. Es gibt einen Nacktbadestrand, der ist gut für einen Witz.«
Connie nickte. »Das ist gut. Ich habe keinen Badeanzug mitgebracht.«
Lily starrte sie an. »Willst du schwimmen gehen?«
»Klar. Warum nicht?«
Lily schnaufte nur und marschierte weiter.

Sara fand die Kamera im Unterstand auf dem Fußboden, genau wie Luke es ihr beschrieben hatte. Es war keine besonders teure Kamera, doch es war seine Lieblingskamera. Seine beste. Sie hob sie am Gurt auf und hängte sie sich um den Hals. Er hatte Glück, daß sie nicht gestohlen war.
Sie setzte sich draußen hin, oben auf die Treppe. Mit dem dunklen Maul des Unterstands im Rücken fühlte sie sich wie eine Molluske, eine Strandkreatur, die Schale sauber hinter sich verstaut. Ein Refugium.

Sie hielt sich die Kamera vors Auge und stellte fest, daß sie in den Bauch eines weiteren Krustentieres starrte. Sie hatte eine besondere Art, die Dinge zu sehen. Ihr fiel nicht der Anblick auf, das Äußere, statt dessen sah sie die Black Box, das Glas, das Innere. Und im Innern dieses sauberen kleinen Bauchs sah sie plötzlich das ganze Leben. Doch alles wesentlich kleiner und klarer.

28

Jim sah sie – weit entfernt zuerst – vom hinteren Ende des Strandes aus. Doch sogar aus dieser Entfernung sah er, wie ihr wilder Mund arbeitete, sich verzerrte, schwatzte, während sie ausschritt und ihre langen Arme schwang und mit ihren mageren Beinen Sand aufwirbelte. Er fand sie abstoßend. Sie war unberechenbar, verkümmert irgendwie, und voller Wut. Er wollte, daß sie sie in Ruhe ließ. Vor allem Ronny. Sie würde ihn aussaugen, wenn sie könnte. Er haßte diese Vorstellung. Lily, die saugte und schmatzte.
Er beobachtete sie. Sie gestikulierte mit den Händen. Sie war mit einer Freundin zusammen. Die Freundin zog sich aus.

»Aber du hast kein Handtuch«, sagte Lily gerade.
»Es ist windig. Ich werde ziemlich schnell trocknen.«
»Was ist, wenn jemand vorbeikommt?«
»Wäre das ein Problem?«
Connie trug helle Leinenhosen und ein türkisfarbenes Hemd. Sie zog die Hose aus. Ihre beiden Knie waren aufgeschürft, aber es war ihr egal.
»Kommst du mit?«
»Laß mich in Ruhe!«
»Weiter!«
Lily zeigte auf etwas. »Ich kenne die beiden dort drüben. Vor denen ziehe ich mich nicht aus.«
»Gut.«

Connie knöpfte ihr Hemd auf. Darunter trug sie keinen BH und einen G-String. »Du könntest in der Unterwäsche schwimmen«, versuchte sie, sie zu überreden. Lily schaute finster auf Connies nicht vorhandene Bikini-Streifen und gab keine Antwort.
»Was ist los?«
»Nichts«, sagte sie, »und wenn es dir nichts ausmacht, ich habe anderes zu tun.«
Sie stolzierte davon, widerborstig und mit steifem Rücken. Connie lächelte hinter ihr her.

Jim nickte leicht zu Lilys Begrüßung, doch er sagte nichts. Lily deutete. »Ist das zu glauben?«
»Was?«
Er starrte ohne große Aufmerksamkeit zu Connie hinüber. Sie war blasser als die Muscheln. Sehr blaß. Doch fern.
»Sie ist eine Verwandte. Wenn mein Vater sie sähe, würde er sich in die Hose machen.«
»Dein Vater?«
»Er ist Anti-Nudist.«
Jim blieb stumm.
»Was tust du?« fragte sie schließlich.
»Nichts.« Er kratzte sich am Hals. »Du solltest vielleicht hingehen und ihre Kleider weglegen.«
»Wie bitte?«
»Die Flut kommt.«
Jim zeigte in die Richtung. Connies Hose und Hemd lagen zu dicht am Wasser. Lily lächelte. »Zum Teufel mit ihr«, und hüpfte davon, den Strand entlang in Ronnys Richtung.
Ronny hatte sich mit Muscheln umgeben. Er hatte ein rundes Tableau geschaffen, dessen Mittelpunkt er war. Es hatte einen Durchmesser von mehreren Metern. Lily blieb am Rand stehen. Sie starrte ihn eine Zeitlang an. »Was hast du mit dir gemacht?«
Er sah auf. »Hm ...?«
»Deine Haare.«

»Oh. Ich habe angefangen zu brennen.«
»Wann?«
»Seit ich dich zum letzten Mal gesehen habe.«
»Was hast du getan?«
»Verbrannt.«
»Verbrannt?« Lily war verwirrt. »Und was tust du jetzt?«
Er grinste. »Mich isolieren.«
»Was?«
»Mit Muscheln.«
»Dich isolieren?«
Ronny legte einen Finger auf die Lippen. Lily blinzelte.
Er wandte sich wieder seiner Arbeit zu. Lily warf sich in den Sand und kaute an ihren Nägeln, während sie Ronny aufmerksam betrachtete. Sie hatte nicht die mindeste Ahnung von einem freundschaftlichen Schweigen. Nicht einmal den Hauch einer Ahnung.

Das Meer war kalt. Es reichte Connie bis knapp über die Knie. Sie überlegte, ob sie schwimmen sollte. Die Strömung war ziemlich stark. Sie wurde von einer unerwartet großen Welle getroffen. Sie schnappte nach Luft. Seetang verfing sich um ihre Knöchel. Als sie sich bückte, um ihn zu entfernen, drehte sie sich um und schaute zurück zum Strand. In der Ferne sah sie Lily neben einem Menschen mit Hut sitzen. Jemand stand direkt hinter ihnen. Ein Mann. Seine Hand war erhoben. Doch ehe sie ihn genauer ansehen konnte, wurde sie von einer weiteren Welle getroffen. Sie fiel mit einem kleinen Aufschrei ins Wasser und fing an zu schwimmen.

»Komm weg da.«
Lukes Stimme drang vom Schlafzimmer zu ihr. Sara trug nichts außer einem Handtuch und einer Kamera. Sie prüfte, ob die Tür des Fertighauses abgeschlossen war, und zog die Vorhänge zu.
»Ich bin sicher, daß ich ihre Stimme gehört habe.«
Sie ging zurück ins Schlafzimmer.

Luke lag auf seinem Bett wie ein gebräunter Seelöwe. Ein Strandmeister. Das Bett war alt und quietschte. Es neigte sich unter seinem Gewicht. Er spürte durch die Matratze, wie die Sprungfedern sein Rückgrat kitzelten. Er trug noch immer sein kleines Plastikarmband aus dem Krankenhaus. Wie ein Baby, dachte Sara liebevoll und nahm seine Hand. Sie las laut.

»Luke Hamsun.«

»Das bin ich.« Er strahlte. Glücklich, am Leben zu sein.

»Hamsun.«

»Norwegisch.«

»Ehrlich?«

Er nickte.

Sara setzte sich auf die Bettkante. »Dann glauben sie also, du bist ihn losgeworden?«

Luke sah schmerzvoll drein. »Den Stein? Ja. Sie sagen, er muß ziemlich klein gewesen sein. Gewöhnlich lösen sie sich von alleine auf.«

Sie hielt seine Hand und untersuchte seine Fingernägel. Luke verlagerte sein Gewicht.

»Das muß dir nicht peinlich sein«, lächelte sie. »Ich bin Bäuerin. Ich bin absolut an so etwas gewöhnt.«

»Gallensteine?«

»Mein Vater hat darunter gelitten. Das war lange vor den Laserstrahlen und der ganzen Technik, die sie heute haben. Seine wurden herausgeschnitten, und er bekam sie in einem Glas. Einer war so groß wie meine Faust. Aber ich war damals noch ein Kind, wie du dir denken kannst.«

»Eine Faust?«

Luke erbleichte.

»Deiner war vielleicht so groß wie ein Samenkorn.«

»Ein Samenkorn.«

Der Gedanke gefiel ihm. Samenkörner waren stets sauber und vollkommen unschädlich.

Doch Sara dachte nicht an Samenkörner. Ihre Gedanken hatten sich um eine Spule zurückgedreht. Zurück zu dem,

was sie davor gesagt hatte, daß sie Bäuerin sei. Früher hatte sie von sich immer als der Frau eines Bauern gedacht. Früher? Früher zu was? Dem Vögeln? Ihr Inneres zog sich zusammen.
Luke nahm die Kamera von Saras Hals und hielt sie sich vors Auge. Sie war wirklich süß. Sie lächelte, doch wandte schnell das Gesicht ab. Ihre Finger griffen nach dem Handtuch und zupften es schamhaft höher.
Lukes Finger bewegten sich automatisch. Als Sara sich umwandte, klickte die Kamera. Ein Schuß, gemacht. Doch er hatte nicht aufgepaßt und den Blitz nicht eingeschaltet. Er fluchte und starrte auf die Kamera, völlig verwirrt.

Jim ging langsam den Strand entlang. Er war erst losgegangen, als er gesehen hatte, wie eine Welle das erste von Connies Kleidungsstücken berührte. Er hatte sich erst gerührt, als ihre beige Hose von der Flut angehoben, wieder ausgespuckt, wieder angehoben wurde.
Sie war jetzt ziemlich weit draußen, eine kühne Schwimmerin. Die letzten Meter joggte er. Die Hose war aus seinem Blickfeld verschwunden. Etwas anderes – Türkisfarbenes – trieb in den flacheren Wellen, und etwas Blasseres, ein Fetzen, ihr Slip, trieb daneben.
Er zog die Schuhe aus, warf Connies Sandalen vorsichtshalber höher den Strand hinauf und watete dann ins Wasser, um das blaue Teil herauszuholen. Hemd. Seine Jeans wurden naß. Er ging ein paar Schritte tiefer hinein wegen des Fetzens, dann sah er sich nach der Hose um. Keine Spur davon. Er watete, ohne zu hoffen, weiter und wurde von seiner genauen Inspektion des Meeresgrunds so gefangengenommen, daß er nicht hörte, wie sie hinter ihm herankam.
»Gott«, murmelte sie, »wie blöd!«
Jim war bis zu den Hüften durchnäßt. Er drehte sich zuerst nicht um, sondern betrachtete ihr Spiegelbild im Wasser, wo es weiß glitzerte wie ein Stück Koralle. Sie war von der Kälte beinahe purpurrot und exotisch orange gefleckt. Sie hatte die

Arme vor der Brust gekreuzt, doch sie wirkte nicht gehemmt. Er sah, daß sie von einem anderen Stern kam. Einer Welt, in der Körper nichts waren, dessen man sich schämen mußte. Irgendwo, wo es schön war und freundlich und offen. Wie das wohl wäre?

»Habe ich meine Hose verloren?«

Connie streckte die Hand nach ihrem Hemd aus. Er gab es ihr, und sie versuchte, es auszuwringen, zog es dann an, doch unter Schwierigkeiten. Der nasse Stoff klebte und war schwierig zu handhaben.

»Ich sehe sie nicht«, sagte Jim. Seine Stimme überraschte ihn. »Ich glaube, sie wurde zuerst weggespült.«

Er machte einen Schritt rückwärts und hielt immer noch ihren G-String. Sie streckte die Hand danach aus. Er schaute darauf. »Oh«, und reichte ihn ihr. Sie drückte das Wasser heraus und stopfte ihn dann in die Hemdtasche, ehe sie den Saum herunterzog und sich umdrehte, um ans Ufer zu waten.

»Du bist durchnäßt«, stellte sie fest und trat Wasser vor sich her.

»Das macht nichts. Ich wohne direkt dort.« Jim wies auf das Fertighaus.

»Du wohnst *direkt* dort?«

Er dachte, sie mache sich über ihn lustig, und runzelte die Stirn. Sie hatte überhaupt nicht die Absicht gehabt, sich über ihn lustig zu machen. Sie bemerkte sein Stirnrunzeln. Er war ernst. Und sah seltsam aus. Blaß und gebeugt, doch mit Augen wie Erdnußkrokant. »Du mußt einer von Lilys Freunden sein«, sagte sie freundlich. Jim machte eine Pause, bedachte diese Feststellung, rebellierte innerlich, doch sagte trotzdem: »Ja.«

»Nun, ich heiße Connie. Eine entfernte Verwandte. Von ihr, meine ich.«

Connie hielt Jim die Hand hin. Einen Augenblick lang tat er so, als hätte er das nicht gesehen, doch sie hielt sie ihm weiter hin, ausgestreckt, während sie knöcheltief im Wasser stand. Also nahm er sie.

»Wie ein Fisch«, murmelte er. Sie entglitt.
Connie lächelte. »Was war das?«
»Das Wasser ist kalt.«
Jim ging weiter. Connie folgte ihm. »Ein Fisch?«
Sie grinste. Er antwortete nicht. Er hatte gesehen, wie aufgeschürft ihre Knie waren. Es schien eine besonders kindliche Verletzung.
»Ich nehme nicht an, daß du ein Handtuch hast, das ich mir ausleihen könnte?«
Jim hob seine Turnschuhe auf. Connie hob ihre Sandalen auf. Er strahlte Gleichgültigkeit aus. Sie war beharrlich. »Es ist nur, daß Lily wahrscheinlich nichts mehr mit mir zu tun haben wollen wird, wenn ich in diesem Aufzug den ganzen Weg nach Hause laufen muß.«
Sie schaute über den Strand zu der Stelle, wo Lily saß. Auch Jim schaute und sah finster drein.
»Was tun sie?« fragte Connie.
Jim zuckte die Schultern. »Ich habe keine Ahnung.«
Er machte sich auf den Weg in Richtung Fertighaus und hoffte, sie würde nicht nachkommen, doch sie kam.
»Es muß unglaublich sein, hier zu wohnen«, sagte sie.
»Unglaublich.«
»Wie sagtest du vorhin war dein Name?«
Er blieb stehen, drehte sich um. »Ich bin Jim.«
»Und du hast Alopezie, Jim?«
Er starrte sie verblüfft an.
»Es tut mir leid«, sagte sie und fühlte sich elend, »das klang sehr grob.«
Sie bedauerte ihre ekelhafte Selbstsicherheit.
»Wenn du einen Moment hier wartest, hole ich dir ein Handtuch.«
Jim verschwand in dem Fertighaus. Sie traute sich nicht, ihm zu folgen. Statt dessen ging sie weiter, bis vor Lukes Haus, und schaute durchs Fenster. Durch die Gardinen konnte sie nicht hineinsehen. Sie ging wieder zurück und dann, aus einer Laune heraus, zwischen den beiden Gebäuden hindurch.

Rechts, über ihrem Kopf, befand sich ein kleines Küchenfenster, doch es war zu hoch, um hindurchzuspähen. Ein paar Meter weiter war eines, das wesentlich niedriger war.
Connie machte zwei Schritte vorwärts und blieb dann stehen. Dieses Fenster stand ein wenig offen. Die Gardine blähte sich. Sie hatte nicht bedacht, daß das Fertighaus bewohnt sein könnte. Es war eindeutig außerhalb der Saison.
Sie zögerte und wäre zurückgegangen, doch die Gardine blähte sich wieder, höher diesmal, und sie sah direkt hinein, in ein sparsam möbliertes Schlafzimmer. Und zu zwei Menschen. Ein lachender Mann auf einem Bett und daneben eine Frau, die Connie ansah, beinahe, sich jedoch eine Kamera vors Auge hielt und ein Photo des Mannes und seines großen, erigierten Penis machte, den er in der Hand hielt wie einen Blumenstrauß.
Die Kamera blitzte. Connie kniff die Augen zu. Die Frau senkte die Kamera, dann blähte sich die Gardine wie auf Kommando wieder nach innen, doch nicht ehe die Frau sie gesehen hatte. Sie wurde gesehen.
»O Scheiße.« Connie machte auf dem Absatz kehrt. Sie rannte zwischen den beiden Häusern hervor.
Jim stand vor seinem Haus, ein Handtuch in der Hand. Er sah sie an. Sie legte sich die Hand auf den Mund und sprach durch die Finger.
»Ich habe gerade etwas so Peinliches getan ...«
Er war nicht besonders interessiert. Er hielt ihr das Handtuch hin und sagte nichts.
»Die Leute nebenan ...« Sie zeigte.
»Es steht leer«, sagte Jim und hielt ihr immer noch das Handtuch hin.
»Nein«, sie nahm das Handtuch von ihm entgegen und zog ihn zur Seite, in sein eigenes Fertighaus, machte die Tür hinter sich zu und band sich das Handtuch um die Hüften. Sein Arm hatte sich warm angefühlt. Sie fror.
»Nebenan ist ein Mann. Fett, gut gebräunt. Und eine Frau. Meine Tante.«

Jims Augen weiteten sich. Er hatte nicht bemerkt, daß Luke wieder da war.
Connie biß sich auf die Lippen. »Wenn ich sage, meine Tante, meine ich Lilys Mutter Sara. Ich habe sie heute morgen zum ersten Mal gesehen. Sie sagte, sie wolle auf einer Farm in der Nähe ein Stück Drahtzaun holen ... Sie waren nackt. Ich bin sicher, daß sie mich gesehen hat.«
»Und?« Jim war nicht zu erschüttern. Es war ihm egal.
»Aber wie soll ich ihr gegenübertreten? Und Lily?«
Jim zuckte die Schultern.
»Soll ich einfach so tun, als wäre nichts passiert?«
Er zuckte wieder die Schultern. »Das ist deine Sache.«
»Glaubst du, daß Lily es weiß?«
Er schüttelte den Kopf. »Das geht mich nichts an.«
Connie beruhigte sich ein wenig. Sie sah sich im Zimmer um.
»Wohnst du allein hier?«
»Warum?«
»Ich weiß es nicht. Ich habe Sand auf deinen Fußboden geschleppt. Hast du einen Besen?«
»Das ist nicht wichtig.«
Sie hielt inne. »Gott!«
Sie starrte ihn an.
»Was?« Jim haßte es, angestarrt zu werden. Er fühlte sich jedesmal häßlich in den Augen der anderen.
»Nichts«, Connie blinzelte, »du hast mich nur an jemanden erinnert.«
Sie drehte sich um und griff nach dem Türknauf. Sie war plötzlich den Tränen nahe. »Es tut mir leid. Ich weiß nicht, was mit mir los ist. Es ist nur, daß mein Vater ...«
Ihre Kehle zog sich zusammen. Sie hustete. Ihre Wangen leuchteten. Sie litt. »Ich bringe dein Handtuch so bald wie möglich zurück.«
Ihre Augen brannten.
»Behalt es.«
Sie war jedoch verschwunden, ehe er zu Ende gesprochen hatte.

29

Margery bemerkte die Veränderung.
»Ich habe vorhin angerufen«, sagte sie und sah ihn über ein Glas eisigen Wodkas hinweg an, »aber du warst nicht da.«
»Wirklich?«
Nathan wischte sich mit der Innenseite des Handgelenks den Schaum von der Oberlippe. Es war eine entwaffnende kleine Bewegung, doch sie war nicht entwaffnet.
»Wo warst du?«
»Ich war im Museum.«
»Wirklich?«
»Ja. In der National Gallery.«
Margery starrte ihn an. Sie waren in einem Pub. Es war ziemlich leer.
»Ich wußte nicht, daß du manchmal ins Museum gehst.«
Nathan räusperte sich. »Normalerweise mache ich das auch nicht. Es war einfach aus einer Laune heraus. Ich bin direkt von der Arbeit aus hingegangen.«
Margery sah ihn weiter an. Nathans Gesicht hatte eine Lebhaftigkeit, von der sie sich nicht erinnern konnte sie je vorher darin gesehen zu haben. Ein Leuchten. Eine Leidenschaft. Er schien weniger durchsichtig, mehr *durchscheinend*. Einen ungewissen Moment lang war sie beunruhigt, weil es ihr plötzlich nicht mehr gelang, ihn direkt zu durchschauen. Es war ein Trick gewesen. Eine Gabe. Hatte sie sie verloren? War sie verschwunden? War sie nur verlegt?
Oder lag es an ihm? War es Nathan? Sie kreuzte die Arme. Nathan beobachtete träge, wie sich ihre Brüste dichter zusammenschoben, als das Fleisch unter dem Druck ihrer Arme aufblühte.
»Und was hast du gesehen?«
Sie wollte es wissen.
»Oh ...«, er runzelte leicht die Stirn, als fiele es ihm schwer, sich zu erinnern, »den neuesten Flügel. Sainsbury.«
»Moderne Bilder?«

»Nein. Ziemlich alte.«

Margery lächelte, wollte ihn dazu bringen, seine Geschichte zu ändern. »Warst du wirklich dort?«

Er lächelte offen zurück. »Ja. Natürlich war ich dort.«

Doch als er lächelte, war sein Blick leer, verschleiert. Denn plötzlich sah er auf der anderen Seite des Tisches nicht Margery. Statt dessen sah er einen köstlichen kleinen Engel, still leuchtend, still baumelnd.

Nathan nahm noch einen Schluck aus seinem Glas, dann steckte er die Hand in die Hosentasche und putzte seinen Daumennagel an der scharfen Ecke einer Visitenkarte. *Connie*. Er war auf der süßesten Reise. Was er nicht wußte, was er *nicht bedenken konnte*, war, wohin es ihn führen würde. Was er jedoch wußte, worüber er sich sicher war, war, daß sie, Connie, seine allernächste Anlaufstelle sein würde.

»Lily, komm, wir gehen.«

Lily wollte nicht. Sie war glücklich, wo sie war. Sie sah zu Connie auf. »Kannst du den Rückweg nicht allein finden? Es ist ganz einfach.«

Connie rückte das Handtuch um ihre Taille zurecht. »Nein.«

»Oh.«

Ronny hob den Schirm seiner Kappe und sah sie über die Schulter hinweg an. »Hallo.«

»Hallo.« Sie hielt kurz inne. »Du hast ebenfalls keine Haare?«

Ronny nahm seine Kappe ab. Sein Schädel war blaß und geformt wie ein Pflaumenkern. »Nee. Kein Haar.«

Sie trat einen Schritt näher. »Und was genau machst du da?«

»Ein Tableau«, warf Lily dazwischen.

Ronny nickte.

»Er macht alles mit der linken Hand«, sagte Lily liebevoll und lächelte ihm zu. »Das ist seine ... fixe Idee.«

»Mein Projekt«, sagte Ronny und setzte seine Kappe wieder auf.

»Ronny und ich sind mitten in einer wichtigen Diskussion«, sagte Lily, »nicht wahr?«

Ronny murmelte etwas Unhörbares, irgendwie ausweichend.

Connie starrte Ronny einen Augenblick lang verständnislos an, als wäre gerade etwas schrecklich Offensichtliches passiert und sie hätte es verpaßt.

Ronny.

Die Sonne ging unter, und ihr Hemd fühlte sich kalt an auf ihrer Haut.

»Wirklich? Und worum ging es in dieser Diskussion?«

»Ronny hat mir erzählt, daß bestimmte Schriften einen fröhlich stimmen.«

»Schriften?«

Connie strich sich die Haare hinters Ohr, aus dem Gesicht.

»Ganz allgemein ...« Lily wandte sich wieder an Ronny. »Wie lange, glaubst du, dauert es, bis die Flut ganz hier ist?«

»Ich weiß es nicht.«

»Wird dein Tableau nicht weggespült?«

»Wahrscheinlich.«

Ronny klang unbesorgt. Er dehnte den Rücken, als wäre er unangenehm steif geworden, dann wischte er den Sand von seiner linken Hand, indem er sie vorne gegen sein Hemd klopfte. Die rechte Hand ließ er locker im Schoß liegen. Dann richtete er sich ganz langsam, ganz allmählich auf, doch ohne beim Aufstehen die Hände zu benutzen, mit eng nebeneinander gestellten Füßen, um den Muschelkreis um ihn herum nicht zu zerstören.

Als Ronny stand, nahm er die kreisförmige Ausdehnung seiner Tagesarbeit in sich auf. Er lächelte, dann runzelte er die Stirn. »Wirklich ...«, er kratzte sich am Bein, »ich glaube, ich stecke fest.«

Lily stand ebenfalls auf und war sofort in Ronnys Dilemma verwickelt. »Kannst du nicht darüber springen?«

Er schüttelte den Kopf. »Nicht aus dieser Position. Kein Anlauf.«

Er sah sich um, beinahe von Panik erfüllt. »Wo ist Jim?«
Lily sah hinauf zu den Sanddünen in der Nähe, als erwartete sie, daß Jim immer noch dort stünde. »Jim? Du meinst den Glatzkopf?«
»Den *anderen* Glatzkopf«, murmelte Connie und beobachtete mit einer gewissen Neugier Ronnys Körpersprache.
»Ja«, nickte Ronny. »Ich glaube, ich brauche Jim. Ich glaube, ich brauche ihn.«
Lily streckte ihre Hand aus. Vom Rand des Muschelarrangements aus konnte sie ihn beinahe berühren. »Warum packst du nicht meine Finger?«
»Ich kann das Gleichgewicht nicht halten.«
Ronny fing an zu schwanken.
»Jim ist im Haus«, sagte Connie. »Soll ich hingehen und ihn holen?«
»Würdest du das tun?«
Ronny sah über die Schulter nach Connie, und in seinem Gesichtsausdruck stand große Angst eingemeißelt.
»Nein. Laß mich gehen. Ich gehe.«
Lily ließ sich nicht beiseite schieben. Sie würde unentbehrlich sein. »Ich sagte, ich gehe, Ronny.«
Sie rannte davon, schob sich mit einer kleinen feindseligen Geste an Connie vorbei. Connie trat wortlos zur Seite. Sie war nicht begeistert bei dem Gedanken, daß Lily über Saras, wie sie annahm, geheime Liebelei mit Jims fettem, braungebranntem Nachbarn stolpern würde. Doch wenn Sara irgendwie bei Verstand war ...
Sie blieben also allein. Ronny schwankte immer noch leicht.
»Hast du lange hier gesessen?« Connie ging um den Muschelkreis herum, so daß er den Kopf nicht drehen mußte, um sie anzusehen.
»Ja.«
»Vielleicht ist es ein Krampf.«
»Nein. Ich hatte schon immer Probleme mit dem Gleichgewicht.«

Er nickte. »Große Zehen.«
Connie starrte ihn an. »Wie bitte?«
»Ich habe keine.«
»Keine großen Zehen?«
»Ich wurde so geboren. Ich war unvollkommen.«
Unvollkommen. Connie mochte diese Wortwahl nicht, doch ihre Gedanken wurden vorübergehend abgelenkt. »Weißt du«, sie räusperte sich, »es gibt eine spezielle Affenart ...«
»Ja«, Ronny runzelte die Stirn, doch er nickte, »ja, ich weiß.«
Er schien nicht beunruhigt, doch leicht verstimmt.
»Ich meine, ohne Zehen ...« fuhr Connie fort, »ein bleicher Riese.«
»Natürlich. Ich weiß alles darüber.«
Ronny sah über die Schulter, als hätte er den dringenden Wunsch, diese Unterhaltung abzukürzen. In der Ferne war Jim aus seinem Fertighaus aufgetaucht und joggte über den Strand, dicht gefolgt von Lily. Ronny wandte seinen Blick wieder Connie zu. Sie starrte ihn an und dachte, wie dünn er war. Die Sonne ging gerade unter und tauchte ihn in ein seltsames, rötliches Licht, das sich auf seinem blassen Gesicht und den Händen spiegelte. Seine Handgelenke zeigten schlaff nach außen und waren seltsam perlmuttfarben; gestreift wie der Bauch eines Tigerfischs. Das Sonnenlicht brach sich auf seinem Narbengewebe. Connie starrte auf seine Handgelenke und dann auf seine Fingerspitzen, die ebenfalls zu leuchten schienen.
»Hast du schon schwarze Kaninchen gesehen?«
Sie war erschüttert. »Wie bitte?«
Sie hätte sich beinahe gekniffen.
»Schwarze Kaninchen. Sie sind eine lokale Besonderheit. Jim hat mir davon erzählt.«
»Oh ... nein.« Connie war verwirrt. »Ich bin gerade erst angekommen.«
»Ach so.« Ronny nickte, doch er wirkte mißtrauisch. »Ich auch.«

Jim kam schließlich heran. Er war außer Atem. »Ronny?« keuchte er.
Er streckte die Hand aus und blickte dann mit echtem Erstaunen auf seinen ausgestreckten Arm. »Jim!« rief Ronny und fing an zu grinsen. Ohne nachzudenken, schritt er über das Tableau, direkt durch die Mitte, und trat die Muscheln zur Seite. Bemerkte Connie nicht mehr, bemerkte Lily nicht. Als wäre Jim alles.
Er nahm Jims Arm. »Ich wußte nicht, wo du hingegangen warst.«
»Ich war im Haus. Wir sollten etwas essen.«
»Du hast recht.«
Sie gingen zusammen davon. Völlig ineinander versunken. Wie zwei magere, verschnupfte alte Männer.
Connie rieb sich die Arme. Lily starrte verärgert hinter den beiden her. »Er ist ein solches Arschloch.«
»Wer? Ronny?«
»Nein. Jim. Er ist ein solches Arschloch.«
»Wir sollten nach Hause gehen. Es wird dunkel.«
»Ja.«
Lily ging sehr schnell über den Strand, machte mit ihren mageren Beinen außergewöhnlich große Schritte. Connie gab sich Mühe, ein paar Schritte hinter ihr zu bleiben, doch sie folgte ihr nicht, sagte sie sich, sondern überließ sich lediglich ganz ergeben Lilys Führung.
Und ihre Gedanken waren sowieso woanders. Sie waren durcheinander und rosig und verdunkelten sich. Wie der riesige Himmel über ihr. Keine Sonne mehr übrig, kein Mond aufgegangen, noch keine Sterne. Nur Schatten. Ein großes, weites, höchst unwahrscheinliches, tintiges Blinzeln.

30

Lily stand mitten während des Abendessens wortlos vom Küchentisch auf und ließ sie allein. Zunächst dachte Connie, sie sei gegangen, um etwas zu holen, und erwartete jeden Moment ihre Rückkehr. Doch sie kam nicht zurück. Sie aßen ein riesiges Spinatomelette mit gekochten Kartoffeln. Sara war gerade mitten in der Essenszubereitung gewesen – in Dampf gehüllt, schlug sie in einer riesigen Schüssel Eier auf –, als sie schließlich nach Hause gestolpert waren.
Sie hatte extra den Heizkessel angestellt, damit Connie vor dem Abendessen schnell ein Bad nehmen und sich umziehen konnte. Sie war eine perfekte Gastgeberin, und allem Anschein nach fühlte sie sich völlig entspannt. Während des Essens sprachen sie über verschiedene Themen – Connies Arbeit, Saras Hühner, die Industrie am Ort, daß in der Gegend Habichte gesichtet worden waren –, doch Lily sagte sehr wenig.
»Offensichtlich gibt es hier schwarze Kaninchen«, Connie machte eine Pause zwischen zwei Gabeln voll Omelette, »ich meine, wilde.«
»Ja«, Sara schien gleichgültig, »man sieht sie oft. Sie sind sehr verbreitet. Vor allem unten im Naturschutzgebiet.«
Als Lily aufstand und vom Tisch ging, redete Sara weiter, als hätte sie es nicht bemerkt. »Ich nehme an, irgendwann einmal wurde ein Hauskaninchen freigelassen, und die Rasse überlebte. Wir haben uns alle sehr an sie gewöhnt.«
»Ich würde gerne eines sehen.«
Sara lächelte, ein wenig amüsiert über Connies Enthusiasmus. »Ich bin sicher, daß du die Möglichkeit haben wirst, wenn du lange genug in der Gegend bleibst.«
»Ja«, Connie legte ihre Gabel zur Seite, »ich habe mich tatsächlich schon gefragt, ob du vielleicht weißt, ob es hier irgendwelche Ferienhäuschen gibt, die man mieten kann. Oder Hotels.«
Ehe Sara antworten konnte, blickte sich Connie unbehaglich

über die Schulter und sagte dann: »Ist irgend etwas? Mit Lily, meine ich.«

»Nein. Vermutlich ist sie einfach in ihr Zimmer gegangen.«

Connie schob mit dem Messer eine Kartoffel auf ihrem Teller hin und her. »Ich dachte, ich hätte sie vielleicht verärgert, ohne es zu merken.«

Sara stand auf und nahm Lilys unbeendetes Mahl vom Tisch. Sie stellte den Teller auf das Abtropfbrett. Als sie wieder sprach, wandte sie Connie den Rücken zu. Ihre Stimme war leise. »Es kommt gar nicht in Frage, daß du von hier weggehst. Du kannst so lange hierbleiben, wie du möchtest.«

Connie lächelte. »Das ist sehr nett von dir.«

Sara drehte sich um. Ihr Gesicht leuchtete. Sie schien erregt, beinahe leichtsinnig. »Aber du irrst dich. Ich bin überhaupt nicht nett. Es wäre für mich von Nutzen, noch jemanden hier zu haben. Zur Ablenkung. Für Lily.«

Connie fühlte sich plötzlich angreifbar, als würde sich die Gardine erneut aufblähen und sie sähe ins Innere, einen Ort, den zu betreten sie keinerlei Recht hatte.

»Ich möchte dir etwas zeigen ...« Sara trat ein paar Schritte vor, hob das Tischtuch hoch und zog eine kleine Besteckschublade auf, die im Korpus des Tisches versteckt war. Sie holte eine Kamera aus der Schublade. Sie hielt sie mit beiden Händen, als wäre sie etwas unendlich Kostbares, altes Porzellan oder ein Vogelküken.

»Ich habe sie genommen«, sagte sie, und ihre Stimme war voller Ehrfurcht.

Connie starrte die Kamera an.

»Du hast sie genommen?«

»Ja. Luke, der Mann, mit dem du mich heute nachmittag gesehen hast, ist Photograph. Sie gehört ihm. Er glaubt, daß er sie verloren hat. Aber ich habe sie genommen.«

Sie hielt inne, lächelte dann. »Es ist seine Lieblingskamera.«

Connie runzelte die Stirn. »Aber habe ich dich vorhin nicht gesehen, als du sie benutzt hast?«
»Nein. Das war eine andere. Diese hier war die ganze Zeit in meiner Tasche versteckt.«
Sara hielt sich die Kamera vors Auge. Sie starrte durch die Linse auf Connie, doch sie sah nicht Connie; statt dessen sah sie rosafarbene und weiße und gelbe Spritzer. Eine Löwenzahnblüte. Ein Marshmallow. Sie senkte die Kamera. »Ich hatte noch nie eine.«
»Warum nicht?«
Sara setzte sich. Sie untersuchte weiterhin die Kamera. Sie spielte mit dem Blitz und mit der Objektivkappe und der Entfernungseinstellung. »Lily war eine Frühgeburt. Wußtest du das?«
Connie schüttelte den Kopf. »Nein.«
»Es gab irgendein Problem mit ihrer Blase und ihrem Unterleib. Komplikationen. Ihr Blut gerinnt nicht besonders gut. Wir dachten, wir würden sie verlieren. Deshalb haben wir nie Photos gemacht. Wir taten nichts von den normalen Dingen, die Eltern mit einem neugeborenen Baby tun. Alles schien so zart, so zerbrechlich. Wir wollten das Schicksal nicht herausfordern.« Sara sah zu Connie auf. »Und ich lernte auch nie Autofahren, das war irgendwie auch ein Teil davon. Eine Art von ...« Sie hustete bei diesen Worten, »Wunschdenken.«
Connie nickte, obwohl sie sich nicht ganz sicher war, wozu sie ihre Zustimmung gab.
»Als ich Luke vor ein paar Tagen zum ersten Mal begegnete, sah ich in seinem Haus all diese Photos. Und ich dachte, ich würde eine merkwürdige Verbindung zu ihm spüren, doch in Wahrheit waren es die Photos. Die Bilder. Kristallisierte Zeit. Leben. Alles einfach und klar und ungehemmt.«
»Welche Art von Bildern?«
»Schmutzige.« Sara kratzte sich an der Wange. »Hauptsächlich Pornographie.«
»Ah ja.«

»Bist du schockiert?«
»Nein.« Connie schüttelte den Kopf.
Sara rieb sich mit dem Handrücken die Nase, holte tief Luft und sagte dann: »In Wirklichkeit glaube ich nicht, daß Lilys Vater nach Hause kommen wird.«
Connie hielt den Mund. Sara sah aus, als wisse sie das zu schätzen. »Es sind erst zwei Monate, doch ich habe das Gefühl, als sei er schon immer weg gewesen. In Wirklichkeit«, sie betrachtete ihre Finger, »fühlt es sich allmählich an, als wäre er nie wirklich hier gewesen.«
Saras Nägel waren voller Schmutz und Erde. Durch und durch. Sie betrachte sie weiter. »Wir haben früher Schweine gezüchtet und auch Getreide angebaut, doch nach Lilys Geburt fingen wir an, Wildschweine zu züchten. Sie verschlingen weniger Zeit. Ich glaube, er dachte, sie bräuchte ihn mehr, weil es ihr nicht allzu gut ging. Oder vielleicht, daß ich ihn mehr bräuchte, falls wir sie verlieren würden. Aber wir haben sie nicht verloren. Deshalb habe ich ihn nicht gebraucht. Und Lily hat noch nie wirklich jemanden gebraucht. Sie ist furchtbar unabhängig ...« Sara seufzte. »Nun ja, ich glaube, am Ende fing er an, sich ein bißchen ... überflüssig zu fühlen. Wir stritten uns ziemlich häufig. Er führte eine große Kampagne gegen den FKK-Strand, das hat ihn eine Weile beschäftigt, doch wegen der Wildschweine fand er keine richtige Unterstützung.«
Connie runzelte die Stirn. »Wieso?«
»Feindseligkeiten im Ort. Doch Lily hat recht, die ganze Sache war lächerlich. Ich habe eine Menge Gewicht verloren. Ich habe eine Hefeallergie. Wir sind einander auf die Nerven gegangen. Und Lily wahrscheinlich auch. Dann wurde seine Mutter krank. Er ist zu ihr gegangen, um eine Weile nach ihr zu sehen. Ich nehme an, es geht ihr inzwischen besser, doch er ist nicht nach Hause gekommen. Er ruft nicht an. Es war alles ...« Sie zuckte die Schultern. »Nun, leer eigentlich. Unausgefüllt. *Langweilig*. Manchmal habe ich das Gefühl, als sei mein ganzes Leben ein langes, langes Warten auf etwas

Schreckliches gewesen, das in Wirklichkeit nie eingetroffen ist. Als stünde ich bis zum Hals im Wasser und kämpfte Jahr für Jahr darum weiterzutreiben. Doch wenn ich nach dem Grund getastet hätte, hätte ich ihn gefunden. Er war da. Der Meeresgrund, direkt unter der Stelle, wo ich war. Er war da.«
Sara schob ihren Stuhl zurück und zog die Besteckschublade wieder auf. Sie legte die Kamera sorgfältig hinein.
»Kaffee?« sagte sie und lächelte auf Connie hinab, als wäre nicht gerade etwas Bedeutungsvolles zwischen ihnen vorgefallen.

Lily untersuchte Connies Gepäck. Im Gästezimmer lag ein kleiner Koffer geöffnet auf dem Bett. Daneben ein Kosmetikköfferchen und ein kleines Bündel Papiere, mit einem Band zusammengebunden. Lily durchwühlte den Koffer, nahm mehrere Dinge heraus und ließ sie fallen. Dann wandte sie ihre Aufmerksamkeit dem Kosmetikköfferchen zu. Sie untersuchte zwei von Connies Lippenstiften und steckte sich einen rosafarbenen in die Tasche.
Zuletzt die Papiere. Sie zog einen einzelnen Brief aus dem Band und öffnete ihn. Sie fing an zu lesen.

O Ronny!
Wo warst du? Ich brauchte dich, doch du warst nirgends. Ich brauchte dich, doch du warst überall. Warum schreibst du nicht zurück, Ronny?
Wo bist du?
Ich kann nicht sprechen. Meine Lippen und meine Zunge sind so entzündet, daß mir der Mund offensteht und ich auf mein Hemd sabbere. Es ist ekelhaft. Und warum? Und wie? Laß es mich dir erzählen. Dieser Dämon. Louis. Er. Gib mir Zeit, und ich schöpfe Atem. Gib mir einen Moment ...
Louis. Sein Geruch! Er hat in letzter Zeit getrunken. Im Dunkeln, allein, eingesperrt in dieser winzigen Hütte. Aus seinen Poren sickert und sickert es. Er ist unbarmherzig naß und heiß und stinkt. Eine stinkende Destille. Es gibt vor ihm

kein Entrinnen. Seine Blicke folgen mir. Ich kann nirgendwo hingehen. Er ist hinter mir. Und in diesem ganzen Wald gibt es kein privates Versteck oder eine verborgene Nische. Nicht in dieser ganzen riesigen heißen grünen Hölle.
Ich hasse ihn, Ronny. Wir werden hier gemeinsam verrückt. Ich mit meinem Radar und meinem feinen Gehör. Er mit seinem Stift, seinem Finger, seinem Blitz und seinen Augen, allessehend. Wie ein und dieselbe Person, doch aufgeteilt, ein Teil verfolgt den anderen. Auf der Jagd. Im Krieg. Er will über jede meiner Bewegungen Bescheid wissen. Ich bin der Feind. Er tarnt sich. Ein Spion. Er ist mir auf den Fersen.
Und irgendwie habe ich das Gefühl, daß dieser große weiße Affe uns beobachtet und lacht. Wir wollten ihm zu nahe treten, doch endeten damit, daß wir einander zu nahe treten. Schnüffelnd und kratzend und herabsetzend.
Schließlich spitzte die Lage sich zu. Sie mußte sich zuspitzen. Wo warst du, Ronny? Hast du es gesehen? Ich schreibe dir meine Sicht der Dinge, sowieso, und dann kannst du mir sagen, ob mein Bericht der richtige ist. Der von Louis ist anders. Wir lügen einander weiter an. Wir glauben religiös an unsere eigenen Lügen, aber auch an die des anderen. Oh, mein Gehirn sprudelt. Es gerinnt.
Es war folgendermaßen, Ronny. Das ist die Wahrheit, ehrlich. Erinnerst du dich an die Fledermaushöhle? Ich habe das Gefühl, als wäre das alles jetzt schon so lange her; die klamme Wärme der Dunkelheit dort, die berauschende schwarze Decke ... Nun, Louis hat Monty und ein paar seiner Freunde soweit gebracht, sich auf die Lauer zu legen. Du würdest es nicht für möglich halten, aber Louis hat es fertiggebracht.
Ich bin eines Morgens hingekommen, vor Tagesanbruch wie gewöhnlich, und sie waren dort, am Eingang zur Höhle, und errichteten etwas aus Blättern und Zweigen und Stroh. Einen riesigen Scheiterhaufen. Ich fragte sie, was sie da täten. Sie lachten mich aus. Ich sagte: ›Wenn ihr im Eingang ein Feuer anzündet, tötet ihr die Fledermäuse. Sie sind direkt dahinter. Manche kommen noch nach Hause. Seht ihr?‹

Ich zeigte zum Himmel. In der Luft über mir spürte ich ihren Radar.
Monty zog ein Gesicht, als würde er mich nicht verstehen. Er schüttelte eine Streichholzschachtel. Er schüttelte sie und schüttelte, schlug einen kleinen, kranken Rhythmus. Schließlich sagte er etwas. ›Wir werden ihn nicht anzünden‹, sagte er, ›wenn wir nicht unbedingt müssen.‹
Er legte den Kopf schief. Er grinste mich an.
Und da wußte ich, es ist vorbei. Man war mir zu nahe getreten. Das war das Ende der Fledermaushöhle, Ronny. Ich konnte nicht hineingehen. Statt dessen ging ich sehr ruhig, so ruhig und vorsichtig, zurück zu den Hütten. Louis war draußen, saß auf einer umgedrehten Kiste und putzte seine Stiefel, als würde das alles nicht passieren. Ich stand da und beobachtete ihn. Ich sagte nichts.
Er wusch den Schmutz von seinen Stiefeln. Dann trocknete er sie. Mit einem Tuch trug er Wichse auf. Er bürstete sie und bürstete. Als er endlich fertig war, war der Himmel ganz hell. Er freute sich an seiner Arbeit. Er stellte die Stiefel vor sich hin und wollte sie gerade anziehen, als ich den Kopf zur Seite neigte. Die kleinste Bewegung, doch sie fiel ihm auf, Mr Ganz-Auge.
Was? Er sah mich an. Was? Ich zuckte die Schultern. Was? ›Du solltest sie polieren‹, sagte ich ruhig. Polieren! Als wäre dieses eine Wort das köstlichste, verführerischste, das je gesprochen wurde. Er beäugte seine Stiefel. Polieren? Ich habe in einer Dose das allerweichste Tuch, sagte ich, unter meinem Bett.
Louis stand auf und ging in unsere Hütte. Einer der Stiefel fiel um, als er daran vorbeiging, fiel auf die Seite. Er war eine Weile weg. Ich beobachtete den Stiefel. Und an der Stiefelzunge, an dem riesigen dunklen Eingang, sah ich eine kleine Insektenversammlung: Termiten, Blattschneider-Ameisen, was-weiß-ich-noch-alles, auf Wache, auf Patrouille. Und dann sah ich meinen Bruder, den Skorpion, der ganz in der Nähe saß und ihnen seinen Willen aufzwang, ihm die Erlaubnis zu geben, einzutreten.

Als Louis zurückkam, hielt er das Tuch, das Poliertuch, und stellte die beiden Stiefel nebeneinander und polierte sie mit dümmster, pedantischster militärischer Präzision. Dann, als das getan war, warf er das Tuch zur Seite und zog sie an, einen nach dem anderen, so schwelgerisch.
Doch der zweite Stiefel war bereits besetzt, und sein Bewohner schloß eine plötzliche, rauhe Bekanntschaft mit Louis' dickem, knochigem Knöchel, mit seiner Wade. Er hob seinen Schwanz – Mein Bruder! Nur eine Warnung, das sage ich dir – doch Louis versteht keine Warnungen, nur Angriffe. Deshalb hat er ihn gebissen.
Er schrie. Er heulte. Ich stand da und beobachtete ihn, tat nichts, lächelte nicht einmal. Er zerrte sich den Stiefel herunter. Er blökte. Er riß sich die Socke ab. Er schüttelte sie aus, den Stiefel auch. Er mußte ihn finden, ihn sehen, identifizieren. Mein Bruder war so klein. Doch es sind die kleinen, auf die man aufpassen muß.
Hilf mir! Er schrie. Ich trage mein breites Dschungelmesser am Gürtel. Ich zog es aus der Scheide. Ich nahm seine Socke, ich schüttelte sie aus, ich band sie über seine Wade, ich zurrte sie fest. Ich berührte mit der Klinge die Stelle, die rot war und jetzt anschwoll. Ich schnitt in ihn hinein. Oh, dieses Gefühl!
Louis währenddessen brabbelte, plapperte, brüllte immer noch. Er erzählte mir immer wieder, daß Aderpressen nicht mehr gängige medizinische Praxis seien. Die Leute bekämen Wundbrand davon. Oder Blutgerinnsel. Er fragte mich, was ich mit dem Messer täte. Und als ich meinen Mund auf die bloße neue Wunde legte und saugte, weiteten sich seine Augen, als würde ich ihm das Mark aussaugen.
Dann ließ der Sturm nach. Eine seltsame Ruhe kam auf, ein Moment des Aufschubs, und Louis tat etwas, Ronny. Etwas Unvorstellbares. Bevor ich ausspucken konnte, packte er mich am Kopf, am Kinn und legte mir seine riesigen, schuhcremeverschmierten Finger auf den Mund.
Was würde passieren, wenn ich dich zum Schlucken zwingen würde? Monica? Was würde passieren?

Sein Blut und dieser winzige Stich, die in meinem weichen rosa Mund eine neue Welt entdeckten. Er hielt mich und hielt mich. Ich dachte, er würde mich umbringen. Dann ließ er mich los. Er sah zu, wie ich spuckte und würgte. Er stolperte zurück in die Hütte. Ich hörte die Matratze quietschen, als er sich drauflegte.
Die heilige Wahrheit.
M.

Connie war klein und hatte den Schritt eines Kindes. Sie war so leicht, daß sie beinahe schwebte. Als sie ihr Zimmer betrat, war sie nicht zu hören. Lily war völlig versunken, mit aufgerissenen Augen, offenem Mund, die Hand an der Kehle.
»Was tust du da?«
Sogar während sie es sagte, wußte Connie, daß diese Frage am dümmsten war. Sie sah ganz genau, was Lily tat. Sie kam ihr zu nahe. Sie verletzte und filetierte. Lily sah auf, bemerkte Connie, war überrascht, daß sie so unhörbar aufgetaucht war, doch schämte sich nicht im mindesten, daß sie ertappt wurde. Connie sah das. Lily hielt ihr das Papier entgegen. »Das ist Ronnys Brief«, sagte sie. »Warum hast du ihn dann?«
Connie lachte innerlich, war aber auch weiß vor Wut. »Das sind meine Briefe«, zischte sie, »und die von niemandem sonst.«
Mein Geburtsrecht, dachte sie, mein Sterberecht.
Lily streckte die Hand nach dem Rest des Bündels aus. Connie machte einen Satz nach vorne und hinderte sie daran. Sie packte sie am Handgelenk. Ihre Hände waren klein, doch erstaunlich kräftig. Lily versuchte, sich zu befreien. Connie schnappte sich zuerst die Briefe, dann gab sie ihr mit dem Handrücken eine Ohrfeige, so fest, daß der hübsche kleine Ring, den sie trug, Lilys Wange zerkratzte.
Lily schnappte verwundert nach Luft. Sie war gegen die Wand gerutscht. Doch sofort nach ihrem Aufschrei preßte sie die Lippen aufeinander, und ihre Augen verengten sich zu

Schlitzen. Blut tropfte ihr über die Wange. Sie versuchte nicht, es abzuwischen. Statt dessen richtete sie sich auf. Sie war groß. Sie ragte auf. Ein Wolkenkratzer. Ein schreckliches, flaches Gebäude. Bedrohlich eindimensional.
»Gib mir das!«
Connie streckte die Hand nach dem Brief aus, den Lily immer noch festhielt.
»Warum sollte ich«, grinste Lily, »wo er Ronny gehört.«
Sie faltete den Brief mit brutaler Genauigkeit, einmal, zweimal, dreimal, und schob ihn dann in ihre Brusttasche. Mit derselben Bewegung zog sie Connies Lippenstift heraus, nahm den Deckel ab, drehte ihn heraus, schminkte sich die Lippen, schmatzte, machte den Lippenstift zu und steckte ihn wieder in ihre Tasche.
»Steht er mir?« fragte sie und spitzte voller Haß die Lippen.
Connie war verblüfft von der Bosheit in Lilys dünner Stimme. Doch noch verblüffter eigentlich darüber, wie beschützerisch sie sich fühlte. Die Briefe. Die Worte. Sie gehörten ihr. *Ihr.* Niemandem sonst.
Sie neigte den Kopf zur Seite und starrte auf Lilys Lippen. »Er steht dir sehr gut«, flüsterte sie, die Augen zu Schlitzen verengt.
»Ich weiß.«
Lily hauchte einen Kuß in die Luft und ließ sie dann allein.

31

Nathan brachte das gestohlene Buch am Montagmorgen zurück, doch während der Teepause fuhr er zu der Kunstbuchhandlung – es war nur eine kurze Strecke mit dem Bus – und versuchte, sich ein Exemplar zu kaufen. Unglücklicherweise hatten sie dort kein weiteres Exemplar am Lager, doch der Verkäufer fand einen anderen Band – auf italienisch – in dem ebenfalls eine Darstellung von Antonellos *Pietà* enthalten war, wie auch eine ganzseitige Farbabbildung eines weiteren seiner bekannteren Werke: ein Gemälde des heiligen Sebastian, der sehr exquisit posierte, ein wahrer Inbegriff von Saft und Kraft und Jugendlichkeit. Ebenfalls beinahe nackt, stellte Nathan leicht beunruhigt fest, bis auf ein Paar allerkürzeste, enge, weiße, außerordentlich modern aussehende Shorts.

Nathan bezahlte (eine beträchtliche Summe), ohne einen Augenblick zu zögern, und nahm seine Trophäe mit zur Arbeit. Es war Lauras freier Tag. In diesem sicheren Wissen ließ Nathan sein neues Buch mit knarzendem Rücken offen unter seiner Theke liegen, und zwischen zwei Kunden sah er darauf hinunter und erwartete jedesmal, daß das, was er empfand – der Kick –, weniger stark, verwässert, schwächer sein würde. Doch das war nicht der Fall.

In der Mittagspause wählte er die Nummer auf Connies Visitenkarte. Er bekam eine Nachricht auf einem Anrufbeantworter. Das Geschäft war geschlossen, und weitere Nachfragen etc., etc. Er notierte sich eine zweite Nummer und rief dort an.

Es stellte sich heraus, daß er mit Connies Mutter sprach. Als Vorwand improvisierte er eine Geschichte, er sei ein ehemaliger Kunde von Connie, der etwas über ein Rezept herausfinden wollte. Es war alles ganz einfach. Die Täuschung. Beinahe ein Genuß. Er telephonierte weiter, das Haus der Tante, und die wiederum gab ihm die Nummer von entfernten Verwandten in Sheppey, wo Connie sich ihrer Meinung nach möglicherweise aufhielt.

Er lächelte vor sich hin, während er die Zahlen auf die Rückseite einer Verlustanzeige kritzelte. Dann drehte er das Blatt spontan um und schrieb unter der Überschrift Verlustsache(n): Hemmungen.

Dann strich er es schnell durch.

Jim hatte Ronny sein Bett überlassen, denn Ronny war so viel größer als er, und das Sofa war ein weit angemessenerer Platz für seinen eigenen, kompakteren Leib. Ronny genoß es, auf

dem Bett zu liegen. Es war weich. In der Bettwäsche konnte er Jim riechen. Auf dem Laken und auf den Decken. Nachts, wenn er nicht schlafen konnte, fuhr er mit den Fingern die Risse in der Wand nach. Kleine Skizzen. Fledermäuse und Blätter und kleine Figuren. Albernes Voodoo. Manchmal Landkarten und manchmal Gekrakel. Auf dem Fenstersims hatte er einen alten Kompaß gefunden. Damit ritzte er seinen Namen ein. Der Verputz löste sich. Er fühlte sich weich an wie Kreide.
Morgens jedoch, als Ronny aufwachte und auf Zehenspitzen durch das Wohnzimmer schlich, konnte er nicht umhin festzustellen, daß Jim sich auf dem Sofa vollständig zusammengerollt hatte, beinahe wie ein Fötus, und sogar dann beinahe ebenso große Schwierigkeiten hatte, darauf Platz zu finden, wie er selbst.
»Jim.«
Er starrte auf ihn hinunter. Jim schlief tief. Seine Augen blinzelten rasch hinter den geschwollenen Lidern. Und mit jedem Blinzeln, eine Träne. Ronny beobachtete die Tränen, wurde sanft eingelullt von der ruhigen Regelmäßigkeit, mit der sie von Jims Augen auf das Kissen hinunterliefen. Das Kopfkissen war davon voller Flecken. Kleine Gezeitenmarkierungen, wie von Flechten, weiß gerändert. Ronny schaute fasziniert auf diese Markierungen. Wie viele Tränennächte ruhten hier? Wie viele Jahre?
»Jim.«
Die Vorhänge waren zugezogen, doch draußen war es windig. Sie bewegten sich immer wieder und verwandelten die graue Decke und die Wände in ein Kaleidoskop sich kräuselnder Schatten.
»Jim.«
Jim sah nicht aus, als würde er gleich aufwachen, deshalb trat Ronny einen Schritt von der Couch zurück, wollte in die Küche gehen, um sich ein Glas Wasser einzuschenken. Doch es war diese kleinste und ruhigste schlurfende Bewegung, die etwas Gewaltiges und Nacktes und vollkommen Unvorher-

gesehenes hervorrief: einen Schrei, so schrill und groß und schrecklich, daß Ronny selbst heftig erschrak und ebenfalls anfing zu schreien; und Jim, der noch kaum wach war, öffnete die Augen, um festzustellen, daß er umgeben war von einem wilden Tornado aus Klagen – er schoß hoch, preisgegeben, atemlos.

»Was? *Was?*«

Er blinzelte benommen, sah Ronny an, ohne ihn zunächst zu erkennen, erkannte ihn dann. »Was?«

Ronnys Herz schlug wie verrückt.

»Gott.« Er setzte sich auf das Sofa. Seine Knie waren weich.

»Was tue ich?«

Jim sah an sich hinunter, dort, wo er stand, vollkommen desorientiert, keuchend.

»Ich weiß nicht. Gott«, wiederholte Ronny und tastete mit der linken Hand über seinen neuen, glatten Kopf.

»Bin ich schlafgewandelt?« sagte Jim. »Habe ich irgend etwas gemacht?«

»Etwas gemacht? Nein. Du bist aufgesprungen und hast geschrien, das ist alles.«

»Hast du etwas gemacht?« Jim schien einen Verdacht zu haben. »Nun?«

»Ich? Nichts. Ich wollte mir ein Glas Wasser holen. Du hast mir einen Schreck eingejagt, als du geschrien hast, deshalb habe ich geschrien. Es war ...«, er grinste zittrig, »sehr furchterregend.«

Jim hörte endlich auf zu keuchen. Er kam sich lächerlich vor.

»Dann tut es mir leid.«

»Und du hast geweint«, sagte Ronny. Er drehte sich um und berührte das Kissen, dort, wo Jims Wange gewesen war. Es war warm und feucht. Es erinnerte ihn an das Mittelmeer, obwohl er in Wirklichkeit noch nie dort gewesen war.

»Ich weine nicht.«

»Doch. Während du schliefst. Und noch etwas ...«

»Was?« Jim war vornübergebeugt. Die Hände hatte er über dem Bauch fest ineinander verschlungen.
»Wir sind gleich groß.«
Jim wußte nicht, was er erwartet hatte, daß Ronny sagen würde, doch das war es nicht gewesen. Ronny stand auf. Er trug einen Pyjama. Einen alten von Jim. Und seine weißen Schuhe. Er zog sie nie aus.
»Schau. Er paßt. Der Pyjama.«
Er stand neben Jim. »In voller Größe ...«
»Was?« Jim runzelte die Stirn.
»In voller Größe.«
Ronny legte seine Hand auf Jims Rücken.
Jim zuckte, reagierte nervös auf Ronnys Berührung.
»So.« Ronny drückte seine Schultern nach hinten. »Wir stehen Auge in Auge. Siehst du?«
Sie standen Auge in Auge.
»Ich glaube fest an eine gute Haltung«, fuhr Ronny fort.
Jim lächelte. Er konnte nicht anders. Offensichtlich glaubte Ronny nur an die albernsten Dinge.
»Gute Haltung.« Er legte sich eine Hand auf die Stirn. Er fühlte sich krank. »Ich fühle mich nicht allzu gut.«
Er setzte sich.
»Tabletten«, sagte Ronny. »Dein Körper vermißt sie.«
»Ich fühle mich schwach.«
»Dann hole ich dir etwas zu essen.«
Ronny schlurfte in die Küche und öffnete den Kühlschrank. Darin waren zwei Eier und ein großes Bündel kleiner, in Folie gewickelter Butterportionen, wie man sie in einem Café oder einer Raststätte findet. Im Schrank waren Tee, Milchpulver und ein paar Dosen mit Bohnen, Fleischbällchen, Erbsen. Ronny griff sich ein paar von den Butterportionen und die beiden Eier. Er ging zurück ins Wohnzimmer. »Sind Eier in Ordnung?«
»Gut.« Jim hatte sich am Ende des Sofas zusammengerollt. Er hatte sich fest in eine Decke gewickelt. Er zitterte leicht. Er sah ängstlich aus.

»Ich mag diese«, Ronny hielt die Butterstückchen hoch, »doch die Herstellung von Stanniol ist wirklich sehr umweltschädlich.«
»Wirklich.« Jim schien davon nicht belebt.
»Jemand hat mir das einmal gesagt, als ich einen Schokoriegel gegessen habe.«
Ronny kehrte in die Küche zurück. Dort öffnete er zuerst die Butterportionen, legte sie in Jims einzigen Kochtopf, wartete, bis die Butter geschmolzen war, und schlug dann ein Ei darauf. Als es gar war, setzte er es auf einen Teller und wiederholte dann die Prozedur.
Nachdem sie gegessen hatten – Jim aß mit der rechten Hand, noch immer entschieden, Ronny entgegenzukommen, obwohl die Anstrengung ihn beinahe umbrachte; er zitterte zu sehr, um mit irgendeiner Hand kompetent zu sein – Ronny fragte Jim, ob er ihm das Pfeifen beibringen könne. Jims Brust fühlte sich eng an. Er schüttelte den Kopf. »Ich habe heute nicht genug Atem.«
»Fang an.«
Jim schloß kurz die Augen. »Gib mir eine Sekunde ...«
Er brauchte einige Zeit, um sich zu überlegen, wie man es machte, zu pfeifen. Schließlich fand er eine gute Art, es zu zeigen. »Wenn du die Lippen schürzst und dann deine Zungenspitze auf die Rückseite deiner unteren Schneidezähne preßt ...«
Ronny sah verwirrt aus.
»Hast du untere Schneidezähne?«
Ronny entblößte seine Zähne. Sie waren perfekt.
»Perfekte Zähne«, sagte er stolz.
»Wirklich?« Jim runzelte die Stirn, einen Moment lang fühlte er sich unbehaglich und unterdrückte es dann. »Keine Füllungen?«
»Keine. Und du?«
»Nein, auch keine, aber meine Zähne sind eine Katastrophe.«
»Warum?«

»Weil ich nichts in meinen Mund lasse.«
»Und wie ist es mit Essen?«
Jim schnitt eine Grimasse und versuchte dann, wieder das Pfeifen zu demonstrieren. Ronny machte es nach. Beim ersten Versuch trillerte er ziemlich schön. Er konnte es nicht glauben. Er schlug Jim auf die Schulter. Jim wurde aus der Fassung gebracht und bekam einen Schluckauf.
»O nein.« Er schloß die Augen und hielt den Atem an.
Ronny sah ihn unverwandt an. »Wann hast du zum letzten Mal einen Schimmel gesehen, Jim?«
Jim öffnete die Augen. Er hatte Schluckauf. »Einen was?«

32

Lily kam angezogen und bereit fürs College in die Küche, doch an ihrer linken Wange klebte ein Kissenbezug. Sara schenkte Connie Kaffee ein. »Und jetzt?«
»Es geht nicht ab.«
Lily nahm ein Stück Toast und aß eine Ecke davon trocken.
»Hast du dich in die Wange geschnitten?«
»Ich nehme es an.«
Lily lächelte dünn, während sie kaute, und vermied Connies Blick.
Sara untersuchte den Kissenbezug.
»Da ist eine Menge Blut, aber es ist ganz trocken. Tut es überhaupt weh?«
»Es juckt.«
»Wir halten den Kissenbezug unter den Wasserhahn und feuchten ihn an. Vielleicht geht er dann leichter ab.«
Sara schob Lily hinüber zur Spüle und ließ das warme Wasser laufen. Lily war gezwungen, sich vorzubeugen und ihre Wange betasten und behandeln zu lassen. Sie klagte nicht, doch sie starrte mit einem extrem selbstgefälligen Gesichtsausdruck auf Connies nackte Knie und Füße.
Sehr langsam und sachte löste Sara den Kissenbezug ab. Lilys

linke Gesichtshälfte war braungefleckt von getrocknetem Blut. Sara benutzte ein Stück Küchenpapier, um es abzuwischen, vermied aber den kleinen, noch immer feucht aussehenden Kratzer auf Lilys Wange. Dann zog sie Lilys Unterlid nach unten und sah ihr ins Auge.

»Blaß. Vielleicht solltest du das College ausfallen lassen.«

»Nein.«

Lily nahm das Küchenpapier und klatschte es sich auf die Wange.

»Ich muß los.«

Sie schlenderte hinaus.

Connie betrachtete ihren kleinen Goldring. Sara goß flüssiges Waschmittel über den Kissenbezug und begann zu rubbeln. Connie trank ihren Kaffee und versuchte, ein Gähnen zu unterdrücken. Sie hatte nicht gut geschlafen. Ihr Gehirn hatte gesummt. Sie rieb sich die Augen und überlegte, was sie als nächstes tun sollte. Was konnte sie tun?

»Ich möchte dir draußen etwas zeigen.« Sara hatte den Kissenbezug ausgewrungen und stand neben der Hintertür.

Connie stand auf. Sie trug ein kurzes Baumwollnachthemd.

»Kann ich so mitkommen?«

»Hm ... hier...« Sara nahm einen Regenmantel vom Haken und warf ihn ihr zu, dann ein Paar große Gummistiefel. Connie zog beides an. Sie gingen hinaus, und Sara ging hinüber zur Wäscheleine; Connie stiefelte hinter ihr her. Sara deutete.

»Ich habe das hier ausgewaschen, bevor du aufgestanden bist.«

Connie starrte auf Jims Handtuch. Es war ein grauer, windiger Tag. Ziemlich frisch. Sie wickelte sich enger in den Regenmantel. »Gut, danke.«

»Nein, schau«, lächelte Sara. »Siehst du?«

Connie sah genauer hin. »Gefängniseigentum«, las sie laut.

Sara hängte den Kissenbezug auf. Der Blutfleck war immer noch zu sehen.

»Ruiniert«, sagte sie grimmig und wandte sich energisch wieder in Richtung Haus.
Als Connie wieder herunterkam, anständig angezogen in alten Jeans und einem grauen Wollpullover, saß Sara am Küchentisch und spielte mit Lukes Kamera. Ihr Haar war ungekämmt, und sie trug kein Make-up. Wangen und Kinn und Nase hatten alle den weichen, matten Schimmer frisch gelegter brauner Eier.
Connie zog einen Stuhl unter dem Tisch hervor. »Wirst du sie zurückgeben?«
»Die Kamera? Irgendwann. Ich versuche, den Selbstauslöser zu verstehen.«
»Gib her.« Connie nahm die Kamera und untersuchte sie. »Gut ...«
Sie erklärte, wie er ihrer Vorstellung nach funktionierte. Sara hörte aufmerksam zu. Dann nahm sie die Kamera wieder.
»Ich werde ein paar Bilder machen«, sagte sie, »willst du zusehen?«
Connie sah auf die Uhr. Es war noch früh.

Ihre Wange näßte, als sie ihn fand. Am Strand natürlich.
»Ronny.«
Er sah auf. »Lily.«
»Nun ...«, sie sah auf die Muschelhaufen, »wirst du wieder ein, hm ...«, sie konnte sich nicht an das Wort erinnern, das er benutzt hatte.
»Nein«, Ronny fuhr mit dem Sortieren fort, »heute mache ich etwas für Jim. Ein neues Projekt.«
»Richtig.« In Lilys Stimme schwang deutlich ein leise eifersüchtiger Ton mit.
»Jims Trauer«, sagte Ronny, »ich mache sie sichtbar.«
»Jims *Trauer*?«
Lily verstand nicht.
»Nun, wie dem auch sei«, fügte sie beinahe grob hinzu, »ich habe etwas für dich.«
Sie zog den Brief aus ihrer Schultasche. »Dein Name steht

drauf. Als ich ihn sah, wußte ich einfach, daß er dir gehört.«

Sie hielt Ronny den Brief hin. Er streckte die linke Hand aus und nahm ihn. »Danke.«

Er betrachtete die Handschrift. Schrecklich ungleichmäßig. Er stopfte ihn in die Tasche.

»Willst du ihn nicht lesen?«

»Worüber ist er?«

»Insekten, Blut und eine Höhle. Irgendwo im Ausland. Eine Fledermaushöhle.«

»Die Fledermaushöhle.« Ronny nickte.

»Möchtest du nicht wissen, wie ich ihn gefunden habe?«

»Doch.«

Ronny wollte es wirklich nicht wissen.

»Connie. Die Frau, mit der ich gestern zusammen war. Sie hatte einen ganzen Stapel davon. Ich versuchte, auch an die anderen heranzukommen, aber sie hat mich geschlagen. Siehst du?«

Lily zeigte Ronny ihre Wange, doch er schaute nicht hin. Sie legte den Finger auf den feuchten Rand der Wunde und spürte winzige Sandkörnchen darin.

»Also …« Sie zögerte, dann festigte sich ihr Entschluß. »Ich schätze, ich muß den Bus kriegen.«

»Dann hoffe ich, daß er nicht schnell ist.«

Lily runzelte die Stirn, lächelte und ging davon.

Ihre halbvolle Kaffeetasse. Die Wäscheleine. Der Hühnerstall. Ein Wildschwein. Rüben unter einer Plane. Ihr Ehering. Ihre Zahnbürste. Eine Taschenbuchromanze, die sie gelesen hatte. Eine Küchenwaage.

Connie sah stumm zu, wie Sara all diese Dinge photographierte. Bei jedem Bild dauerte es lange, bis es erfaßt war und schließlich aufgezeichnet werden konnte.

Das Geländer, der Toilettensitz (heruntergeklappt), ihr Kopfkissen – noch immer mit dem Abdruck ihres Kopfes –, ihre Lieblingsschuhe, ihre Haarbürste.

Sie waren in Saras Schlafzimmer. Endlich brach sie das Schweigen.
»Du siehst müde aus.«
Connie blinzelte. »Ja?«
»Ja. War dein Bett unbequem?«
»Es war in Ordnung. Ich schlafe nicht gut. Nicht mehr seit Dad. Ich habe Tabletten verschrieben bekommen, aber ich habe sie nicht genommen. Ich forciere die Dinge nicht gern.«
»Nicht zu schlafen ist ungesund.«
Connie zuckte die Schultern.
»Übrigens ...«, Sara konzentrierte sich auf den Blitzauslöser der Kamera, »würde es dir etwas ausmachen, etwas für mich zu tun?«
Connie schüttelte den Kopf. »Was du willst.«
»Geh hinunter, hol einen Küchenstuhl, und bringe ihn hier herauf.«
Connie ging und tat, worum sie gebeten worden war. Sara nahm den Stuhl und stellte ihn neben das Fußende des Bettes, legte dann die Kamera darauf und schaute durch die Linse. Sie verrückte den Stuhl und schaute noch einmal.
»Klettere auf das Bett, ja?«
Connie kletterte auf das Bett. Sara starrte sie durch die Linse hindurch an.
»Gut«, sagte sie, »das ist alles. Du kannst jetzt gehen.«
Connie rutschte vom Bett herunter und versuchte, nicht gekränkt zu sein, weil sie von Saras sich entfaltender Photomontage ausgeschlossen wurde.
Ich bin nur ein Schatten, dachte sie sarkastisch, als sie wieder nach unten ging und das Geländer glatt und kühl und plötzlich bedeutungsvoll unter ihrer Hand spürte.

»Weißt du, wie ich mein Geld verdient habe?«
Luke schaute aufs Meer hinaus. Er war zum Strand hinuntergegangen, um sich bei Ronny dafür zu bedanken, daß er ihm, wie er damals gemeint hatte, das Leben gerettet hatte. In-

zwischen wußte er natürlich, daß Ronny ihm nicht das Leben gerettet hatte. Sein Leben war vollkommen unangetastet geblieben. Ronny war Zeuge seiner Schmerzen gewesen, das war alles.
Trotzdem hatte er die volle Absicht gehabt, sich bei ihm zu bedanken, doch es endete damit, daß er statt dessen auf das Meer hinausschaute und über etwas ganz anderes sprach.
»Ich wußte nicht, daß du Geld hast«, sagte Ronny, »ich habe wirklich nie darüber nachgedacht.«
Ronny war von drei riesigen Muschelhaufen umgeben, die er nun alle mühselig in drei schwarzen Müllsäcken verstaute.
»Malen-nach-Zahlen«, sagte Luke beherzt.
Ronny kratzte sich an der Nase. »Was ist das?«
»Malbücher zum Malen-nach-Zahlen. So habe ich mein Geld gemacht. Schmutzige Bücher. Ein Photo, nur zum Teil gezeigt, und der Rest numerierte Punkte, so daß man den pornographischen Teil mit einem Stift selbst ausfüllen kann.«
»Wirklich?« Ronny war ein wenig skeptisch. Er hatte noch nie von so etwas gehört.
»Ja. Es war nicht ausschließlich meine Idee. Ich machte nur die Photos. Davor machte ich einfach Glamour-Photos. Kalender, Postkarten, aber das fand ich immer frustrierend. Mein Geschmack war im allgemeinen ... eklektizistischer.«
»Eklektizistisch«, nickte Ronny.
»Also verdiente ich Geld mit den Malen-nach-Zahlen-Büchern. Insgesamt habe ich drei Bücher gemacht. Alle ziemlich erfolgreich. Aber die ganze Zeit über wußte ich – damals, meine ich –, daß ich im Grunde Bilder machte, die keiner wirklich zu sehen bekam. Ein so großer Teil dieser Bilder blieb verborgen. Es war, als läge das einzig Interessante ... die *Stärke* der Bilder in dem, was eigentlich fehlte.«
»Das gefällt mir.«
Endlich war Ronny voll bei der Sache.
»Was?«
»Daß die Sache, für die man sich am meisten interessiert, das ist, was niemand zu sehen bekommt.«

»Wirklich?« Lukes Stimme klang frostig. »Es ist kühl.«
Er rieb sich die Arme und entschied, daß Ronny entweder gründlich unsensibel, absichtlich komisch oder äußerst, nein, *unglaublich* dumm war.

Connie hatte ausgearbeitet, daß sämtliche Straßen in diesem Teil Sheppeys im Grunde eine Straße waren, und von dieser Annahme ausgehend nahm sie, als ihr Weg nach rechts zu der Route abzweigte, die sie am Nachmittag zuvor mit Lily benutzt hatte, und ein unebener Schmutzpfad zu ihrer Linken in etwas mündete, das wie ein Naturschutzgebiet aussah, den linken Weg und ging davon aus, daß sie letztlich genau dort herauskommen würde, wo sie wollte.
In den Händen hielt sie das Handtuch, das Jim ihr gegeben hatte. Als sie es von der Leine genommen hatte, hatte sie daran geschnuppert und erwartet, etwas zu entdecken. Doch das Handtuch fühlte sich rauh an und roch lediglich nach synthetischer Seife. Sie hatte es zusammengefaltet und dann geküßt. Sie küßte häufig leblose Objekte und maß diesem Tun keinerlei Bedeutung bei. Es war einfach eine kleine Schwäche.
Im Naturschutzgebiet sah sie einen Reiher und eine Lerche – einen kleinen braunen Vogel, dessen Ruf so schrill war und der dann in den Himmel stieg und stieg, bis er beinahe nicht mehr zu sehen war, ehe er abtauchte, fiel, herabstürzte wie ein enttäuschtes Herz, ein Stein, eine Kugel.
Sie ging an den Unterständen vorbei. Sie wagte sich in keinen hinein. Es war ein kahler Tag; weit und flach und leer und windig und rotbackig kalt. Ihre Nase kribbelte.
Dann sah sie es. Zufällig. Das Kaninchen. Weit zu ihrer Linken, auf einem buschbewachsenen kleinen Hügel. Es rannte, nein, jagte. Ein anderes Kaninchen. Ein braunes. Doch das erste Kaninchen war jettschwarz. Ein Tintenklecks. Eine kleine, winzige Pupille im blaßgrünen Auge der Landschaft.
Es war so verdammt offensichtlich! Dieses Nerzhäschen.

Diese Absonderlichkeit. Es war sich selbst sein schlimmster Feind. Es war sein eigener Glöckner, eine wandernde Ankündigung. Ein Außenseiter. Sie blieb stehen und beobachtete, wie es am Horizont entlangzischte, wie die Spitze eines Radierstifts, eine Schreibfeder, eine Rasierklinge, ein harter Strich aus dunklem Blei.

Wie überlebte es? Sie lachte laut auf. Sie wußte nicht, warum. Wie überlebte es? Dann ging sie weiter, federnd, vollkommen sicher, daß sie mit ihrer Umgebung verschmolz in ihren Jeans und ihrem grauen Pullover, mit ihrem blassen Haar, ihrer blassen Haut, selbstsicher, angepaßt, unsichtbar, *getarnt*.

Am Strand sah Connie Ronny und Luke in eine Unterhaltung vertieft. Sie rutschte über die höchsten Dünen hinweg und darauf entlang, bis sie die Fertighäuser erreichte. Sie hob die Hand und klopfte an Jims Tür, doch die Tür war nicht geschlossen, nur angelehnt, und schwang unter dem Gewicht ihrer Faust auf.

»Oh. Es tut mir leid ...«

Sie stand im Türrahmen. Der Raum war grau, die Vorhänge zugezogen. Sie sah die Spitze von Jims glattem Kopf, die über die Sofalehne ragte. Dann fuhr er hoch. Ein Schluckauf.

»Hallo«, sagte sie sehr ruhig.

Jim setzte sich auf. Er drehte sich um. Er rieb sich die Augen und starrte sie dann über die Sofalehne hinweg an. »Was willst du?«

»Ich bringe dein Handtuch zurück.«

Er sagte nichts. Dann hatte er einen Schluckauf.

»Wann hast du zum letzten Mal einen Schimmel gesehen?«

»Was?«

»Einen Schimmel.«

Jim hatte wieder einen Schluckauf.

»Das hat mein Dad immer gesagt. Es ist eines von den Dingen, die man immer probiert, wenn jemand Schluckauf hat.«

»Richtig.«

»Um die Leute abzulenken. Wenn sie an etwas anderes den-

ken, dann vergessen sie, daß sie Schluckauf haben, und werden ihn auf diese Weise los.«
Jim schüttelte den Kopf. »Bei mir würde das nicht funktionieren.«
»Warum nicht?«
»Es ist nicht psychologisch. Es ist physisch. Mein Magen hat Krämpfe. Ich habe das manchmal tagelang.«
»Du solltest zum Arzt gehen.«
»Ja, das sollte ich.«
Jims Stimme klang brutal abweisend. Er hatte einen Schluckauf.
»Es muß dich wahnsinnig machen.«
Wieder ein Schluckauf. Connie grinste. »Es macht mich wahnsinnig.«
»Dann geh.«
Jim schniefte. Seine Nase lief ununterbrochen.
»Ich habe dein Handtuch zurückgebracht.« Connie deutete auf das Handtuch. Er nickte. Er dachte nicht daran, sich bei ihr dafür zu bedanken, daß sie es zurückgebracht hatte. Er hatte einen Schluckauf.
»Gefängniseigentum«, sagte sie.
Er fuhr hoch. »Was?«
»Gefängniseigentum.«
Jim schwieg eine Weile. Er starrte sie an. Schließlich sagte er: »Und wo liegt dein Problem?«
»Mein Problem?«
»Ja.«
»Ich habe kein Problem.«
Connie stand noch immer im Türrahmen. An dieser Witzfigur von einem Mann war etwas, was sie merkwürdig unwiderstehlich fand. Der Grund dafür, überlegte sie, war wohl der, daß er das einzige war, wofür sie sich unmöglich interessieren konnte. Er war nicht interessant. Er war unfreundlich, selbstbezogen, langweilig. Und er war nicht Ronny. Ronny saß am Strand mit seinen zerschnittenen Handgelenken und seinen schlammgrünen Augen.

Jim hatte einen Augenblick lang die Augen zugemacht in der Hoffnung, daß Connie verschwunden sein würde, wenn er sie wieder aufmachte. Doch als er sie schließlich aufmachte, war sie zwei Schritte näher gekommen.
»Weg«, sagte sie.
»Bitte?«
»Er ist weg. Dein Schluckauf.«
Er war weg. Jim bedauerte sein Verschwinden. Connie sah seinen Gesichtsausdruck. »Du vermißt ihn.«
»Was?«
»Bist du taub?«
»Taub?«
»Jedesmal, wenn ich etwas sage, wiederholst du es.«
»Ich bin müde.«
Er zitterte immer noch. Er bemühte sich, es zu unterdrükken.
»Bist du krank?«
»Nein.« Er schniefte.
»Kann ich dich etwas fragen?«
Jims Nacken schmerzte vom über die Sofalehne Schauen. Er drehte sich wieder um, so daß er von ihr wegsah. Sie verstand das als Einladung, um das Sofa herumzugehen und sich vor ihn hinzustellen. Er starrte mit leerem Blick auf ihren grauen Pullover. Die Wolle. Die Fasern. Er haßte Wolle. Warum das? Ihn schauderte. Immer ein Grund.
Sie dachte, er schaue auf ihren Busen, und eigentlich war es ihr egal.
»Ich bin in einer ziemlich merkwürdigen Situation«, sagte sie und räusperte sich. »Hm ...«, sie hielt einen Moment inne, »es geht um Ronny«, sagte sie, »es gibt da eine, nun ... eine Verbindung.«
Einen Augenblick lang betrachtete Jim Connie mit so etwas wie echtem Interesse. »Du *kennst* Ronny?«
»Nun, nein ... so ungefähr.« Sie nickte. »In Wirklichkeit kannte ihn mein Vater. Wenigstens glaube ich das.«
»Dein Vater?« Jim dachte eine Sekunde lang darüber nach,

und dann kam ihm ein erstaunlicher Gedanke. »Erzähl mir nicht, du bist seine Schwester.«
»Seine Schwester?« Connie runzelte die Stirn. »Ich wußte nicht einmal, daß er eine Schwester hat.«
Sie überlegte einen Augenblick und brach dann in Gelächter aus. Es war eine lächerliche Idee. Seine Schwester.
»Du glaubst wirklich, ich könnte seine Schwester sein? Ist das möglich?«
Jim zuckte die Schultern. Er war verwirrt. Er starrte in ihr kleines, helles Gesicht und versuchte, darin eine Spur von Ronny zu erkennen. Connie amüsierte sich immer noch. »Seine Schwester! Seine *Halb*schwester.«
Sie schob ein Kissen und Jims Decke zur Seite und setzte sich direkt neben ihn auf die Couch. Sie wandte sich um und sah ihn an. »Du kennst Ronny also gut?«
Jim versuchte herauszufinden, wie er sich fühlte. Er fühlte sich wie ein Katzenbesitzer, der gerade entdeckt hat, daß seine streunende Katze von jemandem aufgenommen worden ist. Kurz, er war eifersüchtig. Beraubt. Hier war jemand, um Ronny wegzunehmen. Ihn zu stehlen. Ihn zu retten. Ihn zu befreien.
»Der Punkt ist ...«, Connie zog die Knie an, »ich habe ihn gestern am Strand gesehen, und da war etwas ...«, sie sah Jim beinahe entschuldigend an, »was fehlte.«
»Seine Haare«, sagte Jim schnell, »er hat sie abgeschnitten.«
»Nein.« Connie lächelte. »Das meine ich nicht. Ich meine ... mehr ...«, sie machte eine Pause, »und dann waren da seine Handgelenke. Voller Narben und alles.«
Jim spürte eine plötzliche Welle der Antipathie gegen dieses Mädchen. Sie war eingebildet. Sie hatte kein echtes Verständnis für irgend etwas. Er sagte kurz: »Ronny hat eine schwere Zeit hinter sich. Er war sehr unglücklich.«
Während Jim das sagte, merkte er jedoch, daß er eigentlich überhaupt nicht an Ronny dachte, sondern an sich selbst. Er war sofort abgestoßen von dieser plötzlichen, klaren, harten

Erkenntnis seines eigenen Selbstmitleids. War es zu durchschauen? Er kaute auf seinen Lippen herum, um zu verhindern, daß sie sich zu einer Grimasse verzogen.
»Der Punkt ist der ...«, Connie betrachtete ihre Hände, »mein Vater ist gestorben und hat Ronny in seinem Testament Geld hinterlassen.«
Jim berührte mit der linken Hand seine Wange, erinnerte sich dann und zog seine Finger weg. Connie beobachtete ihn fasziniert. »Und in gewisser Hinsicht sieht er wirklich so aus, als könnte er es gebrauchen.«
»Nein«, Jim schüttelte den Kopf, »ich glaube nicht, daß Ronny sich sehr um materielle Dinge kümmert.«
Er konnte nicht richtig atmen. Seine Nase lief wieder.
»Ich weiß«, Connie nickte dazu. Einen Moment sah sie zu weit weg und im anderen zu, zu genau hin. »Offensichtlich hat er als Kind häufig Dinge zerbrochen.«
»Ja?«
Jim versuchte angestrengt, sich zu konzentrieren.
»Ja ... weißt du ... hm ...«
Connie starrte Jim an und dachte etwas Unerklärliches. »Auf meinem Weg hierher habe ich heute ein schwarzes Kaninchen gesehen.«
»Ein schwarzes Kaninchen?«
Er versuchte zu schlucken. Sein Mund fühlte sich trocken an.
»Ronny hat mich gefragt, ob ich eins gesehen hätte, und ich sagte, nein, aber dann habe ich eins gesehen. Es war so seltsam. Es stach wirklich hervor. Man würde denken, sie wären für sämtliche größeren Vögel und die Bauern leichte Beute.«
Connies Augen brannten. Sie rieb sie kurz und merkte dann, daß sie gähnte. Jim schwitzte. Und nicht nur im Gesicht, auch auf dem Kopf und im Nacken.
»Du siehst schlimm aus, Jim.«
Connie hatte seinen Namen benutzt. Jim sah sich über die Schulter, als wäre sonst noch jemand im Raum. Jim. Armer

Jim. Die Dinge waren für ihn so schwer gewesen. Dieser Jim tat ihm plötzlich so leid. Der arme Jim, dem es so jämmerlich ging.
Er schloß die Augen.
»Soll ich ein Wasser für dich holen oder sonst etwas?«
Connie stand auf. Jim schüttelte den Kopf. Er wollte, daß sie ging. Doch sie ging trotzdem in die Küche und fand ein Glas und füllte es. Als sie ins Wohnzimmer zurückkam, lag Jim zusammengerollt auf dem Sofa, halb zugedeckt mit der Decke, das Kissen auf dem Boden.
Sie hob das Kissen auf. »Heb den Kopf.«
Er öffnete die Augen und hob den Kopf. Seine Augen waren voller Wut. Er bewegte sich automatisch. Sie schob ihm das Kissen unter. Es fühlte sich feucht an. Sie sah, daß es voller grauer Flecken war. Es war ein altes Kissen.
»Du kannst dich jetzt entspannen.«
Jim senkte sehr langsam den Kopf. Sie zog seine Decke zurecht. Er blieb steif.
»Ich habe das Wasser neben dem Sofa auf den Boden gestellt«, sagte Connie. »Kann ich sonst etwas für dich tun?«
»Nein.«
Seine Stimme war hart. Seine Augen waren geschlossen. Er sah so seltsam aus. Wie ein Igel, sagte sie sich, ohne Stacheln. Er schwitzte. Seine Nase lief. Sie langte mit der Hand in ihre Tasche und zog ein Papiertaschentuch heraus. Sie faltete es auseinander. Setzte sich auf den Fußboden, lehnte sich mit der Schulter gegen die Sofalehne und begann vorsichtig, seine Stirn zu trocknen. Er rührte sich nicht. Sie tupfte mit dem Tuch unter seiner Nase. Er bewegte sich nicht, doch seine Augen waren fest zugekniffen, als könne er ihre Berührung nicht ertragen.
»Ich bin Optikerin«, sagte sie schließlich, als würde ihm das Vertrauen einflößen, als wäre es etwas Medizinisches, eine Art Schwesternqualifikation. Sie dachte, er schliefe, sein Atem ging so tief und gleichmäßig. Sie wurde davon schläfrig. Betäubt.

Doch er schlief nicht. »Ich bin farbenblind«, sagte er kalt, ohne die Augen zu öffnen. Farbenblind, dachte Connie, dann fiel ihr das Kinn auf die Brust, und sie hörte auf zu denken.

33

Ihre Achselhöhle, ihre Nase, ihre Knie, ihr eingewachsener Zehnagel.
Ihre Augen, ihr Nacken, ihr Hintern, ihre Fingerknöchel.
Ihre Brüste, ihre Dehnungsstreifen, ihren Anus, ihre Klitoris.
Bei jedem Klicken der Kamera lächelte sie und sagte sich: Das bin ich. Es ist wahr. Es ist wirklich. Ich bin hier. Ich bin es.
Ihr Nabel, ihre Taille, ihre Leberflecken, ihre Hornhaut.
Ihre Zahnfüllungen, ihre Ungeschicklichkeiten, ihre kleinen Fehler, ihr Lachen.
Diese Dinge. Ihr Leben.
Erzählen, beinhalten, enthüllen, weitergeben.
Ein Klicken – ein Blitz – ein Kameraverschluß.
Tochter – Ehefrau – Mutter – Geliebte.
Ja.
Und der Rest.

Ronny schwankte mit drei Taschen zurück zum Fertighaus. Zwei stützte er mit der linken Hand von unten, und die dritte hatte er sich zwischen die Zähne geklemmt. Sie war jedoch schwer. Ihr Gewicht drückte auf seine Unterlippe und preßte sie ihm purpurweiß gegen das Kinn.
Es war keine große Entfernung, doch als er endlich ankam, war er angestrengt, außer Atem und erschöpft und gebeugt. Er setzte die Taschen sehr vorsichtig ab und stand dann in der offenen Tür des Fertighauses, öffnete lautlos den Mund und dehnte seine Kiefer – wie ein Kind, das sich von seinem ersten gezogenen Zahn erholt –, wackelte damit von links nach rechts, um wieder Gefühl hineinzubekommen.

Im Innern des Fertighauses sah er etwas, was er nicht erwartet hatte. Connie, ans Sofa gelehnt, den Kopf nach vorne gebeugt, die Augen geschlossen. Eine steife blonde Blume mit geschlossenen Blütenblättern. Und neben ihr Jim, wachsbleich, leichenhaft, auch er mit geschlossenen Augen, schwer atmend.

Ronny blieb im Türrahmen stehen, gaffte und lächelte, doch unsicher, als zögere er am Eingang zu einem geweihten Ort, einem antiken Grab; einem heiligen und vollkommenen und unzugänglichen Ort. Er trat einen Schritt zurück, noch einen, dann einen dritten, bis er aus dem grauen Schatten des Türrahmens herausgetreten war und draußen wieder im Licht badete. Er starrte in die trübe Sonne hinauf, bis ihm schwindelig wurde, als wolle er die ruhige Szene, deren Zeuge er gerade geworden war, aus seinen Augen brennen.

Dann bückte er sich und hob seine drei Taschen auf. Er benutzte beide Hände. Er trug sie, einen weiß-roten Fleck im Mittelpunkt seines Blickfeldes wegblinzelnd, während sie ungeschickt gegen seine Beine schlugen, zur Rückseite des Fertighauses, wo er sie nebeneinander an die Wand stellte. Er warf sich daneben. Seine Brust fühlte sich so leer an und so schwer. Er legte die Hände ans Gesicht.

»Was passiert? Wer bin ich?«

Er sagte es laut, aber nicht sehr laut.

Er betrachtete seine Finger, als könnten sie es ihm sagen. Doch das war nicht der Fall. Er schürzte die Lippen. Er runzelte die Stirn. Er drückte seine Zungenspitze gegen die unteren Schneidezähne. Er blies. Kein Ton kam heraus, nur eine Art Keuchen. Er versuchte es stärker. Kein Ton.

Er hörte auf damit, es zu versuchen. Statt dessen tauchte er seine Hände in die nächststehende schwarze Tasche und zog ein paar Muscheln heraus, legte sie auf den Boden, zog einen Schuh aus und klopfte mit dem Absatz darauf. Die Muscheln zersplitterten. Er suchte sich das scharfkantigste Bruchstück aus, rollte sein Hosenbein hoch und drückte die Muschel mit Gewalt gegen sein Schienbein.

Er machte mehrere tiefe Eindrücke, doch die Schnitte bluteten nicht. Er wurde immer verzweifelter und zog die Muschel über die Wade. Hier schnitt die Muschel wunderbar und das Blut floß reichlich. Gott sei Dank, murmelte er. Gott sei Dank, ich lebe. Gott sei Dank, Gott sei Dank, ich lebe. Gott sei Dank.

Er warf die Muschel weg und rollte seine Hose herunter. Er zog die Socke wieder an. Er saß eine Weile da und atmete heftig. Dann fiel ihm etwas ein. Er schob die Hände in die Hosentaschen. Er holte ein paar Tabletten heraus. Drei Sorten: kleine weiße, kleine blaue und ein paar hellere, grellere Kapseln, alle sauber in Folie und Plastik gehüllt. Er wählte willkürlich aus. Die weißen. Er nahm sechs, kaute, schluckte, ohne zu zucken.

Als er die Packungen wieder in die Tasche steckte, entdeckte Ronny dort etwas anderes. Monicas Brief. Er zog ihn heraus. Er fühlte sich so allein. Er war allein. Jim hatte ihn verlassen. Er öffnete ihn.

Lieber Ronny, las er. *Lieber Ronny.* Er blinzelte einige Male, schluckte, las dann weiter.

In einem Traum hatte Der Kopf ihr genau gesagt, was zu tun war. Jedes Detail. Der Kopf interessierte sich sehr für Ronny. Er spürte eine *Verbindung*, Empathie. Der Kopf war überzeugt, daß Ronny aus ganz bestimmten Gründen in Lilys Leben getreten war, auch wenn er nicht erklärte, welche genau das waren. Genauere Angaben zu machen zählte nicht ganz zu seinen Stärken.

Lily saß im Bus und versuchte, es sich zu erklären, doch sie versuchte es nicht besonders angestrengt. Sie mochte es nicht, Dinge zu erklären. Es war keine besonders hilfreiche Sache, etwas zu erklären. Es gehörte nicht zu ihren regelmäßigen Schwelgereien. Doch schließlich entschied sie, daß irgendeine Art von Begräbnis nötig war. Eine Zeremonie. Etwas Formelles. Eine Geste.

Und mit dem Begräbnis verbunden, verschlungen, eingebun-

den wäre der Tod von etwas anderem (etwas Wütendem, Stinkendem, Unspezifischem) oder die Geburt oder die Wiedergeburt, ein Erwachen. *Irgend etwas.*
Manchmal wünschte sich Lily, sie wäre katholisch erzogen worden. Dann hätte sie nicht so vieles improvisieren müssen. Die Dinge wären wesentlich formaler und klarer und verbindlicher gewesen. In der wohlerprobten Form, den vorhersehbaren Aspekten von Beichte, Vergebung, Katharsis.
Ronny hatte gesagt ... was war es gewesen? Sie konnte sich nicht erinnern. Sie starrte aus dem Fenster. War dies eine Landstraße oder eine Autobahn? Wie groß war London? War es leicht, sich dort zurechtzufinden?
Was Ronny tatsächlich gesagt hatte, war, daß Teufel und Dämonen einfach geschaffen worden waren, um primitiven Menschen die Möglichkeit zu geben, ihre Gefühle auszudrücken – überwältigende Gefühle, alles umfassende Gefühle – wie Wut und Schuld und Angst. Das war alles. Einfach.
Ronny hatte diese Worte gesagt, doch Lily hatte nicht verstanden, was er genau damit gemeint hatte. War es Verweigerung? War es Spott? Waren es alles einfach Lügen? Was sie jedoch verstand, war, daß an Ronny mehr war als nur ein hübsches Gesicht. Mehr. Mehr. Mehr. Er war Missionar. Er war Botschafter. Er war schlicht und einfach zum Fressen.
Ein Begräbnis. Das war es. Was nötig war. Ein Begräbnis, gefolgt von einer Wache einer Wache wach.
Sie leckte sich die Lippen.

Es war eine lange, gerade Straße, und sie sahen sich aus weiter, weiter Ferne aufeinander zu kommen. Wie zwei Preisboxer, ganz Hüften und Holster und sporenklirrender Wiegeschritt. Außer daß nur Ronny mit wiegenden Schritten ging – es war sein gewöhnlicher Gang –, und falls Sara bereit wäre, zu ziehen, loszuknallen, zu explodieren, wäre das lediglich eine Illusion, ein Nachgeschmack des morgendlichen Feuerwerks.
Sie war dabei, sich zu finden. Sogar hier, Schritt um Schritt

auf dieser langen, geraden Straße. Sogar hier. Doch es war eine merkwürdige Reise. Schwierig für die Füße. Unsicheres Terrain.
Sie trafen aufeinander. Ronny war in seiner eigenen Welt. Er wirkte farblos. Er bemerkte sie kaum.
»Ronny.«
»Was?«
Seine Stimme war beinahe gereizt. Sie hätte irgendwer sein können.
»Ich bin es. Sara. Erinnerst du dich?«
»Ja.«
Er nickte, doch sah sie kaum an. Dann ging er weiter.
»Wohin gehst du?«
Sie rief hinter ihm her.
»Nirgendwohin.«
Er ging weiter und hoffte, wenn er den Atem anhielte, würde sie ihn vergessen. Er hielt ihn an. Es funktionierte.
Sara stand still und lächelte vor sich hin. Sie hatte die Kamera um den Hals geschlungen. Sie hüpfte gegen ihre Brust. War sie unsichtbar? War sie wirklich unsichtbar? War jetzt alles zu spät? Sie schüttelte den Kopf und ging weiter.

Ronny entdeckte die Farm mit Leichtigkeit. Auf dem letzten Wegstück fand er eine Gruppe seltsamer Begleiter. Die Wildschweine. Jede kleine Herde trottete vereint am Rand ihres Geheges entlang. Sie lösten einander beim Verfolgen Ronnys ab. Er war ihr dünner Stab, und sie fielen alle perfekt mit ihm in Schritt.
Doch Ronny schenkte den Wildschweinen keine Aufmerksamkeit. Seine Aufmerksamkeit war auf etwas anderes gerichtet. Irgendwo, wo es heiß war, brütend heiß und dicht und tief im Innern. Die Haustür der Farm war verschlossen, doch die Hintertür nicht. Er stieß sie auf. In der Küche roch es nach Kaffee und Kohl. Er untersuchte die Wasserhähne, die Spüle, den Tisch, das Geschirr – von blaßblauer Farbe, stand es unbekümmert auf einer alten Kommode, blitzblank.

Er hatte nie ein wirkliches Zuhause gehabt. War dies ein wirkliches Zuhause? Er nahm alles in sich auf. Den Flur. Die Treppe. Er inspizierte die Wände, während er die Treppe hinaufging, und suchte nach Resten von Lilys vergangenem Mißgeschick.

Er ließ sich von Zimmer zu Zimmer treiben. Zuerst Saras Schlafzimmer. Es war schlicht und pudrig und ein wenig unordentlich. Die Schranktüren standen offen, und darin hingen ihre Kleider auf alten Drahtbügeln wie eine abgetragene Ansammlung enttäuschter Seufzer. Er betastete die verschiedenen Stoffe. Er sah auf die Schuhe hinunter. Eine Hutschachtel auf dem obersten Regal und in der Ecke unter festem Plastik ein langes weißes Kleid. Ein Hochzeitskleid. Er hob das Kleid aus dem Schrank. Er nahm das Plastik ab. Schleier und Staub und alte, vergilbte Seide fielen aus seinen ungeschickten Händen und schäumten auf dem Teppich.

Er sah sich selbst im Ankleidespiegel. Er erschrak. Er blickte grimmig, als würde er beinahe sein eigenes Spiegelbild nicht erkennen, doch tatsächlich war es die Möglichkeit des Erkennens, die ihm Sorge machte. Er schaute wieder auf das Kleid hinunter. Er machte den Reißverschluß auf. Er benutzte beide Hände. Er zog ihn weit auf, so weit es ging, bis das Kleid geöffnet dalag wie ein feiner Kokon, wie ein seidener Schlafsack. Er trat hinein und zog es an, über seine eigenen Kleider. Er machte den Reißverschluß wieder zu. Es war ihm zu groß. Er drehte sich langsam um und betrachtete sich dann im Spiegel. Er lächelte, denn nun war er wirklich nicht zu erkennen. Er hob mit einem Rauschen die Röcke und verließ das Zimmer.

Lilys Schlafzimmer. Bücher. Zeitschriften. Das Bett ungemacht. Ein paar Schubladen. Er zerrte die oberste auf. Unterwäsche. Er machte sie zu. Die zweite: T-Shirts, Pullover, Socken. Die dritte. In der dritten entdeckte er eine kleine Sammlung Tierfelle. Steif. Einige davon ziemlich alt. Eine Wühlmaus. Zwei Kaninchen. Ein Wiesel. Eine Fledermaus – vertrocknet –, sogar ein Katzenfell. Eine kleine Sammlung

von Gewöllen, die zertrümmerte, verhedderte Knöchelchen und Hautteile und Knorpel und anderes enthielten, die, nahm er an, von einer Eule oder so etwas zurückgelassen worden waren. Er hätte schwören können, daß er einen Kiefer erkannte. Einen winzigen Kiefer. Der Kiefer einer Maus. Er staunte, wandte sich dann ab.
Außerdem ein paar Stücke Draht. Zwei Messer. Beide scharf. Er testete sie liebevoll an seinem Daumen, behielt das schärfste, hob seine Röcke und ließ es in seine Tasche gleiten und legte das andere zurück. Er fuhr mit der Durchsuchung fort. Ein Lippenstift (irgendwie unpassend, er runzelte die Stirn) und Federn. Vor allem Tauben- und Hühnerfedern, aber auch einige kleinere, die stärker leuchteten.
Ronny schob die Schublade zu. Er wischte sich mit seinen Röcken das Gesicht ab. Sein Gesicht fühlte sich heiß an. Der Staub in den Röcken verursachte ihm Niesreiz. Er keuchte und ging dann aus dem Raum. Connies Zimmer. Auf dem Bett ein Koffer. Er ging direkt darauf zu, mit einem Gefühl wie im Innern einer Art Tunnel. Mit solcher Konzentration, solcher Andacht, daß er beinahe hingefallen wäre. Dies war der Moment. Er wußte es. Etwas sagte es ihm. Der *Moment*.
Ronny öffnete den Koffer. Kleidung, Kosmetika. Ein zusätzliches Paar Sandalen. Doch in eine Ecke gesteckt, mit Band umwickelt, genau wie Lily es beschrieben hatte, die Briefe.
»Wo warst du?« fragte er laut, ganz sachlich. Dann schob er die Hände hinein – wie ein Chirurg bei einem Routine-Kaiserschnitt –, griff nach den Briefen und entband sie.

Jim konnte nicht sagen, ob er wachte oder träumte. Es gab keinen präzisen Moment, in dem er ins Bewußtsein trat. Nur Hitze. Verwirrung. Er wußte nicht einmal, daß seine Augen offen waren. Doch sie waren offen. Er sah ins Gesicht eines Mädchens. Sie schlief. Alles war so ruhig. Er dachte nicht. Starrte nur, leer.
Ein kleines Gesicht. Mit gerunzelten Brauen. Er beobachtete

die Brauen und die Runzeln. Er wünschte sich, die Runzeln sollten verschwinden. Er stellte sich vor, sie seien weg. Und kaum hatte er es sich vorgestellt, verschwanden sie. Sein Blick glitt an ihrer Nase hinab und landete auf ihren Lippen, die hübsch und trocken waren. Er starrte auf ihre Lippen.
Ein Gedanke kam ihm in den Kopf. Er sagte: Du könntest alles tun.
Er erwog diesen Gedanken. Alles? Was bedeutete das?
Ich weiß, daß ich schlecht bin, sagte er zu dem Gedanken, aber hier werde ich keinen Schaden anrichten.
Da. Sein Herz hob sich.
Er umkreiste mit seinen Blicken ihr Gesicht. Ihr Kinn, ihre Wangen, ihre Augenbrauen, ihren Kopf. Er kreiste. Wieder und wieder. Eine mentale Massage. Und während er kreiste – er war sich dessen sicher –, entspannte sich ihr Gesicht und entspannte sich, und alle Trauer verschwand daraus.
Ihr Atem wurde tiefer und dann noch tiefer. Ihre Mundwinkel hoben sich. Sie lächelte, so gut wie. Dann hörte sie auf zu atmen, nur einen Augenblick, und schließlich öffneten sich ihre Augen. Sie starrte ihm ins Gesicht. Er blinzelte nicht. Er erwartete, Angst in ihren Augen zu sehen, doch da war nichts als Blau.
»Ich habe von meinem Vater geträumt«, sagte sie, und ihre Stimme war von einem schläfrigen Staunen durchzogen, »er stand neben mir und hat mein Gesicht berührt. Und aller Schmerz wurde direkt aus mir herausgezogen. In einem Zug herausgezogen, wie der Stachel einer Biene von einer Pinzette.«
Jim starrte sie, ohne zu blinzeln, weiter an, unterdrückte alles in seiner Brust, in seinem Gesicht; tötete es ab, ignorierte vollkommen, was sie gesagt hatte, entschlossen, nichts zu fühlen, was ihm auch gelang.
»Hallo? Bist du wach?«
Sie beugte sich näher, mit gerunzelter Stirn. »Oder schläfst du?«
Er spürte ihren Atem auf seinem Gesicht.

»Schläfst du?« fragte sie wieder, »mit weit geöffneten Augen? Bin ich in deinen Träumen? Siehst du mich?«
Connie stellte sich vor, sie habe sich tief in Jims Kopf verloren. Der Gedanke amüsierte sie irgendwie. Deshalb wagte sie es nicht, ihn aufzuwecken, und zog sich leise, leise zurück, ein bloßer Gedanke, ein Funkeln, ein Tinkerbell, ein Ariel; schwebend und golden und reich verziert. Glückselig.

Ronny,
Wessen Fehler ist dies? Ist es mein Fehler? Louis fing mich in einer Ecke ab und fing an, mir zu erzählen, daß Tiere den Menschen nicht fürchteten, ehe er sie das Fürchten lehrte. In Amerika, sagte er, als die Menschen zum ersten Mal auf den pazifischen Inseln landeten, und auch in Neuseeland ... In Neuseeland. Ich weiß nicht. Lies weiter. Ich muß die Fakten richtig hinkriegen. Sollte ich meine Geographiekenntnisse aufpolieren?
Überhaupt, zum Teufel mit den Fakten. Hier ist das Wesentliche: Es gab einmal über sechzig Arten fluguntauglicher Vögel. Auf der Welt. Manche wogen bis zu einer halben Tonne. Doch weil sie in vom Menschen unentdeckten Gebieten des Globus lebten, hatten sie ihn noch nie gesehen – dieses zuammengestoppelte, zerbrechliche, zweibeinige Wesen – und hatten deshalb keinen Grund, ihn zu fürchten.
Sie spazierten zwischen den netten, rosigen Seeleuten umher, als diese landeten, jenen Seeleuten, die nach sehr langer Zeit zum ersten Mal wieder festen Boden unter den Füßen spürten; ja, sie spazierten ohne Angst zwischen ihnen umher, ganz friedlich und offen. Willkommen heißend. Und die Seeleute konnten ihr Glück kaum fassen, als sie diese sanften Kreaturen so real und zutraulich unter sich sahen, hoben ihre Knüppel und brachten sie mit Gewalt nieder. Mit noch mehr Gewalt. Töteten sie. Aßen sie. Löschten sie aus.
Keine Skrupel, sagte Louis. Keine gottverdammten Skrupel.
Und jetzt gibt es keine sechzig Arten fluguntauglicher Vögel

mehr, von denen manche bis zu einer halben Tonne wiegen. Nein. Jetzt gibt es keine mehr. Sie sind alle verschwunden.
›Du kommst von diesem Ort‹, schrie Louis, ›und es ist sinnlos, es zu leugnen. Du kannst nicht in diese Dschungelwälder kommen und dich aufführen, als wäre nichts geschehen. Geschichte. Du kannst nicht hierher kommen und so tun, als seist du etwas anderes als das, was du bist. Du existierst auf dem Rücken all dieses Gemetzels. Du bist ein Produkt davon. Du bist sein Preis, genaugenommen sein Raison d'être.‹
Das war also sein wesentlicher Punkt, Ronny. Ich bin ein Erfolg, einfach weil ich lebe. Ich stamme von dieser Rasse ab, sagte Louis, der Rasse, die sämtliche Kriege und die Pest und die Notzeiten überlebte. Ich bin ein Erfolg, weil es mich gibt. Mein Körper ist das Produkt all dieser früheren Gleichungen. Wäre das Leben eine Summe, dann wäre mein zusammengestoppelter weißer Körper – diese traurige bleiche Schale, dieses abgewrackte Ding – die Antwort darauf.
Stell dir das vor!
Das ist eine solche Verantwortung, Ronny, findest du nicht? Aber natürlich habe ich das nicht alles kampflos hingenommen. (Obwohl ich in meiner Koje lag. Er weckt mich ständig und bringt mich zum Reden. Nachts. Spät. Morgens, früh.)
Ich habe es nicht feige hingenommen, denn es machte keinen echten Sinn. Ich sagte: ›So ist es in Wirklichkeit nicht, Louis. Es ist ein glücklicher Zufall. Deine Logik ist falsch. Du ziehst die falsche Summe. Du fängst von hinten an. Die Tatsache, daß es mich gibt, bedeutet nichts. Meine Existenz ist eine Frage, keine Antwort. Sie ist ein Witz, ein Geheimnis, ein Schuß im Dunkeln.‹
›Du kannst nicht einer von ihnen sein‹, sagte Louis verächtlich, ›egal, wie sehr du es versuchst. Du fällst auf. Diese ganze Umgebung ist von dir abgestoßen. Von deinem weißen Gesicht und deinen dünnen Armen, deinem langen Haar, deinen abgebrochenen Fingernägeln ...

Ein Klingeln. Ronny sah auf. Er schloß den Brief, sammelte all die anderen in ein Bündel, stand vom Bett auf und ging darauf zu.
Im Flur klingelte das Telephon. Es klingelte und klingelte.
»Hallo?«
Es war in seiner Hand, und er sprach.
»Hallo?« wiederholte er.
»*James*?«
Eine überraschte Stimme. Aus dem Gleichgewicht.
Ronny machte eine Pause, antwortete dann.
»Nein. Ronny. Hier ist Ronny.«
Noch eine Pause.
»Ich bin es. Hier ist Nathan. Wo bist du?«
»Nathan? Oh ...«
Ronny begann zu lächeln. »Oh ... Ist es wegen der Uhr?«
»Der Uhr?« echote Nathan. Noch eine Pause.
»Nein. Es tut mir leid. Ich bin durcheinander ... In Wirklichkeit ... in Wirklichkeit hatte ich eigentlich gehofft, mit Constance zu sprechen. Mit Connie.«
»Richtig.« Ronnys Stimme klang hohl.
»Ist sie da?«
»Nein. Sie ist bei Jim.«
»Aber ...«
Beinahe Panik. Verwirrung. Ronny ignorierte es und zog mit der freien Hand am Reißverschluß des Hochzeitskleids.
»Ich kann im Moment wirklich nicht sprechen«, sagte er leise. Ihm tat alles weh.
»Ronny?«
Dann lächelte er.
»Weißt du ...« Die Stimme war so sanft. »... ich dachte irgendwie, daß du meinetwegen angerufen hättest.«
»Ronny?«
»Aber es war falsch, das zu denken. Ich habe mich geirrt.«
Er legte auf.

34

»Erzähl mir noch einmal, wie du sie gefunden hast.«
Luke war so erfreut, die Kamera wiederzuhaben. Als sie verschwunden gewesen war, hatte er bereits unter dem Irrglauben gelitten, daß ihr Fehlen ein Zeichen sei.
»Ich weiß es nicht. Ich bin einfach darauf gestoßen.«
Sara war eine schlechte Lügnerin. Und die Aufregung über das, was noch geschehen könnte, brodelte in ihr.
»Im Innern des Unterstands?«
»Darunter. Aber ich bin sicher, sie hat keinen Schaden genommen.«
Er untersuchte sie. »Sie sieht gut aus.« Er hielt inne, runzelte die Stirn.
»Was?«
»Der Film ist benutzt. Ich habe selbst keine Aufnahmen gemacht, wenigstens kann ich mich nicht daran erinnern ...«
»Wirst du sie entwickeln?«
Sara biß sich auf die Lippen.
»Oh. Ich weiß nicht ...«
»Vielleicht solltest du.«
Luke sah in Saras Gesicht. Es war so voller Leben. Es entfaltete sich. Es war schön.
»Möchtest du, daß ich es tue?«
»Ja. Es ist aufregend, findest du nicht?«
»Aber es wird eine Weile dauern.«
»Laß dir so viel Zeit, wie du willst.«
Sara setzte sich auf Lukes Sofa und schlang die Arme um ihren Körper.

Lily fühlte sich wie flüchtiger Dampf, während sie zwischen all diesen Stadtmenschen herging, diesen hellfarbenen, zielgerichteten, brüsken, schiebenden, stoßenden, drängelnden Menschen. Plötzlich wurde sie sich ihrer eigenen Schmächtigkeit bewußt. Sie wußte, wo sie hin wollte, aber nichts schien sie dorthin bringen zu wollen. Sie hatte zehn Pfund zum Ausgeben. Ein Fahrkarteninspektor sagte ihr, sie solle sich eine Tageskarte kaufen. Zwei Zonen. Sie tat, wie ihr gesagt wurde, doch voller Mißtrauen.

Schließlich fand sie den Weg zur Baker Street. Ihre Wange blutete immer noch. Ihr Blut war wie Wasser. Keine Substanz. Keine Textur. Sie hielt sich die Manschette gegen die Wange. Die Baumwolle war bereits steif von Plasma. Dann folgte sie den Schildern zum Fundbüro.

Endlich war sie angekommen. Doch es war spät. Beinahe eins. Und der Bus zurück fuhr schon in einer Stunde. Sie drückte die Tür auf und ging hinein. Da waren zu viele Menschen. Zwei Frauen und ein Mann hinter den Theken, und andere, wie sie selbst, die darauf warteten, bedient zu werden. Sie geriet beinahe in Panik, doch dann erinnerte sie sich, daß Ronny erklärt hatte, daß die Person, mit der er zu tun hatte, männlich war, nicht weiblich, deshalb umging sie die Schlange und ging statt dessen direkt hinüber zu dem Mann in der Kassenkabine.

Jemand in der Schlange rief nach ihr, und dann sagte ihr eine Frau an der Theke, daß sie anders herum gehen müßte, wenn sie bedient werden wollte. Doch Lily, das eine Handgelenk gegen die Wange gepreßt, schlug mit der anderen Hand flach auf den Tresen und starrte dem Mann fest entschlossen in die Augen.

»Ich komme wegen Ronny«, sagte sie über alle Verwirrung und Verärgerung hinweg, »wegen der Bestie.«

Der Mann schien verwirrt. »Dies ist die Kasse«, sagte er. »Um einen Anspruch anzumelden, müssen Sie dieses Formular ausfüllen und dann mit einer meiner Kolleginnen sprechen.«

Er deutete darauf und machte dann eine Pause. »Sind Sie verletzt?«

»Nein. Nein. Wie ich sagte, ich komme wegen Ronny.«

Doch dieser Name schien nicht die Spur einer Erinnerung zu wecken. Nicht die geringste.

Nathan hatte sich krank gemeldet. Er fühlte sich krank. Es war beinahe wie Fieber. Alles in ihm öffnete sich weit. Das hatte er gesagt.
»Klingt wie Grippe«, hatten sie geantwortet, »du nimmst dir besser eine Woche frei.«
Er hatte seinen Mantel geholt und wollte gerade gehen. Er war in der Toilette, betrachtete sich im Spiegel und rückte seinen Kragen gerade, als ein Kollege hereinkam.
»Komm mir nicht zu nahe«, krächzte Nathan und hoffte, die korrekte Atmosphäre zu schaffen, »ich könnte dich anstekken.«
Der Kollege lächelte. »Du bist nicht ansteckender«, sagte er, »als dieses verrückte, blutende Mädchen, das gerade bei mir war und über Die Bestie schwadronierte.«
»Was?«
Nathan kicherte.
»Doch Die Bestie gehörte eigentlich nicht ihr, mußt du wissen. Sie gehört ihrem Freund Ronny. Es war Ronnys Bestie. Er hatte sie in einen Karton gepackt und dann hier in Verwahrung gegeben ...«
Nathan hörte auf zu lächeln.
»Ist sie noch draußen?«
»Nein. Sie ist gerade gegangen ...«
Der Mann drehte sich bei diesen Worten um, doch Nathan hatte sich bereits an ihm vorbeigedrängt.
Lily ging gerade tief gedemütigt am Aufzug vorbei. Die Welt war zu groß, sagte sie sich. Jemand hätte sie warnen sollen.
Nathan rannte sie tatsächlich beinahe um. Er rempelte sie an. Außer sich, hatte er Gesichter abgesucht in der Hoffnung, jemanden, *etwas* zu erkennen. Lily stolperte und drehte sich um, um ihn anzusehen. Ihre Wange tropfte.
»Bist du das?« Nathan keuchte, als er das Blut sah. »Kommst du wegen Ronny?«
»Ich bin es«, murmelte Lily und weinte fast vor Erleichterung, »ich bin es. Und ich habe mich verlaufen, und ich glaube, ich werde wohl meinen Bus verpassen.«

Nathan steckte die Hand in seine Hosentasche und holte ein Taschentuch heraus.
»Hier. Mach dir keine Sorgen.«
Lily nahm es. Er führte sie langsam zum Aufzug.
»Ich bin Nathan«, sagte er freundlich, »du bist jetzt aufgehoben. Ich passe auf dich auf.«

Er entwickelte sie im Badezimmer. Er hatte die ganze Ausrüstung. Das Rotlicht, die Bäder, das Papier, die Verdunklung vor dem Fenster. Langsam, langsam hoben sich die Bilder aus dem Weiß; ein breiter Fleck aus schwarzen und grauen Schatten auf dem bleichen Gesicht des Papiers.
Zuerst. Hm ... er drehte das Bild um ... ja ... eine Tasse. Ein alter Becher. In voller Schärfe. Das war alles. Dann ein Tisch. Eine Plane. Ein riesiges Geschöpf, das ihn beinahe aufschreien ließ – mit Haaren und Hörnern, nur Hauern ... Als nächstes ein Stück poliertes Holz. Ein Geländer?
Luke lächelte vor sich hin. Sollte er aufhören? Verschwendete er hier nicht Papier? Doch er dachte an Sara, die voller Erwartung auf dem Sofa saß, und entschied sich, weiterzumachen.
Beim nächsten Bild machte er »ts!« Eine Toilettenbrille. Heruntergelassen. Und dann? Eine Wolke? Etwas Großes und Uninteressantes und Weißes ... ein Kissen? Und danach. Danach? Er kniff die Augen zusammen. Jesus *Christus*. Seine Hände fühlten sich taub und schwer an, als er mit dem Entwickeln weitermachte.

Ronny saß auf einer kleinen Erhebung, von Briefen umgeben. Er las und las. Er hatte geweint. »Ich war es«, sagte er immer wieder, »ich war es. Ich war es. Habe mich die ganze Zeit versteckt, in Sicherheit gebracht und verkleidet, bis niemand mehr mit Gewißheit sagen konnte, wer ich war. Aber ich war es.«
Er hatte die Schuhe ausgezogen. Seine langen, blassen Füße lagen auf dem Gras wie auf einem Kissen, grau vor Schmutz,

großezehenlos, wie große, staubige Flossen oder Schwimmflossen. Er betrachtete sie, als wären sie so etwas wie ein unwiderlegbarer Beweis.
Monica tat ihm so leid wegen des Ärgers, den sie hinter sich hatte. Er konnte sie so gut verstehen. Ihre Liebe zu all den Dingen, die sie nicht sehen konnte. Die Verzweiflung. Das fehlende Zugehörigkeitsgefühl. Das endlose, nutzlose Investieren.

Du scheinst im Moment sehr nahe. Ist das dumm? Bist du in meiner Nähe? Bist du dort draußen, versteckst dich im Dschungel, beobachtest, wartest, und ich kann dich nur nicht sehen? Bin ich es, die verschlossen ist, oder ist es der Dschungel? Bin ich es?

Die Briefe waren undatiert. Doch hatten sie irgendeine Art von Ordnung? Wie entwirrten sie sich? Ronny rieb sich die Augen, die rot und entzündet waren, nicht vom Weinen, entschied er, sondern aus irgendeinem anderen Grund. Vielleicht von der Sonne. Vielleicht von den Tabletten, die er genommen hatte. Er rieb wieder, stärker, und suchte dann in dem Stapel nach dem nächsten Brief. Er lechzte nach einem Abschluß. Er mußte sich einrichten darin. Jetzt. In seinem Innern. Er mußte sie finden. Er streichelte den Brief. Er atmete tief durch. Er blinzelte. Er öffnete ihn.

Ich hatte einen Traum.
Ronny? Schreibe ich? Ich glaube es. Bin ich wach? Schlafe ich? Wird dieses Ding zu dir durchkommen?
Ich hatte einen Traum über Louis und den weißen Affen. Sag mir, wenn du glaubst, daß ich verrückt werde. Ich hatte einen Traum. Ich lag auf einem Tisch. Oder einem Feldbett, aber hoch über dem Boden. Und ich trug ein altes Nachthemd, das immer wieder verrutschte. Es war zu klein. Ein Kinderhemd. Und ich war von Menschen umringt. Die alle schauten und gafften.

Ich fühlte mich wie Gulliver. Als wären meine Hände, meine Beine, meine Knöchel festgebunden. Doch ich spürte keinerlei Seil oder Schnur oder Faden, nichts. Nur ein Gewicht. Und Louis stand am Kopfende des Tisches. Und er hielt eine Art Fackel. Und in der anderen Hand hatte er ein Stanley-Messer. Und damit schnitt er meine Haare. Und es war nicht einfach ein kurzes Zwischenspiel, das Ganze dauerte lange, lange Zeit. Es dauerte und dauerte lange Zeit. Und manchmal weinte ich. Und manchmal war ich still. Das ist alles.

Es war nur ein Traum.

Doch wo war der weiße Affe? Ich weiß, daß du dich das fragst. Wo war er? Nun, in Wahrheit glaube ich, ich war der weiße Affe. Das ist meine Vermutung. Lag auf dem Tisch wie für ein fürchterliches Experiment. Während mein Haar abgeschnitten wurde. Geschubst und gepiekst. Als wäre ich der Affe. Obwohl das nur eine Vermutung ist, Ronny, ist es alles.

Ich erwähnte diesen Traum Louis gegenüber, und er reagierte äußerst verkniffen darauf. Er sagte, das höre sich an wie ein Entführungstraum. Ein Entführungstraum durch Außerirdische. Er sagte, solche Entführungsträume sagten eine Menge über die Menschen aus, die sie träumen. Er kam sich sehr schlau vor. Als hätte es etwas zu bedeuten.

Und plötzlich kam mir der Gedanke, daß Louis vielleicht auf ungreifbare Weise versucht, mich in die Irre zu treiben. Es fühlte sich an, als versuche er, mich auf eine falsche Fährte zu locken. Und als ich später in den Wald hinausging, war ich mir sicher, daß er mir auf der Spur war – er ist immer auf meiner Spur, das ist das einzige, dessen ich mir wirklich sicher bin –, als ich schließlich überzeugt war, daß er mir folgte, ging ich denselben Weg zurück, um ihm entgegenzutreten, doch es war nicht Louis, es war Monty. Und er war nicht einmal besonders subtil vorgegangen. Er war schlampig und ungeschickt. Er lachte mir ins Gesicht. Als wäre es etwas, was er schon seit langem tat.

Ich fing an, mir die Frage zu stellen, ob Louis mir je gefolgt

war (ich meine, seit der Fledermaushöhle) oder ob er tatsächlich anderswo unterwegs war. Doch was tat er anderswo? Und wo war das genau? Worin lag der Reiz? Wußte er etwas? Hatte er etwas entdeckt?
Ich ging zu der Hütte zurück. Ich wartete. Und genau da wirst du mich finden, Ronny.
Wieder hier, stumm, stumm, stumm, wartend.
M.

Schließlich kam er heraus. Sein Gesicht hatte einen grimmigen Ausdruck. Sara sah vom Sofa aus zu ihm auf. Sie sagte jedoch nichts, sondern suchte lediglich in seinem Gesichtsausdruck nach einem kleinen Zeichen von Verständnis.
»Also du hast sie gemacht?«
Er hielt den dicken Packen vorsichtig und mit spitzen Fingern.
»Ja. Natürlich.«
Sie schämte sich nicht. Ihr Stimme war frech.
Luke kratzte sich am Bauch und verlagerte sein Gewicht von einem Fuß auf den anderen.
»Es tut mir leid ...«, sagte er schließlich, »aber das hat mich ziemlich überrascht.«
»Das ist in Ordnung.« Sie war vollkommen ruhig und gelassen. »Hast du Lust, sie mit mir zusammen durchzugehen?«
»Oh ...«, er runzelte die Stirn. »ich habe sie schon alle gesehen. Ich habe sie ja gerade entwickelt.«
»Und was hieltest du davon?«
Er schüttelte den Kopf.
»Ich weiß es nicht. Was sollte ich davon halten?«
Sara streckte die Hand nach den Bildern aus.
»Waren sie deutlich genug?«
»O ja«, er grinste beinahe, »sie waren deutlich genug. Sie waren ...«, er kämpfte, »sie waren *nackt.*«
Er reichte ihr die Bilder. Sara betrachtete den obersten Abzug.

»Das ist meine Tasse«, sagte sie, »die Tasse, die ich immer benutze. Ich trinke Kaffee daraus. Als allererstes. Es ist eine einfache Tasse, aber ich mag sie. Ich habe mich daran gewöhnt, sie jeden Tag zu benutzen.«
»Und dies ...« Das nächste Bild. »Nun, das ist mein Küchentisch. Es war der Tisch meiner Mutter. Ich glaube, er ist viktorianisch. Plump und alles. Voller Äste und kleiner Fehler. Als Kind stellte ich mir immer vor, in den Ästen wohnten allerlei Geschöpfe. Sie waren wie Augen oder Kaulquappen oder so etwas ... und dies ...«
Das nächste Bild.
»Das ist die Plane neben den Wildschweingehegen. Ich lagere die Rüben darunter, damit sie nicht zu schnell verfaulen oder austrocknen oder so. Ich weiß nicht, warum ich sie immer mochte, aber es ist so. Ich mag, wie sie sich *anfühlt*. Irgendwie glatt. Und sie ist dick und wasserdicht. Man kann sie schwer anheben. Ich befestige sie mit Zeltheringen, um sie zu sichern ...«
Das nächste Bild. Doch Luke unterbrach sie.
»Details«, sagte er.
»Wie bitte?«
»Das sind nur Details ...« Ursprünglich war es ein konkreter Gedanke gewesen, doch seine Stimme verlor sich.
Sara dachte darüber nach. »Ja«, sagte sie langsam, »aber sie sind auch, was ich bin. Verstehst du? Manchmal habe ich das Gefühl, als sei ich nur eine Ansammlung von Gegenständen. Ich meine, das da ist mein Kopfkissen. Es ist aus Gänsefedern. Das pikst ein bißchen, aber ich habe es von einer meiner Gänse selbst gemacht. Ich war damals sehr stolz darauf. Ich hatte das Gefühl, etwas vollbracht zu haben. Und der Abdruck darin stammt von meinem Kopf. Siehst du?«
Luke nickte. Sie schob die Bilder ein bißchen weiter vor.
»Das ist mein Ellbogen. Ich finde, er ist ziemlich unverwechselbar. Das kleine knochige Stückchen an der Seite ist größer als an meinem anderen Ellbogen, weil ich ihn mit fünfzehn beim Schlittschuhlaufen gebrochen habe. Ich bin früher viel

Schlittschuh gelaufen. Ich wollte immer professionelle Eisläuferin werden.«
Sie räusperte sich.
»O Gott. Das ist mein Hintern. Ich meine, mein Anus. Ich habe ihn nie zuvor gesehen. Er ist nicht ganz so, wie ich ihn mir vorgestellt habe. Er ist kleiner.«
Sie drehte das Bild.
»Ich glaube, seitlich gefällt er mir besser. So sieht er irgendwie fröhlicher aus.«
Luke rieb sich die Stirn. Er beachtete sie kaum. Er fühlte sich nicht wohl in seiner Haut.
»Weißt du was?« fragte Sara.
»Was?« Er wandte ihr wieder seine Aufmerksamkeit zu.
»Ich wollte einfach ehrlich mit dir sein, und mit mir. Ich wollte dir zeigen, wer ich bin, ganz offen und ehrlich. Und im Grunde war ich nicht einmal ganz sicher, ob es etwas zu zeigen geben würde.«
»Aber ich weiß bereits, wer du bist.« Luke war ungeduldig.
»Tust du das?« Sie war sich nicht allzu sicher.
»Ich brauche kein Bild vom Tisch deiner Mutter zu sehen, um zu verstehen, wer du bist.«
»Aber es hilft erklären. Es *vergrößert* ...«
»Nein.«
»Doch.«
»Nein. Das finde ich nicht.«
Sara räusperte sich.
»Weißt du, wonach ich wirklich suche?« fragte sie und konnte es kaum glauben, daß sie sich wirklich trauen würde, es zu sagen.
»Sag es mir«, lächelte Luke.
Sie holte tief Luft und platzte dann heraus: »Vollkommen akzeptiert zu werden.«
Luke machte eine Pause. »Große Worte«, sagte er und lächelte weiterhin, doch jetzt deutlich eingeschüchtert.
Sie sah auf ihre Knie hinunter. »Und vielleicht werde ich das hier nicht finden.«

Sie sammelte die Bilder ein. Sie hatte geahnt, daß er so sein würde. Doch trotzdem gestattete sie sich, sich ein wenig hohl und leise verloren zu fühlen. Sie stand auf.
»Wir haben gevögelt«, sagte sie, jetzt beinahe bitter, »aber wir waren nie intim.«
»Ich verstehe nicht.«
Er hatte sie nicht verstanden.
»Nein. Ich verstehe dich nicht«, sagte sie, »denn im Herzen – auch wenn du es vielleicht nicht verstehst –, im Herzen bist du ein richtiger ...«, sie bemühte sich, den passenden Ausdruck zu finden, »ein echter, ein *kompletter* Pornograph.«
Dann lächelte sie, als wäre das in Wirklichkeit ein Kompliment und das Lächeln selbst wäre lediglich der letzte Schlag eines sanftesten Attentats.

35

»Ich habe Blut auf deinen Teppich getropft. Es tut mir leid.«
Lily rieb mit der Spitze ihres Turnschuhs an den zwei Blutstropfen und verschlimmerte die Sache damit beträchtlich.
»Mach dir keine Sorgen.« Nathan kam mit einem Knäuel Toilettenpapier wieder aus dem Badezimmer. Lily nahm es und hielt es sich an die Wange und warf Nathans inzwischen feuchtes Leinentaschentuch in einen Papierkorb, der in der Nähe stand.
Sie sah sich um. Seine Wohnung war schlicht, aber behaglich. Sie fühlte sich vollkommen wohl hier. Sicher.
»Und wo ist die Bestie?«
Nathan wies in Richtung Sofa. »Dort ist sie.«
Lilys Augen weiteten sich beim Anblick des Kartons, als könne sie nicht ganz glauben, daß er tatsächlich existierte.
»Hast du ihn schon aufgemacht?«
»Nein.«
»Warum nicht, um alles in der Welt?«

Seine Zurückhaltung schien sie wirklich zu stören.
»Ich wurde gebeten, darauf aufzupassen. Mehr nicht.«
»Ist es eine Angewohnheit von Ronny, dir Sachen zum Aufbewahren zu geben?«
Nathan schüttelte den Kopf. »Nein. Nicht wirklich. Obwohl er schon immer die Gewohnheit hatte, Dinge zu verlieren.«
Seine Stimme klang wehmütig, doch Lily fiel das nicht auf. Sie streckte die Hände aus und berührte die scharfen Ecken des Kartons, drückte mit den Daumen darauf, bis sie davon vorübergehend ein bißchen eingedrückt waren. Sie betrachtete ihre Daumen und sah dann auf. »Übrigens, Ronny hat gerade seine Haare verloren. Er hat sie angezündet.«
Nathan sah unbehaglich drein. »Warum sollte er das tun?«
»Was?«
»Warum sollte er sich selbst anzünden?«
»Ich weiß es nicht. Ich nehme an, es war ein Unfall.«
Nathan lächelte, doch es war ein dünnes Lächeln.
»Warum lächelst du?«
Nathan räusperte sich. »Kennst du ...«, er zögerte, sprach den Namen dann schließlich aus, »kennst du Ronny gut?«
Lily zuckte die Schultern, ein wenig in der Defensive. »Ich denke schon.«
Er wechselte das Thema. »Du siehst erledigt aus.«
Lily zeigte augenblicklich ihre Stacheln. »Mir geht's gut. Das ist nur meine natürliche Farbe.«
Aus irgendeinem Grund war ihr Nathan sympathisch. Er hatte etwas Sanftes, etwas Unbestimmtes, etwas beinahe Spirituelles an sich. In seinen Augen schimmerte ein Licht. Nachdem sie ihn eine Weile beobachtet hatte, sagte sie: »Weißt du, dein Gesicht kommt mir irgendwie bekannt vor. Wie ist das möglich?«
»Ich habe keine Ahnung.«
Sein Kiefer spannte sich, bis sie ihren Blick wieder dem Karton zuwandte.
»Du kamst nicht einmal in Versuchung, einen kleinen Blick hineinzuwerfen?«

»Nein.«
Nathan setzte sich aufs Sofa. Lily stand auf und stützte ihr Gewicht unsicher auf die Lehne.
»Hast du je eine Bestie gesehen?« fragte sie beiläufig.
»Eine Bestie?« Er hielt inne und versuchte unter einigen Schwierigkeiten, nicht rücklings in die obszöne Höhle seiner Vergangenheit zu purzeln.
»Das kann ich nicht beantworten«, sagte er leise.
»Warum nicht?«
»Weil ich nicht weiß, wie du Bestie genau definierst.« Er holte tief Luft. »Vielleicht solltest du zu Hause anrufen und sagen, daß du eventuell spät zurückkommst.«
»Nee. Sie werden nicht einmal merken, daß ich weg bin.«
Lily berührte den Karton mit dem Fuß. Um sich zu vergewissern. Es war, als wäre alles, was sie je gefürchtet hatte – die Schrecknisse, die Ängste, die Geheimnisse –, genau hier, darin enthalten, verschlossen, in Reichweite. Das alles verlieh eine außerordentliche Energie. Nathan verlagerte sein Gewicht, fühlte sich eindeutig unwohl. »Du solltest sie anrufen.«
Er deutete auf sein Telephon. Lily schnalzte mit der Zunge, ging aber immerhin hin und wählte. Sie wartete. Sie bekam keine Verbindung.
Nathan stand auf. »Was ist los?«
»Da ist eine Stimme, die sagt, daß ich nicht die richtige Nummer wähle.«
Nathan ging zu ihr hin und nahm den Telephonhörer selbst in die Hand. »Laß mich es versuchen. Sag mir die Nummer.«
Lily nannte die Zahlen. »Und die Vorwahl?«
»Sheppey.«
Er wählte sofort, schien die Nummer, ohne nachschlagen zu müssen, bereits zu kennen. Das beeindruckte Lily. Sie dachte, er müsse erfahren sein, aufgeklärt, zutiefst weise. Er wartete auf die Verbindung. Lily hörte das Klingeln am anderen Ende. Sie streckte die Hand nach dem Hörer aus, doch er hielt ihn sehr fest, bis das Telephon abgenommen wurde. Eine Frauenstimme. Leise, fest, leicht gereizt, entschlossen.

Ihre Stimme. Endlich. Nathans Herz jubelte in seiner Brust. Doch er sagte nichts, reichte den Hörer einfach weiter.
Lily sagte: »Hi, ich bin's. Ich werde spät zurückkommen. Sag es Mami, ja?«
Dann machte sie eine Pause. Sie hörte zu. Sie sah finster drein.
»Ich habe keine Ahnung, wovon du redest.«
Eine weitere Pause.
»Du bist verrückt. Verpiß dich.«
Sie legte auf.
»Gibt es ein Problem?«
»Nein. Hast du ein Auto?«
»Nein. Aber ich kann mir sicherlich von jemandem eins leihen.«
»Das ist gut. Das ist prima.«
Sie war unkonzentriert. Sie starrte wieder auf den Karton und nagte auf ihren Lippen herum. Nathans Lippen waren immer noch zu einem Lächeln verzogen. Es gibt einen Gott, dachte er. Es gibt Ordnung und Vernunft und Sinn. Es muß. Es muß. Es muß ...
Die scharfen Buchstaben schnitten in seine Zunge wie kleine Reißzwecken.
RETTUNG geben.

Ronny trödelte im flachen Wasser herum. Jim sah ihn von seinem Posten unter der Haustür. Er rief ihm etwas zu, doch Ronny sah nicht auf, deshalb ging er mit ein paar zittrigen Schritten auf den Sand hinunter, machte dann noch ein paar weitere Schritte. Nach einer Weile erreichte er ihn.
»Wo hast du gesteckt? Ich habe angefangen, mir Sorgen zu machen.«
»Jim!« Ronny schien so leicht erregbar, er blinzelte immerzu, seine Augen waren rot. »Jim, ich brauche Geld.«
Sein Gesicht war belebt. Animiert, doch aschfahl.
»Geld?« Jim war verblüfft. Er dachte einen Augenblick nach.
»Du hast nicht zufällig gerade Connie gesehen?«

Ihr Name schmeckte wie Salzkörnchen, als er ihn aussprach.
Ronny stand still da. Er nahm ihren Namen entgegen wie ein ungewolltes Geschenk, das er einmal flüchtig schüttelte und dann zur Seite legte.
»Ich habe niemanden gesehen.« Er blinzelte immer noch.
»Bist du wegen irgend etwas verärgert?«
»Nein. Nein. Nein.« Er machte eine Pause und fügte dann hinzu: »Nicht verärgert, nein.«
»Deine Schuhe werden naß.«
»Das werden sie.«
»Du wirkst aufgeregt.«
»Ja? Und was ist mit dir?«
»Mit mir?« Jim schniefte. »Ich bin immer noch ein bißchen wackelig.«
In Ronnys Hosenbund steckte ein Bündel Papiere. Seine Hände berührten es immer wieder, wie zwei verängstigte Vögel, die ein Nest abstützen.
»Was ist das?« Jim deutete darauf.
»Briefe.«
Ronny sah Jim prüfend ins Gesicht, einen Moment geängstigt. Jims Gesichtsausdruck veränderte sich nicht.
»Briefe? Gehören sie dir?«
»Ich glaube schon.«
»Von wem sind sie?«
Ronny kratzte sich am Kopf.
»Ich kann nicht genau sehen«, sagte er, »meine Augen.«
»Was ist mit deinen Augen?«
»Die Sonne. Ich habe vorhin hineingeschaut.«
»Weshalb?«
»Ich weiß es nicht. Es geht mir jetzt gut. Es geht mir jetzt prima. Ich bin sehr glücklich.«
»Gut.«
Doch Jim war nicht glücklich. Er sagte: »Wie ich sehe, benutzt du beide Hände.« Er war zum Teil besorgt, aber auch beinahe aufgebracht.

»Tue ich das?«
»Ja.«
Ronny sah auf seine Finger hinunter und grinste. »Jim«, sagte er, »wir sollten beide etwas essen.«
»Ich bin nicht hungrig.« Jim war gereizt.
»Trotzdem«, Ronny wischte das beiseite, »laß uns hineingehen. Kann ich dir helfen?«
Ehe er antworten konnte, hatte Ronny Jims linken Arm über seine Schulter geschlungen und stützte ihn fest unter der Achsel. Jim leistete keinen Widerstand. Er knickte sogar ein. Er gab nach. Er klappte zusammen. Er fühlte sich wie Jesus, der vom Kreuz genommen wurde. Erschöpft. Schmerzend. Benebelt und völlig benommen. Es war ein schönes Gefühl.

Connie ertappte sich in Gedanken bei den unpassendsten Dingen und wollte damit aufhören, doch sie schien keine Kontrolle darüber zu haben, was ihr in den Kopf kam, was sie verdauen konnte und was sie aufnehmen konnte. In der einen Sekunde dachte sie *Verdammt!* In der nächsten *Vater!* Dann, am dümmsten von allem, *Blumenkohl!*
Ihre Hände rochen nach Blumenkohl. Ein Korb davon stand auf dem Küchentisch. Gelber Blumenkohl. Sie hatte ihn angefaßt, als sie ins Haus gekommen war, und jetzt stanken ihre Hände danach. Ihre Finger bedeckten ihre Nase und ihren Mund. Nur diese einfache, fleischige Zurückhaltung hielt sie davon ab zu schreien.
Es war schlicht Panik. Panik. Ihre Briefe waren verschwunden. Und plötzlich, inmitten all ihrer Atemlosigkeit und ihres Schauderns und ihrer Wut, stellte sie fest, daß sie über die Unterhaltung nachdachte, die sie am Abend zuvor während des Essens mit Sara gehabt hatte, die, unter anderem, den gemeinen Hasen zum Thema gehabt hatte. Der gemeine Hase? Ja. Hasen graben im Gegensatz zu Kaninchen keinen Bau, hatte Sara gesagt. Nein. Sie waren eine ganz andere Art von Geschöpf.

Hasen blieben hauptsächlich über der Erde, und wenn sie Junge hatten, verteilten sie sie in kleinen Solo-Nestern über ein ziemlich großes Gebiet, so daß, wenn ein Hasenkind von einem Räuber entdeckt und getötet wurde, die anderen eine weit größere Überlebenschance hatten.

Ich hätte von den Hasen lernen sollen, dachte Connie immerzu. Ich hätte vorsichtig sein sollen. Ich hätte listig sein sollen. Aber ich war verwöhnt und dumm. Ich bin zu weit offen geblieben.

Und jetzt war es zu spät, um irgend etwas zu bereuen. Die Briefe waren verschwunden. Sie waren verschwunden. Und niemand war zu Hause, an dem Connie ihre Wut hätte auslassen können. Nicht Lily, nicht Sara. Also lief sie verwirrt durchs Haus. Sie kam immer wieder in ihr Zimmer zurück, packte auf dem Bett ihren Koffer aus, packte ihn dann wieder ein und machte die Schnallen zu, die Schlösser, als hätte sie die Absicht, auf der Stelle wegzugehen, in ihr Auto zu steigen und zu gehen.

Beim dritten Auspacken entdeckte sie den Scheck. Und ihr Portemonnaie und ihre Autoschlüssel. Sie verabscheute sich selbst. Sie war so zerfahren und verantwortungslos und *zerstreut* gewesen. Dafür gab es wirklich keine Entschuldigung. Sie atmete tief durch. Und nun? Und wer? Und warum?

Sie platzte in Lilys Zimmer. Das Bett, oben darauf, darunter. Der Schrank. Die Kommode. Unterwäsche, T-Shirts, Socken, ein Kaninchenfell, kleine Schädel, Federn, ein Lippenstift, ein Messer. Ihr Bücherregal. Auf dem Regal? Zwischen den Büchern? Darin? Nichts, nichts, nichts.

Sie ging die Treppe hinunter und setzte sich zwischen Haustür und Telephon auf einen kleinen Melkschemel. Sie bemühte sich, ihren Atem unter Kontrolle zu bringen. Als das Telephon klingelte, stürzte sie sich darauf.

»Hallo?«

»Hi. Ich bin's. Ich werde spät zurückkommen. Sag es Mami, ja?«

Lilys Stimme, ausgesprochen reuelos.

Connie explodierte.
»Du hast meine Briefe gestohlen, nicht wahr? Ich will sie zurück, Lily. Ich will sie auf der Stelle zurück.«
»Ich habe keine Ahnung, wovon du redest.« Lily klang aufrichtig verwirrt.
»Das ist Diebstahl!« Connie schrie beinahe, wahrhaftig hysterisch. »Und die Briefe gehörten meinem Vater. Es waren seine Briefe. Es waren *seine.*«
»Du bist verrückt. Verpiß dich.«
Wählton.
»Wessen Briefe?«
Connie sah erschrocken auf. Sara stand unter der Tür. Sie sah blaß aus, und ihre Haare standen wild in die Höhe, wie zwei Krähen, die sich um ihr Mondgesicht stritten. Sie drehte sich um und schlug die Tür hinter sich zu. In der Wolle ihres Pullovers steckte Gras.
Connie hielt noch immer den Hörer in der Hand. Aus irgendeinem Grund fühlte sie sich schuldig. Sie legte ihn auf, sachte, als wäre er eine Perlenschnur, die sie gerade hatte stehlen wollen. »Oh ...«, sie räusperte sich, »das war Lily. Sie sagte, sie käme spät nach Hause ...«
»Gut«, Sara lächelte ein wenig schief, dann runzelte sie die Stirn, »oder ist es gut?«
Sie sprach undeutlich. Sie sah sich um, schaute unter gerunzelten Brauen finster drein, sah dann an der Wand den Lichtschalter und knipste ihn an. Der Flur war plötzlich hell erleuchtet. Sie blinzelte. »Es war noch nicht dunkel, oder?« fragte sie nachdenklich, bückte sich und linste in den Briefkasten.
»Wahrscheinlich sind es nur Regenwolken«, sagte Connie im Stehen, »die alles grau aussehen lassen.«
Sara richtete sich auf und lehnte sich dann gegen die Wand, stützte sich auf eine Schulter. »Du riechst nach Stroh«, murmelte Connie, die vergeblich versuchte, sich wieder zu fangen.
Sara nickte. »Hopfen. Bier und Teekuchen. Hefe. Ich bin

dagegen allergisch, deshalb versucht mein Körper zuerst ganz heftig, es loszuwerden. Ich fange an zu schwitzen, und es endet damit, daß ich stinke wie ein Heuballen.«
»Hast du getrunken?« fragte Connie.
»Bleib da«, murmelte Sara zerstreut und gab keine Antwort auf Connies Frage, »und rühr dich nicht.«
Sie stieß sich von der Wand ab und schwankte ins Wohnzimmer. Sie blieb mehrere Minuten lang weg. Connie blieb ziemlich verwirrt, wo sie war, bis Sara wieder auftauchte, eine Schrotflinte umklammernd und eine Handvoll Kugeln. Sie stützte sich am Türrahmen ab, während sie schwerfällig das eine in das andere lud.
Connie beobachtete sie ungerührt. Sara hielt die Schrotflinte auf den Boden gerichtet.
»Sicherheitsmaßnahme«, murmelte sie, halb zu sich selbst.
Connie gefiel die Schrotflinte nicht. »Was soll das alles?« fragte sie, und ihre Stimme klang seltsam klein.
Sara sah auf. »Warst du vor kurzem draußen?« flüsterte sie und wies mit dem Kopf in Richtung Haustür.
»Wo draußen?«
»Dort draußen.«
»Natürlich. Vorhin.«
»Und dir ist nichts aufgefallen?«
»Nein. Nichts Besonderes.«
Sara rieb sich die Stirn mit der Faust. »Die Sache ist die«, sagte sie, und ihre Stimme wurde wieder lauter, »ich habe die Dinge zu klar gesehen. Ich war so selbstgefällig und zufrieden und *voller Hoffnung*. Ich meine, heute morgen. Gestern abend. Dann ging alles leicht bergab, und plötzlich hatte ich das Gefühl, daß ich die Dinge in Wirklichkeit nicht mehr klar sehen *wollte*. Deshalb bin ich in den Pub gegangen und habe ein paar getrunken. Selbstmitleid. Aber es hat nicht funktioniert. Das tut es nie ...«
Sie untersuchte die Flinte. »Oh ...«, schniefte sie.
»Was hast du gesehen?« gab Connie schließlich das Stichwort. »Draußen?«

Sie hoffte auf einen Schlüssel zu ihrem eigenen kleinen Geheimnis, doch das war töricht.
Sara schloß die Augen und sprach langsam. »Auf der Straße«, sagte sie ruhig, »in der Nähe des Elektrozauns. Ein Ding auf der Straße. Ein kleines, dunkles Ding ...« Sie schauderte. Sie machte die Augen wieder auf. »Dann habe ich geblinzelt, und es war weg. Aber plötzlich war alles so still. Keine Geräusche. Der Hühnerstall war ganz in der Nähe von dort, wo ich stand. Und ihr Gegacker ist mir so vertraut. Aber da war nichts. Kein Gegacker. Deshalb bin ich zu den Hühnern hineingegangen. Ich habe Hühner ...«, sie verlor den Faden und nahm ihn wieder auf, »in einem Stall. Und sie waren alle tot. Zehn Hühner. Alle tot. Keines fehlte. Kein Anzeichen für einen Einbruch oder einen Kampf. Keine Federn. Aber Blut. Dunkel. Ein kleiner Fluß. Wie ein seltsamer ... ein sehr häßlicher ... wie eine Art stiller *Vorwurf.*«
Sara schüttelte schnell den Kopf, als hätte sie Wasser in den Ohren und versuchte, es unbedingt loszuwerden. »Danach bin ich in einer Art Panik zu den Wildschweingehegen zurückgerannt. Und der Zaun war unten. Und der Elektrodraht innen auch ...«
Sie schauderte. »O Gott! Der Zaun war unten. Er war *unten*!«
Connie bemühte sich, sich von Saras Stimmung nicht anstekken zu lassen. »Aber das wußtest du bereits«, sagte sie sanft, »oder nicht? Du bist gestern erst losgegangen, um Draht zu holen und ihn wieder zu reparieren.«
»Nein.« Sara schüttelte den Kopf. »Das ist der ganze Punkt. Ich war gestern bei Luke. Du hast mich dort gesehen. Du hast mich doch gesehen?«
»Ja.«
»Und in Wirklichkeit war der Zaun in Ordnung. Ich habe gelogen.«
Sara hatte die Schrotflinte fertig geladen. Sie atmete tief durch. »Der große Eber ist weg«, sagte sie ruhig. »Wahr-

scheinlich ist er in der Nähe, aber er ist gefährlich. Deshalb werden wir das hier brauchen.« Sie hielt die Waffe in die Höhe.

»Was willst du tun?«

»Ich werde ihn finden. Ich werde ihn erschießen. Er kann jetzt nicht mehr ins Gehege zurück, selbst wenn er wollte. Ich mußte den Elektrodraht wieder hochziehen, um zu verhindern, daß die anderen abhauen.«

»Soll ich mitkommen?«

»Ja. Sobald wir die Polizei angerufen haben.«

Connie verspürte ein kurzes Unbehagen. »Die Polizei?«

»Sie werden sich an die Bevölkerung wenden müssen, um sie zu warnen ...«

Connies Gedanken wanderten zu Jim und Ronny.

»Aber er kann doch noch nicht allzuweit sein, oder?«

»Nein.« Sara zögerte. »Du hast recht. Wenn sie draußen sind, brechen sie leicht in Panik aus. Sie sind in Wirklichkeit sehr mit ihrem Zuhause verbunden. Außer ...«, sie hielt inne, »außer er glaubt, irgendwo in der Nähe ein Weibchen zu riechen, oder wenn er eine Witterung aufnimmt, die er für die eines Konkurrenten hält ...«

Sara ging zur Haustür und öffnete sie. »An dem, was du sagst, ist allerdings etwas dran«, grübelte sie. »Ich stehe in diesem ganzen Durcheinander da, als wäre ich vollkommen inkompetent.«

»Eine Stunde«, murmelte Connie, »wir könnten der Sache eine Stunde geben.«

Sara straffte die Schultern. »Aber wir müssen Prioritäten setzen. Wir müssen vor Einbruch der Dunkelheit noch etwas erreichen.«

Sara spähte düster über Connies Schulter. Der Himmel war enorm, und es dämmerte bereits.

»War er es?« fragte sie leise.

»Wer?«

»War er es, der auf der Straße, der die Hühner getötet hat?«

Sara lächelte und strich seltsam bedauernd und zärtlich mit der Handfläche über den Gewehrkolben.
»Nein«, sagte sie schließlich. »Nein. Er war es nicht.«

36

Luke ging auf und ab. In der Hand hatte er einen Bogen Negative, den er immer wieder gegen das elektrische Licht an der Wohnzimmerdecke hielt und genau betrachtete. Er sah, hm, Saras Anus, ihren Ellbogen, doch klein und fleckig und gedämpft. Trotzdem ziemlich gut aufgenommen. *Verdichtet.* Er warf sich aufs Sofa.
»Ein echter Pornograph.«
Er sprach es laut aus, zu laut, wie ein altmodischer Rektor auf einer Schulversammlung. Was bedeutete das? Sie hatte es gesagt, als würde sie es gutheißen. Nun, beinahe. Seine Finger zuckten. Er wollte rauchen. Trinken. Alte Sünden.
Vollkommen akzeptiert zu werden. Gevögelt, aber nicht intim? Verloren?
Luke starrte tieftraurig und ein wenig blinzelnd auf das kleine, dunkle Negativ von Saras Lieblingstasse und der dazugehörigen Untertasse.
Ist es nicht das gleiche? fragte er sich; das gleiche eigentlich wie das gefürchtete Malen-nach-Zahlen? Ist nicht das einzelne, bedeutendste Element in diesem Bild genau das, was fehlt?
In erster Linie Sex, schlicht und einfach. In zweiter – hier, mit der Tasse und der Untertasse –, waren es die Lippen, die tranken, die Hand, die hielt. Es war Sara. Fehlte. Das Ganze. Und wenn sie wirklich, wenn sie wahrhaftig glaubte, daß dieses Bild auf irgendeine verrückte Weise einen bedeutenden Teil ihrer selbst enthielt, dann war sie schlicht auf dem Holzweg.
Ich sehne mich danach, die Lippen zu sehen, dachte Luke, und die Zunge und den Mund und den Hals und die Brüste,

genauso, wie ich mich danach sehne, die Leute in den Malen-nach-Zahlen-Photos einfach vögeln zu sehen. Nicht einfach Zahlen auf einem Blatt, die darauf warten, in einer groben Annäherung miteinander verbunden zu werden. Ich möchte alles klar und sauber und offen. Nicht nur Stückwerk. Ist das falsch von mir?

Ein echter Pornograph. Was bedeutete das? Nur Oberfläche? Nichts darunter? War es wirklich etwas, dessen man sich schämen mußte?

Ich habe ein großes Herz, entschied Luke, und wenig Phantasie. Doch Frauen sehnten sich nach Phantasie. Sie brauchten sie. Sie wollten so-tun-als-ob und pseudo und verlogen und Unsinn. Frauen verlangten nach Moltofill. Sie wollten nicht die richtige Sache, die solide, nicht-poröse Wand. Sie wollten keinen Durchschnittstyp. Nicht wirklich.

Ich brauche eine Kippe, dachte Luke. Ich lebe, um Gottes willen. Ich bin ganz hier und ganz jetzt und ganz bereit und ganz fähig. Ich lebe! Er ging zur Tür und riß sie auf. Das Meer, das Meer. Grau und braun. Bald würde es regnen. Draußen war es trübe, trüber noch, als es je zuvor ausgesehen hatte, falls das überhaupt möglich war.

Was für eine Aussicht. Luke schnitt eine Grimasse. Was für eine verdammte Landschaft! Und dann, direkt darauf, scheiß auf die Landschaft, ich will *mehr*. Er brauchte eine Zigarette.

Nathan versuchte, Margery bei der Arbeit zu erreichen, doch sie konnte nicht ausfindig gemacht werden; da es sich bei dieser Sache praktisch um einen Notfall handelte, beschloß er spontan, ihr eine Notiz zu schreiben, sie unter ihrer Tür hindurchzuschieben und sich ihr Auto ungefragt auszuleihen. Er hatte seine eigenen Schlüssel. Es wäre in Ordnung. Dennoch brütete er sorgfältig über der Formulierung dieser Notiz. Lily lungerte herum. Sie war aufdringlich. Sie störte immer wieder. Sie tropfte und wischte in seiner kleinen Küche, während sie sich gleichzeitig ein Sandwich machte. Mit liebenswertem

Gusto suchte sie die verschiedenen Bestandteile in Schrank und Schublade und Kühlschrank zusammen.

Margery,
Ich habe mir das Auto ausgeliehen. Ein alter Freund ist aufgetaucht …

»Wo ist der Mülleimer? Ist er versteckt?«
»Wie bitte?«
»Ich suche den Mülleimer.«
»Es gibt irgendwo eine Tüte, in dem Schrank unter der Spüle.«
»Oh. Richtig. Danke.«

Und ich wollte …

Er strich diesen Teil durch.

Und er mußte nach …

Lily spähte Nathan über die Schulter und nippte an einem Glas Milch. Er sah zwei dunkle Blutstropfen in das Weiße platschen, dann kurz darauf das Auftauchen eines hellen, erdbeerfarbenen Kreises.
»Was tust du?«
»Ich schreibe eine Notiz. Ich leihe mir das Auto von jemandem.«
»Nun, du hudelst besser ein bißchen, sonst kommen wir in den Berufsverkehr.«
»*Hudeln*? Nathan versuchte ein Lächeln zu unterdrücken.
Neues Blatt.

Liebe Margery,
Ich mußte mir dein Auto leihen. Keine echte Krise oder so was.
Nathan.

Er faltete das Blatt in der Mitte. Lily verschlang jetzt ein Honig-Sandwich.
»Der war mal flüssig«, sagte sie, »aber jetzt ist er ganz auskristallisiert. Ich mußte daran herumhacken. Du hättest ihn längst rausschmeißen sollen.«
»Das werde ich tun.«
Er räumte die Sachen von dem Karton und stapelte sie daneben auf dem Boden. Dann bückte er sich, um ihn aufzuheben, doch Lily hielt ihn zurück.
»Laß mich das machen«, sagte sie, reichte ihm ihr Sandwich und ging in die Hocke, um ihn selbst aufzuheben.
»Du wirst ihn ein ganz schönes Stück weit schleppen müssen«, bemerkte Nathan und sah zu, wie sie sich mit dem unerwarteten Gewicht abmühte.
»Ich kriege das schon hin«, brachte Lily heraus, und ein kleiner Milch-und-Honig-Rülpser entwich ihr und versüßte die Luft um sie herum. Nathan brachte den Rest ihres Sandwiches vorsichtig in seiner Hemdentasche unter und suchte dann nach seinen Schlüsseln. Er nahm nichts mit außer seinem Kunstbuch, das er sich mit einer so behutsamen Sorgfalt unter den rechten Arm klemmte, als handelte es sich um eine kostbare, doch ziemlich quirlige Welpe.

»Was ist in ihn gefahren?«
Luke redete leise mit Jim, der wieder seinen alten Posten auf dem Sofa eingenommen hatte. Er saß bereits seit einer Weile da, innerlich ganz schwer und zermürbt, und bemühte sich, sich aufrecht zu halten.
»Ich weiß es nicht. Ich glaube, er ist einfach fröhlich.«
Aber es war mehr als das. Jim wußte es. Es war keine echte Fröhlichkeit, sondern etwas Ähnliches. Es war ein kompliziertes Gefühl, das sich aus gleichwertigen Teilen zusammensetzte.
»Fröhlich?« Luke kratzte sich an der Brust.
Ronny pfiff in der Küche tonlos vor sich hin und klapperte herum.

»Was für ein seltsamer Mann.«
Jim lächelte ruhig. Luke starrte ihn an. »Du siehst anders aus.«
»Ja?«
»Größer.«
Jim sagte einen Moment lang nichts. »Kann ich etwas für dich tun?«
Luke sah einfältig aus. »Ich brauche eine Zigarette.«
Jim schüttelte den Kopf. »Keine gute Idee.«
»Ja. Ich weiß. Aber ich will trotzdem eine.«
Luke trommelte mit den Fingern einen rhythmischen Zapfenstreich erwartungsvoller Ungeduld auf seinen dicken Bauch. Jim beobachtete ihn, hypnotisiert von der vibrierenden braunen Haut.
»Unglücklicherweise«, Jim zögerte und betastete mit der rechten Hand seine glatte Wange, »habe ich sie weggeworfen.«
Luke beendete seinen Zapfenstreich. »Du nimmst mich auf den Arm.«
»Nein. Ich dachte, das wäre der beste Weg, dich davon abzuhalten, wenn deine Willenskraft zusammenbräche.«
Luke versuchte diese Information zu verdauen und nickte langsam. Jim erwartete halb, daß er aufspringen, sich in sein Auto stürzen und in die Zivilisation davonstürmen würde. Doch nein. Statt dessen warf er sich aufs Sofa.
»Von allen meinen Sünden«, deklamierte Luke überschwenglich, »sind Frauen die schlimmste. Zigaretten kommen an zweiter Stelle. Dann das Essen. Dann der Alkohol.«
Jim sagte nichts. Luke veränderte seine Position. Er zog Ronnys Strickjacke unter sich hervor.
»Mein Wagen steht immer noch drüben auf Saras Farm, sonst wäre ich blitzschnell losgefahren, um mir welche zu kaufen. *He!*« Er rieb seinen Oberschenkel. »Mich hat gerade etwas gepikst.«
Luke drehte die Strickjacke am Kragen um. Aus der linken Tasche ragte eine silberne Messerspitze.

»Du lieber Himmel.«
Er zog das Messer aus der Tasche. Als er es herausnahm, fiel auch noch etwas anderes heraus, in Plastik eingeschweißte Tabletten. Das Messer hatte eine große, feststehende Klinge. Sogar in seiner ziemlich großen Hand sah es groß aus. Luke stieß einen Pfiff aus. »Gehört dieses Ding dir?«
Jim bückte sich und nahm die Tabletten an sich. Er ließ die halbleere Packung in seine Tasche gleiten. Luke inspizierte immer noch das Messer. Er hatte es nicht bemerkt.
»Es gehört nicht mir. Es muß Ronny gehören.« Jims Haut prickelte beim Anblick der Klinge. »Ich mag keine Messer.«
»Das ist ein richtiges Jagdmesser.«
»Ja.«
Luke hielt das Messer immer noch in der Hand. Es schien ihm Vergnügen zu bereiten. Schließlich sagte er: »Was soll ich nun damit machen?«
Jim streckte die rechte Hand aus. »Gib es her. Ich werde es irgendwo in Sicherheit bringen.«
Er nahm das Messer und legte es unter das Sofa. Luke hielt immer noch die Strickjacke. Er schüttelte sie noch einmal.
»Was ist das?« Er nahm einen Brief aus der anderen Tasche.
»Oh. Das ist nur ein Brief.«
Er steckte ihn sofort wieder zurück. Ganz die personifizierte Anständigkeit.

Ronny hatte so viel Energie. So viel, daß er nicht recht wußte, wo oder wie er sie einsetzen sollte. Sie entflog ihm. Die Energie. Sie verschaffte sich Luft. Entstöpselt. Sie war überall. Wurde vom Fußboden zurückgeworfen, von den Wänden, der Decke, den Fenstern.
Auf dem Kocher stand ein Topf mit Spaghetti, doch die Herdplatte darunter war noch kalt. Ronny saß dicht daneben auf dem Linoleum, die Beine von sich gestreckt. In der flachen Hand hielt er eine kleine, gefrorene Butterportion. In

der anderen Hand hielt er das Bündel Briefe. Er versuchte, die Briefe zu lesen, doch er konnte nicht. Warum? Seine Augen? Nein. Angst! Das war es. Er konnte es einfach nicht. Er *konnte* es einfach nicht. Denn plötzlich hatte er dabei ein rundum schlechtes Gefühl.
Zu viel Energie. Wenn zu viel Energie vorhanden war, worauf zum Teufel verwendete man dann den Überschuß? Und ein Teil davon war immer schlechte Energie. Ein kleiner Teil. Eine dunkelrot-schwarze Energie. Wie eine Verletzung. Sich ausbreitend. Vergiftend. Blutend. Kriechend. Tief ins Innere und unter die Haut.
Wenn Monica etwas passieren würde, dachte er immerzu, wie könnte ich das aushalten? Er spürte eine kurze Panik. Was ist, wenn ich endlich mein Zuhause gefunden habe, doch die Tür ist bereits geschlossen? Was ist, wenn ich endlich mein Zuhause gefunden habe, und die Tür ist für mich verschlossen und verriegelt?
Da waren noch zwei Briefe. Er hatte sie nicht gelesen. Zwei weitere. Der letzte sehr kurz. Nur ein paar Worte. Ich brauche Geld, dachte er, ich brauche Geld. Dann muß ich nicht lesen. Ich kann hinausgehen, und ich kann *finden*.
Die Butterportion schmolz. Ronny starrte auf seine Uhr. Wie lange hatte das gedauert? In seiner flachen Hand. Von gefroren zu geschmolzen? Er rechnete.
Dann drehte er die Uhr um. »Für den großen Ron, in Liebe, Deine Elaine.«
Er stellte fest, daß er aus irgendeinem ihm unbekannten Grund zitterte.

37

Margery schob die Tür auf und ging hinein.
»Nathan?«
Sie rief nach ihm, obwohl sie bereits wußte, daß die Wohnung leer sein würde. Sie machte die Tür hinter sich zu und lehnte

sich dagegen. Die Notiz, die er geschrieben hatte, hielt sie in der Hand. Sie hatte sich nicht davon täuschen lassen. Ihre Blicke suchten das Zimmer ab. Sie atmete tief durch. Sie konnte ihn riechen. Haaröl. Und einen anderen Geruch. Sandelholz.

Sie ging langsam durch das Zimmer und berührte verschiedene Gegenstände. Den Fernseher. Die Rückenlehne des Sofas, das Bücherregal. Es war ein schlichtes Zimmer. Es gab wenig anzufassen darin. Sie bemerkte etwas auf dem Teppich. Ein brauner Fleck. Verscharrt. War das Blut? Sie hielt inne. Sie kniete nieder, um ihn sich genauer anzusehen. Hör auf! sagte sie zu sich selbst. Hör auf, nach Bestätigung zu suchen. Bestätigung? *Wofür?*

Nicht weit entfernt von dort, wo sie hockte, lagen eine Heftklammer und ein kleines Stück eines Papiertaschentuchs auf dem Teppich. Sie hob sie automatisch auf und warf sie in den Papierkorb.

Sie wäre beinahe weggegangen, doch dann ... Moment ... sie spähte in den Papierkorb, streckte die Hand aus – tastend, suchend – und zog aus seinen Tiefen ein quadratisches Stück Stoff: steif und braun an den Rändern, feucht und rosafarben in der Mitte.

Wie Leber, dachte sie. Rot und roh in der Mitte, mit braunen Rändern. Lammleber. Kalbsleber. Leber. Doch selbstverständlich war dies einfach Nathans Taschentuch. Und das war Blut. Wahrscheinlich seins. Nasenbluten. Sie ließ das Taschentuch fallen und ging in die Küche, um ihre Finger abzuwaschen.

Dort fand sie noch eine Spur rotbrauner Flecken, die von der Spüle zum Kühlschrank führte. Der Honig stand draußen. Offen auf der Arbeitsplatte. Und die Milch.

Sie griff instinktiv nach der Tüte, um sie in den Kühlschrank zu stellen. Doch als sie an der Tür zog und das Ansaugen der Gummidichtung registrierte, schrie es in ihrem Gehirn: TATORT.

Sie stellte die Milch trotzdem zurück. Sie zwang sich dazu.

Doch die Polizei ist so pedantisch mit Details, dachte sie flüchtig, und meine Fingerabdrücke sind überall ...
Sie kehrte ins Wohnzimmer zurück. Sie blinzelte die Tränen zurück. War dies Verrat, oder war es einfach das Leben? Es war weder das eine noch das andere. Es war das Ende der Liebe. Das ist das Ende der Liebe, sagte sie zu sich selbst. Das ist das Ende der Liebe. Ohne Vertrauen gibt es den Verdacht. Und der nächste Verbündete des Verdachts ist die Verachtung. Und die Verachtung? In welchem Verhältnis könnte sie je zu irgend etwas Gutem stehen?
Nathans Leben war voller Leerräume. Margery fühlte sich zu klein, um sie auszufüllen, zu gemein, um sie zu übersehen. Leerräume. Und jetzt würde sie noch einen weiteren hinterlassen.

38

»Hat Luke denn bekommen, was er wollte?«
Sie saßen am Küchentisch. Ronny redete.
»Nein. Er wollte seine Zigaretten.«
»Aber du hast sie weggeworfen.«
Jim sah von seinem Essen auf, das aus Dosenspaghetti, giftgrünen Erbsen und Fleischbällchen bestand. »Woher weißt du das?«
»Ich muß sie gesehen haben. Im Mülleimer. Armer alter Luke.« Ronny lachte. Sein Mund war halb voll. Es war, als schaue man in das Innere einer schlecht funktionierenden Waschmaschine, die mit ihrem Schnellprogramm für Farbiges kämpfte.
Er aß mit ziemlich verblüffender Geschwindigkeit und benutzte beide Hände. Jim fiel auf, daß er die Gabel ganz normal hielt, das Messer jedoch mit der geballten Faust packte und, einigermaßen beunruhigend, direkt auf seine Brust richtete.
Während Ronny aß, redete er stoßweise und wedelte mit dem

Messer, allerdings nicht, um irgend etwas besonders Bedeutungsvolles zu unterstreichen. Er schien nicht imstande, sich länger als einen Augenblick auf einen Gedanken zu konzentrieren.

Als eine Art Kontrast, eine forcierte Reaktion, aß Jim langsam und benutzte nur die rechte Hand. Er verspeiste lediglich eine winzige Portion der Mahlzeit, die Ronny für sie zubereitet hatte, und schob seine Schale dann zur Seite. Er war der wahre Inbegriff von Schlichtheit und Zurückhaltung. Wenn ich mir genug Mühe gebe, dachte er verzweifelt, dann kann ich Ronny durch mein positives Beispiel vielleicht wieder in sein besseres Selbst zurückverwandeln.

Unter dem Tisch lag seine linke Hand in seiner Tasche schlaff auf der halbleeren Pillenpackung. Ronny redete. Er sagte gerade: »Ich habe heute nachmittag drei volle Tüten Muscheln gesammelt. Für das Wandbild. Du könntest nach dem Abendessen kommen und mir helfen, wenn du Lust hast ...«

Jim lächelte ermutigt. »Ich würde dir sehr gerne helfen«, sagte er, »aber ich habe Luke bereits versprochen, daß ich sein Auto von der Farm abholen werde. Aus irgendeinem Grund möchte er nicht hingehen und es selbst holen ...«

»Die Farm?«

Ronny hörte auf zu kauen und sah direkt in Jims glattes Gesicht. Er sah finster drein. »Was ist auf der Farm?«

Einen winzigen Augenblick lang hatte Jim unerklärlicherweise eine Vision von Connie. Sie stand vor ihm, blaß in den Wellen, ihre kleinen weißen Hände schützten ihre kleinen Brustwarzen.

»Was ist auf der Farm?« wiederholte Ronny beinahe harsch.

Jim blinzelte. »Sein Auto steht auf der Farm. Lukes Auto.«

Ronny legte sein Messer auf den Tisch. Er starrte düster darauf. Plötzlich herrschte eine große Kluft zwischen ihnen. Jim konnte sie nicht ergründen. Es war, als hätte gerade irgendein außergewöhnlicher Verrat stattgefunden. Doch auf welcher Seite? Und von wem?

»Ich habe darüber nachgedacht, was du vorhin gesagt hast«, sagte er sanft, »daß du Geld brauchst. Es gibt vielleicht einen Weg, an welches heranzukommen ...«
Ronny zuckte nur zusammen. »Ich kann gerade nicht daran denken«, sagte er ruhig. Seine Blicke flackerten durch das Zimmer wie zwei ängstliche Grünfinken.
»Im Schrank unter der Spüle ist ein bißchen Gips«, sagte Jim und versuchte, ihn wieder auf die richtige Bahn zu lenken, »und eine Kelle sollte dort auch sein ...«, er sah zum Fenster hinüber, »aber draußen wird es bereits dunkel, und es sieht nach Regen aus.«
Ronny stand abrupt auf. »Es ist nur richtig, daß ich die Dinge zu Ende bringe«, sagte er, drehte sich um und riß die Schranktür weit auf, »daß ich die Dinge zu Ende bringe, bevor ich weiterziehe.«
Mit beiden Händen packte er den Gipsbehälter, die Kelle und ein altes Wischtuch. Jim blieb sitzen, sah Ronny verständnislos zu und versuchte herauszufinden, was genau er damit meinte. Weiterziehen? Umziehen? *Wohin?*
Ronny ging hinaus, ging, seine Beute an die Brust gepreßt, mit quietschenden und knirschenden Schuhen durch das Wohnzimmer und dann hinaus ins Graue.
Jim starrte an die Decke und dann auf die Reste seiner Mahlzeit hinunter. Er nahm die beiden Schalen und das Besteck in die rechte Hand, stapelte sie ineinander und trug sie hinüber zum Tretmülleimer, um sie sauberzukratzen. Er drückte mit dem Fuß auf das Pedal, und der Deckel sprang auf. Er beugte sich vor. Doch bevor er die Reste hineinkippte, hielt er inne. Er guckte hinein.
Lukes Zigaretten. Waren sie immer noch da? Er schaute genauer hin. Benson & Hedges. Goldene Schachtel ... Nein. Kein Schimmer. Er kniff die Augen zusammen. Unter anderen Abfällen lag etwas – keine Zigarettenschachtel, sondern ein anderer glänzender Gegenstand, aus Metall. Eine Uhr. Die goldene Uhr. »Für den großen Ron, in Liebe, Deine Elaine.« Das Zifferblatt ganz eingedrückt und zerbrochen.

Jim stellte die Teller ab und zog die Besteckschublade auf. Er untersuchte die Messer. Ein stumpfes Brotmesser, ein kleineres, schärferes Küchenmesser, ein Steakmesser. Er sammelte sie ein. Außerdem nahm er das Messer, das er beim Essen nicht benutzt hatte, und Ronnys Messer, das immer noch auf dem Tisch lag. Er ging ins Wohnzimmer hinüber, zum Sofa, bückte sich und holte das Jagdmesser darunter hervor.

Er ging zur offenen Tür und schaute hinaus. Die Flut schwappte herein. Ihre große, schmutzige Zunge lappte und leckte, schaumgekrönt, ungefähr sechs Meter von ihm entfernt. Er trat auf den Sand, schaute kurz auf die Messer in seiner Hand und warf sie dann mit aller Kraft, die er aufbringen konnte, hinaus, hinaus, hinaus in den donnernden Bauch des Meeres.

Wieder zurück im Haus, machte sich Jim auf die Suche nach weiteren möglicherweise gefährlichen Gegenständen. Das Zahnputzglas im Bad, ein kleiner Spiegel im Badezimmerschränkchen und der Rasierer. Im Wohnzimmer hob er einen alten schwarz-gelben Schraubenzieher auf. In der Küche eine halbvolle Ketchup-Flasche und ein Glas mit Pflaumenmus. Den Dosenöffner. Ja.

Wieder draußen, neigte er leicht den Kopf und lauschte. Möwen und das Dröhnen der Flut. Er warf die zweite Sammlung von Gegenständen in die Flut. Er kehrte ins Haus zurück. Er stand neben dem heruntergebrannten Feuer. Er nahm den Schürhaken, betrachtete ihn mit gerunzelter Stirn und legte ihn wieder zurück. Er wandte sich zum Sofa um und bemerkte Ronnys Strickjacke. Er hob sie auf, steckte eine Hand in die Tasche und zog einen Brief heraus. Er setzte sich und öffnete ihn.

Ronny, Liebling,

Wir sprechen immer noch nicht miteinander, Louis und ich. Er verzeiht langsam. Es dauert eine Weile. Jede neue Situation bringt ihn durcheinander. Er muß die Hacken tief, tief

eingraben, tief durchatmen und sich bemühen, sich zu akklimatisieren.
Ich bin also wieder in der Fledermaushöhle. Die Fledermaushöhle. Du verstehst solche Orte, nicht wahr, Ronny?

Jim blinzelte.

Ich bin also wieder in der Fledermaushöhle. Die Fledermaushöhle. Du verstehst solche Orte, nicht wahr, Ronny?

Er schüttelte den Kopf. Er drehte den Brief um.

Wir tasten beide blind herum. Wie Tiefseefische. Berühren, flüstern, rempeln an, ziehen uns zurück.

Jim zerknüllte den Brief und warf ihn in Richtung Kamin. Er prallte von der Wand ab und fiel zu Boden. Er hatte die Schultern so weit hochgezogen, daß sie beinahe seine Ohrläppchen berührten. Er bemühte sich zu stehen. Er war steif. Sein Körper war steif. Es bedurfte beträchtlicher Anstrengung, sich zu bewegen. Er war wie ein winziger Blechroboter – kein Hals, nur Schultern.
Er fing an zu laufen. Hätte ihn jemand gesehen, hätte er gelacht. Er sah so albern aus. Er sah so komisch aus. Er wurde gejagt. Sein Kopf, seine Brust, seine Beine sahen aus, als wären sie auf irgendeinen außergewöhnlichen Stoß vorbereitet. Etwas Enormes. Etwas Massives. Kein Körper allein konnte groß genug, stark genug sein für diese Art von Angriff. Kein Körper allein.
Er rannte aus dem Fertighaus. Steif, steif, steif. Den Strand entlang und dann weiter und weiter und weiter.

39

»Mir ist vorher nie aufgefallen«, flüsterte Connie, »wie schrecklich man sich draußen in der Natur fühlen kann.«
Sara ging einige Schritte hinter ihr. Connie war anfangs vollkommen ruhig gewesen, doch dann hatte sie gehört, wie die Schrotflinte in ihrem Rücken gespannt wurde, und ein Ruck war durch ihren Körper gegangen. Ein kleines Geräusch.
»Ist dir das ehrlich nie aufgefallen?« Saras Stimme klang gedämpft.
Sie hielten beide einen Moment inne, ehe sie weiterschlichen. Der riesige graue Himmel schien alles in seine dumpfen Wolken hineinzuziehen. Stimmen, Schniefen, Schritte. Sara hatte recht gehabt wegen der Stille.
Sie erreichten den Volvo. Der Plan war, daß Sara in einem sich ständig erweiternden Kreis von den Wildschweingehegen aus losgehen sollte, bis sie die äußersten Grenzen der Farm erreicht hätte. Sie würde alleine gehen. Sie würde die Flinte mitnehmen. Connie würde Lukes Auto nehmen. »Es ist ein Volvo«, argumentierte Sara, »der ist stärker als dein kleines Stadtauto. Falls du irgend etwas siehst, mußt du zurückkommen und mich holen. Es ist überall sehr matschig. Besonders auf den Wegen. Du wirst den Wagen nicht verlassen, nicht einmal für einen Augenblick. Versprochen?«
»Versprochen.«
Connie hatte inzwischen das Gefühl, die ganze Welt sei bedrohlich. Sogar die Luft. Sogar der Matsch. Alles. Sara hatte ihre Regenkleidung angezogen.
»Melde dich ungefähr jede halbe Stunde.«
»Gut.«
Sie stieg ein. Sie stellte den Sitz und den Spiegel ein. Sara gab ihr die Schlüssel. »Und beeil dich«, sagte sie, »die Sonne geht schon beinahe unter. Wenn es dunkel wird, ist es hier pechschwarz. Als schwimme man in schwarzem Sirup.«
Connie ließ den Motor an. Sie fuhr los. Es war ein großes Auto. Die breiten Stoßstangen beruhigten sie.

Sara ging los. Sie war immer noch kribbelig. Ihre Augen suchten, doch sie konnte sich kaum konzentrieren. Ich muß herausfinden, was das bedeutet, dachte sie ständig. Diese Flucht. Ich muß ihre Bedeutung herausfinden. Doch es gelang ihr nicht. Ihre Augen waren feucht, und sie war von Staunen erfüllt. Ihre Lippen formten immerzu die Umrisse von Wörtern. Sie hatte jedoch keine Stimme mehr, keinen Atem. Ihre Lippen arbeiteten trotzdem. Ich bin allein, sagten sie. Ich bin allein. Ich bin endlich allein.

Connie fuhr langsam, die Scheinwerfer bereits angestellt. Zweimal fuhr sie an den Rand, von Zäunen und Heuballen verwirrt. Sie fuhr an einem mannshohen Maisfeld vorbei. Und ihr fiel auf, daß es zwischen einigen der Pflanzen irgendeinen Tumult gegeben hatte, sie waren zerdrückt und abgebrochen und flachgedrückt. Sie bremste. Sie schaute genau hin. Es konnte der Wind gewesen sein. Es konnte ein großer Hund gewesen sein. Oder eine kleine Kuh. Sogar ein Traktor. Sie berührte kurz das Gaspedal und hob den Fuß dann wieder.

Nein.

Draußen schien alles zu leuchten. Als wäre die ganze Erde mit süßem rosa Zuckerguß bedeckt. Die Sonne ging unter. Es hatte angefangen zu regnen.

Doch innen, *innen* schien alles so verdammt laut: der Motor, die sich drehenden Reifen, die losen Steine, die gegen den harten Wagenboden schlugen.

Sie stellte den Motor ab.

Ruhe. Sie sah an sich herab. Rosa! Ich leuchte! Ich leuchte überall! Ihre Stimme klang seltsam. Dachte sie? Sprach sie? Sie versuchte, sich zu konzentrieren und zu horchen, doch die Stimme, die sie hörte, war zu weit entfernt. Wie eine Erinnerung. Wie ein gedämpftes Niesen hinter vorgehaltener Hand. Ein verführerisches Flüstern durch eine Glasscheibe oder einen Vorhang oder eine dünne Hartfaserwand. Es gab keine *Luft*.

Sie machte die Autotür auf und stieg aus. Ja. Sie konnte wieder atmen. Es war kühl. Und die Stimme war hier auch klarer. Etwas rief nach ihr. War es das Meer? War es der Regen? War es ihr Herz? Ihre Blase? Es hätte alles sein können. Sie kam vom Thema ab. Sie war wieder draußen, und plötzlich spürte sie keine Angst.

Kennst du das, wenn du denkst, daß der Tod schnell kommen wird, Ronny, doch er kommt nicht schnell? Kennst du das? Du denkst, der Tod wird schnell kommen, doch er kommt nicht. Er stachelt dich auf. Er führt dich an der Nase herum. Er bedrückt dich. Er stiehlt dir deinen verdammten Atem. Er starrt dich wütend an. Er verarscht dich. Doch er kommt nicht. Er kommt nicht.
Kennst du das, wenn du denkst, daß der Tod schnell kommen wird, Ronny, doch er kommt einfach nicht?
Laß mich sterben! Laß mich sterben! Bitte, lieber Gott, laß mich sterben! Laß mich frei! Befreie mich! Verzehre mich! Töte mich!
Doch er kommt nicht.
Ich wartete auf Louis und wartete. Doch wie der Tod kam er nicht. Ich beobachtete den Sonnenuntergang und den Sonnenaufgang. Ich vermißte dich. Ich erinnerte mich an unsere Unterhaltungen. Erinnerst du dich? Diese geflüsterten Unterhaltungen. Und an damals, als du meine Hand gedrückt hast? Erinnerst du dich?
Ich träumte, daß ich auf einem Tisch lag und meinen Körper nicht bewegen konnte. Doch du warst da in diesem Traum, und du drücktest meine Hand. Habe ich das je erwähnt?
In der Dämmerung verließ ich die Hütte. Draußen glühte alles. Und der Nebel. Der Dampf schien zu schmelzen. Er bildete ein paar Meter vor mir solche verlockenden Formen. Ich sah ein dünnes, blasses Geschöpf, das mich aufforderte, mitzukommen. Ich folgte ihm stumm.
Der Boden war sumpfig. Dann gelangten wir zu ein paar Feldern. Und die Bepflanzung? War es Kaffee? Es gab dort

einen ausgetretenen Pfad, der dann wieder mit dem Dschungel verschmolz. Die Sonne ging auf, und ich sah, wie der Dampf sich auflöste. Ins Nichts. Verdunstete.
Ich wurde beinahe panisch. Ich war von Bäumen umgeben. Sie waren hoch, und es war zu dunkel, und die Sonne drang nur ganz selten durch ihre Äste. Es war feucht. Ich zitterte. Ich versuchte, Lichtflecken zu finden, um mich in ihnen zu wärmen. In einem solchen Fleck stand ich sehr, sehr lange. Meine Knochen schmerzten. Ich schaute ins Zentrum der Sonne und kniff die Augen zusammen.
Die Sonne blinzelte mir zu. Eine Sekunde lang. Sie blinzelte mir wirklich zu. Und in dieser Sekunde sah ich, daß in dem Baum direkt über mir, im Blätterdach, ein Mann hin und her schwang wie eine riesige Fledermaus, ein schwarzes Faultier, irgend etwas. Alles, was ich von hier unten sehen konnte, waren seine großen, dunklen Stiefel. Wie die eines Soldaten oder eines Polizisten. Riesige Stiefel.
Der Ast knirschte. Doch es war ein guter, starker Ast. Ein ordentlicher, mächtiger Ast. Er war sorgfältig ausgewählt worden. Die Sonne hörte auf zu blinzeln, fing an zu scheinen, und dann war er ganz unscharf und wieder verschwunden.
Ich war nicht traurig, Ronny. Nein, überhaupt nicht. Ich hatte eher das Gefühl, singen zu müssen. Ich hüpfte und rannte und faßte diesen Baum um seine dicke Taille, als wäre er mein Tanzpartner. Ich fand Knoten und Vorsprünge und Rindenstücke. Ich hielt ihn weiter fest. Ich tanzte Walzer und Rumba. Meine Knie fingen an zu bluten. Meine Handflächen. Doch ich kletterte hinauf.
Bald war ich über ihm. Ich sah hinunter. Er wurde kahl. Weißt du, daß mir das vorher nicht einmal aufgefallen ist? Er wurde kahl. Oben. Und er trug noch immer seine Kamera. Ich nahm mein Messer heraus und schnitt sie ihm vom Hals (wie hätte ich sie ihm sonst abnehmen sollen?).
Aus seiner vorderen Tasche ragte etwas Weißliches. Geld? Ich langte hinunter. Es war so weit! Ich streckte und streckte mich. Mein Arm berührte sein Gesicht und seine Nase und

seine Wange. Ganz kalt. Schließlich erreichte ich es. Ein Stück Papier, sauber gefaltet. Ich öffnete es. Auf der einen Seite die Quittung einer Zeitschrift für einen Artikel, den er geschrieben hatte. Auf der anderen? Vier Worte. Vier kleine Wörter in großen Buchstaben, Ronny.
ICH HABE IHN GEFUNDEN.
Gefunden.
Gefunden?
Ich hätte Louis abgeschnitten, doch diese vier Wörter erledigten mich fast. Deshalb ließ ich ihn statt dessen in seinen großen, schlechten Stiefeln dort hängen, damit sich der gesamte hungrige Dschungel an ihm nährt.
Ich habe ihn gefunden.
Wo warst du, Ronny? Warum brachtest du mich an diesen dunklen Ort? Ich rief deinen Namen. Ich rief ihn auf dem ganzen Weg zurück zu dieser kleinen schwarzen Hütte. Wo warst du? Warum läßt du mich nicht gehen? Laß mich gehen!
Die Berührung deiner Hand auf meiner rettete mich beinahe.
Deine Berührung rettete mich beinahe.
Doch ich wollte nicht gerettet werden. Es war das letzte, was ich wollte.
O warum, o warum HÖRST du nicht einfach ZU, Ronny?
M.

Alles war still. Connie sah sich um. Sie war winzig. Der Mais war dicht und umschloß sie. Er war naß, und sie hatte das Gefühl, alles sei dunkler, als es hätte sein sollen. Wie Kohle, doch ohne den Schimmer. Zuerst war da ein Pfad gewesen, doch jetzt war der Pfad nirgendwo. Ihre Hände taten weh. Irgend etwas schnitt hinein. Sie sah darauf hinunter. Die Schlüssel.
Sie versuchte zu gehen, doch an jeder Abzweigung blokkierten schreckliche Stengel ihren Weg. Sie fing an zu weinen. Ich bin so ein Kind! Ich bin so ein blödes Kind! Ich kann es nicht glauben. Ich bin so ein verdammt blödes Kind!

Sie hörte ein Geräusch und bemühte sich, darum herum zu gehen. Doch der Mais verstellte ihr den Weg. Sie rannte wild hinein, stellte sich alle möglichen Horrorszenarien vor. Die Zähne, die Hauer, die feurigen Augen. All das Fell, all diese Borke, all diese Rauheit! Sie war durchnäßt und heulte. Sie wurde hysterisch. Nach all ihren Versprechungen war sie einfach losmarschiert und hatte das Auto verlassen! Ihr Gesicht wurde gepeitscht, und ihre Haare waren voller Stengel- und Bart- und Kolbenstückchen.

»Hör auf. Halt still. Was ist mit dir los?«

Über ihrem eigenen Gegurgel hörte sie kaum seine Stimme.

»Ich tue dir nicht weh. Hör auf zu weinen.«

Sie streckte die Hände aus. »Ich kann nichts sehen. Ich kann nichts fühlen. Ich glaube, ich bin tot!«

»Nein. Es ist dunkel. Du hast Haare in den Augen. Du bist durchnäßt.«

Sie spürte, wie jemand ihren Pony berührte.

»Hör auf zu weinen.« Er klang wütend.

»Es ist immer noch zu dunkel«, sagte sie.

»Heute nacht gibt es keine Sterne. Keinen Mond. Nur Wolken.«

Connie blinzelte ein paarmal.

»Zeig mir deine Hände«, forderte sie.

Irgend etwas vor ihr flatterte weiß. Sie streckte ihre Hände aus und berührte ihn. Seine Haut war so weich. Seine Hände waren warm.

»Wie hast du mich hier gefunden?«

»Ich bin vorbeigekommen. Ich sah den Wagen. Ich hörte dich weinen.«

»Was ist mit mir los?«

»Ich weiß es nicht.«

Sie hielt seine Hand fest. »Du bist außer Atem.«

»Ich bin gerannt.«

Er rang immer noch nach Luft.

»Du wirkst größer als früher.«

Er sagte nichts. Sie lächelte. »Deine Hand ist ganz warm.«

»Komm, wir gehen zurück zum Wagen.«
Jim drehte sich um und führte sie durch den Mais. Eigentlich war es überhaupt keine Entfernung. Fünf oder sechs dürftige Schritte, und sie standen wieder auf der Straße. Sie konnte ihn jetzt beinahe richtig sehen. Sie schniefte, leicht verlegen.
»Eines der Wildschweine ist ausgerissen. Sara wollte die Polizei verständigen, doch ich habe sie davon überzeugt, es nicht zu tun ...« Sie starrte ihm ins Gesicht. Er versuchte, sie nicht anzusehen. Er keuchte.
»Vielleicht hätte sie sie anrufen sollen«, brachte er schließlich heraus.
»Ich habe an dich gedacht«, sagte Connie leise, zog dann ein Gesicht, wie sich das anhörte, ehe sie hinzufügte: »Und ich habe an Ronny gedacht.«
Sie drückte seine Hand.
»Und ich dachte an meinen Vater und sein Geld und die Verbindung ...« Sie hielt inne. »Ich hatte das Gefühl, ich müßte etwas über diese Verbindung zu Ronny verstehen. Und ich schwöre es, ich wollte niemals wissen, was Ronny getan hat. Ich wollte ihn nicht verurteilen. Ich hatte nur das Bedürfnis, meines Vaters ...« Sie wollte nicht wieder dasselbe Wort aussprechen, deshalb wählte sie ein anderes. »Den Tod meines Vaters verstehen. Seinen Tod.«
Jim schwieg weiterhin. Er atmete wieder durch die Nase. Sein Mund war fest geschlossen. Sie starrte ihn an. »Was ist los?«
Er runzelte die Stirn. »Drück meine Hand nicht so.«
Sie drückte seine Hand wieder.
»Ich weiß nicht, warum das so ist«, sagte sie, »doch in deiner Nähe mache ich ständig alles falsch.«
»Du *tust mir weh*.«
Wegen des intensiven Tons in seiner Stimme wußte sie, daß er nicht seine Finger meinte. Sie wurde nachdenklich.
»Ich tue niemandem weh. Ich möchte nur ein paar Dinge klären. Ich möchte nur helfen. Ich möchte ...«
Der Druck, den Jim zuvor gespürt hatte, am Strand, auf der

Straße, hatte sich beinahe gehoben, doch er war nicht verschwunden. Jetzt schwebte er einfach über ihm wie zwei große, körperlose schwarze Flügel.
»Wir wollen keine Hilfe. Wir müssen nicht gerettet werden. *Laß* uns einfach.«
Er versuchte, seine Hand wegzuziehen, doch sie hielt sie fest. Er beobachtete fasziniert, wie sein Zerren sich auf ihren Arm übertrug, an ihrem Schultergelenk zog und sie dann einen Schritt näher zu ihm heranholte. Sie war so klein. Ihn schauderte.
»Ich werde dir nicht weh tun.«
Sie flüsterte. Sah zu ihm auf und sah so offen aus. Sie war in einem schlimmen Zustand. Ihr Gesicht war zerkratzt und naß. Er starrte sie an, als könne er nicht verstehen, was es war, was sie wollte.
»Der Mond scheint wieder«, sagte sie, »und ich kann alles sehen.«
Sie streckte ihre freie Hand aus, schlang sie ihm um den Hals und zog seinen Kopf zu sich heran. Ihr Gesicht war hell. Sie küßte ihn auf die Lippen. Sie waren weich. Sie drückte kräftig und spürte seine Zähne ganz fest direkt dahinter. Seine Haut war so weich, daß sie ihre Nase gerne überall daran gerieben hätte. Doch er entzog sich.
»Ein Auto«, sagte er und wischte sich den Mund ab. Sein Gesicht wurde voll beleuchtet und dann wieder dunkel.
»Ich habe es nicht gehört«, flüsterte Connie, »ich habe es nicht gesehen.«
Sie ließ seine Hand los und berührte ihre Lippen mit den Fingerspitzen.
Jim war wieder frei. Er trat langsam zurück, doch er hielt Connies Blick. Er hielt ihn mit unendlicher Sorgfalt, wie ein zerbrechliches Ei, das er zwischen Daumen und Zeigefinger balancierte. Er hielt ihn und hielt ihn, dann schien ihn etwas Schreckliches und Unglückliches zu treffen, und er ließ ihn los, sein Blick senkte sich, er drehte sich um und ging in Richtung des Strandes und der Fertighäuser davon, die Schul-

tern wieder hochgezogen und den Kopf dazwischen balancierend wie einen bleichen wilden Pilz.

40

Lily weigerte sich, den Karton in den Kofferraum oder auf den Rücksitz zu stellen. »Nichts ist so sicher wie meine beiden Arme«, hatte sie festgestellt, und um das zu beweisen, hatte sie den Karton auf ihren knochigen Schoß gestellt, hatte die Arme darum geschlungen und dann ihr kleines, spitzes Kinn daraufgelegt. Nach kurzer Zeit taten ihr die Schultern weh, doch das war ihr egal.

Ihr Orientierungssinn war miserabel. Sogar nachdem sie die Kingsferry-Brücke überquert hatten, war sie allem Anschein nach vollkommen hilflos, obwohl sie sich in ihrem eigenen Revier eigentlich hätte heimisch fühlen müssen.

Nathan fand das erstaunlich. Als Kind hatte er eine Vorliebe für amerikanische Comics entwickelt. Dort hatte er alle möglichen exotischen Dinge entdeckt, nicht zuletzt Twinkies und Oreo-Kekse, von denen er keines je gekostet hatte, nur davon geträumt. Und außerdem war er zwischen den Kleinanzeigen mit ihren winzigen Illustrationen dem Meer-Affen begegnet. Eine Art Unterwasser-Geschöpf, eine langbeinige Seejungfrau, schmächtig und blaß und mager. Ein grotesk häßliches weibliches Wesen, ganz durchscheinend und mit schlotternden Gliedern. Ganz fischlippig und langwimprig und mit hexengleichen Nägeln, die zogen und zerrten. Es war ein echtes Lebewesen, stand zum Verkauf (einfach Wasser hinzufügen), doch Nathan dachte, es müsse sein wie ein Einhorn oder ein Drache. Es war schlichter, verrückter Comic-Wahnsinn.

In Lily, fand er, hatte er diesen fleischgewordenen Meeresorganismus gefunden. Sie war jeder Zentimeter ein Meer-Affe. Sie war Fisch und Schimpanse in einem. Blaß und fremd und unterwaßrig.

Sie sagte nicht viel, nur wenn er nach der Richtung fragte. Dann sagte sie: »Oh, vielleicht links?« und schaute ängstlich nach rechts. Auf diese Art kamen sie vorwärts, tastend. Ansonsten redeten sie nicht viel. Nathan schaltete das Radio ein und schlich gelassen dahin zu den sanften Tönen, die zufällig herausströmten.

»Ah. Das Gefängnis.«

Lily fuhr auf.

»Jetzt weiß ich endlich, wo ich bin.« Sie deutete darauf. »Siehst du?«

Durch sein Seitenfenster sah Nathan in der Ferne eine Kruste aus nicht zueinander passenden Ekzemen, die auf dem Kamm einer überwiegend flachen Landschaft thronten. Es war dämmrig. Die Lichter brüteten wie entzündete Pickel.

»Richtig. Ja.«

Ihn fröstelte.

»Ich habe es gesehen.«

»Was?«

»Du hast gefröstelt.«

»Kalt.«

Er legte die Hand auf die Heizung.

»Bremse.«

Lily sagte es so sanft, daß Nathan die Art ihrer Bitte zunächst nicht verstand.

»Ich sagte *halt an*!« Dieses Mal sagte sie es lauter.

Er fuhr an den Rand. Sie waren auf einer kleinen, kurvigen Landstraße. Lily kurbelte ihr Fenster herunter.

»He!«

Der Motor lief im Leerlauf. Hinter ihnen sah Nathan einen dicken Mann, der am Straßenrand entlangschlenderte.

»He!«

Der dicke Mann hielt inne und warf über die Schulter einen Blick zu ihnen herüber. Er zögerte. Er schien nicht besonders erfreut zu sein, sie zu sehen.

»Wohin gehen Sie?« schrie Lily.

Der dicke Mann schaute finster drein. »Warum?«

»Ich wollte es nur wissen.«
»Ich gehe zum Pub, Zigaretten kaufen.«
»Aber Sie sind schon lange dran vorbei.«
»Wie bitte?«
»Sie sind schon lange dran vorbei. Sie hätten vor ungefähr einer Meile nach links gehen müssen.«
Der Mann sah enttäuscht aus. »Scheiße.«
»Ich nehme an, in diesem Fall würden Sie gerne mitfahren, oder?«
Der dicke Mann ging ein paar Schritte auf sie zu. »Eigentlich ja. Falls das nicht zuviel Umstände macht.«
»Aber es macht zuviel Umstände.« Lily kurbelte ihr Fenster hoch. »Fahren wir.«
Nathan rührte sich nicht. Er schaute immer wieder in den Rückspiegel. Luke war eine Mischung aus Wut und Verzweiflung. Es war eine mitleiderregende Mischung.
»Wir können ihn doch nicht einfach stehenlassen, oder?«
»Natürlich können wir das. Tu es!«
Nathan fuhr los und schnell von ihm weg.
»Wie dem auch sei«, grinste Lily, »er stinkt nach Fisch. Er würde das Auto verpesten.«
»Nach Fisch?«
»Ja. Ekelhaft.«
Ein loser Stein schlug an ihre Seite. Nathan bremste ein wenig. Inzwischen war es beinahe dunkel. Er schaltete die Scheinwerfer ein. Am rechten Rand seines Blickfeldes sah er etwas, das von der plötzlichen Helligkeit angestrahlt wurde. Es schien massiv, doch beweglich und ziemlich gewaltig. Es bockte einmal und glitt dann außer Sichtweite.
»Hast du dieses Ding gesehen?«
Sein Fuß berührte wieder die Bremse. Lily hielt das Paket umklammert und starrte stur geradeaus.
»Fahr weiter.«
»Aber hast du es gesehen?« wiederholte er.
»Ich habe es gesehen.«
Sie schien leicht genervt, doch fest entschlossen, sich nicht

aus der Ruhe bringen zu lassen. »Wir müssen nach Hause. Schnell.«
Ihre Anweisungen wurden augenblicklich präzise, ihre Stimme knapper, barscher. »Schneller«, sagte sie, als er zurückschaltete, um um eine Ecke zu biegen, »fahr schon.«
»War das ein Schwein oder ein Pony?«
»Ein Wildschwein. Ein wildes Schwein. Wir züchten sie.«
»Darf es so frei auf der Straße herumlaufen?«
Lily rollte die Augen.
»Ist es gefährlich?«
Sie räusperte sich, verweigerte jedoch die Antwort.
Sie fuhren über eine holprige Straße, die an einem großen Maisfeld entlangführte. Vor ihnen parkte ein Auto mit abgeschalteten Scheinwerfern und weit offener Fahrertür. Daneben standen zwei Menschen.
Nathan fuhr langsamer.
»Fahr nicht langsamer.«
»Ich bin nicht sicher, ob auf dieser Straße Platz genug ist für zwei Autos.«
»Es ist Platz genug.«
Sie war eine solche Drangsaliererin. Eine kleine Tyrannin. Trotzdem verlangsamte Nathan ein wenig und blendete die Scheinwerfer ab. Sie fuhren vorbei – es war gerade genug Platz –, und er sah zu dem Paar hinüber. Lily ebenfalls. Sie sog scharf die Luft ein. Sie erkannte Connie, und sie glaubte, Ronny zu sehen.
Nathan konnte nur den Mann deutlich sehen. Ein großer Mann. Haarlos. Das Licht spiegelte sich auf seinem kahlen Kopf und leuchtete in einem glänzenden Heiligenschein. Er war kantig und dünn und schlecht angezogen. Die Frau – wesentlich kleiner – wurde von seinen knochigen Schultern beinahe verdeckt. Doch der Mann ...
Nathans Gehirn reagierte nicht, auch nicht sein Kopf oder seine Zunge oder seine Brust – im Gegensatz zu Lily –, sogar sein Bauch verweigerte eine Antwort. Nur sein Herz reagierte. Es jagte, es pochte, es gab nach.

»Hörst du mir zu?«
Sein Kopf fuhr herum. »Was?«
»Ich sagte, die nächste links. Scharf links.«
Er bog ab. »Halt!« Lily kreischte. »Da ist meine Mutter!«
Nathan machte eine Vollbremsung.
Neben einem großen, offenen schmiedeeisernen Zaun stand eine dunkelhaarige Frau mit einer Taschenlampe und einer Schrotflinte. Lily stellte den Karton behutsam auf den Rücksitz und kletterte dann aus dem Auto und ging auf sie zu. »Ich habe an der Abzweigung etwas gesehen«, sagte sie, »wir beide haben es gesehen.«
Sara blinzelte in dem grellen Schweinwerferlicht. »An der Abzweigung? Bist du sicher?«
»Ja.«
»Ich habe Connie mit dem Volvo losgeschickt ...«
Lily schnalzte mit der Zunge. »Wir sind gerade an ihr vorbeigefahren. Sie parkt neben dem Mais.«
Sara knipste ihre Taschenlampe aus. »Was macht sie?«
»Woher soll ich das wissen?«
»Die Abzweigung ...«, Sara war perplex, »das ist ganz schön weit.«
Sie wies mit der Schrotflinte auf Nathan. Nathan sah es nicht. Er betrachtete im Seitenspiegel sein Gesicht. Untersuchte jede Kerbe und jede Falte. Versuchte, etwas zu erkennen.
»Wer ist das? Ist er damit einverstanden, mich dorthin zurückzufahren?«
Lily nickte. »Er heißt Nathan. Er ist sehr zuvorkommend.«
»Hallo. Ich heiße Sara«, sagte sie und schlüpfte auf den Beifahrersitz.
»Hallo«, nickte Nathan gedankenverloren.
Lily kletterte auf den Rücksitz und nahm den Karton wieder auf ihren Schoß. »Sie ist meine Mutter«, stellte Lily düster fest, »und ihre Flinte ist geladen.«
Nathan lächelte nur.
»Sie möchte, daß du uns zu der Stelle zurückfährst, wo wir vorhin den dicken Mann gesehen haben.«

Sara wandte den Kopf. »Welchen dicken Mann?«
Nathan legte den Rückwärtsgang ein.
»Welchen dicken Mann, Lily?«
Lily stöhnte. »Die fette Schlampe aus den Fertighäusern. Mr Fish.«
»Luke?«
»Er war auf der Suche nach Zigaretten. Wir haben ihm angeboten, ihn mitzunehmen, aber er sagte, er würde lieber zu Fuß gehen.«
»Und war das vor oder nachdem ihr das Wildschwein gesehen habt?«
»Oh ...« Lily sah an die Decke. »Das habe ich vergessen.«
Nathan sah nervös zu Sara hin und dann im Rückspiegel zu Lily. Sie erwiderte seinen Blick nicht. Er legte den ersten Gang ein und fuhr los. Nach ein paar Sekunden sagte er: »Ich brauche eine Wegbeschreibung.«
»Natürlich«, Sara streckte die Hand aus und machte das Radio aus, »immer geradeaus.«
Kurz darauf beleuchteten die Scheinwerfer den Volvo und Connie, die auf allen vieren daneben kauerte und auf dem Boden nach etwas suchte.
»Halt kurz an.«
Sara kurbelte ihr Fenster herunter. Als sie näher herankamen, richtete Connie sich auf wie ein Wiesel. Doch sie stand nicht auf. Sie blieb auf den Knien.
»Was ist los?« fragte Sara, als sie neben ihr waren. »Ist hier irgend etwas passiert?«
Connie war durchnäßt, und ihr Gesicht war zerkratzt und abgespannt. »Nein«, sagte sie, »nichts ist passiert.«
Sie wirkte wie betäubt. Sie hielt die Autoschlüssel in der Hand. Sie waren voller Schmutz. Sie betrachtete leicht angeekelt ihre Hände.
»Dann steig wieder in den Volvo und fahr zurück zur Farm. Lily hat das Wildschwein in der Nähe der Hauptstraße gesehen. Wir fahren dorthin zurück.«
Connies Gesichtsausdruck blieb zerstreut. Ihr Blick glitt an

Sara vorbei tiefer in den Wagen. In der Dunkelheit sah sie Nathan. Ihre Augen weiteten sich. »Nathan?«
Ehe irgend etwas anderes gesagt werden konnte, fuhr Nathan mit einem kleinen Schleudern davon. Das Auto bockte. Sara wurde nach vorne geschleudert. Lily grunzte wütend auf dem Rücksitz. Nathan stellte schnell den Fuß richtig auf die Kupplung und fuhr weiter.
Sara drehte das Fenster hoch. »Sei vorsichtig«, sagte sie knapp, »ich habe eine Waffe in der Hand.«
»Ja. Natürlich. Es tut mir leid. Es ist nur, daß ... es ist nur ...« Nathan holte tief Luft. »Ich bin Ronnys Bruder«, sagte er leise, ganz schnell, und hatte das Gefühl, es handle sich dabei um ein wahrhaft unglaubliches Eingeständnis. »Ich bin sein Bruder.«
»Wirklich?« Sara sagte es. Sie füllte lediglich Pausen in der Unterhaltung. Ihre Augen suchten die Dunkelheit ab.
Nathan schaltete die Scheibenwischer von langsam auf schnell. Er sah prüfend in den Rückspiegel. Lilys Blick traf seinen im Spiegel. Verkniffene Augen. Gemeine alte Affenaugen.

41

Jim näherte sich den Fertighäusern auf gefühllosen, sehr durchnäßten Füßen; die Dunkelheit um ihn herum trug er wie einen großen schwarzen Umhang. Alles hier hatte sich verschworen, ihn zu verbergen. Das Wetter – es war windig und regnete wieder stärker –, das Geräusch der Wellen, die schweren grauen Wolkenmassen am Himmel, die den Mond und, mit Ausnahme der stählernsten und beharrlichsten, auch die Sterne auslöschten.
Die anderen Gebäude lagen ohne Ausnahme in völliger Dunkelheit. Nur die scharfen Linien seines Hauses zeichneten sich im trüben Licht einer Glühbirne ab. Jim sah, daß Ronny für sein kreatives Projekt ein Beleuchtungssystem konstruiert

hatte, indem er eine Anglepoise-Lampe durch das Schlafzimmerfenster gezogen hatte und sie kopfüber vom Fenstersims baumeln ließ. Ihr Gewicht wurde lediglich vom Kabel und dem Stecker gehalten, die sich allem Anschein nach demnächst lösen würden, denn das Licht war von ausgesprochen schwacher Qualität, wie ein heftiges Stottern oder ein geschwindes Zwinkern.

Doch Ronny ließ sich von nichts abhalten. Er arbeitete instinktiv, klatschte den Gips mit seiner kleinen Kelle mit dem silbernen Griff an die Wand, strich ihn aus, glättete ihn, tauchte seine Hände erst in die eine, dann in die andere Tüte. Er brachte die Muscheln in engen, choreographierten Kreisen an. Eine verrückte Flechte vor ihm an der Wand, die wuchs und haftete und verhüllte.

Jim ging langsam näher heran, bis er schließlich im Windschatten des Hauses vor den schlimmsten Auswirkungen der Elemente geschützt war. Er war jetzt Ronny so nahe, daß er das Rasseln und Keuchen seines Atems hören konnte.

Immer wieder hielt Ronny inne, hörte auf mit dem, was er tat, und rieb sich die Augen. Doch seine Finger waren von den Muscheln mit Gips, Sand und Salz bedeckt. Nach einer Weile riß er sein T-Shirt hoch und rieb sich damit fest über das ganze Gesicht.

Jim sah Ronnys Rippen, alle deutlich abgebildet und klar gezeichnet, hervorstehend wie ein halbes Dutzend schmale Buchrücken. Er kämpfte gegen den Impuls an, die Finger auszustrecken und nach einem dieser dünnen, blassen Bände zu greifen und ihn herauszuziehen. Ronny ließ den Stoff seines T-Shirts los, bückte sich, um die Kelle aufzuheben, und hielt dann in der Bewegung inne. »Wo bist du denn gewesen?«

Er drehte sich nicht um, als er das sagte.

Jim war verblüfft. Er hatte sich für unsichtbar gehalten.

»Auf einem Spaziergang.«

»Was ist los?«

»Los?«

»Du klingst ... so ...« Ronny konnte das Wort nicht finden.
»Nichts ist los. Ich wollte dich einfach nicht stören.«
»Die Kelle. Siehst du die Spitze? Dein Kopf hat sich darin gespiegelt. Zuerst dachte ich, es wäre der Mond.«
Ronny kicherte bei diesem Gedanken, und das Licht unterstrich sein Vergnügen, indem es aus- und dann wieder anging.
Jim runzelte die Stirn. »Ich glaube, das Licht ist ...«
Es ging aus.
»Sogar im Dunkeln«, murmelte Ronny, »habe ich mitten im Auge diesen roten Punkt.«
Jim sah den grauen Umriß von Ronnys Kopf und Arm. Er rieb sich wieder heftig die Augen.
»Ein roter Punkt?«
Jim packte die Lampe und zerrte am Kabel. Der Stecker löste sich, und er spürte das ganze Gewicht der Apparatur in seiner Hand.
»Ich habe heute nachmittag in die Sonne gestarrt, und jetzt habe ich diesen roten Punkt.«
»In beiden Augen?«
»Ich weiß es nicht. Wie soll ich das wissen?«
»Mach mal ein Auge zu.«
»Aber der Punkt ist immer noch da, wenn ich sie zumache.«
Während Ronny redete, wandte Jim sich um und spähte in die Dunkelheit.
»Hast du etwas gehört?« fragte er leise. »Kannst du etwas sehen?«
Ronny drehte sich um. »Ich sehe Flecken. Rote.«
»Ich habe schon seit einer ganzen Weile so ein Gefühl ...«, Jim flüsterte beinahe, »meine Nackenhaare ...«
Ronny wischte sich den Sand von den Händen vorne an der Hose ab.
»Ich dachte, nur Hunde hätten das. Und Wölfe.«
»Ja ...« Jim war unkonzentriert und gereizt.

»Und Katzen ...«
Ehe Ronny zu Ende sprechen konnte, ging ein entferntes Donnergrollen einem wilden, gellenden Quietschen voraus, höher als das tiefe Donnergrummeln, doch wesentlich näher und unendlich ergreifender.
Jim fluchte, warf die Lampe ziellos in die Dunkelheit –, ein weiteres Grunzen folgte, eher verwirrt, weniger erschrocken –, dann riß er Ronny hoch und zerrte ihn mit Karacho zwischen die Fertighäuser. Sie bogen scharf um die Ecke und rasten direkt durch die Haustür ins Haus. Jim schlug sie hinter ihnen zu und griff mit der Hand nach dem Lichtschalter, doch Ronny hielt ihn keuchend zurück. »Laß es aus ...«
Während er das sagte, tastete er sich zum Fenster, zog die Gardine zurück und spähte hinaus. Jim blieb, wo er war. »Sind wir verfolgt worden?«
»Ich weiß es nicht.«
»Du hast demnach nichts gesehen?«
»Nein. Aber ...«
Ronnys Stimme klang plötzlich gedämpft und voller Ehrfurcht. Jim sah in der Dunkelheit seine Hand, mit der er ihn zu sich winkte. Jim zog seine nassen Schuhe aus und stellte sich dann neben ihn ans Fenster. Es war ein kleines Fenster, von Salz und Gischt verschmutzt. Die Flut war ein wenig zurückgewichen, doch der Wind spielte mit den Wellen, wie eine rauhe Hand die Locken eines Kindes zaust. Nur ihre weißen Spitzen waren zu sehen; sie eilten heran, stiegen, stürzten, fielen zusammen.
»Links.«
Ronny rieb über die Scheibe, wo sein Atem sie beschlagen hatte, dann deutete er auf etwas. »Siehst du? Weit links. Neben Lukes Haus.«
Jim starrte. Er konnte einen kleinen, abfallenden Strandabschnitt ausmachen und die blassen Wellen, die ihn verschlangen, das war alles. Er spürte Ronny neben sich. Seinen Arm. Seine Schulter. Und dann erinnerte er sich an Connies Ohren. Ihre *Ohren*. So klein. Wie winzige Schneckenmuscheln.

Der Mond kam heraus. Nicht richtig. Er strahlte und leuchtete nicht. Er linste schnell hinter den Wolken hervor, wie ein Pendler, der kurz von seiner Zeitung aufsieht. Doch es war lange genug. »O Scheiße«, Jims Herz schlug heftig, »was macht das denn hier?«
Ronnys Finger krallten sich um seinen Arm. Sie waren kalt und feucht von der Berührung mit der Fensterscheibe. Jim spürte sie dicht über seinem Ellbogen.
»Weißt du was?« flüsterte Ronny. »Ich glaube, es betrachtet das Meer.«
Eine riesige, zottelige Bestie, vollkommen still, die vier Beine fest in den Sand und die Muscheln und den Kies gerammt, *starrte* mesmerisiert auf das Meer hinaus.
»Es überlegt sich, ob es das Meer herausfordern soll«, sagte Jim.
»Das tut es nicht.«
»Doch. Es ist wild. Es will unbedingt alles beherrschen.«
»Nein. Es schaut einfach. Wahrscheinlich hat es noch nie zuvor das Meer gesehen. Es bemüht sich, es zu verstehen.«
Das Wildschwein hob den Kopf und witterte.
»Schweine sehen schlecht«, sagte Jim.
»Was es wohl davon hält?« überlegte Ronny. »Was glaubst du, was es davon hält?«
Jim konnte nicht sofort antworten. Er spürte Ronnys Finger.
»Es denkt wahrscheinlich, der heutige Tag sei es schließlich doch wert gewesen«, sagte er schließlich.
Ronnys Augen wandten sich für eine Sekunde von dem Wildschwein ab und sahen Jim an. »Glaubst du wirklich?«
Jim hatte es als Witz gemeint, doch als Ronny mit so süßer Gutgläubigkeit reagierte, schluckte er den Witz hinunter wie eine Kopfschmerztablette. »Ja. Die Flucht, der Streß, das Risiko, alles. Der heutige Tag war es wert. Wenn auch nur aus dem Grund, das Meer gesehen zu haben.«
Ronnys Augen wandten sich wieder dem Tier zu. »Es rührt sich nicht.«
»Es ist in Trance.« Jim machte eine Pause und sagte dann

vollkommen ruhig: »Vielleicht sollten wir diesen Ort verlassen.«
Ronny reagierte nicht. Jim wiederholte sich.
»Wir sollten diesen Ort verlassen. Bald. Heute nacht.«
Er wußte eigentlich nicht, was er meinte oder was er wollte.
Ronny starrte weiter auf das Wildschwein. »Warum?« fragte er leise.
»Alles kreist einen ein«, sagte Jim.
»Nein.« Ronnys Mund lächelte. »Es öffnet sich«, murmelte er sanft, »siehst du das nicht? Es *öffnet* sich.«
Er drückte Jims Arm, einmal noch, und ließ ihn dann los.

42

»Das war die Stelle«, sagte Lily und unterbrach damit ein Schweigen, das zu brechen sich jeder, außer den Anmaßendsten, zweimal überlegt hätte.
»Hier?« Saras Kopf drehte sich heftig wie der eines Habichts. »Bist du sicher?«
»Ja.«
Nathan stoppte den Wagen. Es regnete stark. Es war furchtbar dunkel. Er mochte die Dunkelheit nicht. Sie war immer zu tief, zu undurchdringlich.
»Und du glaubst, du hättest Luke hier gesehen?«
»Luke?« Lily betastete ihr Kinn. »Heißt er so?«
Sara ließ nicht locker. »So heißt er.«
»Nein. Er war ein Stück weiter unten auf der Straße.«
»Dann sollten wir weiterfahren. Er muß weitergegangen sein.«
»Er wollte doch umkehren, oder nicht?« warf Nathan dazwischen, ganz hilfreich, seiner Meinung nach.
Sara sah verwirrt aus. »Warum?«
»Weil er in die falsche Richtung gegangen ist. Zum Pub. Er war auf der Suche nach Zigaretten.«

Sara fixierte ihn immer noch. »Aber das ist unlogisch. Der Pub liegt eine halbe Meile weiter vorn an dieser Straße.«
»Oh«, Nathan machte einen Rückzieher, »dann muß ich etwas durcheinandergebracht haben.«
»Ja«, sagte Lily knapp, entschied sich jedoch, es dabei zu belassen.
Sara kurbelte ihr Fenster hinunter, und der Regen schlug ihr ins Gesicht.
»Es gießt wie aus Kübeln. Man sieht nichts.«
Nathan war einen Moment besorgt wegen der Sitzpolster. »Vielleicht hat er die Straße verlassen und ist über die Felder gegangen oder so was.«
Sara schüttelte den Kopf. »Das würde er nicht riskieren. Vor allem nicht im Dunkeln. Er ist neu hier in der Gegend.«
»Inzwischen ist er wahrscheinlich trocken zu Hause«, kam Lilys völlig ungerührter Beitrag vom Rücksitz.
»Sei nicht dumm«, Saras Kiefer wurden hart. »Wir sollten weiterfahren.«
Nathan tat genau, wie ihm geheißen wurde. Er fuhr langsam. Doch auch mit zusammengekniffenen Augen sah er vor der Motorhaube höchstens ein paar Meter weit. Nach einigen Minuten, als er allmählich jeden Glauben an irgendeine Existenz jenseits des dumpfen Scheinwerferleuchtens verloren hatte, sah er in ihrem Lichtschein plötzlich etwas Verschwommenes und Geisterhaftes auftauchen. Ein Hemd, ein bleiches Gesicht, zwei weiße Hände. Wie eine Vogelscheuche, die neben einer dunklen Hecke kauerte.
»Schau«, er zeigte darauf, »ist da etwas?«
Luke. Durchgeweicht, deprimiert, suchte er verzweifelt Schutz neben einem verkümmerten Busch. Lily kicherte, als sie ihn sah. Sie hielten neben ihm an, und Sara öffnete ihre Tür einen Spaltbreit. »Luke!« rief sie. »Steig ein.«
Luke betrachtete das Auto mit einem Ausdruck mißtrauischer Abneigung. Es dauerte einen Moment, bis er Sara erkannte. Nachdem er sie erkannt hatte, verdüsterte sich sein Gesicht noch mehr. »Nein, mir geht's gut.«

»Was?« Sara hörte ihn kaum über dem Lärm des Motors und des Windes.

»Mir geht's gut. Ich will nicht mitfahren.«

Er winkte sie weiter, als wäre sie eine schmutzige Taube, die ein Stück Pizza beäugt.

Lily fing wieder an zu kichern. Sara ignorierte sie und stieg aus dem Wagen und ließ die Tür hinter sich weit offen. »Du bist durchnäßt«, sagte sie. »Steig ein.«

Luke zitterte. Unpassend angezogen mit Farahs, einem Baumwollhemd und einer Strickjacke. Sara stellte fest, daß er immer noch sein Krankenhausarmband trug.

Sie senkte die Stimme. »Komm schon«, sagte sie, »steig in den Wagen. Eines meiner Wildschweine ist ausgerissen. Es ist riskant zu Fuß.«

Luke schaute zum Auto hinüber. Das Licht brannte. Er sah Lily, die ihn vom Rücksitz aus anfeixte.

»Ich will nicht mitfahren«, sagte er kalt, »ich kann sehr gut zu Fuß gehen.«

Sara spürte, wie ihr das Regenwasser in den Kragen und über den Nacken lief. Sie schauderte. »Das ist albern ...«

Er nahm ihr die schnelle Wahl dieses Kinderzimmerausdrucks übel, mit dem sie seine ausgesprochen tragische Zwangslage beschrieb. »Es ist überhaupt nicht albern«, sagte er, vor Selbstgerechtigkeit strotzend, »ich will lediglich in Ruhe gelassen werden.«

Sara senkte ihre Stimme sogar noch weiter. »Ich *kann* dich hier nicht zurücklassen. Das ist viel zu riskant. Du könntest verletzt werden, und dann hätte ich die Verantwortung.«

Lily lehnte sich auf ihrem Sitz nach vorne und hörte aufmerksam zu.

»Ich steige nicht in dieses Auto.«

»Warum?«

Er sagte nichts.

»Warum? Du bist patschnaß. Du machst dich lächerlich.«

»Das reicht.«

Luke trat vom grasbewachsenen Straßenrand auf die rauhe

Teerstraße. Er ging weiter. Sara folgte ihm. »Ich *werde* dich hier nicht zurücklassen. Hörst du? Das wäre unprofessionell.«
»O ja«, schoß Luke zurück, »ich verstehe sehr gut, was Professionalität ist«, er spuckte Wasser aus, als er das sagte, »schließlich bin ich ein *echter* Pornograph.«
Sara war völlig verblüfft. »Was soll das heißen?«
»Du solltest es wissen«, Luke schaute wütend nach vorne, »du hast es schließlich gesagt.«
»Ich habe was gesagt?«
Er ging ziemlich schnell. »Ein *echter* Pornograph.«
Sara wurde einen Augenblick langsamer – als wäre Denken für koordinierte Bewegungen ein Hindernis –, wurde dann wieder schneller, blieb neben seiner Schulter und fiel mit Leichtigkeit wieder mit ihm in Schritt.
Nathan schlich im ersten Gang hinter ihnen her. Von hinten wirkten die Lichter des Autos desorientierend. Es war ein Gefühl, als stünde man auf der Bühne des ungastlichsten Theaters der Welt.
»Hör auf, mir nachzulaufen!« bellte Luke.
»Aber ich kann mich nicht einmal mehr daran erinnern, diese Pornographie-Sache gesagt zu haben.«
»Natürlich nicht.«
»Nein, ehrlich.«
Sara spürte in sich ein leises Leuchten. Daß sie etwas so Impulsives und Tiefgründiges und zutiefst Wirkungsvolles gesagt haben konnte, völlig im Eifer des Gefechts und ohne überhaupt nachzudenken! Doch was hatte sie damit gemeint? Ein echter Pornograph? Und wie konnte sie sich aus dieser Sache wieder herauswinden?
»Ich habe Unsinn geredet«, sagte sie, »das ist mir einfach so eingefallen. Was zum Teufel weiß ich denn über Pornographie?«
»Es ist eine kalte Angelegenheit«, sagte Luke, beinahe zu sich selbst, »aber deine Bilder waren ebenfalls kalt. Sie waren kälter.«

Sara wurde angespannt. Sie blieb empfindlich. Seine Zurückweisung war immer noch neu und nicht verarbeitet.
Luke schniefte. Wasser strömte ihm über das Gesicht. Der Regen schmerzte auf seiner Haut. Es war ein Gefühl, als trample ein nasser Ameisenschwarm in Soldatenstiefeln über ihn hinweg.
»Ich glaube nicht, daß es mir hier gefällt«, verkündete er seelenvoll.
»Was?«
Sara hatte ihn gehört, konnte ihn aber nicht ernst nehmen. Sie war außer Atem und machte sich allmählich Sorgen, der Regen könnte in die Schrotflinte eindringen und den Mechanismus außer Kraft setzen.
»Es ist doch nicht wie auf dem Mond«, fuhr Luke fort, »es ist wie in der Hölle. Oder im Fegefeuer.«
»Im Sommer ist es schön hier«, sagte sie und hob die Flinte und untersuchte den Lauf, »mit dem klaren Licht und allem. Aber du hast den Sommer verpaßt.«
»Das Meer ist eiskalt, und es ist nicht einmal das Meer.«
»Natürlich ist es das. Wie würdest du es sonst nennen?«
Luke gab keine Antwort.
»Wie würdest du es sonst nennen, Luke?«
Wieder. Keine Antwort.
»Gut«, murmelte Sara, »wenn du es so haben willst.«
Sie blieb stehen, wartete, bis das Auto zu ihr aufgeschlossen hatte, und stieg wieder ein.
»Gut«, sagte sie und klemmte sich die Flinte sorgfältig zwischen die Knie, »fahr einfach hinter ihm her.«
»Und das Benzin bezahle ich«, fügte sie hinzu, als sie Nathans Ausdruck stummer Verärgerung bemerkte, während sie ihr nasses Haar zurückstrich, bis es ihr am Kopf klebte und glänzte wie geölt.

Nathan so zu sehen, in einem völlig anderen Umfeld. *Nathan*. Das hatte sie erschüttert. Denn auf irgendeiner grundsätzlichen Ebene hatte sie seine frühere Vorstellung überzeugend gefunden. Er war sanft gewesen. Er hatte diese Eigenschaft … eine Naivität, eine Unschuld. Eine Losgelöstheit. Und sie hatte ihm irgendwie geglaubt, als er gesagt hatte, daß Ronny nicht mehr Teil seines Lebens sei. Sogar nachdem sie die Verlustanzeige mit der Verbindung nach Sheppey entdeckt hatte. Sogar dann.

Sie saß zusammengekauert am Küchentisch, erschöpft, hielt einen der Blumenkohlköpfe in den Händen und wartete. Wie lange, bis sie zurückkommen würden? Und würde Nathan bei ihnen sein? Was wollte er? Von ihr? Von Ronny?

Vor einer Stunde erst hatte sie sich im Mais verirrt gehabt, und Jim hatte sie gerettet. Jim. Sie berührte den Blumenkohlkopf mit den Fingerspitzen und strich dann abwesend die grünen Blätter zurück, die das Herz schützten, schob ihre Finger darunter, zupfte ein kleines Röschen frei und betrachtete es. Sie schnupperte. Der Geruch erinnerte sie an die Briefe. An den ersten, außerordentlichen Moment, als sie herausgefunden hatte, daß sie verschwunden waren.

Sie versuchte, sich innerlich anzuspornen, ihre Lage zu überdenken, ihre Bedürfnisse, ihre Möglichkeiten, doch es war zu schwierig. Sie war zu müde. Sie sah an sich hinab. Sie trug nur einen alten Bademantel, den sie hinter der Badezimmertür gefunden hatte. Grün, aus Frottee. Sie versank darin, und zwischen ihren Knöcheln schleifte er auf dem Boden. Ihre Füße waren jedoch nackt, und ihre Zehen kribbelten auf dem Steinfußboden der Küche.

Jim. Sie berührte das kleine Blumenkohlröschen mit den Lippen und steckte es sich dann in den Mund. Der Gürtel ihres Bademantels war nicht festgezurrt, und das Vorderteil fiel auf, als sie ihren Arm zum Mund führte.

Sie sah an sich hinunter, während sie kaute, auf ihre Brust und

ihren Bauch. Leichen-Weiß. Und das Grün des Bademantels? Sie fühlte sich hart und grün wie ein Gemüse, dessen weiche Frotteeblätter sich lösen. Sie beobachtete ungerührt, wie sich ihre Haut zu einer Gänsehaut zusammenzog. Sie schluckte, schloß die Augen und sah Jims Gesicht. Seine Haut sah so hell aus. Sie leuchtete wie eine Glühbirne. Oder entsprach die Helligkeit in ihrer Phantasie tatsächlich nur dem fluoreszierenden Streifen Küche, der durch ihre Wimpern drang?
Drei Sekunden lang erwog sie diese Möglichkeit, zu erschöpft, um daran zu denken, die Augen zu öffnen, um es endgültig herauszufinden. Sie spürte, wie ihre Kiefer sich lösten, ihr Mund sich öffnete. In ihrem Gehirn war alles voller Blitze und Geknister. Ich schlafe, sagte sie zu sich selbst, endlich schlafe ich, doch dann begann die Kälte an ihr hochzukriechen, in ihre Finger, durch ihre Zehen. Sie ertappte sich bei dem Gedanken, der Tod kommt plötzlich. Plötzlich. Er war nicht immer so allmählich, wie Monica ihn beschrieben hatte.
Ihr Vater; er war da, und dann war er verschwunden. Eine Tür öffnete sich, eine andere schloß sich. Sie versuchte, ihn sich in Gedanken vorzustellen, doch es gelang ihr nicht. Jedesmal, wenn sie dachte, sie hätte ihn eingekreist, und ihn umdrehte, damit er sie ansah, wenn sie versuchte, sich darauf zu konzentrieren, ihn zu identifizieren, wurde er aufgesaugt und in den Raum hinter ihren Augen gespült wie ein öliger Wasserfleck, der durch den Abfluß verschwindet.
Connie öffnete die Augen. Mein Vater war ein guter Mann, sagte sie sich unter Tränen, ein guter Mann. Ronny wußte es. Jim wußte es. Vielleicht wußte es sogar Nathan. Sie würden bald alles bestätigen. Bald. Bald würden sie es bestätigen. Ja. Ja. Sie wiederholte es immer wieder.

Die Lichter waren immer noch aus. Ronny blieb am Fenster, von den Gardinen verborgen, verpuppt wie ein riesiger, farbloser Schmetterlingskokon. Jims Augen hatten sich an die Dunkelheit gewöhnt. Er kauerte neben dem Kamin und überlegte, ob er es wagen konnte, etwas zu verbrennen. Seine Kleider waren feucht. Ihm wurde allmählich kalt.

»Es ist wieder da«, flüsterte Ronny, »das ist sein siebter Rundgang.«

»Wohin geht es?« fragte Jim träge.

»Zu Lukes Fertighaus hinüber. Irgend etwas zieht ihn dorthin. Glaubst du, Luke ist dort drin? Die Lichter sind alle aus.«

»Ich weiß es nicht. Vielleicht nicht.«

»Wo ist er dann?«

»Luke? Im Pub. Er wollte dort hingehen, falls seine Verzweiflung zu groß würde.«

»Es ist der Geruch«, intonierte Ronny leise, »glaubst du nicht?«

»Der Geruch?«

»Dieser Fischgeruch. Er ist wie eine Visitenkarte.«

Jim lächelte ein wenig. »Du glaubst wirklich, das sei der Grund, warum das Wildschwein hier ist?«

»Warum nicht? Es wittert einen Rivalen.«

»Ich dachte, wir hätten entschieden, es sei wegen des Meeres hergekommen.«

»Es kam, um Luke zu finden, und es endete damit, daß es das Meer sah. Das Meer war ein Zusatz-Bonus.«

Jim streckte die Hand aus und strich versuchsweise damit über die Wand neben dem Kamin. Er tastete nach dem Papierknäuel, das er vor einiger Zeit dorthin geworfen hatte.

»Ich habe den Brief«, sagte Ronny ruhig, »falls es das ist, was du suchst.«

Jim sagte nichts.

»Ich habe dich beobachtet«, lächelte Ronny, »durch die Gardinen.«

Er ging vom Fenster weg und auf das Sofa zu, tastete sich darum herum und setzte sich. Jim blieb, wo er war.

»Kannst du mich sehen?« fragte Ronny.

»Ja. Ich sehe deine Hände und dein Gesicht.«

»Gut.«

Ronny bückte sich und nahm einen seiner weißen Schuhe. Jim sah, daß seine Hände zitterten.
»Erinnerst du dich, als du mich auf der Brücke nach meinen Schuhen gefragt hast?«
Jim nickte. Ronny zog seinen Schuh aus.
»Schau.«
Jim kniff in der Dunkelheit die Augen zusammen. Er sah den bleichen Umriß von Ronnys Fuß. Es war ein langer Fuß, zartknochig, doch er war nicht wie andere Füße, die er gesehen hatte. Er lief konisch zu.
»Kein großer Zeh«, sagte Ronny mit ausdrucksloser Stimme, »an keinem Fuß.«
Jims Mund wurde trocken.
»Was ist passiert?« brachte er heraus.
Ronny lächelte. »Nichts. Ich hatte nie welche.«
Jim starrte weiter auf Ronnys Fuß. »Es muß schwer sein, das Gleichgewicht zu halten«, sagte er schließlich.
»Du hast kein Gesicht, Jim«, stellte Ronny liebevoll fest, »nicht aus dieser Nähe. Nur einen roten Punkt.«
»Vielleicht ist deine Netzhaut beschädigt.«
»Sag mir, daß sie nicht tot ist.«
»Was?« Jims Kehle war wie zugeschnürt, und seine Schultern hoben sich defensiv.
»Ich hatte die ganze Zeit dieses starke Gefühl, daß sie tot ist. Sag mir, daß sie es nicht ist.«
Jim stand mühsam auf. »Ich glaube, ich höre draußen etwas«, sagte er.
»Sag mir, daß nichts Schreckliches passiert ist.« Ronny ließ seinen Schuh fallen. Er versuchte, ihn wieder aufzuheben, doch seine Hand schien nicht richtig zu funktionieren.
»Nichts Schreckliches ist passiert«, flüsterte Jim, doch er bekam keine Luft. Alles bedrängte ihn.
»Ich habe vorhin ein Messer gesucht«, sagte Ronny nachdenklich, »um den Putz an der Rückwand glattzustreichen. Ich habe keins gefunden. Nicht in der Schublade. Nicht in der Spüle. Ich dachte, das müsse etwas zu bedeuten haben.«

Jim räusperte sich. »Aber du hast toll gearbeitet mit der Kelle.«
Er trat ans Fenster. »Ich glaube, da draußen ist ein Auto vorgefahren. Es ist überall heller. Das müssen Scheinwerfer sein.«
»Es ist der Mond.«
»Hörst du nicht die Stimmen? Ich höre sie.«
Jim schob die Gardine zur Seite und spähte hinaus. Ronny stand ebenfalls auf. Er machte sich auf den Weg zum Fenster.
»Nein«, sagte Jim plötzlich, »komm nicht näher.«
Doch Ronny ging weiter. »Bleib vom Fenster weg!« schrie Jim, drehte sich um und streckte die Arme aus, um Ronny zurückzuhalten, zu versuchen, ihn zu decken, doch Ronny wollte nicht dirigiert werden, und er wollte nicht beschützt werden. Er blieb stehen, stand wie angewurzelt da und schaute ausdruckslos über Jims Schulter, als ein, zwei, drei, vier Schüsse krachten.

Alle in die Brust. Sie war eine hervorragende Schützin. Luke stand an die Wand seines Fertighauses gepreßt. Lily war aus dem Auto gestiegen und stolzierte auf und ab. Nathan stand auf der Fahrerseite des Autos, und das Geräusch der Schüsse hallte ihm noch immer in den Ohren.
»Ist es tot?« fragte Luke und fing endlich wieder an zu atmen. Lily ging hin.
»Sei vorsichtig!« schrie Sara. Ihre Stimme war höher als sonst.
»Es atmet noch«, stellte Lily fest, »tiefe, langsame Atemzüge.«
Luke trat ein paar Schritte vor. Er streifte Sara. »Ich habe es nicht einmal gesehen, aber den Lärm, den es gemacht hat! Dieses Quietschen! Und es lief immer weiter, nachdem du es angeschossen hattest. Ich dachte, es würde niemals aufhören.«
»Das machen sie immer«, sagte Sara leise. »Sie sind beinahe

zu stark. Sie kämpfen so sehr um jeden Zentimeter Boden.«
»Wenn wir mit dem Auto nicht umgekehrt wären, hätte ich es nie entdeckt«, sagte Lily und hockte sich hin.
Luke ging näher an das Wildschwein heran.
»Ich habe noch nie eins gesehen«, murmelte er, »nicht leibhaftig. Es ist riesig. Ist es wirklich noch am Leben?«
»Alle vier Kugeln sind in die Brust eingedrungen«, sagte Lily, »ich sehe den Kerl gegart, ich sehe ihn gebraten ...«
Doch ihre ursprüngliche Euphorie versickerte allmählich beim Anblick dieser riesigen, niedergeworfenen, keuchenden Kreatur.
»Komm schon, stirb«, murmelte sie beinahe verstohlen.
»Ich bin jetzt froh, daß wir dir nachgefahren sind«, sagte Sara und legte sorgfältig den Sicherheitshebel der Flinte wieder vor. Luke kauerte über dem Tier, noch immer voller Verwunderung über seine Größe. Auch Nathan kam schließlich herübergeschlendert.
»Und ich bin dir dankbar, daß du uns gefahren hast«, fügte Sara hinzu, sich an ihn wendend.
»Keine Ursache.« Nathan war immer noch auf der Hut. »Ist es schon tot?«
»Seine Brust hebt sich noch«, sagte Nathan und trat vorsichtig einen Schritt zurück, als die Tür des Fertighauses aufflog und Ronny herausgerannt kam. Er trippelte unsicher auf sie zu. Er trug nur einen Schuh.
»Ich verstehe nicht ...«, seine Stimme war leise, doch verzerrt, »es hat nur aufs Meer hinausgeschaut. Es war so friedlich. Es wollte niemandem etwas Böses ...«
»Es schaute nur aufs Meer hinaus«, warf Luke dazwischen, »wie kommen dann all die Schüsse in seine Brust?«
»Es hat sich umgedreht. Das ist alles. Es hat diese Unruhe nicht verstanden ...«
Jim stand unter der offenen Tür und beobachtete die Szene, sagte jedoch nichts.
»Es hätte irgendwann so geendet«, sagte Lily sanft, die ihr

ursprüngliches Triumphgebaren mittlerweile beinahe aufgegeben hatte.
Ronny fiel neben dem Wildschwein auf die Knie. »Seine Augen sind offen. Und sein Mund. Warum will es nicht sterben? Schieß noch einmal«, er sah bittend zu Sara auf, »bring es einfach zu Ende.«
Sara rührte sich nicht.
»Es hat Schmerzen. Es hat *Schmerzen*! Ich halte es nicht aus!«
Nathan trat noch einen Schritt zurück. Er wollte nicht bemerkt oder hineingezogen oder verwickelt werden. Doch Ronny sah, wie sich im Durcheinander der Schatten zwischen den Fertighäusern etwas bewegte. Er sah eine Sekunde lang zu Nathan hin, dann wandten sich seine wunden Augen unerbittlich wieder dem Wildschwein zu.
Jim drehte sich ebenfalls um. Seine Augen waren gut. Und mit seinen beiden guten Augen sah er seinen einzigen Bruder.
Nathan. Kleiner, als er ihn in Erinnerung gehabt hatte. Älter jetzt. Mit weniger Haaren, und ihrem Vater so ähnlich ... Aber sanft. Nathan starrte zurück, und sein Gesichtsausdruck war alles andere als brüderlich. Er war hart, wütend, distanziert. Sein Gesicht war Ausdruck seines inneren Empfindens; die vertrauten Züge versteinert zu harten Linien der Verachtung. Sein Mund verzerrte sich instinktiv, als hätte er gerade einen Schluck saurer Milch getrunken. Nichts war vergessen. Nichts war geringer geworden. Jim sah in dem plötzlichen, winzigen, sturen Anheben von Nathans Kinn sein ganzes trauriges, grausames, jämmerliches Leben.
Das Wildschwein tat währenddessen einen tiefen, zitternden Atemzug, und dann schien all sein Atmen beendet.
»Es ist vorbei, Ronny«, sagte Lily und streckte die Hand aus, um seinen Arm zu berühren. Ronny riß seinen Arm weg.
»Wir müssen den Kadaver irgendwie bewegen«, sagte Sara, und versuchte, praktisch zu sein angesichts Ronnys emotionalem Aufruhr, »er wiegt eine Tonne.«

Ronny rappelte sich auf, drehte sich um und stolperte an Jim vorbei ins Haus und schlug die Tür hinter sich zu.
»Jim?« Luke redete. »Wirst du uns helfen?«
Jim blieb, wo er war, offensichtlich durcheinander, und sagte nichts.
»Ich habe auf der Farm etwas, was die ganze Sache leichter machen wird«, sagte Sara. »Eine Art manuellen Gabelstapler. Wir sollten zurückfahren und ihn holen.«
Luke streckte vorsichtig die Hand aus, um das Fell des Wildschweins zu berühren. Es war rauh, wie zerkleinerte Rinde. Das Fleisch darunter war noch warm unter der Berührung. Er hatte vergessen, wie kalt und wie naß er war. Und es war immer noch kalt, und es regnete immer noch.
Jim faßte hinter sich und tastete nach dem Türgriff. Seine Finger umklammerten ihn. Er drückte ihn nieder, drückte gegen die Tür und manövrierte sich dann langsam ins Haus und schloß sachte, sehr sachte die Tür.
Ronny stand mitten im Wohnzimmer und bemühte sich, die Briefe aus seinem Gürtel zu ziehen.
»Mach das Licht an«, sagte er mit ganz zerrissener Stimme.
»Noch nicht«, flüsterte Jim.
»Doch. Auf der Stelle. Mach es an.«
Jim knipste das Licht an. Es war ein grausames Licht. Plötzlich war alles hart und scheußlich und mehrdimensional. Sogar Ronny, der einen Brief nach dem anderen aufriß, jeden so gut er konnte identifizierte und ihn dann auf dem Boden zu seinen Füßen auf einen Haufen warf. Schließlich kam er zum kürzesten von allen. Dem letzten Brief. Er hielt ihn Jim hin.
»Lies ihn mir vor«, sagte er, »meine Augen sind kaputt.«
»Nicht jetzt«, sagte Jim schwach.
Alles schien zu hell, aber zu verschwommen. Seine Augen schwammen in Salz. Seine glatten Wangen waren eine saubere Tränen-Piste.
Ronny rührte sich nicht. Er gab nicht nach. Er hielt den Brief

weiter herausfordernd vor sich hingestreckt, während Jim mit gesenktem Kopf und gebeugten Schultern an ihm vorbeischlurfte und aussah, als hätte sich schließlich jeder Zentimeter seines geprügelten Willens aufgebäumt und wäre gestorben.

44

Sie standen einander gegenüber wie zwei boshafte, schimmernde junge Stare, die ganze Länge der Küche zwischen sich. Lilys Arme waren um einen großen, leicht lädierten Karton geschlungen, den sie auf dem Tisch abgestellt hatte, sich jedoch weigerte, loszulassen. Connie stand neben dem Aga, froh, daß der Tisch zwischen ihnen war.

Sara rannte herein – mit der Flinte, die sie sorgfältig entlud und wegschloß –, nahm dann einige Schlüssel und ging auf direktem Wege wieder hinaus.

»Wir haben es getötet«, verkündete Lily aufdringlich, »am Strand.«

Connie schenkte ihr ein dünnes Lächeln.

»Und davor habe ich dich mit Ronny auf der Straße gesehen ...«

»Mit Ronny?« Connie schüttelte den Kopf. »Das glaube ich nicht.«

Lilys Augen verengten sich. »Ich bin nicht blöd. Ich habe euch gesehen.«

»Aber ich war dort nicht mit Ronny«, Connie steckte trotzig beide Hände in die Taschen ihres Bademantels, »und das bedeutet, ja, Lily, du mußt ziemlich blöd sein.«

»Der Bademantel gehört meinem Vater«, sagte Lily dumpf, »zieh ihn aus.«

»Gerne.« Connie zog den Bademantel aus und ließ ihn zu Boden fallen. Sie trug nichts darunter.

»Bist du jetzt zufrieden?«

Lily war nicht zufrieden. Connie war so hübsch, so klein. Sie haßte sie. Ihre *Vollständigkeit.* »Warum läßt du Ronny nicht in Frieden?« fauchte sie. »Er mag dich nicht. Er traut dir nicht. Keiner von uns tut das.«

»Du brichst mir das Herz«, grinste Connie. »Du brichst es in zwei Teile. Du hast meine Briefe gestohlen, und jetzt verspürst du das Bedürfnis, *mir* eine Lektion in Sachen Vertrauen zu erteilen?«

Lily knurrte etwas, schnappte den Karton und enteilte damit nach oben.

Als sie gegangen war, verflüchtigte sich Connies Grinsen. Sie zog den Bademantel wieder an. Sie zitterte. Sie ging zur Tür. Draußen sah sie Sara, die eines der Außengebäude aufschloß, und Nathan, der in seinem Auto saß, die Tür weit offen und mit brennendem Licht. Er starrte stur geradeaus durch die Windschutzscheibe. In den Regen und die Dunkelheit.

Connie wickelte sich fest in den Bademantel und joggte, noch immer barfuß, hinaus zum Auto. Sie stieg auf der Beifahrerseite ein. »Ich könnte nicht sagen, daß ich irgend etwas von dem hier verstünde, Nathan«, sagte sie ruhig und schlug die Tür hinter sich zu. »Und wie steht es mit dir?«

Nathan war nicht er selbst. Er sah verheerend aus. Er sah ihr nicht in die Augen. »Du wirst es mir wahrscheinlich nicht glauben«, sagte er und streckte die Hand aus, um seine Tür zuzumachen, »doch ich wußte nicht, daß Ronny hier ist.«

»Hast du ihn gesehen?«

»Ja.«

»Hast du mit ihm gesprochen?«

»Nein. Wir haben nicht miteinander gesprochen.«

»Warum bist du dann hier, wenn nicht wegen Ronny?«

Nathan hatte ein Buch auf dem Schoß. Seine Hände lagen darauf.

»Ich bin deinetwegen gekommen. Ich muß dir etwas zeigen.«

»Mir?«

Er gab Connie das Buch. Sie nahm es, betastete es kurz, schloß die Augen und schnupperte daran.

»Italienisch«, sagte sie beim Ausatmen.
»Warum tun die Leute das immer?«
Nathan dachte für den Bruchteil einer Sekunde an Laura. Arme Laura.
»Es ist ein gebundenes Buch«, Connie betastete den Buchrükken. »Ich liebe den Geruch gebundener Bücher. Vor allem von Kunstbüchern. Sie riechen nach Wachs und Hamstern. Mein Vater hat immer solche Bücher gekauft. Unser Haus ist noch immer voll davon.«
Nathan streckte die Hand aus und schlug das Buch an der Stelle auf, die durch den eingeschlagenen Schutzumschlag markiert war. Dann sah er auf und bewunderte das Profil von Connies feinem kleinen Gesicht. Sie wirkte erschöpft. Er spürte ein starkes Bedürfnis, ihre Wange zu streicheln. Doch statt dessen streichelte er zur Kompensation mit einer Hand über die andere.
Connies Augen nahmen die glänzende Illustration langsam in sich auf. »Das ist Jesus«, sagte sie, »und er ist *prachtvoll.*«
Nathan machte den Mund auf, um etwas zu sagen, doch Sara kam ihm um Haaresbreite zuvor. Sie tauchte plötzlich an Connies Fenster auf, klopfte dagegen und probierte den Türgriff. Die Tür ging auf.
»Du wirst dir den Tod holen nur in diesem Ding«, bemerkte sie scharf. »Wo ist Lily?«
Connie klappte das Buch zu. »Drinnen. Oben.«
»Ich brauche sie, sie muß mir mit dem Kadaver helfen. Und dich ...«, sie beugte sich vor, »dich auch, Nathan, wenn du sicher bist, daß es dir nichts ausmacht.«
»Nein«, sagte Nathan automatisch, »es macht mir nichts aus.«
Connie sah zu ihm hinüber. Er sah aus, als würde es ihm etwas ausmachen.

Lily stellte den Karton auf ihr Bett und setzte sich daneben; ihr Gesichtsausdruck war eisern, aber vorsichtig, als wären sie und der Karton zum ersten Mal verabredet und sie wäre sich nicht ganz sicher, in welcher Absicht. Sie starrte eine ganze Weile darauf, ziemlich ernst, dann stand sie auf, ging zur Kommode, öffnete die dritte Schublade und inspizierte den Inhalt. Sie nahm ein Taschenmesser heraus – doch sie runzelte die Stirn, als sie es in die Hand nahm –, dann durchsuchte sie sehr sorgfältig das restliche Durcheinander. Trotz all ihrer Sorgfalt fand sie nicht, was sie suchte, und gab die Suche mit einem frustrierten Schnaufen schließlich auf.

Sie setzte sich wieder aufs Bett, nahm das Taschenmesser richtig in die Hand und klappte es auf, doch statt es an den Karton anzulegen, legte sie es leicht vorne an ihre Zungenspitze.

»Au!«

Die Klinge war scharf. Sie drückte die Zunge auf ihre Hand und betrachtete prüfend ihre feuchte Haut, um zu sehen, ob eine Blutspur zurückblieb. Nichts. Sie lächelte, nahm dann das Messer und schnitt mit einer schwungvollen Bewegung in das braune Klebeband des Kartons. Sie schnitt mit leichten, gemessenen Strichen, eine Seite, zwei Seiten, drei Seiten. Sie klappte das Messer wieder zu und ließ es nachlässig auf die Tagesdecke fallen.

Sie betrachtete wieder den Karton, holte zur Vorbereitung tief Luft und streckte dann vorsichtig eine Hand aus, um die Klappe aufzuziehen.

»Lily!«

Connies Stimme im Flur.

Sie runzelte die Stirn.

»Lily!«

Wieder Connies Stimme, auf der Treppe.

»Was?« bellte sie.

»Deine Mutter verlangt nach dir. Sie ist draußen.«

»Sag ihr, ich sei beschäftigt.«

»Sag ihr das selbst. Sie fahren wieder zurück an den Strand, um den Kadaver zu holen.«

Lily sagte nichts.

»Wenn du ihnen nicht helfen willst, gehe ich.«

»Nein!« Lily stand auf. »Sag ihr, ich komme.«
Sie schlüpfte schnell in ihre Schuhe, schnappte ihren Regenmantel, warf ihn sich über die Schulter und wollte gerade aus dem Zimmer gehen, als ihr etwas einfiel. Sie drehte sich um und starrte den Karton an, der auf dem Bett stand. Sie schnitt eine Grimasse. Sie zog den Schlüssel innen aus dem kleinen Schloß an ihrer Schlafzimmertür, faßte um die Tür herum und schob ihn von außen wieder hinein. Sie machte das Licht aus, schloß die Tür hinter sich, drehte den Schlüssel um und steckte ihn in die Tasche.
Connie saß am Küchentisch, Nathans Buch geschlossen vor sich. Sie hörte Lily die Treppe hinunterlaufen, dann das Zuschlagen der Haustür und kurz darauf das Anlassen eines Motors. Ihre Nase lief. Sie schniefte. Sie ging nach oben ins Badezimmer, um ein Papiertaschentuch zu holen, doch statt vor der Badezimmertür fand sie sich plötzlich vor Lilys Zimmertür wieder und drehte am Türknauf. Er klemmte. Sie drehte den Knauf und drückte ein bißchen fester. Er klemmte nicht, sondern die Tür war abgeschlossen. Sie trat dagegen.
»Verdammt!«
Sie ging in ihr Schlafzimmer, zog den Bademantel aus und zog Jeans und einen Pullover an. Sie nieste. Ihre Augen fingen an zu tränen. Sie räusperte sich, doch ihr Hals wurde nicht ganz frei. Sie ging ins Bad und schlürfte ein wenig kaltes Wasser aus dem Hahn. Auf dem Weg nach unten glaubte sie etwas zu hören. Ein Klopfen. Ein Klappern. In der Küche? Vielleicht war es Sara, die noch einmal zurückgekommen war, weil sie etwas vergessen hatte? Sie versuchte, sich zu erinnern, ob sie die Hintertür offengelassen hatte. Es ist eine kalte Nacht, dachte sie, eine nasse Nacht. Ihre Nase lief immer noch. Sie tupfte sie mit einem Knäuel Toilettenpapier ab und ging dann langsam die letzten Stufen hinunter. Im Flur blieb sie einen Augenblick stehen und lauschte. Alles war still.
Die Tür zur Küche stand ein wenig offen. Sie stieß sie mit dem

Fuß auf und ging hinein. Das Licht brannte. Der Aga brummte. Es war noch warm, doch die Hintertür schwang in den Angeln hin und her. Sie ging hinüber und machte sie zu und kehrte dann an den Tisch zurück.
Nathans Buch. Sie streckte die Hand aus und schlug es auf. Der schöne Jesus. Sie sah genauer hin. Seine Augen waren geschlossen. Sein Mund stand offen. Aus welchem Grund erwies sich diese spezielle Kombination als so höllisch sexy? Sie lächelte vor sich hin, leicht perplex. Die Wunde unter seiner rechten Brustwarze ... sah die nicht zu künstlich aus? Zu auffällig dekorativ? Und das knappe Tuch, das kaum seine Hüften bedeckte? Präzise gefältelt wie eine Ziehharmonika. Ein Rotschopf. Jesus? Und der Engel. Sein kleines Gesicht so tragisch, sein Arm so beschützend, und die zarte Spur einer einzigen Träne ...
Ein leises Geräusch. So leise, daß es kaum existierte. Ein Keuchen vielleicht. Das Geräusch von Fell, das irgend etwas berührt. Einen Stiefel? Einen Besen? Connie wandte sich sehr langsam von dem Buch ab und blickte sich um. Sie sah die Wand, die Tür, den Kühlschrank, die Anrichte, die alte Küchenuhr. Sonst nichts. Nichts.
Ihr Blick wandte sich wieder dem Buch zu. Der Himmel war blau. In dem Gemälde war keine Sonne zu sehen, doch sie konnte ihre Wärme trotzdem beinahe spüren. Sie hatte sich eine Kreuzigung nie zuvor als eine erotische, sinnliche, duftende Angelegenheit vorgestellt. Nie. Doch hier war es so, und es war all das zusammen.
Ein Klappern. Dieses Mal flogen Connies Augen direkt in die Richtung, aus der es kam. Eine kleine Jätgabel lehnte an einem Korb mit Kartoffeln und Möhrenkraut. Sie war umgefallen. Die Gabel. Sie hatte Angst, und die Angst veranlaßte sie, darauf zuzugehen. Sie bückte sich und hob sie auf. Sie war alt und schmutzig mit drei kleinen Zinken.
Direkt links von sich bemerkte sie einen noch leichteren Stoß. Der Küchentisch. Die Stühle. Die Stuhlbeine. Sie verschoben sich, einmal, mit einem kleinen Klappern. Connie sprang

zurück. Was immer auch diese Kreatur war, sie war mit Sicherheit winzig. Es war ein kleines Ding. Es war nichts. Doch es war seltsam. Sie hatte das Gefühl, als habe ihr ganzes Herz sich gehoben. Es fühlte sich höher an als sonst. Und es schlug in ihr wie ein Holzlöffel gegen eine leere Schüssel. Tatsächlich konnte sie gerade noch verhindern, sich diesen Schwingungen zu überlassen. Ihre Hände zitterten, als sie die Gabel vor sich hochhielt.

Und dann ... sie blinzelte. Sie blinzelte noch einmal. Ihre Augen konzentrierten sich auf den glatten Wald aus Stuhl- und Tischbeinen. War es das? Konnte es das wirklich sein? Sie grinste, beinahe hysterisch. Ein *Kaninchen*?

Seine Ohren. Dadurch war es vor allem zu identifizieren. Klassische Kaninchenohren. Beatrix Potter-Ohren. Bugs Bunny-Ohren. Eines unbekümmert erhoben, das andere geknickt und halb aufgestellt. Ein schlichtes braunes Kaninchen. Winzig. In der Küche. Connie bückte sich ein wenig. Es sah von ihr weg, doch sie sah seinen weißen Watteschwanz und das weich sprießende, blassere Fell an der Rückseite der Läufe. Es hielt den Kopf schräg. Es mußte vor kurzem hereingeschlichen sein, als die Küche leer gewesen war.

Ihre Nase lief und lief. Sie hielt die Hand dagegen und schniefte kurz. Das Kaninchen reagierte. Es machte einen Satz. Es sauste herum, um sie anzusehen. Sein Kopf hing völlig schief. Die Augen traten ihm beinahe aus den Höhlen. Connie richtete sich ein wenig auf. Da konnte etwas nicht stimmen. Irgend etwas war nicht richtig. Seine Augen sahen in alle Richtungen, und der Kopf ... Er bewegte sich ein wenig und schlug gegen das Tischbein. Der Kopf drehte sich wieder ziellos. Es schaute nach oben, doch ins Nichts. Sie sah, wie seine Brust pochte.

Wer von ihnen beiden hatte mehr Angst? Connie trat einen Schritt zurück, weg von der kranken Kreatur, dieser bekloppten Abart, diesem kranken Ding, in Richtung Hintertür. Sie streckte die Hand aus und öffnete sie. »Los. Raus. Los. Gschsch!«

Doch es bewegte sich von ihrer Stimme weg auf den Aga zu, schrecklich vorsichtig, als könnte es jede Sekunde einen Schlag, einen Zusammenprall oder einen Stoß riskieren. Seine Augen rollten sinnlos hin und her. Seine Ohren, vorher so niedlich, so lustig, sahen nun verloren aus, krank und fehlerhaft. Es schlug gegen die Wand. Sein Kopf senkte sich, dann hob er sich wieder. Es war verloren. Es wußte oder es kümmerte sich nicht länger um den Unterschied zwischen Tag und Nacht.
Connie erinnerte sich daran, als ihr Vater einem verlassenen Vogeljungen das Genick gebrochen hatte. Sie erinnerte sich an einen früheren Freund, der einen verletzten Frosch zertreten hatte. Um ihn zu töten. Das wäre eine mutige Tat. Sie hielt krampfhaft die Gabel in ihrer Faust. »Aber ich kann nicht. Ich kann nicht!«
Sie ließ die Gabel fallen, voller Selbsthaß, und packte den Küchenbesen. Sie hielt ihn ganz hinten. Langsam drückte sie sich um den Tisch herum. Sie fegte den Boden in der Hoffnung, durch das Wischen würde das Kaninchen getröstet, und es wäre nicht zu plötzlich und grausam, wenn es schließlich damit in Berührung käme. Das Kaninchen rührte sich nicht. Es blieb dicht neben dem Aga, seine Nase zuckte, die Augen quollen ihm fast aus den Höhlen. Der Besen war bald nur noch einen Meter entfernt, dann nur noch Zentimeter. Connies Hände fingen an zu zittern. Es anzustupsen! Und was wäre, wenn es auf sie zuliefe, statt von ihr weg?
Doch es lief nicht. Es sprang nicht weg. Der Besen berührte es. Connie spürte das Gewicht des Kaninchens kaum, bevor es sich unfreiwillig bewegte; es wurde weggefegt, ganz steif und mit noch immer hängendem Kopf.
Sie schämte sich. Sie fegte es am Tisch vorbei, vorbei an den Stühlen, an dem Korb, den aufgereihten Stiefeln, den Galoschen, bis zur Tür. Doch sie konnte es nicht über die Schwelle und in die Dunkelheit hinausfegen. Nein. Am Rand der Türschwelle verlief ein schmales Metallband. Der Besen, das Kaninchen kamen hier zum Halt.

»Raus«, sagte sie. »Raus.«
Sie gab dem Besen einen kräftigeren Stoß. Doch das Kaninchen war steif. Es war verloren in Schock und in Schwärze. Es rührte sich nicht. Alle seine Orte waren schrecklich.
Connie ließ den Besenstiel fallen und hoffte, das Klappern würde dem Kaninchen einen Schreck versetzen, es nach hinten treiben, über die Türschwelle, weg von ihr. Doch der Besen klapperte, und es bewegte sich noch immer nicht.
»O nein.« Sie fiel auf die Knie. Sie wedelte wirkungslos vor ihm herum. »Los. Geh schon.«
Sie bewegte sich zentimeterweise näher heran.
»Los.«
Näher. Und dann waren ihre Hände nur Zentimeter von ihm entfernt. Ihre Finger fühlten sich in seiner unmittelbaren Nähe steif und unbeweglich an. Sie biß sich auf die Lippen.
»Raus«, sagte sie, und dann berührte sie es. Es war ein Ding so voller Schrecken, und dennoch so *weich*. Und unter ihren Handflächen spürte sie sein Herz klopfen. Sie hob es ein wenig an. Es war so leicht. Seine Rippen. Sie spürte sie. Es war so *dünn*.
»Los, Junge. Raus.«
Sie hob es über die Türschwelle und in die Dunkelheit. Sie setzte es sachte nieder. Draußen war es naß, und es regnete. Sie sah, wie der Regen auf das Kaninchen traf. Sein Kopf hob sich dem Regen entgegen, als wäre der Regen aus Reißzwekken oder kleinen Fäusten oder sonst etwas.
Connie schaute auf ihre Hände hinunter. Ihr Mund verzerrte sich. Sie sprang auf und rannte zum Spülbecken. Sie drehte den Wasserhahn auf und stieß ihre Hände darunter. Sie weinte. Ihre Nase lief. Sie nahm eine Flasche mit Spülmittel und schüttete es auf ihre Finger.
Das Telephon fing an zu läuten. Sie stellte die Flasche ab. Sie rannte mit tropfenden Händen zur Tür und starrte hinaus in die Dunkelheit. War es weg? Sie war sich nicht sicher. Sie sah etwas Helles neben dem Holzstoß. Sie knallte die Tür zu. Sie

lehnte sich schaudernd dagegen. Sie versuchte, den Besen wegzustellen, doch eine Welle der Übelkeit hielt sie davon ab. Sie sprang darüber und lief auf den Flur.
»Hallo?«
Der Hörer lag in ihrer Hand.
»Constance?«
Keine Stimme, die sie wiedererkannte. Eine rauhe Stimme, doch sanft.
»Ja?«
»Hallo? Meine Name ist John Arnold. Ich rufe aus dem Gefängnis an.«
»Ja?« Sie keuchte beinahe.
»Ist dies ein schlechter Zeitpunkt?«
»Äh ...«
Connie spürte einen enormen Drang, diese Frage wörtlich zu nehmen. War dies eine schlechter Zeitpunkt? War es das?
»Ich habe eine Erkältung«, sagte sie und schniefte, »das ist alles.«
Sie versuchte, das Zittern in ihren Händen zu stoppen.
»Ich war verlegt«, sagte er. »Nach Durham. Meine Tochter war dort im Krankenhaus.«
»Ja«, nickte Connie.
»Es war alles ein wenig ... nun, nervenaufreibend, aber es geht ihr jetzt gut.«
»Gut. Ja ...«
Connie starrte auf ihre Füße. Sie waren schlammbedeckt. Das war ihr vorher nicht aufgefallen. Der Mann holte tief Luft. »Ich habe gehört, Ihr Vater sei gestorben.«
»Mh ...« Sie runzelte die Stirn. »Ja ...« Sie blinzelte. »Ja, er ist gestorben.«
»Das tut mir sehr leid.«
Sie schniefte. »Es ist in Ordnung.«
»Ich habe ihn nur ein paarmal getroffen, doch ich mochte ihn. Er nahm die Leute, wie sie sind, und das ist eine seltene Eigenschaft.«
»Und ...«

Connie konnte nicht an ihren Vater denken.
»Sie haben also mit Ronny eine Zelle geteilt?« fragte sie müde.
»Nein.«
Sie hielt inne. »Wie bitte?«
»Nein.«
»Sie haben *nicht* mit Ronny die Zelle geteilt?«
»Nein.«
»Dann ...« Sie war verwirrt.
»Ich habe seine Briefe aufgeschrieben«, sagte der Mann beiläufig, »das ist alles.«
Connie verstand ihn zunächst nicht. »Es tut mir leid ...? *Sie* haben Ronnys Briefe geschrieben?«
»Nein. Ich habe sie abgeschrieben. Für Ihren Vater. Von den Wänden.«
Connie war niedergeschmettert, dann schwankte sie. Sie setzte sich mit einem Plumps auf den Teppich. »Wollen Sie damit sagen, daß Ronny diese Briefe selbst geschrieben hat und daß er sie an die *Wände* geschrieben hat?«
»Ja«, der Mann klang nicht beunruhigt, »er hat sie in den Putz geritzt. Es war eine merkwürdige Angewohnheit. Doch als ich in die Zelle gezogen bin, wollte ich sie unbedingt neu streichen. Ich habe um Farbe gebeten. Dann tauchte eines guten Moments Ihr Vater auf und brachte alles für mich in Ordnung.«
»Aber Sie haben die Briefe abgeschrieben?«
»Für Ihren Vater. Ja. Bevor wir angefangen haben zu streichen. Er fand sie interessant.«
»Interessant.«
Connies Gedanken rasten. »Und Ihre Tochter? Sie sagten, sie sei krank gewesen?«
»Sie ist jetzt auf dem Weg der Besserung. Eine Weile dachten wir, wir müßten sie für eine spezielle Behandlung nach Amerika bringen. Sie hat Probleme mit den Ohren. Aber schließlich haben sie es hier gelöst.«
»Gut.«

»Ihr Vater war ein freundlicher Mann«, sagte er, »und äußerst großzügig.«
»Ja«, schniefte Connie, »er war ein freundlicher Mann. Er war ein großzügiger Mann. Danke.«
Sie sagten sich gute Nacht und legten auf.
Connie preßte sich die Hände aufs Zwerchfell und atmete tief durch. Mit den Fingern spürte sie ihre Rippen. Ihr war schwindelig.
»Ich bin erleichtert«, murmelte sie leise, »und deshalb fühlt sich meine Brust so an. Es ist nur Erleichterung.«
Sie sah sich um. O Gott, sie wollte diesen Ort so gerne verlassen!
Doch sie blieb, wo sie war. Sie schaukelte auf den Fersen hin und her. Sie lauschte auf das Knacken des Hauses, das sie umgab, und auf das undeutliche Ticken der Küchenuhr und auf den Regen.

45

Ronny interessierte sich nicht mehr für das, was draußen geschah. Er saß auf dem Sofa, die Hände im Schoß gefaltet, sagte nichts und starrte geradeaus vor sich hin. Dieses Mal war es an Jim, aufzupassen, sich ans Fenster zu stellen und zu beobachten. Er knipste das Licht aus, um seine Beobachtungen zu erleichtern.
Nach einiger Zeit kehrten die Protagonisten zu dem Wildschwein zurück, und Jim bekam einiges zu sehen. Er sah Nathan und Sara und Lily sich mit dem Kadaver abmühen. Er hörte Fluchen und herzhafte Vorhaltungen. Er sah Luke die Ärmel hochkrempeln und mithelfen. Luke war stärker als die anderen.
Der Gabelstapler war am Strand schwer zu benutzen. Er sank immer wieder in den Sand ein oder rutschte seitlich weg. Schließlich ließen sie ihn stehen und entschieden sich, den Kadaver von Hand zu dem härteren Feldweg hinter den

Fertighäusern zu ziehen, Nathan und Luke vorne, jeweils an einem Bein, und Sara und Lily hinten.
Jim gab mit dünner, düsterer Stimme einen laufenden Kommentar, obwohl Ronny nicht das leiseste Zeichen gab, daß er ihn verstand. Doch Jim machte trotzdem weiter mit dem Gefühl, daß es unter diesen Umständen das mindeste war, zu versuchen, Ronny abzulenken und ihn über Wasser zu halten.
»Sara scheint Probleme mit dem Rücken zu haben ...«, beobachtete er lahm, und dann: »Lily ist keine große Hilfe. Ich glaube, sie spürt die Kälte ... Luke ist stärker, als man annehmen würde ...«
An keiner Stelle erwähnte Jim, daß Nathan in das Geschehen verwickelt war, doch seine Blicke wanderten häufiger zu Nathans schweren Bemühungen als zu denen der anderen. Doch Nathan richtete den Blick nie auf Jims Fertighaus. Nicht einmal den allerkürzesten oder allergemeinsten Blick.
Lily kam und klopfte dreimal an die Tür. Jedesmal stellte Jim sich vor, daß sie den Türknauf herumdrehen und direkt hereinspaziert kommen würde. Doch sie tat es nicht. Jedesmal klopfte sie, wartete, klopfte wieder, doch sie versuchte nicht, die Dinge zu forcieren. Sie zeigte eine bewundernswerte Zurückhaltung.
»Das ist Lily«, murmelte Jim bei jedem Klopfen. »Lily ist an der Tür.«
Er wünschte sich beinahe, Lily würde hereinplatzen und Ronny herausreißen. Doch sie tat es nicht, und Ronny blieb auf dem Sofa, geflissentlich emotionslos und taub und bewegungslos.

Sara spielte bei all den Manövern eine führende Rolle, doch nach der Hälfte der Zeit machte sich allmählich ihr Rücken bemerkbar, so daß sie das Heben und Bücken schließlich sein ließ und entschied, daß es wohl besser sei, die ganze Operation zu beaufsichtigen, die Hände fest in die Hüften gestemmt und mit einem Auge darauf, daß der gute Zustand des Kadavers schließlich erhalten blieb. Denn es ging um ein Geschäft. Dies waren Mittag- und Abendessen. Dies war ein voller Gefrierschrank. Und seit der Hauptteil des Dramas nun vorüber war, empfand sie kein Mitleid für die tote Kreatur, keinen Funken Gefühl. Sie konnte es sich nicht leisten.

Als sie das Wildschwein auf den Feldweg gebracht hatten, luden sie es ohne größere Schwierigkeiten auf den Gabelstapler, und Sara bereitete sich darauf vor, es zu Fuß zur Farm zu ziehen.

Lily hatte sich, um sich vor dem Regen zu schützen, in Nathans Auto auf den Rücksitz gesetzt und saß nun erwartungsvoll da in der Hoffnung, demnächst wieder nach Hause gefahren zu werden.

»Ich brauche deine Hilfe, Lily«, sagte Sara und winkte sie mit einem energischen Fingerzeig zu sich, »ich kann dieses Ding nicht allein führen. Der Weg wird allmählich wirklich matschig.«

»Was?« Lily versuchte, geringschätzig auszusehen.

Luke stand in der Nähe. Er berührte Sara am Arm, um sie auf sich aufmerksam zu machen. »Ich helfe dir gern«, sagte er ruhig, »mein Auto steht sowieso auf der Farm.«

Lily beobachtete Lukes Hand an Saras Ellbogen und erwartete, daß sie jede Sekunde weggenommen würde. Doch die Hand blieb da, und Sara schüttelte sie nicht ab.

»Es ist gut, ich mache es«, sagte Lily entschieden, zog sich die Kapuze ihres Regenmantels über den Kopf und machte Anstalten, wieder aus dem Auto zu klettern.

»Luke ist stärker«, sagte Sara und lächelte ihm zu.

Schließlich nahm er seine Hand weg und machte sich daran, den Gabelstapler auf der Straße zu wenden. Er grunzte, als er ihn bewegte. Nathan ließ den Motor an. Lily rührte sich nicht.

»Machst du deine Tür zu?« fragte Nathan.

Lily rührte sich immer noch nicht. Sara trat einen Schritt vor

und schlug die Tür zu, offensichtlich blind für Lilys Groll.
»Drehen wir um«, fragte Nathan, »oder können wir in dieser Richtung zurückfahren?«
»Ist dir der Fisch aufgefallen?« antwortete Lily.
»Was?«
»Der Fisch. Er stinkt nach Fisch.«
Nathan schüttelte den Kopf. »Nein«, sagte er, »das ist mir nicht aufgefallen.«
»Zum Teufel mit ihm.«
Lily gab der Rückenlehne des Beifahrersitzes einen wütenden Stiefeltritt. Nathan stellte die Belüftung an und hoffte inbrünstig, daß ihre Schuhe sauber waren.
Sie waren nichts dergleichen.

»Werdet ihr das Ding essen?« schnaufte Luke volle fünf Minuten nachdem sie zu schieben begonnen hatten.
»Natürlich. Ich kann es nicht verkaufen.«
»Warum nicht?«
»Verordnungen und so.«
Nach einer kurzen Pause fügte Sara hinzu: »Ich weiß deine Hilfe sehr zu schätzen.« Sie strich sich ein paar Haare aus den Augen. »Und es tut mir wirklich leid wegen dieser Pornographie-Verwirrung.«
»Das weiß ich«, lächelte Luke, »und deine Photos waren auch großartig. Ich war anfangs einfach ein bißchen eingeschüchtert.«
»Paß auf das Schlagloch auf ...«
Luke steuerte zur Seite.
»Du hast mir dort hinten das Leben gerettet«, brummte er, »das Biest hätte mich umbringen können.«
Sara schüttelte den Kopf. »In erster Linie hätte ich meine Arbeit richtig tun müssen, dann wäre es nie ausgerissen. Das war armselige Tierhaltung.«
»Ich hätte gerne ein Bild von dir mit dem Wildschwein und dem Gewehr«, grinste Luke, »wie ein Jäger. Ein Fuß darauf gestellt, Hände auf den Hüften ...«

»Mit dem Kadaver?«
»Ja.«
Sara stellte sich bildlich vor, was er da beschrieben hatte. Nach einer Weile sagte sie langsam: »Und hätte ich auf dem Photo etwas an?«
»Äh ...«, Luke dachte einen Augenblick nach, »wahrscheinlich nicht, nein.«
Sara lächelte in sich hinein.
»Ich könnte eine Serie machen«, sagte Luke, ziemlich begeistert von dieser Idee.
Sara nahm die Hände vom Gabelstapler und steckte sie in ihre Taschen. Luke positionierte sich mehr in der Mitte am Griff.
»Ich könnte im *Sunday Telegraph Magazine* eine Serie machen«, sagte er gedankenverloren. »Sehr wild, sehr ländlich.«
Sara betrachtete ihn von der Seite, um zu sehen, ob er scherzte. Dem schien nicht so.
Daß ich mit diesem Mann vögeln und es genießen konnte, dachte sie verwundert. Dann gratulierte sie sich im stillen zu ihrem flotten Gebrauch des modernen Sexualidioms. *Gevögelt.* Das war nun wirklich ein Fortschritt.

»Was soll ich sagen?« Jim stand vor Ronny, doch Ronny starrte direkt durch ihn hindurch. »Gibt es irgend etwas, was ich tun kann, um es dir leichter zu machen?«
Ronny spürte einen Impuls, auf Jims Frage zu antworten, doch er brachte die Energie nicht auf. Er war anderswo. Meilen entfernt. Irgendwo grau.
»Ich werde dir sogar den Brief vorlesen«, sagte Jim schließlich, »wenn du das wirklich möchtest.«
Ronny bemühte sich, sich zu konzentrieren. »Wirklich?« Seine Hände lagen passiv auf dem Briefbündel in seinem Schoß. Der letzte Brief lag obenauf.
»Er ist sehr kurz«, sagte er, und seine Miene hellte sich sichtlich auf, »du wirst nicht sehr lange dafür brauchen.«

Er reichte Jim den Brief. »Brauchst du mehr Licht?«
»Nein.«
Jim nahm den Brief. Es war zu dunkel, um ihn richtig lesen zu können, doch er wußte, was drinstand. Er dachte nicht daran, den Inhalt zu verändern oder den Wortlaut zu variieren. Er sah keinen Grund, Ronny zu überlisten. Außerdem war er der Meinung, daß alles in der Welt seine eigene Wahrheit hatte. Seine eigene Integrität. Sogar Lügen.
Ronny, fing er an, dann räusperte er sich, und seine Stimme wurde weicher,
Ronny,

Ich habe geträumt, ich hätte Dich tot an einem Ort am Wasser gesehen. Einem verwüsteten Ort. Ganz flach und leer und weit offen. Ganz und gar nicht wie hier. Nicht voll und feucht und dicht. Nicht wie hier: ganz verstopft und heiß und wild. Aber auf einer Mondoberfläche. Und du warst in irgendwelche Bandagen gewickelt. Wie eine Mumie. Baumwolle. Oder Plastik? Irgend etwas Weißes und Reflektierendes. Von Kopf bis Fuß.
Und das Licht schien auf Dich. Oh, wie es auf Dich schien! Es strahlte von Dir ab, und es war wie pures, helles Silber. Der Wind hat gesungen. Er sang: Du hast genug gelitten. Du hast genug gelitten.
Dann kam der Tod, und er küßte Dich. Leicht. Sanft. Auf die Lippen. Dahinter ist nichts, flüsterte er, nur ich, nur ich. Dahinter ist nichts. Nur ich.

Jim hörte auf zu sprechen. Als er wieder etwas sagte, war seine Stimme lauter.
»Es ist kalt«, sagte er, »findest du nicht?«
Ronny sagte nichts.
»Ronny?«
»Ich kann nicht sprechen«, flüsterte er, »ich bin so glücklich.«
»Glücklich?«

»Ja. Glücklich.«
»Darf ich dir etwas über Monica erzählen?« fragte Jim.
»Keine Worte mehr.«
Ronny schloß die Augen. »Es ist zu schön hier«, sagte er und berührte mit der Hand seine Schläfen, »in meinem Kopf ist alles golden.«
Jim beobachtete Ronny schweigend. Das Bedürfnis, sich zu entlasten, überlegte er, ist selbstsüchtig. Worte waren grausam. Deshalb hielt er den Mund und genoß das Unbehagen, genoß es still, passiv, während die Nacht gemächlich ihren schweren schwarzen Bauch der Länge und der Breite nach über den geduldigen Himmel zog. Schlief Ronny? Kerzengerade aufgerichtet, mit einem solch breiten Lächeln auf dem Gesicht? War er wach? Träumte er?
Es spielte keine Rolle. Nichts spielte eine Rolle. Jim bewachte ihn mit jedem Quentchen seiner Aufmerksamkeit, jedem Fetzen Konzentration, neben ihm auf dem Sofa sitzend, ganz Auge, wie ein loyaler, sanfter, wortloser Zyklop.

46

Sie fuhren vor dem Farmhaus vor. Nathan stellte den Motor ab und machte die Scheinwerfer aus.
»Es ist spät«, sagte er.
»Wirst du jetzt nach Hause fahren?« Lily schien sich deshalb keine Sorgen zu machen.
»Ich glaube, ich werde eine Karte oder so etwas brauchen.«
»Eine Karte? Du hast die halbe Nacht damit zugebracht, auf diesen Straßen auf und ab zu fahren.«
Nathan sah zum Haus hinüber. Das Küchenlicht brannte.
»Hast du eine im Haus?«
»Eine Karte?« Lily kratzte sich mit der ganzen kulturlosen Ungeniertheit eines flohgeplagten Katers am Kopf. »Ich weiß es nicht.«

Sie kletterte über den Schaltknüppel auf den Beifahrersitz. »Aber ich möchte noch eine Weile hier draußen bleiben«, teilte sie ihm vertraulich mit und machte es sich bequem.
»Warum?« Nathan runzelte die Stirn. »Dir muß kalt sein.«
»Nicht wirklich.«
Lily starrte Nathan eine Weile direkt an. Er ließ diese Prüfung, ohne mit der Wimper zu zucken, über sich ergehen.
»Du hast vorhin nicht mit Ronny gesprochen«, sagte sie, »und du hattest jede Menge Gelegenheit dazu.«
»Ich weiß. Schlechter Zeitpunkt.«
Lily nahm das in sich auf, doch nicht ganz. Sie änderte den Kurs. »Und woher kennst du Connie?«
Nathan räusperte sich. »Aus dem Fundbüro.«
»Wirklich?«
»Ja. Sie hat einige Briefe gefunden und wollte deshalb Ronny ausfindig machen.«
»Hast du sie deshalb hierher geschickt?«
»Sozusagen.«
»Und jetzt bist *du* hier.«
»Ja.«
»Sozusagen.«
Nathan lächelte schwach. Lily lächelte zurück. »Magst du sie?«
Nathan wirkte überrascht. »Ich kenne sie kaum.«
Lily nickte. »Trotzdem. Ich glaube, sie mag dich.«
Nathan schüttelte den Kopf.
»Ehrlich«, sagte Lily eindringlich und mit weit aufgerissenen Augen, »ihr solltet gemeinsam nach Hause fahren. Der Weg ist derselbe.«
Nathan betrachtete seine Autoschlüssel. Sie schwiegen eine Weile.
»Gehst du jetzt hinein, oder was?« Es war Lily, die sprach.
»Möchtest du das?«
»Ja. Trink eine Tasse Tee oder so was.«
Nathan nickte. »Gut. Vielleicht tue ich genau das.«
Er stieg aus dem Auto und schlug die Tür hinter sich zu.

Lily rutschte tiefer in ihren Sitz, schob ihre kalten Hände unter die Achselhöhlen und warf dann einen verstohlenen Blick auf Nathan, der zum Haus hinüberstapfte.

Connie trocknete sich neben dem Aga gerade mit einem Handtuch die Füße ab, als Nathan hereinkam. Sie schaute schuldbewußt auf. »Ich hoffe, das ist kein Geschirrtuch«, sagte sie, »denn meine Füße waren schmutzig.«
Nathan bemerkte, daß sein Buch immer noch aufgeschlagen auf dem Tisch lag. Er ging darauf zu. »Hast du es dir angesehen?« fragte er und tippte zaghaft auf die glänzende Seite.
»Ja.«
»Und hast du irgendwelche Schlüsse daraus gezogen?«
»Schlüsse?«
Connie warf das Handtuch hin und stellte sich neben ihn. »Was für Schlüsse?«
»Über das Bild.«
Sie zog sich einen Stuhl heran und setzte sich.
»Es ist schön«, sagte sie, »und es ist sehr sexy ...«
»Und der Engel?«
Connie sah zu ihm auf. Er war völlig versunken. »Findest du das nicht ein bißchen seltsam, Nathan?« fragte sie leise. »Du kommst den ganzen Weg hierher mit einem Bild von Jesus und fragst mich dann, was ich davon halte?«
»So habe ich es wirklich nicht gesehen.«
Nathan zog einen Stuhl heran und setzte sich ebenfalls.
»Bist du gerade dabei, deinen Glauben zu finden oder so was?«
»Ich?« Er wirkte amüsiert. »Ich glaube nicht.«
»Was ist es dann?«
»Ich weiß es nicht.«
Connie nahm das Buch in die Hand. »Ich nehme an, daß der Engel mir bei sehr schlechter Beleuchtung ein winziges bißchen ähnlich sieht, und Jesus, wenn ich die Augen verdrehe, sieht ein wenig aus wie du ...«

»Seltsam, daß du es so siehst«, sagte Nathan, leicht durcheinandergebracht durch ihre Offenheit.
»Du hast gefragt, was ich denke«, lächelte Connie, »und deshalb erzähle ich es dir. In Wahrheit«, fuhr sie fort, »glaube ich nicht, daß dieses Bild irgend etwas mit mir zu tun hat. Oder mit dir. Ich glaube, es geht um Ronny.«
Nathan betrachtete seine Finger. Was er hörte, gefiel ihm nicht.
»Es geht um Vergebung«, sagte Connie und legte das Buch zurück, »und es geht um Sex.«
Sie zeigte darauf. »Ich habe mir vorhin Jesu Hand angeschaut. Seine linke Hand. Sie liegt gekrümmt auf seinem Schenkel, als hätte er gerade aufgehört, damit zu masturbieren. Und sein Mund ist offen. Seine Augen sind geschlossen. Er sieht irgendwie ... ekstatisch aus.«
Nathan schüttelte den Kopf.
»Nein«, sagte er.
»Und der Engel«, fuhr Connie fort, »er scheint sehr durcheinander zu sein. Er hat geweint. Vielleicht ist er einfach traurig, oder vielleicht fühlt er sich wegen irgend etwas schuldig.«
Nathans Blick konzentrierte sich plötzlich voll auf den Engel.
»Er?«
»Engel sind immer Jungen«, sagte Connie, »oder nicht?«
Nathan stand auf. Sein Gesicht war rot angelaufen.
»Was ist los?« Connie verstand seinen drastischen Stimmungswandel nicht.
»Ich dachte, es sei ein Mädchen«, murmelte Nathan und begann sich mit der Hand über die Brust zu reiben, als wolle er etwas abwischen.
»Ich finde, es ist eines der seltsamsten, unverschämtesten Gemälde, die ich je gesehen habe«, sagte Connie, »und ich bin froh, daß du es mitgebracht und mir gezeigt hast. Aber ich glaube auch, daß du hierher gekommen bist, um Ronny zu verzeihen. Das hier war nur dein Umweg dorthin.«

Sie lehnte sich zurück und beobachtete, wie eine ganze Herde von Ausdrücken über Nathans Gesicht hinweggaloppierte. Die eine Sekunde war es von einem unaussprechlichen Schmerz erfüllt, der dann von Furcht verdrängt wurde, die sich kalt auf seinen Lippen und in seinen Augen einnistete. Und aus irgendeinem Grund – auch wenn sie sich äußerlich nichts davon anmerken ließ – stellte Connie fest, daß sie den Anblick von Nathans Leiden genoß; sie feierte es, still, tief in ihrem Innern. Denn auf irgendeiner seltsamen Ebene erschien das alles so sauber, so komplett, so *notwendig*.

»Kann ich sonst etwas für dich tun?«
Luke hatte den Wildschweinkadaver in ein Außengebäude geschoben und dann geholfen, die Tür mit einem Vorhängeschloß zu sichern.
»Ich glaube nicht«, Sara steckte den Schlüssel wieder in ihre Tasche, »aber trotzdem vielen Dank.«
Sie standen dicht nebeneinander in der Dunkelheit und sahen sich an.
»Fühl mal meine Hände«, sagte Luke und berührte mit den Fingerrücken Saras Wange.
»Kalt«, lächelte sie.
»Äußerst.«
»Ich würde dich ins Haus einladen«, sagte sie, »aber ich glaube, unter diesen Umständen wäre es keine gute Idee.«
»Nein.«
»Dein Auto steht dort drüben.«
Sara zeigte darauf. Luke nahm die Gelegenheit wahr und küßte sie auf die Nase und dann auf die Lippen. Sie erwiderte dies ein wenig, doch ihr Gesicht war naß vom Regen, und ihre Haut war leicht gerötet und gefühllos. Das wasserdichte Material ihrer Mäntel machte ein kleines schabendes Geräusch, als sie aufeinandertrafen.
»Reibung«, sagte Sara, als er sich schließlich zurückgezogen hatte.
»Werde ich dich wiedersehen?« fragte Luke.

»Wenn du es wissen willst«, sagte Sara, »ich habe in letzter Zeit eine Menge über dein Malen-nach-Zahlen nachgedacht.«
Luke fand ihre Wahl des Zeitpunkts unpassend. Er richtete sich ein wenig auf. »Wirklich?«
Das Malen-nach-Zahlen war entschieden das letzte, woran er gerade dachte.
»Ja. Ich finde es sehr interessant, daß du beim Malen-nach-Zahlen den Teil am faszinierendsten findest, der eigentlich fehlt ...«
Er runzelte die Stirn. Er war verwirrt.
»Denn als ich wirklich darüber nachdachte«, fuhr Sara fort, »fand ich den fehlenden Teil eigentlich am *wenigsten* interessant.«
Luke lächelte, irgendwie patronisierend, wie Sara fand. »Männer und Frauen, hm?« sagte er achtlos.
»Eines Tages«, sagte Sara, »und ich hoffe, bald, wird jemand kommen und es schaffen, daß du die anderen Teile faszinierend findest. Aber ich bin es nicht. Ich bin es nicht«, sie lächelte freundlich, »und das ist eigentlich alles, was ich zu diesem Thema sagen wollte.«
Luke nickte. »Gut«, er trat einige Schritte zurück, »mein Auto ist wo, sagtest du?«
Sara zeigte es noch einmal.
»Danke.«
Er erwiderte ihr Lächeln, doch seine Wangen waren gespannt.
Das ist wahrscheinlich die Kälte, sagte sich Sara, legte die Hände an ihre Wangen und fühlte sich ein wenig sentimental, aber auch wahnsinnig gewieft.

»Was ist da los?«
Connie ging zum Fenster und versuchte hinauszuspähen, doch das Glas war angelaufen. Sie versuchte, mit der Hand ein Guckloch freizuwischen. Draußen sah sie die verschwindenden Rücklichter des Volvo, und näher am Haus

Sara und Lily mitten in einer äußerst hitzigen Auseinandersetzung.
»O Gott«, sie trat ein wenig zurück, »ich glaube, da ist der Teufel los.«
Nathan hatte sein Buch zugeschlagen. Er blickte auf.
»Sie waren zu viert«, sagte er, »unser Vater, der kleine Ronny und zwei andere. Sie hielten sie beinahe eine Woche lang in der Wohnung fest. Sie gaben ihr Beruhigungsmittel, damit sie weniger Lärm machte.«
Connie wandte sich vom Fenster ab. »Sie hielten wen fest?«
»Das Mädchen. Sie kam aus einer Siedlung am Ort. Sie war zwei Jahre jünger als Ronny. Er hat sie wahrscheinlich manchmal in der Schule gesehen. Zuerst hat niemand sie vermißt.«
Connie legte die Hand an ihre Kehle. »Monica?«
»Nein«, Nathan schüttelte mit gerunzelter Stirn den Kopf, »sie hieß anders. Einer der anderen war Laborassistent an der Schule. So wurde der Kontakt hergestellt. Mein Vater bevorzugte eigentlich Jungen«, sagte Nathan, und als er das sagte, klebte ihm die Zunge am Gaumen.
Connies Herz krampfte sich zusammen. »Und wo warst du, während das alles passierte?« fragte sie leise.
»Ich hatte eine Wohnung. Ich war damals schon ausgezogen. Ich bin entkommen.«
»Und Ronny?«
»Siebzehn. Aber er wirkte viel jünger.«
»Er hätte ebenfalls entkommen können.«
»Ich bat ihn darum. Er wollte nicht weggehen. Er wollte, daß ich ihn zwinge.«
Connie dachte eine Weile darüber nach. »Ihn zwingen? Warum?«
»Weil er Angst hatte. Weil er daran gewöhnt war. Er kannte nichts anderes.«
»Aber du hast ihn nicht gezwungen.«
»Nein«, Nathan schüttelte den Kopf, »ich konnte nicht.«

»Und dann haben sie sie umgebracht.«
»Ja. Nach einer gewissen Zeit.«
Connie zog sich einen Stuhl heran. »Ich wollte nie erfahren, was er getan hat«, sagte sie, »und jetzt, wo ich es weiß ...«
Doch sie konnte den Satz nicht zu Ende bringen. Sie setzte sich. »Arme Monica«, murmelte sie schließlich, »jetzt weiß ich, was sie gemeint hat. Der Tod kam so langsam.«
Sie sah zu Nathan auf. Er schien wieder so vollkommen beherrscht. Ihr Blick glitt zu seiner Brusttasche. Sie war mit etwas Weißem gefüllt und hatte eine Art klebrig aussehenden Fleck, der sich von der Tasche auf ein paar Quadratzentimeter des Stoffes darunter ausgebreitet hatte.
»Da läuft etwas aus ...« Connie deutete darauf. Nathan sah an sich hinab. »Oh. Das ist nur Honig«, sagte er und zog Lilys Sandwich heraus. Connie ging zur Spüle, nahm ein Tuch, drückte es zusammen und hielt es unter den warmen Wasserhahn.

»Ich habe euch gesehen!« schrie Lily. »Ich habe gesehen, wie er seine Hände überall an dir hatte!«
Sie war mit dem ganzen Schwung eines Schachtelteufels aus dem Auto gesprungen, sobald Luke vom Hof auf die Straße gefahren war. Diesmal hatte sie den richtigen Augenblick abgepaßt.
Sara hatte nicht mit Zeugen gerechnet, auch nicht mit einer Konfrontation.
»Es war nichts«, sagte sie leichthin, »und es geht dich nichts an. Wo ist Nathan? Warum saßst du allein hier draußen im Dunkeln?«
»Er ist ein Monster!« bellte Lily. »Er stinkt nach Fisch! Wie konntest du es zulassen, daß er dich anfaßt? Du bist ekelhaft!«
»Nein.« Sara schüttelte den Kopf. »Nein, ich bin nicht ekelhaft.«
»Und was ist mit Dad?«
»Dad?« Saras Augen weiteten sich. »Tu nicht so, als würdest

du dich um seine Gefühle kümmern. Du hast ihn nicht einmal erwähnt, seit er dieses Haus verlassen hat. In zwei ganzen Monaten kein einziges Wort. Dein Dad hat mit der Sache nicht das mindeste zu tun.«

»Du weißt nicht, was ich denke!« schrie Lily. »Du wußtest noch nie, was ich denke!«

Sara betrachtete nachdenklich Lilys wutverzerrtes Gesicht. »Nein. Manchmal weiß ich nicht, was du denkst. Du sagst mir nie, was du denkst. Ich kann nicht Gedanken lesen, Lily. Ich bin deine Mutter. Das ist alles.«

»Du bist nicht meine Mutter«, fauchte Lily. »Du wolltest, ich wäre tot. Du wolltest schon immer, daß ich sterben sollte. Ihr beide wolltet das.«

Sara schluckte ein Lachen hinunter. »Du bist blöd. Du bist einfach hysterisch. Luke und ich hatten ein kurzes ...« Sie suchte nach einem harmlosen, unbelastenden Wort, »ein kurzes Einverständnis.«

»Einverständnis? *Einverständnis*! So nennst du das? Mit mir hattest du nie ein Einverständnis. Nie! Mit mir wolltest du nie ein Einverständnis!«

»Du bist meine Tochter«, sagte Sara ruhig, »selbstverständlich habe ich mit dir ein Einverständnis.«

»Du mochtest mich nie. Glaubst du, ich sehe das nicht? Jedesmal, wenn ich krank war, wünschtest du dir, daß ich sterben sollte. Aber ich bin nicht tot. Ich bin hier. Ich bin *hier*, und du kannst mich nicht ignorieren. Und ich werde nicht sterben.«

»Aber ich will nicht, daß du stirbst.« Sara war verwirrt. »Ich verstehe nicht, wo das alles herkommt. Ich werde Luke nicht wiedersehen. Es war *nichts*.«

»Luke ist mir egal!«

»Aber offensichtlich ist er dir nicht egal. Warum solltest du dich sonst im Dunkeln verstecken und uns nachspionieren, wenn es dir egal wäre?«

»Du weißt nicht, was mir wichtig ist. Du verstehst mich überhaupt nicht!«

Sara verlor allmählich die Beherrschung. »Was soll das? Natürlich bist du mir wichtig. Was willst du damit bezwekken, wenn du behauptest, du seist mir egal?«
»Darauf zu warten, daß ich sterbe!« schrie Lily, und Schaum tropfte ihr über das Kinn. »Als wäre ich ein krankes Tier. Du konntest mich noch nie leiden. Du hast dich nie für mich interessiert. Du hast mich nicht geliebt. Aber du liebst dieses fischige Schwein. Diesen stinkenden Mann. Ihn liebst du, aber mich hast du nie geliebt ...«, Lilys Hände zerrten an ihrer Brust, »und ich bin deine *Tochter*!«
»Weißt du was?« Sara war jetzt wütend und trat einen Schritt zurück, um sich Raum zu verschaffen. »Ich liebe dich, aber manchmal *mag* ich dich nicht besonders.«
Lily explodierte. »Du haßt mich! Ich weiß, daß du mich haßt!«
»Nein. Aber mir gefällt nicht, wie du mich behandelst, und mir gefällt nicht, daß du meine Hühner tötest, und mir gefällt nicht, daß du herumschleichst und so tust, als wäre ich irgendein Idiot, der keine Ahnung hat, was du im Schilde führst.«
»*Ich habe deine verdammten Hühner nicht getötet. Ich habe deine verdammten Hühner niemals getötet!*«
Lily schlug mit der Faust auf das Dach von Nathans Wagen.
»*Niemals! Niemals! Niemals! Niemals!*«
Sara trat auf sie zu und versuchte, Lily davon abzuhalten, Nathans Dach einzubeulen. Sie versuchte, ihre schwingenden Arme festzuhalten. Doch Lily war kräftig und schubste sie weg.
»*Laß mich los, du verdammte Hure!*«
Sara entschied, daß der Moment gekommen war, ihre Stimme zu heben. »*Wage* es ja nicht, mich eine Hure zu nennen! Und *wage* es ja nicht, in meiner Gegenwart noch einmal so zu fluchen!«
Lily ballte die Fäuste und stieß den rechten Arm mit aller Kraft nach vorne. Ihre Knöchel trafen auf Saras Kiefer. Der

Kiefer machte ein kurzes, kleines, klickendes Geräusch, und dann fand Sara sich auf dem Boden wieder; auf dem Rücken liegend wie ein Käfer, die Beine in der Luft, die Arme überall, schlitterte sie durch den Matsch. Lily stand über ihr und verlor ob dieses Erfolgs ihrer Attacke beinahe die Nerven. »Du wirst mich nicht umbringen«, flüsterte sie, »nicht du, nicht Dad.«

Sara lag zu Lilys Füßen und sah zu ihr auf. Das ist es, dachte sie, das ist es jetzt. Mit der ganzen Kraft, die sie aufbringen konnte, trat sie mit dem Fuß gegen Lilys Knöchel. Ehe Lily kapierte, was geschah, rutschten ihr die Füße weg, und ihr Kopf knallte mit einem schallenden *Knack* gegen die Beifahrertür von Nathans Auto.

Sara rappelte sich auf.

»Nein«, knurrte sie durch ihren steifen, pochenden Kiefer. »Ich habe nicht die Absicht, dich umzubringen, Lily, obwohl ich manchmal verdammt süße Lust dazu hätte.«

Sie wandte sich ab und drehte sich dann noch einmal um. »Und wenn du noch einmal eines meiner Hühner anfaßt, werfe ich dich raus und lasse dich mit den übrigen Tieren in der Scheune hausen. Ist das klar?«

Lily sagte nichts. Nicht gleich. Doch auf ihrem Weg zum Haus hätte Sara schwören können, daß sie eine Auswahl an Worten hörte, die verdächtig nach »Ich liebe dich« klang.

Sie blieb wie angewurzelt stehen und blinzelte. Ihr Gehirn schaltete so etwas wie den Rückwärtsgang ein. Dann spielte sie dieses seltsame Band in ihrem Kopf noch einmal ab. Sie begriff, daß das, was tatsächlich gesagt worden war, »Ich hasse dich« gewesen war. Doch ohne große Emphase. Nun, sagte sie sich fest, das mußte vorläufig genügen.

»Blutest du?«

Connie beugte sich über Lily und versuchte herauszufinden, wo oben und unten war. Lily gab keine Antwort auf ihre Frage, doch sie grunzte und machte damit deutlich, daß ihr Kopf vom Fahrgestell des Autos verdeckt war.

»Bist du verletzt? Wir haben in der Küche den Knall gehört, als dein Kopf gegen die Tür geschlagen ist.«

»Gratuliere«, krächzte Lily.

Connie legte beide Hände um Lilys Taille und zerrte sie unter dem Auto hervor. Dann richtete sie sich wieder auf. »Ich glaube, Saras Kiefer ist verletzt. Sie hat ihn sich gehalten, als sie nach oben gerannt ist.«

Lily reagierte nicht.

»Das war ein ganz schöner Streit.«

»Ich hasse sie.«

»Ich habe den Eindruck, daß dieses Gefühl im Moment mehr oder weniger auf Gegenseitigkeit beruht.«

Lily versuchte, sich aufzusetzen. »Sie hat etwas mit diesem Fisch-Bauern gehabt.«

»Luke?«

»Ja.« Lily schüttelte versuchsweise den Kopf. »Au!«

»Ich wette, du wirst eine dicke Beule kriegen«, stellte Connie fest, als sie sie beobachtete.

»Ich hoffe, ich habe ihr den verdammten Kiefer gebrochen«, sagte Lily dumpf.

»Soll ich dir ins Haus helfen?« Connie streckte die Hand aus.

»Ich betrete dieses Haus nie wieder. Dann schlafe ich lieber in der Scheune.«

»Hast du schon mal in der Scheune geschlafen?«

»Nein.«

»Dann wäre es wohl keine gute Idee, jetzt damit anzufangen. Du hast vielleicht eine Gehirnerschütterung.«

»Verpiß dich.«

»Weißt du«, Connie ging in die Hocke, »meine Mutter hatte eine Affäre, als ich so alt war wie du.«

»Na und?«

»Ich weiß, was für ein schlimmes Gefühl das zunächst ist, das ist alles. Aber wenn man älter wird, spielt es keine so große Rolle mehr. Man begreift, daß die Eltern auch nur Menschen sind, und das ist eigentlich eine ziemliche Erleichterung.«

»Ich *bin* älter.«
»Dann eben noch älter.«
Während sie sich unterhielten, suchte sich Nathan langsam einen Weg zu seinem Auto. Er knöpfte seinen Mantel zu. Sein Buch hatte er sich unter den Arm geklemmt.
»Gehst du irgendwo hin?« fragte sie.
»Ich mache mich auf den Weg«, sagte er, »es ist sehr spät.«
Er stand neben dem Wagen und strich mit der Hand über das Dach. »Warum hast du deine Mutter nicht gleich geschlagen und mein Auto aus der Geschichte herausgehalten?« fragte er kurz angebunden.
»Komm mir nicht blöd«, sagte Lily kalt, »falls du es nicht schon bemerkt haben solltest, ich habe keinen Sinn für Humor.«
»Aber ich habe es bemerkt«, sagte Nathan sanft, »denn es ist so schade.«
»Ich gehe ins Haus«, verkündete Lily, hievte sich hoch und stolperte in Richtung Haus.
Connie versuchte herauszufinden, ob das Dach Schaden genommen hatte. »Hat sie es eingedellt?«
»Nein.«
»Wirst du jetzt nach Hause fahren?«
»Wahrscheinlich.«
Nathan ging zur Fahrerseite und öffnete die Tür. »Ich wollte dich vorhin wirklich nicht aufregen, Nathan«, sagte Connie plötzlich.
»Aber du hast es getan«, antwortete Nathan fröhlich, »und die Leute tun es immer.«
Er stieg in den Wagen, schlug die Tür zu und ließ den Motor an.
Was hatte er gemeint, fragte sich Connie, daß ich ihn verletzt habe oder daß ich die Absicht hatte, ihn zu verletzen? Welches von beiden? Und was war der Unterschied?
Nathan legte den Rückwärtsgang ein. Connie runzelte die Stirn und trat ein paar Schritte zurück, um ihm Platz zum Manövrieren zu geben.

47

Jim wachte von dem Geräusch der sich schließenden Kühlschranktür auf. Wie es schien, war er entgegen der ganzen Summe seiner guten Vorsätze, am Rand des Sofas zu einer Kugel zusammengerollt, doch noch eingeschlafen. Er streckte sich ein wenig, fühlte sich steif. Sein Nacken schmerzte. Er bewegte einen Arm und stellte fest, daß er mit einer Decke zugedeckt war. Ihm war warm. Als er die Augen einen Spalt aufmachte, sah er, daß es draußen hell war, drinnen hell war. Und das Fallen des Regens war nicht mehr länger zu hören. Nur die Möwen und das Meer. Er schloß die Augen wieder. Er hörte, wie Ronny sich in der Küche bewegte. Er stellte ihn sich vor, wie er für sie beide das Frühstück zubereitete. Dieses Bild war so süß, so ehelich, so widersinnig, daß er lächelte und sich einen kurzen Augenblick erlaubte, dabei zu verweilen.
Schlurfen. Wieviel später? Stunden? Minuten? Sekunden? Jim riß die Augen auf und setzte sich abrupt auf. Im Haus war es still. Doch er hörte ein Geräusch ... was? Das Schließen der Tür? Er sah zum Fenster, und sein Herz fing an zu hämmern. Er streifte die Decke ab und ging zur Tür. Er öffnete sie. Er schaute hinaus in den hellen Morgen. Es war kühl. Ein scharfer Wind wehte. Wieviel Uhr war es? Noch früh.
Der Strand war leer. Doch als er sich umsah und Ausschau hielt, meinte er scharf zu seiner Rechten etwas Weißes zu sehen ... nichts als ein Flattern. In der Ferne. Ein Segel? Eine Möwe? Eine Plastiktüte? Nein. Nein. Größer. Weit entfernt. Etwas Helles und Leichtes und seltsam Reflektierendes. Dann traf es ihn wie ein Blitz. Der weiße Anzug. Es war der weiße Anzug! Gebleicht. Plastik. Lilienblaß. Alabaster. Der Raumanzug. Es war der weiße Anzug. Und das Licht wurde davon reflektiert. Und der Wind wehte. Und es war Ronny, der ihn trug. Es war Ronny.
Jim gab ein leises, wundes Keuchen von sich und rannte los.

Ich war verloren, sagte sich Nathan, doch jetzt bin ich wiedergefunden. Er stieg aus dem Auto, um sich die Beine zu vertreten, und sah sich um. Seine Füße waren taub. Er mußte noch herausfinden, ob er geblieben war, weil er es so gewollt hatte oder weil er letztendlich nicht gewußt hatte, wo zum Teufel er hinfuhr.
Er hatte am Ende einer Sackgasse geparkt, in der Nähe einer Gruppe verlassen aussehender, eingezäunter Ferienhäuschen. Die Fertighäuser lagen in kurzer Entfernung hinter ihm. Das Naturschutzgebiet lag vor ihm. Die Straße hörte einfach auf. Es war eine richtige Sackgasse.
Und es war eine äußerst lange Nacht gewesen. Im Wagen war es kalt gewesen. Er hatte immer wieder den Motor laufen lassen, doch dann hatte er festgestellt, daß die Tankuhr gespenstisch auf ›leer‹ zeigte. Danach hatte er nur noch gezittert, den Mantel wirkungslos über die Knie gebreitet.
Kurz nach fünf ging die Sonne auf. Über dem Meer. Und Nathan hatte darauf gestarrt. Er hatte über sich selbst nachgedacht. Er hatte über Ronny nachgedacht. Er hatte über Connie nachgedacht. Sie hatte recht damit, sagte er sich, daß Engel gewöhnlich Jungen waren. Sie hatte recht mit dem masturbierenden Jesus. Er versuchte zu verstehen, was das bedeutete, dieses Rechthaben. Am Ende beschloß er, daß es nur zwei Dinge bedeutete, und auch sie schlossen einander nicht aus.
Das erste? Nun, auf einer gewissen Ebene, einer *subtilen* Ebene, schien es, als hätte er vielleicht immer gewußt, daß der Engel ein Junge war. Vielleicht, dachte er, steckt das Böse wirklich in mir. Tief in mir, wie ich es immer befürchtet habe. Diese unerforschte Furcht war eine reale Furcht. Dieser ungebetene Schrecken ein realer Schrecken. Doch wenn er sich dieser Möglichkeit stellte, Kopf voran, ragte in seinem Innern eine Wand auf, genau wie immer, und seine Gedanken wandten sich ab.
Die zweite Sache? Die andere Option? Er versuchte, sich wieder zu konzentrieren. Die zweite Möglichkeit war, daß

es bei dieser ganzen Geschichte nicht um Liebe oder Vernarrtheit oder Kunst oder dergleichen ging, sondern um Gott. *Gott.* Vielleicht hatte er in dem seltsamen, befleckten Bild dieses masturbierenden Jesus endlich seine wahre Rettung gefunden? Gewiß konnte dieser idiosynkratische Jesus, dieser menschliche Jesus, dieser sinnliche, schamlose, hemmungslose Jesus all die schwarzen, unvorstellbaren Gefühle aufnehmen und verstehen, die ihn peinigten und unterdrückten und quälten. Dieser weltliche Jesus würde sich vor der Sünde nicht abwenden. Nein. Er würde sie *in die Arme schließen.* Hier, in diesem dunklen Retter, sagte sich Nathan, lag ein endgültiges, vollständiges und absolutes Verständnis.

Schließlich war dies ein mutiger Jesus. Es war der furchtlose Jesus, der den kleinen Ronny, ohne nachzudenken, gezwungen hätte, das böse Haus seines Vaters zu verlassen. Dieser Jesus hätte sich um die Folgen nicht gekümmert. Dies war der Jesus, der sich selbst alles verzeihen konnte, und indem er das tat, konnte er den anderen all ihre Sünden verzeihen.

Ich kann nicht hinwegkommen über das, was passiert ist, sagte sich Nathan, aber ich kann es loslassen. Ich kann es einfach loslassen. Ich kann verzeihen. Ich kann mir selbst verzeihen. Ich kann dem kleinen Ronny verzeihen. Ich kann dem großen Ronny verzeihen. Ja. Sogar ihm.

Und als die Sonne aufging, spürte Nathan, wie etwas in ihm darauf ansprach. Etwas Heißes. Ein Klumpen. Etwas erhob sich. Es brannte in ihm. Dies ist Jesus, sagte sich Nathan, dies ist Gott. Und Gott war eine enorme, unendliche, alles umfassende Leere.

Nathan schloß die Augen und spürte, wie er in einen Zustand völliger Verzückung verfiel, als der schiere, klare, weiße Geist des guten Vaters ihn erfüllte. Endlich, seufzte er, endlich bin ich wirklich *erhoben.*

Sie hatte den Karton nicht geöffnet. Wenn ich ihn öffne, dachte sie flüchtig, dann ersetze ich nur eine schlechte Sache durch eine andere. Ich muß mich zurückhalten, wie Ronny es gesagt hat, nur dieses eine Mal. Ich muß mich abwenden. Beim Einschlafen stellte sie sich träge die Frage, ob es beim Erwachsenwerden nur darum ging, alles aufzugeben, was einem etwas wert war. Träume, Ängste, Erwartungen. Dieses zynische Konzept gefiel ihr. Doch den Karton gab sie trotzdem nicht auf. Sie schloß die Augen und schlief, die Arme immer noch fest und kräftig darum geschlungen wie kleine, blasse Staubblätter.

Noch so eine endlose Nacht des Nicht-wirklich-Schlafens. In einem Wachtraum sah Connie ihren Vater mit aufgestützten Ellbogen und gesenktem Kopf schluchzend am Küchentisch sitzen. Sie war wieder ein kleines Mädchen, zu Hause, und war zufällig dazugekommen. *Papi?* Er hatte den Kopf gehoben, als sie näher gekommen war, und so getan, als hätte er gar nicht geweint. Sie stellte fest, daß sie schrie: Ich werde dir nie verzeihen! Doch sie schrie nicht ihren Vater an, sondern Lily, draußen, neben Nathans Auto, und Lily war Sara, nur jünger. *Ich werde dir diesen schrecklichen Verrat nie verzeihen! Nie!* Dann wandte sie sich wieder ihrem Vater zu, nahm einen schmutzigen Spüllappen und versuchte, seine Tränen damit zu trocknen. Doch seine Tränen waren aus Blut, nicht aus Wasser. Seine Augen waren rot, und sie bluteten.
Scheiße!
Connie setzte sich auf und suchte im Ärmel ihres Pullovers nach einem Papiertaschentuch. Ihre Nasenlöcher brannten. Ihre Kehle war trocken. Sie putzte sich die Nase, schwang die Füße aus dem Bett und zog Hosen und Schuhe an. Es war Morgen. Endlich. Sie schlich sich durch das Haus und hinaus in die Welt. Sie ging los.

Ronny dachte nicht. Er zählte. Den ganzen Weg am Strand entlang, eine scharfe Linksbiegung, dann hinauf über eine Düne, an den Ferienhäuschen vorbei und ins Naturschutzgebiet hinein. Zu seiner Rechten der Fluß und die Felder, zu

seiner Linken das ausgedehnte, sumpfige Gelb der Salzmarschen. Als er sie sah, beschleunigte er seinen Schritt.
In dem weißen Anzug war das Gehen schwierig. Es war schwierig, einzuatmen. Es war schwierig, etwas zu hören außer dem eigenen Atem und den Gedanken, die er dachte. Das Zählen. Er hatte nur so wenig Zeit. Er bemerkte Nathan nicht, der neben seinem Auto stand. Er hörte Jim nicht rufen. Alles war so langsam und ruhig und ruhte in sich selbst. Er ging weiter, über die Marschen auf das Meer zu.
Draußen in der Welt rannte Jim und rief und wedelte mit den Armen. »Halt ihn auf!« schrie er, »halt ihn doch auf!«
Er wollte schneller werden, er wollte es, doch seine Füße sanken immer wieder in den Sand, als wären sie mit Blei beschwert. Er konnte sich nicht *bewegen*.
Nathan drehte sich um und sah seinen Bruder, weit weg, in der Ferne. Er legte die Hände um den Mund, ein fleischiges Megaphon. »Es ist nichts«, rief er, »er kann in dem Anzug unmöglich sinken. Er ist aus Plastik. Er wird sich einfach mit Luft füllen.«
Doch Jim rannte weiter, weiter und dann hinauf, sah Nathan nicht einmal, hörte ihn nicht einmal.
Ronny fand die richtige Stelle. Er spürte Feuchtigkeit um seine Knöchel. Es war nasser, als er vorausgesehen hatte. Doch das spielte keine Rolle, oder? Nein. Er schüttelte den Kopf. Er machte die rechte Hand auf und starrte durch das klare Plastikvisier seiner Gesichtsmaske auf das, was darin lag. In seine Handfläche gebettet lag eine Butterportion. Ein kleines Viereck. Harmlos. Hart. Kalt. In Gold gewickelt.
Er hob das Visier, um an seinen Mund heranzukommen. Er plazierte die Butterportion auf seiner Zunge und schob sie dann mit einem weißbehandschuhten Finger in seine Kehle hinunter, bis sie hart und tief und fest dort drinnen steckte. Er würgte nicht.
Ich will wirklich sterben, dachte er. Dann legte er sich ins Gras, spürte, wie der Wind gegen seine Kleidung blies, hörte ihn wie ein riesiges, imaginäres Publikum, das bei diesem,

seinem letzten Akt tobte, lachte und jubelte und ihn anfeuerte und verhöhnte. Alles in gleichem Maße.

Connie hatte ihn in der Ferne gesehen, in einem weißen Anzug wie ein Astronaut. Sie war weitergegangen, leicht perplex, doch ihre Gedanken waren mit anderen Dingen beschäftigt. Dann hörte sie etwas. Doch es war so schwach und weit entfernt. Wie der traurige Schrei eines Brachvogels. Eine Art Klage. Schließlich sah sie Jim, und hinter ihm sah sie Nathan. Jim rannte. Nathan jedoch nicht. Er ging. Connie blieb stehen. Sie wandte sich den Salzmarschen zu. Wer war dann ...?

Die weiße Gestalt legte sich hin. Faltete die Hände über der Brust. Entspannte sich. Dann neigte sich der Kopf mit schrecklicher Langsamkeit, gemessen, sachte zur Seite. Wieviele Sekunden vergingen, ehe Jim bei ihr war? Dreißig? Vierzig? Mehr? Und als Jim die Gestalt erreichte, nahm Connie das als Signal, ebenfalls wieder weiterzugehen. Schnell und dann schneller.

Auf dem Weg zum Strand hinunter traf sie Nathan.

»Ist das Ronny?« keuchte sie. Nathan nickte, doch er hielt nicht mit ihr Schritt. Connie rannte weiter auf die anderen zu. Jim schrie. Er hatte Ronny den weißen Helm und das Visier heruntergerissen. Er zerrte an seinem Kopf.

»Was hast du getan? Was hast du getan? Wo bist du? Was hast du getan?«

Ronnys Augen waren geschlossen, als schliefe er. Er reagierte nicht auf Jims heftige Vorhaltungen. Connie fiel auf die Knie.

»Laß ihn!« rief sie. »Laß ihn in Ruhe!«

Sie zog Ronnys Augenlider nach oben. Sie sah nur das Weiße.

»Was ist passiert? Sag es mir!«

Jim weinte. »Ich weiß es nicht. Ich weiß es nicht. Er hat die Hand an den Mund gelegt. Ich habe gesehen, wie er die Hand an den Mund gehoben und sich dann hingelegt hat.«

Connie preßte Ronnys Kiefer auseinander. Sie versuchte,

hinter seine Zunge zu sehen. Dann legte sie beide Hände um seinen Hals und drückte vorsichtig.
»Ich glaube, ich spüre etwas ... Ich glaube, er hat etwas verschluckt.«
Sie steckte ihm die Hand in den Mund und versuchte, ihre Finger in seinen Hals zu zwängen.
Nathan erreichte sie schließlich. Er sagte nichts. Er ging in die Hocke und packte Ronnys Arm, kam aber nicht an sein Handgelenk heran; deshalb zog er den Plastikanzug vorne auf und riß ihn ihm über die Schulter, zerrte Ronnys Hand hervor, um den Puls zu fühlen. Er konnte keinen finden. Er versuchte es weiter.
»Kein Puls«, sagte er nach einer Weile und ließ Ronnys Arm fallen. »Er ist tot«, sagte er.
»Nein!« schrie Jim. »Nein, er ist nicht tot! Nein, er ist nicht tot! Nein, das ist er nicht, das ist er nicht ...«
Er begann, unkontrolliert zu zittern. Er fing an, mit seinem ganzen Gewicht auf Ronnys Zwerchfell zu trommeln.
»Er ist tot«, flüsterte Connie und zog ihre Hand zurück. Darin hielt sie eine kleine goldene, noch gefrorene Butterportion. Sie fing an zu weinen. »O verdammt. Er ist tot.«
Als sie ihre Hand aus Ronnys Mund nahm, klaffte der Kiefer auseinander. Sie versuchte, ihn zu schließen. Er ließ sich nicht schließen.
»Er ist nicht tot«, schrie Jim wieder und trommelte weiter.
Nathan beugte sich vor und schlug ihm ruhig und sehr hart mit dem Handrücken ins Gesicht. Einmal, zweimal.
Jim keuchte. Er legte die Hände an die Wangen. Er starrte seinen Bruder an, sprachlos.
»Wir müssen ihm den Anzug ausziehen«, sagte Nathan. »Helft mir.«
Er zerrte den Anzug von Ronnys magerem Körper, und die beiden sahen ihm zu. Der Anzug war bereits voller Schlick. Ronnys Beine waren durchtränkt damit.
»Die goldene Uhr, die ich ihm gegeben habe«, sagte Nathan, »trägt er sie irgendwo?«

»Die goldene Uhr?« wiederholte Jim verständnislos.
»Trägt er sie?« schrie Nathan.
Jim blinzelte. »Ich weiß es nicht. Nein. Ich glaube, er hat sie zerbrochen.«
Er fing an, sich zu wiegen.
Nathan zog Ronny den Anzug vollständig aus, legte ihm dann die Hände unter die Achselhöhlen und zog ihn einige Meter weiter Richtung Meer. Während er ihn zog, lösten sich Ronnys Schuhe.
»Was tust du?« Jim wurde wieder lebendig. »Laß ihn in Ruhe! Nicht seine Schuhe! Laß ihn, Nathan! *Laß* ihn!«
Er stolperte voran in den Schlick, griff nach einem Schuh und versuchte vergeblich, ihn wieder über Ronnys Fuß zu streifen. »Nicht seine Schuhe! Er hat seine Schuhe nie ausgezogen!«
»Ich rette dich«, schrie Nathan, das Gesicht braunrot vor Wut und Anstrengung. »Ich rette dich. *Verstehst* du denn nicht? Hau ab von hier! Hau *ab*!«
Connie sah, wie Nathan bis zu den Schenkeln im Schlick versank und wie Ronnys bleicher, schlaffer Körper sanft hineinglitt. Jim stand tief im Schlick und ruderte hilflos mit den Armen.
»Tu das nicht«, brüllte er, »laß ihn einfach in Ruhe. Laß ihn einfach in Ruhe. Laß ihn einfach!«
Doch Ronnys Körper sank trotzdem, bis Connie schließlich vergebens auf den Punkt starrte, wo er gewesen war – als hätte sie alles nur geträumt. Teile des Anzugs fingen an, mit dem Wind über die Marschen zu wehen.
»Hol sie, Connie«, bedeutete ihr Nathan.
Sie tat, wie ihr geheißen. Sie sammelte den Helm und das Visier ein, den Anzug, einen Schuh. Jim hielt den anderen immer noch in der Hand.
Die beiden Brüder standen einander gegenüber. Kein Wort wurde zwischen ihnen gesagt. Dann drehte Nathan sich um und begann, auf trockeneres Land zurückzuwaten. Zurück zu seinem Auto. Zurück zu seinem Leben. Alles ist schließlich

vorbei, dachte er dankbar, alles ist tot, alles ist beendet. Er tat einen langen, langsamen, tiefen Atemzug, und schon beim Ausatmen war er ein gutes Stück weiter damit, sich selbst zu verzeihen.

Zuerst trug sie den Karton nach draußen und stellte ihn vorsichtig ab, dann ging sie zurück in ihr Zimmer und begann, Armladungen von Sachen auf der Tagesdecke aufzuhäufen. Sämtliche Kleider aus ihren Schränken und ihren Schubladen, sämtliche verrückten Andenken, die sie angesammelt hatte, sämtliche Schulbücher und Mappen, all ihre Spielsachen und ihren Nippes. Sogar die wenigen Poster von der Wand. Dann schlug sie die vier Ecken der Tagesdecke übereinander und schleppte das ganze riesige Bündel aus dem Haus und in den Hof.

In der überlegenen Manier entwaffnend kühler Vernunft brachte sich Lily in zweckmäßige Entfernung von den Außengebäuden, dem Haus und den Tieren. Sie zog unten aus dem Holzstoß einige Scheite heraus. Je trockener, desto besser, urteilte sie. In der Küche fand sie Brennspiritus und Streichhölzer.

Sara wachte auf und hielt sich noch immer ihren schmerzenden Kiefer. Er tat weh, wenn sie ihn bewegte. Sie knirschte vorsichtig mit den Zähnen, genoß den Pfeil des Unbehagens, den das hervorrief, dann legte sie sich schlaff zurück und horchte. Alles war still. Sie sah prüfend auf die Uhr neben ihrem Bett. Sie vergewisserte sich noch einmal. Sie kletterte unter ziemlichem Ächzen aus dem Bett und ging über den Flur. Connies Schlafzimmertür war angelehnt, ihr Bett war ungemacht und leer. Lilys Tür stand weit offen. Alle ihre Sachen waren verschwunden.

Ist es etwas an mir? fragte Sara sich ruhig, weswegen die Leute immer wieder verschwinden? Dann drehte sie sich um, polterte mit voller Wucht die Treppe hinunter und bellte Lilys Namen in die flaumweiche Dämmerung.

Lily riß sich die Kleider vom Leib, Schicht um Schicht, bis sie nackt neben dem Rauch und den Flammen stand.
»Schaut mich an!« schrie sie in den Himmel, direkt ins Himmelsreich. »SCHAUT MICH AN! ICH BIN ABSOLUT WUNDERBAR!«
Sie fing an zu lachen, hielt sich die Rippen, dann bückte sie sich und hob den Karton auf. Das Feuer brannte heftig. Der Wind brauste und änderte die Richtung. Im einen Moment blies der Rauch in die eine, im nächsten in die andere Richtung. Lily atmete etwas davon ein und fing an zu husten. Durch ihre Tränen hindurch sah sie, wie die Haustür geöffnet wurde. Durch die Flammen hindurch erspähte sie ihre Mutter. Sie johlte vor Begeisterung, sprang in die Luft, warf den Karton in das prasselnde Feuer, drehte sich dann auf ihrem schmutzigen Absatz um und rannte mit einem letzten spektakulären, ruchlosen Jodler davon.

Nathan war gegangen. Weder Connie noch Jim hatten sich gerührt. Jeder von ihnen umklammerte einen von Ronnys Schuhen. Schließlich hielt Connie ihm die Hand hin. »Komm zurück«, sagte sie, »komm aus diesem Morast heraus.«
»Der Tod ist mein Geschenk«, flüsterte Jim heiser, ohne sich zu rühren. »Siehst du das nicht? Der Tod ist das einzige, was ich je bringe.«
»Er hat ein Butterpäckchen verschluckt«, sagte Connie. Sie weigerte sich, Jims Erklärung anzuerkennen, und öffnete ihre Hand, um ihm das kleine goldene Päckchen zu zeigen. »Ist das nicht komisch?«
Jim starrte sie an, doch es schien, als könne er sie nicht richtig sehen.
»Hast du eine Ahnung, wie sehr jemand sterben wollen muß, um sich auf diese Weise umzubringen«, fragte sie sanft, »mit einem Butterpäckchen?«
Jim sagte nichts.
»Bitte komm heraus«, sagte sie freundlich. »Schau. Ich habe seinen anderen Schuh.«

Als Connie den anderen Schuh erwähnte, sah Jim genau darauf und fing sofort an zurückzuwaten. Sie hielt ihm den Schuh hin. Er nahm ihn.
»Vielleicht wäre es besser, wenn du von hier verschwinden würdest«, sagte sie.
»Nein«, Jim drückte die beiden Schuhe an seine Brust, »ich gehe nirgendwo hin.«
»Ronny ist tot«, sagte sie, »und du bist jetzt frei.«
Jim starrte sie an, als sähe er sie zum ersten Mal, das Gesicht gespannt vor Ungläubigkeit. »Aber ich *bin* Ronny«, sagte er.
Connie starrte eine Weile zurück. »Ja«, antwortete sie schließlich, »ich weiß ganz genau, wer du bist.«
Jims Blick wandte sich wieder dem morastigen Boden zu. Er begann, langsam auf den Strand zuzugehen.
»Ich begriff es am allerersten Tag, als ich dich traf«, rief Connie ihm nach, »ich *wußte* immer, daß du es warst.«
Er ging weiter. Connie sah wütend hinter ihm her, blinzelte ärgerlich und hielt mit ihren Fingern fest das kleine, in Folie gewickelte Viereck umklammert.

Luke sagte sich, daß er durch Saras Kommentare zu seinem Malen-nach-Zahlen auf nicht wiedergutzumachende Weise verletzt worden sei. Er fand es schwer zu glauben, daß jemand, am allerwenigsten Sara, sich ernsthaft vorstellen konnte, ein Mensch könne sich durch die Liebe so dramatisch verändern. Liebe? Was war lächerlicher als das? Oder noch beleidigender?
Dennoch war auf der Fahrt zu seinem Fertighaus in der vergangenen Nacht etwas Außergewöhnliches mit ihm geschehen. Etwas Bedeutendes. Und es stand tatsächlich in Zusammenhang mit dem Malen-nach-Zahlen. Es war damit gekoppelt.
In gewisser Weise, er gab es zu, hatte Sara recht gehabt, und Ronny ebenfalls, als sie gesagt hatten, daß er das Malen-nach-Zahlen nicht ganz von sich weisen sollte. Er war in dieses gottvergessene Loch gekommen, um den Versuch zu

machen, in seiner Arbeit etwas Vollständiges und Absolutes und Bedeutsames zu entdecken, sogar in sich selbst etwas Totales und Reales und Wahres. Etwas *Zusätzliches*.
Das war ein Fehler gewesen. Das wurde ihm jetzt klar. Er hätte nie aufgeben sollen, was er kannte, er hätte es lediglich ein bißchen besser *erkunden* sollen. Er hätte es ausbeuten sollen. Alles, was er je nötig gehabt hatte, waren mehr Mut und ein neuer Blickwinkel.
Plötzlich, wie aus heiterem Himmel, hatte er einen. Eine Ausstellung, sagte er sich, eine wirkliche Ausstellung mit den Photos zum Malen-nach-Zahlen. Doch anständige Bilder diesmal, riesige Abzüge, ganz mutig und frech und vergrößert. Einige auf seine Art (nur Sex, keine Liebe) und einige auf Saras Art, der albernen Art. Nun, das war eine *Idee*. In der Photographie ging es schließlich nur um Bilder, doch um Ideen? Gut! Hier ginge es um *Kunst*.
Ja. Er kicherte. *Kunst*.

Den ganzen Weg am Strand entlang, direkt unterhalb der Flutlinie, fand Lily eine seltsame Sammlung von Messern. Das Meer hatte sie auf den niedrigen Dünen ausgespuckt. Es schien keinen Bedarf dafür gehabt zu haben. Lily hob sie auf, eines nach dem anderen, und preßte sie an ihre nackte Brust. Eines der Messer, fiel ihr auf, gehörte sogar ihr. Doch obwohl sie sich über sein Wiederauftauchen freute, wollte sie es nicht behalten. Statt dessen nahm sie die Messer mit zu Jims Fertighaus und klopfte an die Tür.
»Ronny?«
Sie wartete und klopfte dann noch einmal. »Ronny!«
Nach einer Weile machte Jim die Tür auf. Er war teilweise mit Schlamm bedeckt.
»Wo ist Ronny?« fragte sie.
Jim sagte einen Moment nichts. »Er schläft«, sagte er leise. Er wirkte ruhig, doch mit seinen Gedanken woanders.
»Schau, was ich gefunden habe ...« Lily zeigte ihm die Messer.

Jim nickte.
»Am Strand!«
Er lächelte schwach und nickte wieder.
»Möchtest du sie?«
Sie hielt ihm das Bündel hin.
Jim zögerte. Er entschied, daß es ungehobelt wäre, ein so freigebig dargebotenes Geschenk zurückzuweisen. Er nahm die Messer von ihr entgegen. Alle.
»Danke«, sagte er.
»Ich gehe schwimmen«, vertraute Lily ihm an, »kommst du mit?«
Jim schüttelte den Kopf.
»Wie du willst.«
Sie grinste und rannte los, über den Strand, und jaulte auf wie ein junger Hund, als sie die zerbrochenen Muscheln an ihren nackten, fleischigen Sohlen spürte.
Jim nahm die Messer mit ins Haus und machte die Tür zu. Er inspizierte seine schlammverschmierten Hosen. Er ging in sein Schlafzimmer auf der Suche nach sauberen Kleidern. Er legte das Messerbündel auf das Bett und fing an, sich auszuziehen. Er zog die Hose aus, dann das T-Shirt. Als er das T-Shirt auszog, bemerkte er etwas Unerwartetes innen an seinem Arm. Eine Reihe weißer Abdrücke. Saubere Fingerabdrücke aus Gips. Er starrte darauf und schluckte schwer. Er sah sich nach sauberen Kleidungsstücken um. Er fand schnell ein Hemd und ein Paar Jeans. Er zog sie an. Er betrachtete wieder den Packen Messer auf dem Bett. Darunter sah er den Rasierer seines Vaters. Er hob ihn auf und trug ihn in die Küche. Unter der Spüle fand er eine Tragetasche aus Plastik. Er nahm sie mit ins Wohnzimmer und legte sie flach auf den Fußboden. Er setzte sich. Er stellte seine beiden Füße darauf. Er untersuchte die Klinge. Sie war scharf, wie ein wütendes Wort in ein sanftes Ohr.

Als Connie auf halber Höhe der Auffahrt war, sah sie das Feuer. Sara rannte mit Eimern voll Wasser hin und her.

»Was ist passiert?«
»Ich habe das ungute Gefühl«, sagte Sara grimmig, »daß Lily die Absicht hat, sich neu zu erfinden.«
»Oh.«
»Was du da vor dir schwelen siehst, ist die alte Lily.«
»Richtig.«
»Die neue Lily rennt nackt durch die Felder.«
Connie lächelte nicht, obwohl Sara das beabsichtigt hatte. Sie hielt immer noch Ronnys weißen Raumanzug und das Visier. Sie zerknüllte die Sachen in ihren Händen und warf sie in die Flammen, froh, sie endlich los zu sein.
»Danke«, murmelte Sara.
»Was?« Connie sah sie an.
»Ich versuche, es zu löschen«, sagte Sara trocken, »nicht, es zu speisen.«
Sie ging wieder zum Wasserhahn an einem der Außengebäude, füllte den Eimer und brachte ihn wieder zurück und schüttete ihn über den Flammen aus. Das Feuer zischte.
Nahe dem schwelenden Rand bemerkte Connie etwas Gewölbtes, Rauchbeflecktes. Es zerbrach, als das Wasser darauf traf, und die Wölbung zerbrach in zwei Teile. Es gab einen kurzen, kleinen Dampfstoß, der sich jedoch schnell verflüchtigte. Connie starrte teilnahmslos ins Feuer. Sie hätte schwören können, daß sie eine winzige, welpenhafte Kreatur mit braunem Fell, doch mit vielen Gliedern gesehen hatte, auf den Hinterbeinen sitzend und mit Augen so süß wie Rohrzucker. Sie beugte sich nach vorne. Der Wind änderte die Richtung. Rauchschwaden blähten sich, und die kleine Kreatur war verschwunden.
»Du stehst zu dicht dran«, sagte Sara.
»Was?«
»Tritt ein bißchen zurück. Du bist zu dicht dran. Du tropfst.«
»Ich tropfe?«
Connie machte einen Schritt zurück. Sie sah an sich hinunter.

Aus ihrer Faust tropfte Öl auf die kiesbestreute Auffahrt. Als sie ihre Hand öffnete, war alles, was darin lag, ein kleiner, dünner Streifen Goldfolie.
»Ich muß jetzt gehen, Sara«, sagte sie ruhig und hielt nur inne, um sich das Öl auf ihren Fingern tief und fest in die Haut zu reiben.

Lily hüpfte in den Wellen herum. Connie parkte ihren Wagen, stieg aus und ging um das Fertighaus herum zur Vorderseite. Sie klopfte. Es kam keine Antwort. Sie klopfte wieder und ging hinein. Das Wohnzimmer, die Küche waren leer. Sie ging ins Schlafzimmer. Jim lag auf dem Bett und schlief, mit einem Laken und einer Decke zugedeckt.
»Jim?«
Connie trat an die Bettkante.
»Schläfst du?«
Sein Gesicht war so blaß. Auf seinen Wangen waren noch nasse Tränen. Sie kniete nieder und küßte sie. »Dein Gesicht fühlt sich so kalt an«, sagte sie. »Jim?«
Sie beugte sich über ihn, um die Decke zurechtzuziehen, die vom Ende des Bettes heruntergerutscht war. Als sie sie anhob, sah sie, daß das Fußende des Bettes blutdurchtränkt war. Sie ließ die Decke fallen.
»Jim?«
Sie hob das Laken an und sah seine beiden verstümmelten Füße.
»Jim!«
Er öffnete die Augen.
»Schau«, sagte er, »mein Arm.« Er deutete auf seinen Arm. »Die weißen Spuren, da hat er mich angefaßt.«
»Was hast du getan?«
Connie schaute nicht auf die weißen Abdrücke.
»Ich sagte, was hast du getan?«
»Ich bin weit offen«, sagte Jim lächelnd, »wie eine Büchse voll stinkender Würmer.«
»Setz dich auf.« Connie sprach ruhig.

Er dachte einen Moment über ihre Aufforderung nach, folgte ihr dann aber unbeholfen.
»Ich kenne einen Arzt«, sagte sie, »ich bringe dich hin.«
»Keine Ärzte.« Jim schüttelte den Kopf.
»Es ist gut«, sagte Connie fest, »kannst du gehen?«
»Ich weiß es nicht.«
Connie ging ins Badezimmer und kam mit einer Rolle Toilettenpapier zurück. Sie begann, sie abzurollen, kniete dann nieder und wickelte das Papier um die Enden von Jims Füßen.
»Du warst noch nie in einem Regenwald, oder?« fragte sie beinahe im Konversationston.
»Nie.«
Jim betrachtete nachdenklich seine dick gepolsterten Füße. Connie nahm die blutigen Laken und stopfte sie in den Kamin. Sie fand die Tragetasche mit ihrem grausigen Inhalt. Sie schluckte schwer, hob sie auf und packte sie zu den Laken. Sie legte einige Scheite auf das Feuer und zündete sie an. Ihre Hände zitterten. Auf dem Sofa sah sie die Briefe. Sie nahm sie und verbrannte sie, einen nach dem anderen. Dann hob sie den Rasierer vom Teppich auf, hielt ihn unter den Wasserhahn und legte ihn zurück in den Badezimmerschrank.
Durch das Vorderfenster sah sie Lily immer noch im Meer herumplanschen. Sie ging wieder zurück ins Schlafzimmer. Jim saß da, wo sie ihn zurückgelassen hatte. Er rieb sich die Augen.
»Lily ist draußen«, sagte sie, »aber sie ist im Wasser. Brauchst du etwas?«
»Meinen Hut«, sagte er. Sie fand eine Wollmütze und warf sie ihm zu. Er setzte sie auf. »Meine Schuhe«, sagte er und deutete darauf. Connie ging und hob Ronnys weiße Schuhe auf. Sie starrte mit gerunzelter Stirn darauf und reichte sie ihm dann. Jim stellte sie auf den Boden und schob langsam seine Füße hinein. Sogar mit dem Toilettenpapier paßten die Schuhe beinahe. Er zuckte zusammen, dann runzelte er die Stirn.

»Das sind nicht meine Schuhe«, sagte er. Und seine Gedanken wanderten zurück zu der Brücke und der Wespe und dem Stachel. Connie streckte ihm die Hand hin, um ihm auf die Füße zu helfen. Er ließ es zu. Sein Gleichgewicht war vollkommen dahin. »Brauchst du sonst noch etwas?« fragte sie, als sie unter Schwierigkeiten zur Tür stolperten. Er schüttelte den Kopf. »Nein. Nichts.«
Sie machte die Tür auf. Der Wind schlug ihnen entgegen. Jim packte ihren Arm noch fester, um sich zu stützen. Sie traten ins Freie. Lily schwamm weit draußen in den Wellen. Zuerst sah sie sie nicht. Sie legten still den Weg zurück zur Straße und zum Wagen.
»Ronny!«
Eine entfernte Stimme, doch hartnäckig.
»Ronny!«
Connie ließ Jims Arm los. Plötzlich war er auf sich allein gestellt. Er sah einen Augenblick an sich hinunter. Er schwankte leicht. Doch er hielt das Gleichgewicht. Er drehte sich um. Er sah Lily, die ihm zuwinkte und in den Wellen herumsprang.
»Wink ihr zu, Ronny«, sagte Constance und sah ihn fest und ruhig an. Ronny hielt inne, überlegte kurz, dann hob er langsam seine rechte Hand und winkte Lily zu. Lily winkte zurück. Dann lächelte er, drehte sich um, und sie stolperten wieder weiter.

»Findest du es nicht schön?« sagte Lily und betrachtete die halb fertiggestellte Rückwand mit den Muscheln. Luke runzelte die Stirn. Er lud einige Sachen in den Kofferraum seines Wagens. »Es sind nur Muscheln«, sagte er, »oder?«
»Ich denke schon«, sagte Lily fröstelnd. »Hast du ein Hemd, das ich mir leihen könnte?«
»Du brauchst eins«, sagte Luke trocken, »du bist weit außerhalb der FKK-Zone. Ich sollte die Polizei rufen. Ich sollte dich festnehmen lassen.«
»Gut«, sagte Lily, »du würdest mir einen Gefallen tun.«

Ihr Mondgesicht brach in ein Grinsen aus.
»Du hast kräftige Zähne«, sagte Luke, »aber viele Lükken.«
»Du stinkst wie ein Hering«, sagte Lily.
»Das ist nur Sex, den du an mir riechst«, sagte Luke unverzagt, »und das macht dir eine Höllenangst.«
»Wenn das Sex ist, was ich rieche«, sagte Lily süß, »dann bring mich ins Kloster.«
Luke bemerkte, daß sie sich langsam purpurrot verfärbte. Er rannte zurück in sein Fertighaus.
Die Luft war schneidend. Lily schlang die Arme um ihren Körper. Als Luke mit einem Hemd wieder auftauchte und sie sah, erinnerte sie ihn an ihre Mutter. An Sara. Ein eisiger Wind wehte. Ein Winterwind. Sie hielt das Gesicht direkt hinein.
»Brauchst du sonst noch etwas?« fragte er. »Denn ich bin eigentlich sehr beschäftigt ...«
»Psssst!«
Lily preßte einen Finger auf die Lippen und drehte sich mit leuchtenden Augen wieder dem Wind zu.
»Was?« raunzte er. Sie schüttelte den Kopf und ließ ihren Finger, wo er war.
»Was?« wiederholte er.

Ich habe geträumt, ich hätte Dich tot an einem Ort am Wasser gesehen. Einem verwüsteten Ort. Ganz flach und leer und weit offen. Ganz und gar nicht wie hier. Nicht voll und feucht und dicht. Nicht wie hier: ganz verstopft und heiß und wild. Aber auf einer Mondoberfläche. Und du warst in irgendwelche Bandagen gewickelt. Wie eine Mumie. Baumwolle. Oder Plastik? Irgend etwas Weißes und Reflektierendes. Von Kopf bis Fuß.
Und das Licht schien auf Dich. Oh, wie es auf Dich schien! Es strahlte von Dir ab, und es war wie pures, helles Silber. Der Wind hat gesungen. Er sang: Du hast genug gelitten. Du hast genug gelitten.

Dann kam der Tod, und er küßte Dich. Leicht. Sanft. Auf die Lippen. Dahinter ist nichts, flüsterte er, nur ich, nur ich. Dahinter ist nichts.
Nur ich.

Nicola Barker
Kleine Verhältnisse

Roman
Aus dem Englischen
von Brigitte Heinrich

Im Zentrum dieses Romans stehen vier Menschen, die alle in einem großen Park arbeiten, in dem sie auch ein Haus bewohnen. Sie lieben diesen Park, sie leben für ihn. Doug, Phil, Ray und Saleem leben in einem bizarren Verhältnis zueinander. Doug, ihr Chef, baut in einem etwas abseits gelegenen Gewächshaus riesiges Gemüse an, und Saleem experimentiert mit narkotisierend wirkenden Pflanzen. Und dann tauchen auf einmal riesige Mengen an Liguster auf ... Als schließlich noch Liebe, Leidenschaft und Eifersucht ins Spiel kommen, reißt das fragile Beziehungsnetz, und alle Beteiligten taumeln auf ein böses Ende zu. Erst im letzten Moment kann Phil sich entscheiden, die Sache in die Hand zu nehmen.

»Ein wunderbar sinnliches Buch, still und temperamentvoll, zart und ruppig zugleich.« Ilka Buchmann